本书是2013年国家社科基金青年项目"谷崎润一郎与中国现代文学社团关系研究"（项目批号：13CWW008，结项鉴定结果为"良好"）的最终成果

南岭走廊与潇湘文化丛书

谷崎润一郎与
中国现代文学社团关系研究

张能泉 著

A Study of the Relationship between
Tanizaki Junichiro and the Chinese
Modern Literature Association

中国社会科学出版社

图书在版编目（CIP）数据

谷崎润一郎与中国现代文学社团关系研究/张能泉著.—北京：中国社会科学出版社，2021.5
（南岭走廊与潇湘文化丛书）
ISBN 978-7-5203-7767-6

Ⅰ.①谷… Ⅱ.①张… Ⅲ.①谷崎润一郎（1886-1965）—文学研究②日本文学—关系—中国文学—现代文学—文学研究 Ⅳ.①I313.065②I206.6

中国版本图书馆CIP数据核字（2021）第016561号

出 版 人	赵剑英
责任编辑	宋燕鹏
责任校对	李　莉
责任印制	李寡寡

出　　版	中国社会科学出版社
社　　址	北京鼓楼西大街甲158号
邮　　编	100720
网　　址	http://www.csspw.cn
发 行 部	010-84083685
门 市 部	010-84029450
经　　销	新华书店及其他书店
印　　刷	北京明恒达印务有限公司
装　　订	廊坊市广阳区广增装订厂
版　　次	2021年5月第1版
印　　次	2021年5月第1次印刷
开　　本	710×1000　1/16
印　　张	17.75
字　　数	290千字
定　　价	98.00元

凡购买中国社会科学出版社图书，如有质量问题请与本社营销中心联系调换
电话：010-84083683
版权所有　侵权必究

南岭走廊与潇湘文化丛书

丛书主编：李　钢

编委会（以姓氏笔画为序）：

龙运荣　贡贵训　李　钢　杨再喜

杨金砖　杨增和　何福林　谷显明

张京华　张能泉　周玉华　黄渊基

潘雁飞

总　序

李　钢

　　自秦以来，中原南下岭南有5条古道：越城岭道、萌渚岭道、都庞岭道、骑田岭道、大庾岭道。此外还有一条零陵桂阳峤道，横跨萌渚岭、都庞岭、骑田岭。同时，长江水系和珠江水系的诸多支流也形成了民族迁徙与融合的诸多东西向通道。湘南永州在这几条通道中独占四条，实际处于南岭走廊的核心位置，处于海陆丝绸之路转换之要冲，是沟通中原文明与岭南文明、海外文明的重要文化通道，也是汉、瑶、壮等民族的生存与迁移通道，各民族在南岭地区迁徙流动，民族文化不断碰撞、交流、融合，南岭走廊事实上成为"中华民族多元一体格局"的最佳样板，具有独特的自然与人文环境，蕴含着丰富多彩、特色彰显的民族文化。

　　"潇湘"一词据传始于尧时，载籍则出现于《山海经·中次十二经》，言洞庭之山"帝之二女居之，因为是常游于江渊。澧沅之风，交潇湘之渊"。潇水和湘江的融汇处在今湖南省永州市零陵区萍洲，永州故雅称"潇湘"。宋代诗人陆游用"挥毫当得江山助，不到潇湘岂有诗"的诗句来称赞永州人杰地灵如诗如画的美景。自潇水源头顺流而下，分别蕴含有舜文化（宁远、蓝山）、瑶文化（江华、蓝山、江永）、女书文化（江永）、濂溪文化（道县）、古稻作文化（道县）、古制陶文化（道县）、书法文化（零陵）、柳文化（零陵）、摩崖文化（祁阳）。这里山水灵秀、人文荟萃，自然风景与人文胜景相融为一，亦被誉为"锦绣潇湘"。

　　习近平总书记在《建设中国特色中国风格中国气派的考古学，更好认识源远流长博大精深的中华文明》（《求是》2020年第23期）指出："我国考古发现，展示了中华文明起源和发展的历史脉络，实证了我国百万年的人类史、一万年的文化史、五千多年的文明史；展示了中华文明的灿烂成就，是坚定文化自信的重要源泉。"永州有十万年的智人史（道县福岩洞智人）、一万年的文化史（道县玉蟾岩最早栽培稻和最早制陶工艺），五千年文明史（舜歌南风），更有千年理学史（周敦颐），百年党史（李达），其厚重人文足令我们自信、自豪！

湖南科技学院地处潇湘交汇之零陵古城，为永州唯一本科院校，人文社会科学研究蔚然成风，学人交替而起，学术佳作迭见，尤以舜文化、理学文化、柳文化、摩崖文化、瑶文化为显。湖南舜文化研究基地、湖南濂溪学研究基地、湖南李达研究基地、湖南南岭走廊与潇湘文化研究基地先后落户学校。因思谋出版"南岭走廊与潇湘文化丛书"，以存其盛，播其声，扬其名。每年出版3—5部，希假以时日而成大观。

凡我校学人，在自愿前提下：与南岭走廊、永州、潇湘相关的文学文化研究专著皆可入选，以切地域文化主题；凡出自我校学人的人文与社会科学专著亦可酌情入选，以彰人杰地灵。是所望焉，是为序。

目　录

绪　论 …………………………………………………………（1）

第一章　谷崎润一郎与中国现代文人的交往 ……………………（34）
　第一节　谷崎润一郎与郭沫若的交往 ……………………（34）
　　一　文人的对话 ……………………………………………（35）
　　二　官方的交流 ……………………………………………（40）
　　三　交往的特点 ……………………………………………（45）
　第二节　谷崎润一郎与欧阳予倩的交往 …………………（49）
　　一　欢度除夕 ………………………………………………（49）
　　二　翰墨交流 ………………………………………………（54）
　第三节　谷崎润一郎与田汉的交往 ………………………（57）
　　一　消寒会的交往 …………………………………………（57）
　　二　消寒会后的交往 ………………………………………（61）
　第四节　谷崎润一郎与周作人的交往 ……………………（64）
　　一　双方的评论交往 ………………………………………（65）
　　二　双方的书信交流 ………………………………………（69）
　　三　多事之秋的自由选择 …………………………………（72）
　第五节　谷崎润一郎与丰子恺的交往 ……………………（79）
　　一　以《缘缘堂随笔》为媒介的翰墨之交 ………………（79）
　　二　双方文学交往的精神契合 ……………………………（85）

第二章　谷崎润一郎在中国现代文坛的译介 ……………………（90）
　第一节　谷崎润一郎文学的译介表现 ……………………（90）
　　一　谷崎润一郎作品的翻译 ………………………………（91）

二　谷崎润一郎文学的评论 …………………………………（97）
　第二节　谷崎润一郎文学的译介研究 ………………………（104）
　　一　译介的特点 ……………………………………………（104）
　　二　译介的成因 ……………………………………………（107）

第三章　谷崎润一郎与创造社 …………………………………（112）
　第一节　谷崎润一郎与郁达夫 ………………………………（113）
　　一　唯美观念的关照与融通 ………………………………（114）
　　二　唯美艺术的模仿与实践 ………………………………（118）
　　三　在变异中探索 …………………………………………（129）
　第二节　谷崎润一郎与郭沫若 ………………………………（136）
　　一　唯美理念的审视与效仿 ………………………………（136）
　　二　身边小说的借鉴与实践 ………………………………（142）
　　三　在流变中转化 …………………………………………（149）
　第三节　谷崎润一郎与张资平 ………………………………（154）
　　一　女体的想象书写 ………………………………………（155）
　　二　女性的官能直描 ………………………………………（157）
　　三　心理的细腻描写 ………………………………………（162）
　　四　在变化中接受 …………………………………………（165）

第四章　谷崎润一郎与狮吼社 …………………………………（170）
　第一节　谷崎润一郎与章克标 ………………………………（170）
　　一　耽于在幻想中憧憬女性的肉体之美 …………………（171）
　　二　在人物变态的行径中获取官能享乐 …………………（178）
　　三　在都市商业的体验中接受谷崎润一郎文学 …………（183）
　第二节　谷崎润一郎与滕固 …………………………………（188）
　　一　强调文学创作的纯粹 …………………………………（189）
　　二　注重病态之美的呈现 …………………………………（193）
　　三　倾向重肉轻灵的表现 …………………………………（198）
　第三节　谷崎润一郎与邵洵美 ………………………………（205）
　　一　纯粹艺术的唯美追求 …………………………………（205）
　　二　官能颓废的耽美展示 …………………………………（211）

三　十里洋场的主体接受 ………………………………… (216)

第五章　谷崎润一郎与南国社 ……………………………… (222)
　第一节　谷崎润一郎与田汉 ………………………………… (222)
　　一　在纯粹中诉求艺术价值 ………………………………… (223)
　　二　在幻想中书写浪漫情怀 ………………………………… (227)
　　三　在现实中传达时代心声 ………………………………… (235)
　第二节　谷崎润一郎与欧阳予倩 …………………………… (240)
　　一　在效仿中接受 …………………………………………… (240)
　　二　在流变中转化 …………………………………………… (246)

结　语 ………………………………………………………… (253)

参考文献 ……………………………………………………… (262)

后　记 ………………………………………………………… (271)

绪　　论

　　中国现代文学的发生与发展离不开域外文学的滋养与催生，与世界文学有着密不可分的文学关联。可以说，中国现代文学正是在这种开放与交流中赢得了生机，实现了中国传统文学向现代文学的转向，进而推动了中国文学的现代化进程。鉴于此，研讨中国现代文学与域外文学的关系一直以来也是国内学界关注的重要话题。其中，探求中日现代文学的关系，尤其是探讨日本现代作家与中国现代文学的关系成为一个富有意义的选题。作为日本现代耽美（唯美）主义文学流派的代表性作家，谷崎润一郎不仅先后于1918年和1926年来访中国，结识了一批中国现代作家，与其建立了良好的友谊，而且其文学创作对这些作家也都产生了较为明显的影响。因而，梳理与厘清谷崎润一郎和中国现代文学社团的关系，考察文学交往的历程、描述文学译介的情况、阐释文学接受的表现、探寻文学流变的实质，不仅对合理科学地评价谷崎润一郎与中国现代文学社团的关系具有重要的学理价值，而且在当今一带一路战略下正确认识中日现代文学的交流也具有相应的现实意义。

一　谷崎润一郎研究综述
（一）谷崎润一郎国外研究

　　谷崎润一郎是一位日本知名的现代作家，日本学术界从明治四十四年（1911）永井荷风在《三田文学》发表《谷崎润一郎氏的作品》开始就对其文学创作给予了强烈的关注，其研究成果不仅越来越丰硕，而且研究视角也越来越多样。截至2018年12月，日本国立情报学研究所开发维护的日本最大的学术论文数据库（CINII）显示，日本现有谷崎润一郎学术论文将近2000篇。另外，根据平野芳信统计，谷崎润一郎研究的学术专著有 96 部，各类刊登谷崎润一郎研究的专辑杂志有 35 册。① 整体来看，其研究涵盖了作家传记研究、文学形式研究、文学主题研究、比较文学研究、跨学科研究等多个领域。这些研究立足于实证性与文本性，在历时与共时、宏观与微观、纵向与横向相结合的基础上对谷崎润一郎进行了全方位、深层次的阐释，有力推动谷崎润一郎研究的深入化发展，使其呈现出作家与文献紧密相连、艺术与文本息息相关、文学与文化相互关联的多元化格局。其研究大致可以归纳为以下几个方面。

（1）谷崎润一郎生平的传记研究

谷崎润一郎生平与传记研究是日本学界谷崎润一郎研究的起点。这种研究侧重于谷崎润一郎生平资料的收集与考证，以非虚构文本的研究为谷崎润一郎研究奠定了坚实的基础。其代表性成果有：橘弘一郎编的《谷崎润一郎先生著书总目录》（中央公论社，1964）；君岛一郎的《谷崎润一郎与一高室友们》（时事通信社，1967）；谷崎精二的《明治的日本桥·润一郎的信》（新树社，1967）；三枝康高的《谷崎润一郎论考》（明治书院，1969）；野村尚吾的《传记谷崎润一郎》（六兴出版，1972）；《日本文学研究资料丛书　谷崎润一郎》（有精堂，1972）；高木治江的《谷崎润一郎家的回忆》（构想社，1977）；林伊势的《兄润一郎与谷崎润一郎家的人们》（九艺出版，1978）；渡边たをり的《祖父谷崎润一郎》（六兴出版，1980）；红野敏郎、千叶俊二编的《论考谷崎润一郎》（樱枫社，1980）；千叶俊二等编的《资料谷崎润一郎》（樱枫社，1980）；稻泽秀夫的《闻书谷崎润一郎》（思潮社，1983）；谷崎松子的《湘竹居追梦：润一郎与〈细雪〉的世界》（中央公论社，1983）；大谷晃一的《假面的谷崎润一郎》（创元社，1984）；永荣启伸的《谷崎润一郎　资料与动向》（教育出版センター，1984）；谷崎终平的《怀念的人们：兄润一郎和他的周边》（文艺春秋，1989）；细江光的谷崎润一郎系列考证论文《谷崎润一郎全集逸文介绍》（《甲男女子大学研究纪要》1990—1991）；《谷崎润一郎全集逸文及其关连资料介绍》（《甲南国文》1995）；伊吹和子的《谷崎润一郎最后的十二年》（讲谈社，1994）；细江光翻刻的《映象·音声资料》（芦屋市谷崎润一郎纪念馆，1996）；永荣启伸的《谷崎润一郎

---

① ［日］平野芳信：《谷崎潤一郎参考文献目録》，详见千葉俊二编《谷崎潤一郎必携》，《別册國文學》（54），學燈社 2001 年版，第 205 页。

评传》（和泉书院，1997）；千叶俊二编的《谷崎润一郎必携》（学灯社，2001）；山口政信的《谷崎润一郎：人与文学》（勉诚出版，2004）；河野仁昭的《谷崎润一郎京都漫步》（淡交社，2005）；小谷野敦的《堂堂的人生：谷崎润一郎传》（中央公论新社，2006）；ゆりはじめ的《小田原事件：谷崎润一郎与佐藤春夫》（梦工房，2007）；渡边千万子的《落花流水：谷崎润一郎与祖父关雪的回忆》（岩波书店，2007）；鸟越碧的《花筏：谷崎润一郎·松子内心摇晃记》（讲谈社，2014）；千叶俊二的《役后五十年初次公开的恋文：文豪谷崎润一郎与松子、重子姐妹与奇妙的恋爱剧》[《中央公论》129（1），2015]；2015 年由千叶俊二领衔，成员包括明里千章、细江光等知名谷崎润一郎研究者在内联袂编辑整理了 26 卷本日本最新、最权威的谷崎润一郎全集（中央公论新社，2015—2017）；尾高修也的《谷崎润一郎没后五十年》（作品社，2015）；《艺术新潮》杂志 2015 年 12 月号推出的《谷崎润一郎的女·食·住》专辑，《日本古书通信》杂志 2016 年第 81 卷刊登的青木正美系列文章《〈鸭东绮谈〉与谷崎润一郎》，宫内淳子的系列论文《江户们的震灾：辻润与谷崎润一郎》以及山中刚史的系列论文《谷崎润一郎本书志的余白：为〈谷崎润一郎先生著书总目录〉追补》、《别册太阳》杂志 2016 年第 236 卷推出谷崎润一郎专辑《谷崎润一郎：我决心要创作了不起的艺术》；たつみ都志的《谷崎润一郎：他的住所与女人》（幻冬舍，2016）；陈龄的《翰香存留、文豪伉俪：新发现〈台所太平记〉中谷崎润一郎·松子的书简》（《福冈女学院大学纪要》3，2017）；千叶俊二的《谷崎润一郎、松子未发表书简九封：致卜部家的书信》（《早稻田大学大学院教育学研究科纪要》28，2018）；千叶俊二编《父亲给女儿　谷崎润一郎书简集：读给鲇子书简 262 封》（中央公论新社，2018）；西野厚志的《给木内高音的谷崎润一郎书简四十四封（解题·翻刻·注释）》（《早稻田大学图书馆纪要》65，2018）等。其中，野村尚吾的《传记谷崎润一郎》和伊吹和子的《谷崎润一郎最后的十二年》可以说是谷崎润一郎生平传记研究的经典之作。

　　野村尚吾结合战后与谷崎润一郎十七年的交往经历撰写而成的《传记谷崎润一郎》共有十六章，分别记载了谷崎润一郎的出生、小学时期、中学时期、大学时期、婚姻经历、创作中期、创作后期以及老年经历，对谷崎润一郎的生平进行了较为翔实的阐述。野村认为作家传记应该立足于作家生平资料，紧扣作家的文学创作展开评述，指出传记研究"应尽能力以实证性的事实为中心，无论如何也不能脱离作家的作品"。① 正是基于这种认识，野村在传记中注重谷崎润一郎资料的收集与文学创作的评析，使其具有了相应的学术性。伊吹和子是谷崎润一郎晚年的秘书。1953年，年仅28岁的伊吹和子在京都与68岁的谷崎润一郎相识。之后的12年间，伊吹和子作为谷崎润一郎的口述笔记秘书，不仅记录了谷崎润一郎晚年口述的诸多作品，而且还目睹和感受了谷崎润一郎晚年的日常生活。可以说，正是这种亲身体验使伊吹和子在著作中以大量的事实记载了谷崎润一郎晚年的点点滴滴，被日本评论界誉为是理解谷崎润一郎文学的难得之作。

2015年和2016年分别是谷崎润一郎逝世50周年和诞辰130周年，日本学术界为此进行了一系列的纪念活动。其中，《艺术新潮》杂志2015年12月号推出了《谷崎润一郎的女·食·住》专辑，《别册太阳》杂志2016年第236卷推出了《谷崎润一郎：我决心要创作了不起的艺术》专辑。前者围绕谷崎润一郎的生活点滴分别刊登了千叶俊二的《围绕谷崎润一郎的女人们》、《松子以前与以后》、《细雪的世界：松子·重子·信子·惠美子》、《细雪的家：倚松庵》、《架起王朝的梦浮桥：潺湲亭》、《食卷：谷崎润一郎食魔帖》、《谷崎润一郎女主人10选》、小谷野敦的《谷崎润一郎的搬迁》、《初本与活本：谷崎润一郎图书简介》、《至死夫妇的厄洛斯：谷崎润一郎〈键〉绘语》等系列文章，向读者介绍和梳理了谷崎润一郎的日常生活与文学创作。后者结合谷崎润一郎的人生历程与文学创作分别刊登了《幼少时代：明治十九（一八八六）年》、《大正时代的狂热：大正六（一九一七）年》、《震灾与变容：大正十二（一九二三）年》、《青春物语：明治三十四（一九〇一）年》、《邂逅与回归：昭和五（一九三〇）年》、《谷崎润一郎的战争：昭和十七（一九四二）年》、《老后的春：昭和二十五（一九五〇）年》、细江光的《谷崎润一郎：略年谱》、荒川朋子的《谷崎润一郎书的世界》、千叶俊二的《谷崎润一郎朝文学的时代：他的生涯与作品》、藤原学的《谷崎润一郎考　幻视的江户：蛎殻町异闻》、日高佳纪的《谷崎润一郎考：浅草、新的都市体验场所》、细川光洋的《谷崎润一郎考：谷崎润一郎的〈昔日的朋友〉——勇

---

① ［日］野村尚吾：《伝記谷崎潤一郎》，六兴出版1972年版，第491页。

·白秋·杢太郎》、たつみ都志的《谷崎润一郎考：迁居魔·谷崎润一郎的事情——阪神间住居的变迁与和名作群的关系》、明里千章的《谷崎润一郎考：电影的梦、纸上的幻灯》、清水良典的《谷崎润一郎考：彼岸的梦/此岸的消遣——老年的恋歌》、西野厚志的《谷崎润一郎考：言论的战祸——谷崎润一郎与战争》等系列文章，以图文并茂的形式勾勒和描述了谷崎润一郎的艺术人生。

虽说谷崎润一郎传记研究侧重于探讨作家生平与文学创作的关系，隶属于文学的外部研究，注重以大量翔实的资料梳理和厘清谷崎润一郎的人生经历及其文学创作的情况，但这种以非虚构性的文本形式的研究以资料为基础真实再现了谷崎润一郎及其文学创作的全貌，将散落的谷崎润一郎文学现象，按照其人生的经历描述和概括其文学创作的历程与面貌，勾勒其创作轨迹，给予其特定的文学史地位的评价，为日本谷崎润一郎研究提供了丰厚而又坚实的基础。谷崎润一郎传记研究中的人生阅历叙事既有利于向读者揭示作品生成的语境、创作的过程，又有利于深入理解谷崎润一郎的人生走向、价值取向以及文学创作的特征等问题，其中的考证与分析对于深度认知谷崎润一郎及其文学作品也有着重要的学理价值。

（2）谷崎润一郎文学的文本研究

文本解读是文学研究中一种重要的研究方法，对于剖析、挖掘和探索文本的思想内蕴、形式技巧以及艺术价值都具有其他研究方法无法取代的作用。受传统学术研究的影响，日本学界对谷崎润一郎的研究非常重视文本的解读与阐释，既以此从微观层面探析谷崎润一郎文学的思想主题、人物形象和形式技巧，又借此从宏观层面评析谷崎润一郎文学的艺术价值、文学影响与文学成就，这种洞幽烛微式的文本分析不仅增强了谷崎润一郎研究的可靠性，也拓展了它的学理性，对深化谷崎润一郎研究起到了至关重要的作用。因此，谷崎润一郎文学的文本研究一直以来是日本学界谷崎润一郎研究的重点。

这方面的代表性成果丰富，其中学术著作主要有：吉田精一的《谷崎润一郎》（角川书房，1959）、福田清人等编的《谷崎润一郎：世纪之人与作品12》（清水书院，1966）、小林秀雄编的《现代日本文学馆〈第18〉谷崎润一郎（1968年）》（文艺春秋，1968）、伊藤整的《谷崎润一郎的文学》（中央公论社，1970）、荒正人编的《谷崎润一郎研究》（八木书店，1972）、野村尚吾的《谷崎润一郎：风土与文学》（中央公论社，1973）、秦恒平的《神与玩具与之间：昭和初年的谷崎润一郎》（六兴出版，1977）、桥本芳一郎的《谷崎润一郎的文学》（樱枫社，1972）、日本文学研究资料刊行会编的《谷崎润一郎》（有精堂，1972）、河野多惠子的《谷崎润一郎文学与肯定的欲望》（中央公论社，1980）、笠原伸夫的《谷崎润一郎：宿命爱洛斯》（冬树社，1980）、平山城儿的《考证〈吉野葛〉：探求谷崎润一郎的虚与实》（研文出版，1983）、武田寅雄的《谷崎润一郎小论》（樱枫社，1985）、远藤祐的《谷崎润一郎：小说的构造》（明治书院，1987）、永荣启伸的《谷崎润一郎试论：从母性的视点》（有精堂，1988）、千叶俊二编的《谷崎润一郎：物语的方法》（有精堂，1989）、塚谷晃弘的《谷崎润一郎：妖术与神秘性》（冲积社，1991）、宫内淳子的《谷崎润一郎：异乡往返》（国书刊行会，1991）、三好雄行等编的《群像日本的作家：谷崎润一郎》（小学馆，1991）、中村光夫的《谷崎润一郎论》（日本图书センター，1992）、渡部直己的《谷崎润一郎：拟态的诱惑》（新潮社，1992）、永荣启伸的《谷崎润一郎论：潜流物语》（双文社，1992）、たつみ都志的《谷崎润一郎：〈关西〉的冲击》（和泉书院，1992）、久保田修的《〈春琴抄〉研究》（双文社，1995）、清水良典的《虚构的天体：谷崎润一郎》（讲谈社，1996）、前田久德的《谷崎润一郎：物语的生成》（洋々社，2000）、明里千章的《谷崎润一郎：自己剧化的文学》（和泉书院，2001）、松村昌家编的《谷崎润一郎与世纪末》（思文阁，2002）、三岛佑一的《谷崎润一郎与大阪》（和泉书院，2003）、细江光的《谷崎润一郎：深层的修辞学》（和泉书院，2004）、长野当一的《谷崎润一郎与古典：明治·大正篇》（勉诚出版，2004）和《谷崎润一郎与古典：大正·昭和篇》（勉诚出版，2004）、小出龙太郎的《小出楢重与谷崎润一郎：小说〈各有所好〉的真相》（春风社，2006）、尾高修也的《青年期：谷崎润一郎论》（作品社，2007）以及《壮年期：谷崎润一郎论》（作品社，2007）、千叶俊二编的《谷崎润一郎：超越境界》（笠间书院，2009）、安井寿枝的《谷崎润一郎的表现：作品所见关西方言》（和泉书院，2010）、井上健的《文豪的翻译力：近现代日本作家翻译从谷崎润一郎到村上春树》（武田ランダムハウスジャパン，2011）、小谷野敦等编的《谷崎润一郎对谈集：艺能编》（中央公论新社，2014）、安田孝的《谷崎润一郎：品关联的文本》（翰林书房，2014）、《谷崎润一郎对谈集：文艺编》（中央公论新社，2015）、舟桥圣一的《谷崎润一郎与好色论：日本文学的传统》（幻戏书房，2015）、野崎欢的《谷崎润一郎与异国的言语》（中央公论新社，2015）、田锁数马的《谷崎润一郎与芥川龙之介：表现的时代》（翰林书房，2016）、福田清人等编的《谷崎润一郎：人与作品》（清水书院，2016），等等。

这些学术著作或以专著或以编著的方式从思想主题、人物形象、文学技巧等方面，结合具体文本的审读与观照，致力于分析和挖掘作品的审美内涵，提炼文本的形式价值，探讨谷崎润一郎文本的文学性与艺术性，对谷崎润一郎文学展开了深入的阐述。这其中既有热衷于单个作品的微观细读，也有侧重于数部作品的宏观概述，无论采取何种形式都强调和注重对文学文本的学理性阐释。

就文学内容而言，桥本芳一郎认为谷崎润一郎的耽美主义释放出一种独特的光芒，从早期作品《异端者的悲哀》《恋母记》等到中期作品《春琴抄》《痴人之爱》等再到后期作品《各有所好》《盲目物语》等无不充分地展现了谷崎文学的纯粹艺术性。这种耽美色彩既有爱伦·坡、波德莱尔、王尔德的唯美主义成分，更有一种日本风土的庭院花开般润一郎的耽美主义内涵。① 秦恒平认为谷崎润一郎文学流露出了浓郁的传统思想，可是他的传统不是如描绘坐在居室里的优秀古人和清闲山水般过着有规律的日常生活，想达成心愿时实现心愿相通，也不是如日本夸耀火的技术和陶瓷技巧那样在往返重复中滋生表露的与严厉之美相关联的传统，而是一种不愿守旧，富有尖锐思想与个性的传统。② 永荣启伸通过对《痴人之爱》《吉野葛》《春琴抄》《恋母记》等具体文本的解读，从女性的视角展开了翔实的分析，认为谷崎润一郎以女性美作为美的代言者与实践者，不仅渗透了他的阴翳美学观念，而且以妖艳之美的肉体礼赞展示让男性跪拜的姿态，其笔下的美意味着女性之美。③ 福田恒存则结合《钥匙》的解读认为谷崎润一郎文学体现了日本传统的好色文学特质，其表层的西方色彩只不过是他涂抹上去用以伪装的技巧而已。作者借

---

① ［日］橋本芳一郎：《谷崎潤一郎の文学》，樱枫社1972年版，第204页。
② ［日］秦恒平：《谷崎潤一郎論》，筑摩房1976年版，第221页。
③ ［日］永荣啓伸：《谷崎潤一郎試論——母性への視点》，有精堂1988年版，第133页。

西方之衣着传统之质,"恶的观念"与"恶的意识"所流露的其实是如孩童般天真无邪的民族天性。① 伊藤整认为谷崎润一郎文学并不像佐藤春夫所认为的那样缺乏思想性,事实上他的文学表现出了浓郁的道德性。虽然日本近代作家之中也不乏有注重在作品中通过描写人物与事件来表达强烈的道德感,但是相对于他们以背德行为的忏悔与告白作为其书写的着力点来说,谷崎润一郎的文学世界并不在意这种忏悔与告白的冲动,而是在将他人引入道义的颓废及自我的泯灭过程中对背德的内容感到喜悦,这点才是其重要的动机。② 高田瑞穗认为谷崎润一郎文学的庶物崇拜并不是单纯的肉欲冲突,而是精神推崇的狂热崇拜,与超越现实的程度成反比例关系。也就是说,表白对足的跪拜之情不是性欲冲动的描写,他的庶物崇拜也与自然缺乏必要的关联,本来以永恒之美与现象之美为媒介的庶物崇拜,相反变成了逐渐以损害现象之美为手段。换而言之,谷崎润一郎所追寻的永远之物正自然地落在这个残缺的女体身上,作为一种庶物崇拜成为谷崎润一郎心中一种几何学的精神,而非纤细的精神。③ 吉田精一指出谷崎润一郎文学唯美化的恶魔特质,认为其文学以空想与幻想为生命,而"这种空想和幻想比较缺乏变化,专同肉体与感觉紧密结合,却不飞翔到观念上"④。江藤淳认为谷崎润一郎文学表现了戏作家们的古典主义的传统复活,由于他所处的环境古典主义秩序已经消亡,大正·昭和无秩序的时代使其只好以自我的官能作为唯一的艺术指针,如此生存环境之下的谷崎润一郎以类似于戏作家们排除思想那样确信其艺术的正确之途,他的官能之镜就如同戏作家们之镜所反映的那样进行反映。⑤ 中村光夫结合《神童》《异端者的悲哀》《饶太郎》《痴人之爱》《春琴抄》等作品阐述了谷崎润一郎的女性崇拜意识,认为对女性之美的追求主宰了谷崎润一郎一生的文学创作,对"女性崇拜理想之乡的憧憬对谷崎润一郎来说是何其本质的东西"⑥。永荣启伸联系《少年滋干的母亲》《梦浮桥》等作品,对谷崎润一郎文学所表现的恋母思想展开了深入阐释,并指出"谷崎润一

---

① [日] 千葉俊二编:《谷崎潤一郎:物語の方法》,有精堂1990年版,第12頁。
② [日] 荒正人编:《谷崎潤一郎研究》,八木書店1972年版,第513頁。
③ [日] 日本文学研究資料刊行会编:《谷崎潤一郎》,有精堂1972年版,第117頁。
④ [日] 吉田精一:《耽美派作家論》,桜楓社1981年版,第165頁。
⑤ [日] 三好雄行等编:《群像日本の作家:谷崎潤一郎》,小学館1991年版,第51頁。
⑥ [日] 中村光夫:《谷崎潤一郎論》,日本図書センター1992年版,第200頁。

郎笔下的母亲不是现实中人物,而是谷崎润一郎思慕美貌母亲之后幻想的结果"①。长野当一选取《诞生》《信西》《法成寺物语》《莺姬》《兄弟》《二个幼儿》《三人法师》《乱菊物语》等作品,对谷崎润一郎与古典的关系展开了深入研究,认为谷崎润一郎文学与日本古典有着密切的联系,造诣颇深的古典学养使他能够自由地从古典古书中取材,融入其独自的想象之中。②田锁数马结合大正中期的文学背景比较分析了谷崎润一郎与芥川龙之介关于"小说的筋"的论争,指出这次论争其实是关于大正中期谷崎润一郎与芥川的艺术观的背景与关系的论争,"艺术是表现"这个学说在当时非常盛行,尤其是将"表现"放置在重要位置的克罗齐的学说在当时的文坛备受接受,这是形成两人论争背后的重要原因。③

就文学形式而言,渡部直己认为谷崎润一郎文学的"恶"与"倒错"与其"过剩"美学有关,它是"美"的温床,可以使谷崎润一郎文学的语言表现出"过饰的绚烂与华美"④。たつみ都志通过谷崎润一郎迁居的考证,从地理空间的角度探讨了谷崎润一郎文学的空间结构。他认为代表作《细雪》呈现了强烈的地理空间色彩,作品中家的布局与谷崎润一郎所居住的倚松庵有着密切关联,庭院、主屋的设定、布局、装饰均是其所居之家在其头脑中的具象呈现。因而,谷崎润一郎作品中以关西为舞台,《细雪》中特定地名的频繁出现是基于谷崎润一郎实际的体验的书写,其叙事既具有事实性,也表现出详细性,使其文学具有了独特的空间结构。⑤三岛佑一认为《春琴抄》因主人公与作者人生经历有着诸多相似的地方,以至于读者往往将他们同一视之,认为"我"就是作者谷崎润一郎。之所以如此,与讲述人"我"被误解有关。讲述人"我"类似于故事解说员的作用,并不讲述自身的故事,即使与作者同一视之,也不会给重复作者的生活留下余地。换而言之,主人公"我"不可以与作者相提并论,两者不是同一个人。⑥

---

① [日]永栄啓伸:《谷崎潤一郎評伝》,和泉書院1997年版,第335页。
② [日]長野嘗一:《谷崎潤一郎と古典 大正・昭和篇》,勉誠出版2004年版,第224页。
③ [日]田鎖数馬:《谷崎潤一郎と芥川龍之介—「表現」の時》,翰林書房2016年版,第37页。
④ [日]渡部直己:《谷崎潤一郎 擬態の誘惑》,新潮社1992年版,第74页。
⑤ [日]たつみ都志:《谷崎潤一郎「関西」の衝撃》,和泉書院1992年版,第234页。
⑥ [日]三島祐一:《谷崎潤一郎〈春琴抄〉の謎》,人文書院1994年版,第44页。

这些研究立足于文本，从形式和内容两个层面对谷崎润一郎文学展开了深入解读，从中挖掘出谷崎润一郎文本所产生的意义与价值，提升其文本的文学性与审美性，实现读者审美体验与文本之间的交融与对话。研究者们注重回归谷崎润一郎文学的本体，反对那种凌驾于文本之上的批评姿态，以平视的态度对待文本，既没有高深的理论，也缺少观念的批评，而是立足文本，为评论提供文本的依据。简要来说，谷崎润一郎文学的文本研究呈现出了三个基本的特点。首先，研究者们在从事谷崎润一郎文学的文本研究过程中善于精选意蕴丰富，且具有广阔解读空间的文本展开研读，讲究文本的细节性，善于以小见大去发现谷崎文学的独特艺术魅力，以此区别于生平传记研究立足于史料的梳理和考证。其次，研究者们立足文本，从某种视角发掘文本所蕴含的文学性生成的要素，理性地认知谷崎文学的品质和构成，形成了各自独到的见解。最后，研究者们并没有仅仅局限于文本的细读，将文本视为一个独立的世界而割裂文本与其产生语境的密切关系，而是强调谷崎文本与生成语境的辩证关系，将文本中所展示出来的艺术特征、情感立场、价值取向等回顾到文本生成的历史文化之中发掘文本的文学史意义与艺术价值。因此，谷崎润一郎文学的文本研究强调回归文学本身，对深化理解作品的独特性和艺术性，以及挖掘其文学价值的构成机制具有重要的学术意义。

（3）谷崎润一郎文学的比较研究

这里所说的比较研究不是指方法论上的文学比较，而是指跨语言、跨国界的比较文学视域下的文学研究，包括影响研究、平行研究和跨学科研究三种类型。随着比较文学在日本学界的兴盛，运用比较文学的理论与方法来研究谷崎润一郎文学也逐渐成为了学界的一大亮点，并且涌现了吉田精一、本间久雄、篠田一士、原田亲真、高田瑞穗、桥本芳一郎、堀江珠喜、井上健、高桥宣胜、仁木胜治、北村卓、稻泽秀夫、西田祯元、西原大辅、日夏耿之介、木村爱美、大岛真木、千叶伸夫、野田康文、安田孝等一大批研究者。

有的从实证的角度探讨谷崎润一郎文学与异国文学的事实关系。其代表性成果有，吉田精一的《谷崎润一郎与西洋文学》[《国文学解释与鉴赏》22（7），1957]、玄昌厦的《耽美主义作家金东仁：特别与王尔德及谷崎润一郎的关连》[《天理大学学报》16（1），1964]、原田亲真的《谷崎润一郎与中国文学》[《学苑》（350），1969]、井上健的《谷崎润一郎与爱伦·坡》[*Studies of Comparative Literature*（32），1977]、高桥宣胜的《谷崎润一郎与奥斯卡·王尔德》[*Essays in Foreign Languages and Literature*（24），1978]、稻泽秀夫的《谷崎润一郎的世界：西洋与日本的关联》（思潮社，1981）、仁木胜治的《谷崎润一郎与爱伦·坡的作品》[《立正大学人文科学研究所年报·别册（4），1983]、北村卓的《谷崎润一郎与波德莱尔：围绕谷崎润一郎译〈波德莱尔散文诗集〉》[*Studies in Language and Culture*（18），1992]、西田祯元的《谷崎润一郎与中国》[*The Journal of Institute of Asia Studies*（13），1992]、西原大辅的《谷崎润一郎与东方主义：大正日本的幻想》（中央公论新社，2003）、大岛真木的《谷崎润一郎与法国文学》[《比较文学研究》（97），2012]、木村爱美的《谷崎润一郎〈美食俱乐部〉序论：与大正时代的"中国趣味"有关》[《文学研究论集》（37），2012]、北村卓的《关于谷崎润一郎对波德莱尔的接受考察：谷崎润一郎译〈勒福和维纳斯〉》（《言语文化共同研究项目》2017，2018）等。尤其值得注意的是，2016《アジア游学》（勉诚出版）推崇了谷崎润一郎专辑《中国体验与物语之力》，以谷崎润一郎中国之旅为契机，探讨从体验与表象两个层面，考察中国、上海与创作的关系，刊登了中国、日本、欧美等研究者的文章。此外，影响研究中还出现了一批留学日本的中国学者的研究成果。如李春草的博士论文《谷崎润一郎与中国古典：接受受容实际情况与轨迹》（同志社大学，2018）、林茜茜的博士论文《谷崎润一郎的中日比较文学研究》（早稻田大学，2016）、张冲的博士论文《中国演剧·电影对谷崎润一郎文学的接受：以欧阳予倩为中心》（大东文化大学，2009）、金晶的博士论文《中国民国期谷崎润一郎作品的接受状况》（大阪大学，2011）、张丽静的《谷崎润一郎的中国旅行与中国江南文学：第一人称的尝试与转化》[《语文》（106·107），2017]、林茜茜的《谷崎润一郎与田汉：以戏曲为中心》[《比较文学年志》（51），2015年]、姚红的《谷崎润一郎与中国的传统戏剧》[《言语·文学研究论集》（15），2015]、荆红艳的《郁达夫对谷崎润一郎的接受：以〈痴人之爱〉与〈迷羊〉为中心》[《阪大比较文学》（7），2013]、阎瑜的《探索一九二〇年代日中文学者交流的路线：以田汉与谷崎润一郎的交流为中心》[*Studies in Japanese & English Literature*（20），2010]、尹永顺的《谷崎润一郎文学的翻译与接受的变迁：基于作品的选择与评价》[*Interpreting and Translation Studies*（10），2010]等。

这种研究注重立足事实来阐释谷崎润一郎文学与异国文学的接受与影响，涉及流传学、渊源学、媒介学等内容，既分析谷崎润一郎文学的外来性，也研究它的隐含性。或认为谷崎润一郎在文学创作中深受波德莱尔的影响，这种影响主要表现在谷崎润一郎特色的受虐观念理论的形成密切相关，以及跪拜在选取于现实之姿的永恒女神面前的小丑，即理所当然构成了所谓的傻瓜＝艺术家的图式，它都起到了决定性的作用。① 或认为王尔德的文学风靡于大正时代，谷崎润一郎深受其文学的影响。不仅其《两个钟表的故事》《饶太郎》等作品直接引述了王尔德的《道连·格雷的画像》中的句子，而且他翻译了王尔德的《温德米尔夫人的扇子》。受王尔德自然模仿艺术理论的影响，谷崎润一郎的《黑白》《假面会之后》等作品都表现出艺术是一切的模仿来源，为了美可以放弃善与真。② 或认为谷崎润一郎文学中所表现的唯美主义倾向从恶魔到女性的受虐与施虐，在颓废、诡异与恐怖中表现美深受爱伦·坡的影响，并指出谷崎润一郎受其影响主要是在明治后期到大正时期的青年时代。他的《异端者的悲哀》《秘密》《白昼鬼语》等作品受爱伦·坡的影响，善于在诡异的世界中寻求艺术至上，为了实现唯美的世界而不顾及真与善，从而表现出浓郁的幻想色彩与诡异恶魔的气息。③ 或认为谷崎润一郎与中国的第二个接触点来自于中国古典诗文，他的《麒麟》《金色之死》《神童》《少年时代》等都表现出浓郁的中国元素。谷崎润一郎从孩提时代起就接触了中国古典书籍，并表现出汉学才能，这对其文学创作无疑产生了深远的影响。④ 或认为谷崎润一郎在文学创作中不仅积极接受了包括爱伦坡、王尔德、波德莱尔等在内的西方作家的文学影响，而且作为一位文章家也体现了这点。他将具有西方气息的文章进行了具体化，昭和九年的《文章读本》就是很好的证明，在这里，谷崎润一郎进行了自我反省，第三人称代词"他"也不

---

① ［日］北村卓：《谷崎潤一郎のボードレール受容に関する一考察—谷崎潤一郎訳〈Le Fon et la Venus〉をめぐって—》，载《言語文化共同研究プロジェクト 2017》2018 年 5 月 30 日。
② ［日］堀江珠喜：《谷崎潤一郎とワイルド》，载《園田学園女子大学論文集》（26），1992。
③ ［日］仁木勝治：《谷崎潤一郎とE. A. Poeの作品について》，载《立正大学人文科学研究所年報·別冊》（4），1983。
④ ［日］西原大輔：《谷崎潤一郎とオリエンタリズム：大正日本の中国幻想》，中央公論新社 2003 年版，第 60 頁。

断出现在他的文学创作之中。① 总之，这种注重事实关系的实证研究夯实了谷崎润一郎研究的基础，既阐释了谷崎文学的外来性，更揭示了它的潜在性，为探讨谷崎文学提供了合理有效的研究途径。

有的从逻辑推理的角度探讨谷崎润一郎文学与异国文学的审美价值关系。其代表性成果有：国松夏纪的《谷崎润一郎与俄罗斯：俄语译〈刺青〉》[《文艺论丛》(24)，1988]、平井雅子的《谷崎润一郎与劳伦斯的母恋小说》[Women's Studies Forum (13), 1999]、柿沼伸明的《谷崎润一郎与俄罗斯》[Slavistika (16/17), 2001]、山田利一的《谷崎润一郎与约翰·厄普代克的〈老人日记〉》[Oliva (9), 2002]、崔海燕的《二人的南子：谷崎润一郎〈麒麟〉与林语堂〈子见南子〉》[《早稻田大学大学院教育学研究科记要 别册》17 (1), 2009]、金晶的《多重化文本：施蛰存的〈黄心大师〉与谷崎润一郎的〈春琴抄〉》[《野草》(86), 2010]、大岛真木的《谷崎润一郎与法国文学》[《比较文学研究》(97), 2012]、田宁的《谷崎润一郎与辜鸿铭〈中国女性的典型〉：以〈各有所好〉为中心》[《近代文学·第二次·研究与资料》(7), 2013] 等。

这种研究采用类比或对比的方式注重求异与存同的辩证关系，关注谷崎润一郎文学与异国文学之间的文学性和审美价值。或认为谷崎润一郎与劳伦斯不仅属于同时期的作家，而且其小说在主题上都表现出浓厚的恋母情结，其背后体现是日英两国的文学传统，表现出了异质文学的相似追求与美学意义。② 或认为谷崎润一郎与俄罗斯虽然没有直接的关联，但是两国 19 世纪后期均受到欧美文学的滋润与影响，其文学都表现出对欧美文明的强烈的向往。梦幻是两者常见的艺术表现形式，流露出相似的心理与价值追求。③ 或认为谷崎润一郎的《独探》《小僧的梦》《本牧夜话》《细雪》等八部作品中出现了俄罗斯，之所以如此与日俄战争的时代背景、作者以俄罗斯人的塑造来表现其西方文化观念的变迁以及作者所居住的环

---

① [日] 稻沢秀夫：《谷崎潤一郎の世界—西洋と日本のかかわり》，思潮社 1981 年版，第 36 頁。

② [日] 平井雅子：《谷崎潤一郎とロレンスの母恋い小説》，载 Women's Studies Forum (13), 1999。

③ [日] 国松夏紀：《谷崎潤一郎とロシア：ロシア語訳「刺青」をめぐって》，载《文芸論叢》(24), 1988。

境等有着密切关联。① 总之，这种研究侧重于谷崎润一郎文学与异国文学的非事实关系的研究，从人物形象、作品主题、艺术结构等方面探讨两者的审美价值关系，既拓展了谷崎润一郎研究的空间，又发掘了其文学的内涵与艺术价值，有效推进了谷崎润一郎文学研究的进程。

有的从跨学科角度对谷崎润一郎文学与电影、戏剧、服饰、身体、心理以及文化与政治等关系展开了深入研究，这种在全球化与跨学科语境下的谷崎润一郎研究视野更宽阔广博，研究手段也更加灵活多样，体现出强烈的学科包容性和时代同步性。其代表性成果有：佐藤未央子的《谷崎润一郎的电影接受》[《同志社国文学》（88），2018]、木村爱美的系列论文《谷崎润一郎与人鱼的邂逅：〈人鱼的叹息〉与电影〈海神之女〉〈美人岛〉的关连》[《解释》64卷（1·2）号，2018]、《谷崎润一郎作品的衣装研究意义》[《明治大学日本文学》43卷（1—4），2017]、《谷崎润一郎〈金色之死〉论再考：身体与着装的艺术》[《文学部·文学研究科学术研究发表会论集》（7），2017]、《谷崎润一郎的衣裳观：通观明治·大正时代》[《文学研究论集》（48），2017]、寺泽诚人的《谷崎润一郎〈金色之死〉试论：镜中之物》[《ゲストハウス》（8），2016]、柴田希的《谷崎润一郎与电影》[《日本文学》65（2），2016]、藤原学的《都市空间中的我：谷崎润一郎〈秘密〉的空间论》[《都市近代化与现代文化》（61），2016]、大野らふ等的《见谷崎润一郎文学的和服：耽美·华丽·恶魔主义》（河出书房新社，2016）、野田康文的《谷崎润一郎与盲者的视觉性：视觉论与〈春琴抄〉》[《国语与国文学》88（2），2011]、关礼子的《谷崎润一郎与电影：1930年前后》[*Journal of the Society for General Academic and Cultural Research*（10），2006]、常盘友利子的《谷崎润一郎与电影》[《埼玉大学国语教育论丛》（7），2004]、安田孝的《编剧艺术的确立：谷崎润一郎与戏曲》[《都大论究》（33），1996]、千叶伸夫的《电影与谷崎润一郎》（青蛙房，1989）、清水晶的《谷崎润一郎与电影》[《悲剧喜剧》39（9），1986]等。

这种研究立足于多元文化背景和交流对话，将谷崎润一郎作品从独立的文本解读中解放出来，将其置于多学科视野之中，对文本实施综合式阐

---

① [日]柿沼伸明：《谷崎潤一郎とロシア》，载 *Slavistika*（16/17），2001。

释,以拓展谷崎润一郎文学的研究空间,获取令人耳目一新的结论。或认为谷崎润一郎文学表现出了浓郁的电影艺术的特色。曾经担任国家电影脚本顾问的谷崎润一郎,其作品中的人物、布局以及结构均融入了电影的元素,《痴人之爱》就是典型。作品中的娜奥密形象、舞台布置、插画、情景等无不体现电影艺术对其文学创作的影响,电影的声光效果巧妙地转化成了主观情感与视觉效应,增强了作品的艺术感染力。① 或认为服饰所具有的独特视角效果,不仅可以呈现人物的性格,还可以展示时代的精神风貌,具有丰富的文化内涵。谷崎润一郎文学中服饰反映了时代女性的变迁,从注重肉体到注重精神,从姿态美到表情美,体现了明治大正时期日本和服文化向西方服饰转变的历程。② 或认为谷崎润一郎小说具有电影化特色,从商业主义的角度进行考察呈现出娱乐性、大众性,强烈化的视觉意象、插画、装帧、电影语言的交互使用也使谷崎润一郎文学呈现出独特的艺术魅力。③ 或认为谷崎润一郎文学身体化的游戏空间在显示虚构性的同时让其文学富有了独特的魅力。《秘密》中主人公"我"的所作所为既具有了地理空间的效果,展示了东京城区的地理景象,而且其身体的游戏空间通常是社会空间的折射与体现,再现了当时社会的现实风貌。④ 或认为谷崎润一郎文学通过读者的视觉化展示了现代主义。如通过在连载中的插画来调动读者视觉的直接参与的《黑白》就是如此。读者在插画的引导之下超越了故事现实与虚构的界限,似电影视觉表象,补充故事内容《黑白》的插画,既可以增强故事性,又可以获得超脱已有期待的局限和新的解释可能性。读者的阅读行为也因此将现实世界与故事世界有机融合在一起。⑤ 或认为谷崎润一郎基于对西方女性的崇拜,推崇崇高的肉体与官能表现,其笔下的女性身体既成为美的象征,以身体来言说其思想观念,表达大正时代以崇拜西方女性身体为理想

---

① [日]佐藤未央子:《谷崎潤一郎の映画受容(二):「痴人の愛」を中心として》,载《同志社文学》(82),2015。

② [日]木村愛美:《谷崎潤一郎の衣裳観:明治・大正時代を通して》,载《文学研究論集》(48),2018。

③ [日]柴田希:《谷崎潤一郎と映画》,载《日本文学》65(2),2016。

④ [日]藤原学:《都市空間の中の私:谷崎潤一郎「秘密」の空間論》,载《都市の近代化と現代文化》(61),2016。

⑤ [日]日高佳紀:《〈狂気〉への回路:谷崎潤一郎「黒白」の読者と挿絵—》,载《奈良教育大学国文:研究と教育》(38),2015。

之美的社会风气。① 或认为人物的服饰不仅是其性格与社会立场的有效暗示,有效折射了同时代的社会历史风貌。《细雪》中服饰描写反映了上方文化与风俗,华丽的服饰也呈现了谷崎润一郎的美意识。② 可以说,随着研究者们从跨学科的角度将谷崎润一郎文学从形式主义的视域中解放出来,不再局限于对其作品展开单一的内部研究和美学分析,而是站在更为宽泛的视角与高度,着手于阐释文本形成的社会文化语境与其他学科的关系。如此使得谷崎润一郎文学的研究具有了多样性、多元化的特点,进而构成了新型的研究范式,成为当前日本谷崎润一郎文学的热点。

日本谷崎润一郎研究取得了丰富的成果,形成了一个令人瞩目的研究景观,为其他国家谷崎润一郎研究者提供了富有学术价值的参考资料。从近年来日本谷崎润一郎研究总体发展趋势来看,研究者们逐渐从以往的文学外部研究转向文学内部研究,研究方法也从以往的生平传记研究转向多元化研究。这种转向使得谷崎润一郎研究领域更为广泛,视野更为宽广,研究更具深度和厚度。当然,这种转向研究并不意味着要消解谷崎作品的文学经典性,而是从文学和文化的互动中探求谷崎润一郎文学,通过横向与纵向相结合的研究范式,挖掘其文学在艺术构思、情节结构、人物形象、主题设置、表现技巧以及文学影响与价值等多方面的艺术内蕴,从而有效拓展和深化谷崎润一郎研究。总之,在当今多元化的研究格局下,日本谷崎润一郎研究呈现出多样性,比较研究、跨学科研究使其研究更具有开放性视野和维度,谷崎润一郎及其文学研究也因此具有全方位、多角度的研究格局。

(二) 谷崎润一郎国内研究现状

注重研究外域作家在中国的研究是当前外国文学研究的一个重要领域。近年来,学术界围绕这个话题开展了持续的研究,并取得了丰硕的成果。因此,如何梳理域外作家的国内研究现状不仅是外国文学研究的一项基础性工作,也是拓展和深化域外作家研究的关键所在,因为合理的现状评述能够为研究提供科学的学术背景。谷崎润一郎是日本现代知名作家,在日本文坛享有"大谷崎"和"大文豪"的美誉。伴随国内日本文学研

---

① [日] 山田岳志:《文学作品にみられる身体について:谷崎潤一郎の諸作品を手がかりとして》,载《愛知工業大学調究報告 A》(36),2001。

② [日] 山田晃子:《谷崎潤一郎の作品における服飾:装うということの魅力》,载《阪大比較文学》(7),2013。

究的深入发展,学术界对他的研究也进入了新的阶段,产生了一批具有影响的研究成果。因此,在这种背景下,客观、系统地审视和梳理国内谷崎润一郎研究的现状也就具有了重要的学理价值和现实意义,为今后谷崎润一郎研究提供相应的学理依据与学术借鉴。

1. 近十年国内谷崎润一郎研究的主要成果

鉴于2009—2019年国内出版的谷崎润一郎学术著作少,不具备普遍的代表性。为此,该书选取这期间在中国期刊全文数据库(CNKI)公开发表的以"谷崎润一郎"为关键词的代表性文献作为数据来源。根据笔者的统计,截至2019年6月,中国期刊全文数据库收录的研究谷崎润一郎的论文(包括研究生学位论文)共有299篇,其具体年份分布如表一所示。

表一　　　2009—2019年国内谷崎润一郎研究论文的统计情况

年份	篇数	研究生学位论文篇数
2009	29	硕士学位论文8
2010	24	硕士学位论文4　博士学位论文1
2011	36	硕士学位论文4
2012	35	硕士学位论文6　博士学位论文1
2013	32	硕士学位论文7
2014	33	硕士学位论文5
2015	36	硕士学位论文6　博士学位论文1
2016	30	硕士学位论文5
2017	20	硕士学位论文8
2018	13	硕士学位论文5
2019	11	硕士学位论文6
总数	299	67

从表一统计的数据可以发现,从年度发表来看,我国近十年来对谷崎润一郎的关注度持续上升,研究论文呈增长趋势,尤其是2011—2016年,每年的研究论文都超过了30篇,文章数量为202篇,占总数的70.1%。这十年间除个别年份发文量偏少以外,发文量基本上都能够保持稳定的态势。研究谷崎润一郎的博硕士论文也相对较多,共有67篇,其中,硕士

论文有64篇，博士论文有3篇。从作者来源来看，高等院校是研究的主体，其中高校师生共发表了279篇论文，发文量远远超过其他单位，占比为93.3%。高等院校中既有985、211高校的教授、博士，也有地方院校的讲师、硕士，还有攻读学位的学生。可见，高等院校因拥有较好的学术资源无疑成为国内谷崎润一郎研究工作的主体。从论文刊载的期刊来看，这其中既有CSSCI（南大版）和中文核心（北大版）的刊物，也有一般的省级普通刊物。其中，刊登在CSSCI和中文核心刊物的论文情况详见表二所示。

表二　2009—2019年核心刊物发表国内谷崎润一郎研究论文的情况

年份	篇数	刊载的刊物
2009	3	社会科学战线；解放军外国语学院学报；福建师范大学学报
2010	4	学术交流；苏州大学学报；鲁迅研究刊；四川戏剧
2011	4	上海理工大学学报；文艺争鸣；郑州大学学报；求索
2012	2	贵州社会科学；日语学习与研究
2013	2	外语学刊；日本问题研究
2014	7	社会科学；日语学习与研究；北京电影学院学报；山东社会科学；中国比较文学；日本问题研究
2015	2	湖南科技大学学报；日本问题研究
2016	3	日本问题研究；日语学习与研究；文艺争鸣
2017	4	日语学习与研究；当代外国文学；社会科学；湘潭大学学报
2018	1	日语学习与研究
2019	1	浙江理工大学学报（社会科学版）
总数	33	

从表二的统计数据来看，虽然有些核心期刊刊载了谷崎润一郎研究的相关论文，并且在2014年刊载了7篇，出现了一个小高峰，但是核心刊物发文数量明显偏少，十年间才发表了33篇，仅占总发文量的11.1%，而且尚未有论文出现在《外国文学评论》《外国文学研究》《国外文学》《外国文学》等权威刊物上。此外，从核心刊物发文来看，《日本问题研

究》与《日语学习与研究》是发表谷崎润一郎研究论文的阵地。其他刊物只是零星、偶尔地发表，既没有出现专题的发表形式，也缺乏较为明显的延续性。这些现象都充分说明国内谷崎润一郎研究的整体水平还不太高，研究质量也有待进一步的提高。

以上数据可以说明，近年来我国谷崎润一郎研究日益受到学界的关注和重视，相关的研究成果如雨后春笋般出现。一些研究者将谷崎润一郎作为自己的研究领域，从不同的视角对其展开了较为深入的研究，并取得了相应的研究成果。值得一提的是，2012年和2013年均有谷崎润一郎的课题获得国家社科基金规划办的立项。2015年11月20日，为期三天的"纪念谷崎润一郎逝世五十周年国际研讨会"在上海同济大学的外国语学院召开。此次会议邀请了日本、美国、法国、意大利和中国的25位谷崎润一郎研究专家。会上，他们围绕谷崎润一郎及其文学创作发表了各自最新的研究成果。因此，上述这些研究成果无疑地为推进国内谷崎润一郎研究向纵深化发展提供了坚实的研究基础。

2. 近十年国内谷崎润一郎研究的主要观点

（1）谷崎润一郎文学的译介研究

译介研究是指对谷崎润一郎及其文学作品的翻译与介绍，这是国内谷崎润一郎研究的起点，它对推进国内谷崎润一郎研究起到了重要的基础作用。通过译介研究，不仅可以及时了解谷崎润一郎国内研究的动态，而且可以从中发现有待研究的空间与领域，为推进谷崎润一郎研究提供坚实的学理依据。因而，十年来学者们对谷崎润一郎的译介展开了较为深入的研究。

张能泉认为，国内对于谷崎润一郎的研究主要表现在文学译介和文学评论两个方面，以历史的眼光客观回顾和还原谷崎润一郎研究在国内发展的轨迹和变化历程，归纳总结各个时期谷崎润一郎研究的主要特点和不足。[①] 甘菁菁认为，谷崎润一郎的代表作《细雪》出现了大量体现和反映日本传统文化的词汇，通过以周逸之、黄锋华和储元熹三个中文译本为例，从衣食住行、风俗习惯、传统艺术方面比较各版本文化词汇的翻译，探索文化词汇的最佳翻译方法，进而认为文学作品中的文化词汇对帮助读者理解他国文化社会起着重要作用，但在翻译过程中由于文化的空缺经常

---

① 拙作：《谷崎润一郎国内译介与研究评述》，载《日语学习与研究》2014年第2期。

导致词汇的空缺，所以译者的翻译选择尤为重要。① 翁家慧认为，20 世纪二三十年代，以田汉、郁达夫和周作人等人为代表的留日文人将日本唯美主义译介到中国文坛，并借鉴和模仿谷崎润一郎等人从事文艺创作，通过人物形象、主题风格、艺术审美等层面归纳出这一时期中国文坛对日本唯美主义译介和接受情况的特点。②

有些研究者选取了这个话题作为学位论文的选题，展开了较为深入的研究，得出了一些富有新意的结论。王璐的博士论文《谷崎润一郎与中国》以中国文坛对其作品的译介、研究、接受等为纬线，系统深入地剖析他与中国的深厚关系，为全面了解谷崎润一郎在中国的译介情况提供了翔实的研究资料。③ 孔婷的日文硕士论文利用改写理论，以《细雪》的两个汉译本为研究对象，从意识形态、诗学、文化和语言四个方面论述周逸之和林水福两个译本的差异之处，并由此得出结论，两个译本都对原文进行了不同程度的改写，都是对原文的再创作，且译本之间的差异具有其存在的合理性。当语言层面无法解释复杂的翻译现象时，可以结合文化环境因素进行探讨。④ 张美茹的日文硕士论文则从文化视角，以《细雪》和《春琴抄》为例，分析"待遇表现"的汉译问题，认为日语"待遇表现"汉译时会出现"可译"和"不可译"两种情况。⑤

开放、包容的当代中国文学语境为谷崎润一郎及其作品的翻译、介绍和评论提供了得天独厚的条件，这些最新的译介成果不仅为国内谷崎润一郎研究做出了重要贡献，也充分反映了新时期国内学术界的国际视野和强烈的文学交流意识。

（2）谷崎润一郎文学的唯美研究

谷崎润一郎一生都钟情于美的描述与表现，强调文学创作的非功利性，提倡文学艺术的纯粹性，具有浓郁的唯美主义思想。因此，探讨谷崎

---

① 甘菁菁：《论〈细雪〉汉译本中文化词汇的翻译》，载《湖北科技学院学报》2016 年第 6 期。
② 翁家慧：《中国文坛对日本唯美主义的译介与接受：以民国时期田汉、郁达夫及周作人为例》，载《日本教育与日本学》2018 年第 1 期。
③ 王璐：《谷崎润一郎与中国》，吉林大学博士学位论文，2012 年。
④ 孔婷：《リライト理論の視点から『細雪』訳本比較研究：周逸之と林水福の訳本を中心に》，贵州大学硕士学位论文，2016 年。
⑤ 张美茹：《文化の視点から見た「待遇表現」の中国語訳：谷崎潤一郎の中国語訳本を中心に》，沈阳师范大学硕士学位论文，2011 年。

润一郎文学的唯美思想一直以来都是国内谷崎润一郎研究比较活跃的话题。十年期间，研究这个专题的论文有43篇，占总数的15.1%。然而与之前单一阐释作品的唯美思想不同，研究者们不再局限于作品本身，而是站在特定的历史语境下审视和考察谷崎润一郎的文学创作，并从中深刻挖掘和剖析作品的唯美意识。这种在历史语境中阐述谷崎润一郎文学思想的研究已经成为当前谷崎润一郎研究一个较为重要的研究范型。不少研究者致力于将谷崎润一郎放置在具体的社会历史语境下，通过考察和分析谷崎润一郎文学生成的历史语境，在特定的社会历史时空中阐释谷崎润一郎文学的思想主题。

曾真认为，谷崎润一郎的生活经历对他的文学生涯产生了深远的影响，并分别从商人家世及成长过程和其创作的内在联系、对母亲的强烈思念与其唯美思想形成的深刻关系、婚姻生活与其创作思想的密切联系以及中国之旅与其美学观念形成的影响四个不同侧面对谷崎润一郎唯美思想的生成语境进行了较为深刻的阐释，为读者全方位了解谷崎润一郎提供了一个较好的学术角度。[①] 刘立善认为，谷崎润一郎文学以赞美风韵女人肉体生命的律动，将颓废享乐作为精神逃亡的宿营地，借助官能快感宣扬欢乐主义，这是其唯美意识的重要体现和特质。[②] 赵薇认为，谷崎润一郎成长的生活轨迹体现了日本明治、大正、昭和时期东洋与西洋文化交错影响下的文人的心路。梳理谷崎润一郎不同时期的文学创作目的是呈现谷崎润一郎唯美思想发生与流变的历程，从中揭示历史语境对谷崎润一郎文艺思想的影响，展示谷崎润一郎对美的诠释形态。[③] 李雅静认为，谷崎润一郎唯美主义思想的形成与其所处的时代环境、人生经历以及社会历史有关，其中国题材创作的唯美主义思想主要表现为唯美人物形象和唯美景物形象，由此勾勒出谷崎润一郎一个相对完整的唯美思想发展的轨迹。[④] 戴金玉认为，《春琴抄》以春琴"残缺"之身而追求"永恒"之美的心理描述，佐助崇拜女性、丧失自我的心理分析，揭示了人格缺陷与唯美追求，突出了谷崎润一郎小说以缺陷与永恒为基准，以审美与女性为主题的唯美主义

---

① 曾真：《论生活经历对谷崎润一郎创作的影响》，载《怀化学院学报》2008年第6期。
② 刘立善：《论谷崎润一郎作品中的唯美意识》，载《日本研究》2013年第3期。
③ 赵薇：《谷崎润一郎的唯美历程说略》，载《外国问题研究》2012年第1期。
④ 刘雅静：《谷崎润一郎早期中国题材创作中的唯美倾向》，湖南师范大学硕士学位论文，2017年。

立场。① 孙萍认为，谷崎文学的唯美思想主要表现在官能美、恶魔主义以及对女性跪拜等方面，形成了独特的唯美风格。② 此外，王丽君、刘旸旸、黄颖、白川、刘静娜等人的硕士学位论文对此也进行了较为系统的论述。

研究者们走出了以往单一文本的批评模式，由文学内部研究转向文学外部研究，打破了过去热衷于从文本细读中解读谷崎润一郎创作思想的研究范式，将谷崎润一郎文学从琐碎的文本分析中解放出来，告别了文本主义非历史化的倾向，重新重视文学与社会、艺术与人生、文本与历史的关系，有利于国内谷崎润一郎研究走向更为广阔的研究空间。总之，学者们围绕谷崎润一郎所处的历史语境，重视运用社会历史批评和文化批评的方法，从多个角度审视谷崎润一郎文学，对其唯美思想进行深度的挖掘，呈现出了较为活跃的研究态势。

（3）谷崎润一郎文学的女性研究

谷崎润一郎文学中大量充斥着女性官能的书写，成为传达谷崎润一郎文艺思想的重要方式。因而，国内研究者也非常重视研讨谷崎润一郎文学中的女性问题，成为研究的重点。据笔者统计，十年来这方面的研究论文有40篇，占总数的13.4%。然而，这些文章大部分都是从微观的角度运用某种理论来解读作品中的女性形象。尽管这种研究的方法比较传统，但是也不乏一些具有新意的观点，为读者理解谷崎润一郎文学中的女性形象提供了参考价值。

陈要勤认为，《细雪》中的妙子在恋爱婚姻中表现出本能欲望的强烈、自我意识的浓厚和超我意识的薄弱，是一位敢于反叛传统、大胆追求自由的现代女性形象。③ 王毓认为，"病"是《细雪》的重要符号之一，围绕"疾病"与"病态"的隐喻，分析妙子与雪子的女性形象，可以揭示小说病态美的存在方式。④ 如果说，这种对女性形象的深层静态分析可以让读

---

① 戴金玉等：《谷崎润一郎的唯美主义意识：以〈春琴抄〉为研究对象》，载《北京航空航天大学学报》（社会科学版）2016年第11期。
② 孙萍：《探析谷崎润一郎唯美主义文学的特点》，载《辽宁工业大学学报》2019年第4期。
③ 陈要勤：《从"人格三结构"看妙子的自由追求：长篇小说〈细雪〉主人公形象分析》，载《创作评谭》2009年第1期。
④ 王毓：论《〈细雪〉中女性形象的病态美》，《长沙铁道学院学报》（社会科学版）2014年1期。

者近距离具体地透视谷崎润一郎文学中的女性内涵,那么从宏观的视野整体考察谷崎润一郎文学中的女性形象,则可以让读者在纷繁复杂的现象中发现谷崎润一郎文学中女性的本质性要素,探究其共同的形态特征。黄海燕认为,谷崎润一郎笔下的女性形象可以分为蛇蝎魔女与永恒女神两种类型。前者外表美艳,却在精神上折磨男性,并乐在其中,使男人既爱又恨,欲罢不能;后者既有少女的性感美貌,又有母性的温柔包容,是肉与灵的和谐统一,是男性的救星。[1] 这两种类型的女性形象具备了独特的审美意义,展示了谷崎润一郎对美的憧憬与追求。刘雪宁认为,谷崎润一郎善于在肉体的残忍中展现女性的美,从嗜虐与受虐中体味痛切的快感,追求传统的古典美,病态的官能美,形成具有特色的女性崇拜思想。[2] 夏晶晶通过对谷崎润一郎各个时期的文学作品的解读,从中发现作家创作风格主要基于作品中的女性形象来具体展现。[3] 蔡榕滨认为,谷崎润一郎笔下的女性既非真美,又非真恶,更非真强,她们只是男性世界的创造物,体现了作者的男权主义思想。因而,谷崎润一郎的女性崇拜只不过是男性对自身的崇拜表现而已。[4] 此外,樊玮娜、周瑾、诺敏、章瑜等人的硕士学位论文都对此问题进行了较为深入的阐释。

探讨谷崎润一郎文学中的女性主题与唯美思想研究形成了相互呼应的格局,构成了谷崎润一郎研究的多个角度。在研究中,研究者们比较重视运用多种文学批评理论,采用科学的论证方法,不仅从微观层面静态剖析谷崎润一郎笔下的女性形象及其意义,而且从宏观层面动态分析女性形象的共性与特征,揭示其形象的典型性,表现出研究者较高的理论水平和活跃的学术思想,实现了国内谷崎润一郎研究的理论化、深入化与系统化。

(4) 谷崎润一郎文学的中国研究

出于对大正日本的强烈厌恶,谷崎润一郎两次来到中国,并创作了一批以中国为题材的文学作品。这些作品不仅表露了浓郁的"中国情趣",而且还书写了充满浪漫色彩的中国形象,形成了谷崎润一郎"中国形象"

---

[1] 黄海燕:《女神崇拜之下的女性形象塑造:谷崎润一郎作品的主题探析》,载《福建师大福清分校学报》2015年第1期。
[2] 刘雪宁:《论谷崎润一郎的女性崇拜主义思想》,载《黑河学刊》2011年第1期。
[3] 夏晶晶:《从〈刺青〉〈春琴抄〉和〈细雪〉论谷崎润一郎的女性认识变迁》,东北师范大学硕士论文,2019年。
[4] 蔡榕滨:《谷崎润一郎"女性崇拜"辨析》,载《怀化学院学报》2015年第2期。

作品群。随着西方形象学理论在我国的传播与接受，形象学批评被广泛运用于谷崎润一郎文学的研究，并取得了较为丰硕的成果，成为国内谷崎润一郎研究的一个热点。

高洁认为，谷崎润一郎首次中国旅行之后创作的《苏州纪行》《秦淮之夜》和《西湖之月》并非"东方主义"的体现，而是以普通旅行者的身份体验中国，展现的是大正时期市民阶层的意识以及对官能享乐的推崇，其笔下的中国丰富了他的文学表现形式。[①] 李雁南认为，谷崎润一郎为逃避令人厌倦的现实生活，对富于异国情调的中国充满了向往。在以首次中国之行为素材的作品群中，谷崎润一郎笔下的中国江南是一个不受日常生活约束、尽享奢华、象征着远方和异乡的完美，被描述为一座由美食、美景、美女构筑的天堂，成为谷崎润一郎逃避现实的心灵憩息地。[②] 张能泉认为，谷崎润一郎在其首次中国之行后，创作了大量描述中国形象的文学作品。作为一个因作家特殊感受而创作出来的形象，在谷崎润一郎以"我"的身份来注视和描述中国的同时，中国也传递给了谷崎润一郎这个言说者以及书写者某种意识形态和浓郁的东方主义情绪。换而言之，谷崎润一郎在书写中国形象的同时，借助隐喻的方式，将中国形象作为他者加以部分的否定，从而达到肯定自我的目的。[③] 陈云哲认为，有着两次访华经历的谷崎润一郎创作了"中国形象"作品群，童年记忆的回叙与文化记忆的移植则是这些作品写作发生的原点。然而，作家对于中国形象的诗意性叙述并不仅是在回忆性的讲述中呈现出来，深层上是对中国文化无限向往和诉求的心理机制的体现，是对中国形象的想象性和建构性的叙述。[④] 于桂玲认为，谷崎润一郎笔下的中国是其唯美之梦的载体，不同的是中国这个幻想的他者只是满足了谷崎润一郎的异国情趣，移居关西的他以回归日本传统取代了中国。[⑤] 此外，陈云哲的博士学位论文，胥琴、崔玮玮、贺璐、张景、赵珊等人的硕士学位论文，对此也进行了较为系统的

[①] 高洁：《谷崎润一郎文学的"非东方主义"解读：以〈苏州纪行〉〈秦淮之夜〉〈西湖之月〉为中心》，载《日语学习与研究》2018年第4期。

[②] 李雁南：《谷崎润一郎笔下的中国江南》，载《解放军外国语学院学报》2009年第2期。

[③] 张能泉：《论谷崎润一郎首次中国之行后文学创作中的中国形象》，载《日本问题研究》2013年第1期。

[④] 陈云哲：《童年记忆的回叙与文化记忆的移植：谷崎润一郎"中国形象"作品群写作的发生》，载《华夏文化论坛》2013年第2期。

[⑤] 于桂玲：《谷崎润一郎的中国观》，载《日语学习与研究》2016年第6期。

探讨，打破了过去单一研究的局面，拓展了研究的深度。

上述这些代表性观点不仅挖掘了谷崎润一郎书写中国形象的深层机制，而且对其笔下中国形象的特质进行了深刻的阐释。研究者们将形象理论与文学书写有机结合，在相互阐释中揭示了作者的审美价值取向，有利于帮助读者更好地理解和把握谷崎润一郎"中国形象"作品群，开拓了谷崎润一郎研究的新领域。

（5）谷崎润一郎文学的艺术研究

作为一位唯美派作家，谷崎润一郎是一个勇于创新和敢于试验的作家，既继承了日本传统的文学表现形式，又创造性地运用现代主义创作手法，在作品的题材处理、叙述策略、语言表达、心理描写、人物对话等方面进行了大胆的革新，形成了多元化的艺术技巧。近年来，随着国内评论界对作家艺术技巧的重视，关于谷崎润一郎文学创作的艺术技巧研究也取得了一些成果，并逐渐成为研究的亮点。

潘文东认为，谷崎润一郎在《细雪》中把第三人称限制叙事和多重叙事视角有机结合、且运用自如，这样既符合长篇作品的叙事要求，又体现了一代文豪高超的文学技巧，而且对作品所表达的思想内容也起着决定性的作用。[①] 卢茂君认为，谷崎润一郎的《刺青》把人物的主观感受和精神诉求作为线索脉络展开故事，注重细节描写和氛围烘托，在抒情之中叙事状物，充溢着浓郁的诗情画意，表现了作者独特的审美情趣和艺术追求。小说叙事标举唯美，崇尚艳丽，给人耳目一新之感。[②] 诸飞燕认为，谷崎润一郎回归古典之后的作品很大程度上受到了"物语"的影响，在叙述上采用"朴素的叙述式"的"物语式"写作方法，注重"讲述"艺术，追求音调之美。[③] 此外，孙宏的硕士论文从谷崎润一郎中短篇小说的叙述人称、叙事视角、叙事结构、叙事语言等方面系统地阐述了谷崎润一郎中短篇小说的叙事艺术特质。[④] 张宁的硕士论文以《痴人之爱》《春琴抄》和《疯癫老人日记》为中心，考察谷崎润一郎女性崇拜观的表现手

---

① 潘文东：《从恶魔主义到回归传统：〈细雪〉叙事视角分析》，载《苏州大学学报》（哲学社会科学版）2010年第2期。
② 卢茂君：《试论〈刺青〉的技巧探索与形式创新》，载《焦作大学学报》2010年第4期。
③ 诸飞燕：《略论谷崎润一郎文学的"物语"性》，载《日语学习与研究》2012年第4期。
④ 孙宏：《谷崎润一郎中短篇小说的叙事艺术》，黑龙江大学硕士学位论文，2018年。

法，以增强对谷崎润一郎文学的艺术理解。① 张能泉的博士论文从题材艺术、叙事人称艺术、心理描写艺术以及语言艺术等方面探讨了谷崎润一郎短篇小说的艺术特色，认为其短篇小说表现出精致之美的艺术特质。这些艺术技巧的成功运用使得其短篇小说富有与众不同的艺术特质，形成了以精美为主导的文学风格，在日本现代文坛上开辟了属于自己的文学疆域，成就了大文豪谷崎润一郎的文学艺术辉煌。②

研究者们对谷崎润一郎文学艺术技巧的解读，因其视角的独特和缜密的分析，进行了深入的理解和挖掘，呈现了谷崎润一郎文学传统与现代兼容的艺术特征，揭示蕴含其间的美学价值。这是对谷崎润一郎文学艺术特质的精辟诠释，能够引领读者在阅读谷崎润一郎文学的过程中获得审美愉悦。

3. 关于深化国内谷崎润一郎研究的思考

（1）对已有研究的评估

通过上述文献分析，由此可见十年来国内学术界已有研究对谷崎润一郎文学的译介、思想、主题、艺术技巧等问题有了比较广泛和深入的研究。总体来说，由于研究者们研究视野的不断拓展，研究角度的不断更新，研究方法的不断完善，在研究的广度和深度上都取得了较为丰硕的研究成果。这些成果为推进谷崎润一郎文学研究提供了有益的指导与参考，对构建科学化、系统化、多样化、深入化的谷崎润一郎研究格局也具有重要而又积极的促进作用。然而，值得的注意是，已有研究是否触及到除小说之外的其他文学体裁？是否理论性研究多，实证性分析少？是否微观角度研究多，宏观角度研究少？已有研究的质量对全面深刻理解谷崎润一郎文学究竟起到了多大的作用？对这些问题学界并没有给出一个统一的认识和答案。因此，我们认为已有研究尚存在以下几个方面的不足。

首先，小说研究多，其他体裁研究少。从研究的对象来看，已有的研究大多数是选择谷崎润一郎的小说作为研究对象，相对忽视了对其他体裁的研究。事实上，谷崎润一郎是一位多产型作家，除小说外，还创作了大量的戏剧和随笔散文。然而，目前只有如张冲等这样的少数研究者，关注谷崎润一郎的戏剧创作问题。因而，这种将研究范围局限于小说，而忽略

---

① 张宁：《谷崎润一郎女性崇拜观的表现手法探析》，湖南大学硕士学位论文，2015年。
② 拙作：《谷崎润一郎短篇小说艺术研究》，华中师范大学博士学位论文，2015年。

对其他领域探讨的研究现状，形成了国内谷崎润一郎研究的失衡局面，影响了谷崎润一郎研究的质量。

其次，理论性研究多，实证性分析少。从研究的方法来看，大多数研究是运用纯理论的分析来解读谷崎润一郎文学，虽具有相应的学理性价值，但因缺乏实证性的研究，容易造成理论的自我演绎。简要来说，已有研究主要表现在如何运用理论来分析谷崎润一郎译介、思想与主题、艺术与技巧等问题，鲜有研究采纳案例研究等定性研究方法，通过资料的梳理与挖掘对上述问题进行定性分析。

再次，微观角度研究多，宏观角度研究少。从研究的视角来看，大多数研究属于微观研究。研究者们通常是从个案的角度出发，选择谷崎润一郎的某部作品，通过文本细读来探讨和阐释某个具体的问题。虽然这种微观研究可以增强研究的针对性，也符合我国文学批评发展与转型的客观要求，然因相对忽视了的整体角度，缺乏对所论问题的宏观阐述，容易导致研究成果欠广度和深度。

最后，研究水平有待进一步提高。十年期间国内谷崎润一郎研究虽然发表了将近300篇的学术论文，然而高质量的文章数量却明显偏少。其中能够发表在核心刊物的文章还不到30篇，能够被人大复印资料全文转载的仅有5篇。

（2）未来的研究方向

针对已有研究存在的不足，结合对谷崎润一郎研究现状的梳理与分析，我们认为未来谷崎润一郎研究可以在以下几个方面开展。

首先，发掘和整理谷崎润一郎研究的新资料，弥补研究的不足。翔实的资料是从事科学研究的前提与基础。在研究过程中，我们发现国内对谷崎润一郎研究资料的发掘和整理工作还不够全面。这主要表现在：谷崎润一郎生平资料的收集欠缺详尽；谷崎润一郎其他体裁的译介薄弱；谷崎润一郎与中国交往史料的考证欠完善；谷崎润一郎日本学术史资料的收集欠完整，等等。因此，进一步发掘和整理谷崎润一郎研究的新资料是夯实国内谷崎润一郎研究的一项基础性工作，其意义重大，价值不菲，应尽量做好做实。

其次，改进研究方法和思路，提高研究的整体水平。众所周知，比较研究法现已广泛运用于科学研究的各个领域。因而，我们在从事谷崎润一郎研究时可以采取宏观比较的研究方法，突破微观研究的局限，以开阔的学术视野，扎实的研究资料，合理的学理分析，在对比分析中辨析谷崎润一郎文学的特质，在世界文学发展的历史进程中认定谷崎润一郎文学的价值与地位。这样一来，通过改进研究方法和思路不仅可以开辟新的谷崎润一郎研究领域，有效推动谷崎润一郎研究向深度和广度发展，而且还可以使微观研究与宏观研究有机结合，切实从整体上提高研究的水平。

最后，注重实证分析，有效调整研究的策略。随着谷崎润一郎研究多元化格局的逐渐形成，注重谷崎润一郎文学的实证分析，辨析理清谷崎润一郎文学与域外文学的关系，既可以突破纯学理阐述的束缚，拓展谷崎润一郎研究的新领域，又可以确保研究的客观性和可靠性，将研究落到实处，而不是仅仅停留于学理的自我言说层面上。因而，调整研究的策略，注重实证分析，将考据与义理相互结合，能够使研究更加实在，从而为谷崎润一郎研究提供坚实的基础。

总之，自21世纪以来，我国外国文学研究模式多元化的态势日趋显著，既为外国文学研究提供了有利的条件，也提出了更高的要求。作为外国文学研究的一个组成部分，谷崎润一郎研究也应该呈现多元化的研究趋势，这种研究趋势大大促进了国内谷崎润一郎研究的进程，出现了一批丰硕的研究成果。通过对十年来中国期刊网全文数据库（CNKI）收录的相关学术论文的梳理和分析，不仅理清了当代国内谷崎润一郎研究的框架，而且归纳和总结了主要成果与代表性的观点，并在此基础上对这些研究成果进行了评估，对未来的研究方向提出了预设，以此在更广阔的背景下审视和关照国内谷崎润一郎问题，发掘其在当今全球化与跨学科研究的时代背景下对当下外国文学研究的借鉴意义，推动谷崎润一郎研究向多元化发展，促使研究呈现百家争鸣和百花齐放的繁荣景象。

二　研究意义与思路

为进一步深化对谷崎润一郎与中国现代文学社团关系的认识，以影响研究为主体，平行研究为支撑，采取"点—线—面"的研究方法，立体考察谷崎润一郎与社团作家之间文学活动的心理动因、行为倾向、文学创作及其背后深层的复杂因素，并将其放置在20世纪二三十年代中国特定的接受语境之下探究此种关系的形成、发展与具体表现形态，系统考察中国现代作家对谷崎润一郎文学的吸纳与取舍，既能够从中更好地认清谷崎润一郎文学对中国现代文学社团产生的具体影响，又可以看到社团作家在文学接受过程中的选择性与主体性，从而为合理科学地认识两者的文学关系提供相应的学理依据。

（一）研究意义

首先，文学社团是一个个文学个体构成的团体，从某种意义上说他们的文学活动构成了中国现代文学的发展史。因此，探究谷崎润一郎与中国现代文学社团的关系，描述其文学关系的全貌，展示其文学影响的表现形态，揭示其文学接受的流变范式，这样既构成了文学史的组成部分，又有利于认清中国现代文学社团与域外作家的文学关系，对推进中国现代文学的发生与发展有着重要的作用。随着五四新文化运动的深入推进，域外文学思潮如潮水般涌入中国现代文坛，这其中不仅有现实主义与浪漫主义这种传统的文学思潮，还有自然主义、唯美主义、象征主义、达达主义和超现实主义等文学思潮。面对蜂拥而至的外来文学思潮，作家们没有固步自封，而是采取兼收并取的拿来主义，在借鉴、吸收和转化中提升自己的文学创作水平，形成了中国现代文学开放包容的发展格局。20世纪初期，日本耽美派作家谷崎润一郎曾经先后两次到访中国。他在感受和体验中国传统文化的同时，也与一批中国现代文人建立了较为深厚的关系。这其中创造社的郭沫若、郁达夫、张资平，狮吼社的章克标、滕固、邵洵美，南国社的田汉、欧阳予倩都与其有着千丝万缕的文学关系。通过立足于文学史料，立体考察社团作家与谷崎润一郎之间人与事活动的心理动因、行为倾向、文学创作及其背后深层的复杂因素，对深入思考中国现代文学社团和域外作家的文化知识谱系、创作语境以及接受转化有着重要价值。

其次，探讨谷崎润一郎与中国现代文学社团的关系有利于明确他在中国现代唯美主义文学创作中的地位与作用。虽说中国现代文坛没有出现真正意义上的纯粹的唯美主义文学流派，但是外来唯美主义文学在中国现代文坛持续了三十余年的时间，对中国现代文学也产生了较大的事实影响，创造社、狮吼社、南国社、浅草社、弥洒社、文学研究会、新月社等文学社团均不同程度地接受了它的文学影响，表现出较为明显的唯美主义文学创作倾向。然而，不可否认的是，以王尔德为代表的西方唯美主义思潮是构成中国现代文坛唯美主义文学创作的重要理论来源。然而，谷崎润一郎对中国现代作家的文学创作也产生了较大的文学影响，他们与谷崎润一郎在艺术主张、文学立场、审美取向、表现技巧等方面也都息息相通，呈现出了一定的相似性。可是，受20世纪二三十年代中国现代社会这个接受语境的影响,他们在接受谷崎润一郎文学影响的过程中,结合时代发展的需求以及自身文学创作的需要,表现出了鲜明的主体性与主动性,使谷崎润一郎文学在接受中发生了文学流变,呈现出了具有中国特色的唯美主义文学创作景观。因而,还原社会历史语境,梳理和考察谷崎润一郎文学在中国现代文坛的传播路径、影响方式、接受途径以及流变表现,探讨谷崎润一郎与中国现代文学的关系,这样既可以深化对谷崎润一郎文学的认识,又可以使关系研究落到实处,从中明晰谷崎润一郎文学的价值。

再次,全面深入地理解谷崎润一郎与中国现代文学社团的关系有利于拓展谷崎润一郎研究的领域,为中日现代文学关系研究带来新的气息。被誉为"大文豪""大谷崎"的谷崎润一郎,其研究成果自然是丰硕不已。可是,现有的谷崎润一郎研究在分析他与中国现代文学社团的关系时往往侧重于个案的探讨,较少从宏观的角度阐述两者的关系。鉴于此,依托翔实的史料,立足于文本的解读,从微观与宏观上考查两者的关系,梳理谷崎润一郎文学对中国现代作家的影响与渗透过程,辨析接受过程中发生的文学认同与流变,结合接受语境揭示两者关系的实质,使谷崎润一郎对中国现代文学社团的文学影响研究成为一个独立的且富有体系的研究整体,对有效审视和评价两者的文学关系,拓展和深化中国现代文学研究具有其独有的意义。文学社团离不开作家,探讨域外作家与中国现代文学社团的关系从某种意义上说就是研究他与现代作家的关系。聚焦于现代作家在接受域外作家过程中所表现出来的主体性,对此进行深度阐释有利于寻求中国现代文学面对外来文学影响与冲击时所具有的一种内在接受性能,使之在更为广阔的文化审美中通过选择中的接受将外来文学转化为自身文学发展的素养,展现出了一种海纳百川的胸襟与气度,揭示现代文学寻求个性解放、心灵自由的思想激情与精神品格,大大促进中国现代文学发展历程中的现代性进程。

最后,运用比较文学原理,从影响研究与平行研究的两个维度探讨谷崎润一郎与中国现代文学社团的关系,融理论阐述于文本解读和文献资料之中,通过还原关系的历史真相来认真梳理、理清、探寻和阐释现代作家应对外域作家文学影响的机制,透析域外作家与中国现代文学社团的文学关系,既有利于拓展中国现代文学研究的空间,也有利于展示中国现代文学所特有的现代精神和美学特质。与此同时,在当今一带一路战略下对正确认识两者的关系对于中日现代文学交流的文学意义与历史价值也具有相应的现实意义。

(二) 研究思路

本书立足于文学史料和文学作品，运用比较文学与接受美学的相关理论，以影响研究为主体，平行研究为支撑，采取"点—线—面"的研究方法，从谷崎润一郎与中国现代文人的交往、谷崎润一郎文学在中国现代文坛的译介、谷崎润一郎与创造社、谷崎润一郎与狮吼社以及谷崎润一郎与南国社五个方面深入、系统地阐述20世纪二三十年代谷崎润一郎与中国现代文学社团关系的形成、发展与具体表现形态，通过传播途径、影响形式和接受方式等方面阐释谷崎润一郎文学对中国现代作家文学创作的影响与转化，揭示社团作家在文学接受过程中的选择性与主体性，为合理科学地认识两者的文学关系提供相应的学理依据。具体而言，本书由绪论、第一章、第二章、第三章、第四章、第五章以及结语七个部分组成。

绪论主要论述研究现状与选题意义及思路。简要来说，梳理谷崎润一郎研究现状既可以较为全面地认识谷崎润一郎先行研究的成果，及时了解和把握研究动态，又可以为本书的选题与立意提供合理的依据。

第一章主要探讨谷崎润一郎与中国现代文人的交往。这个部分主要依托文学史料，通过梳理和理清谷崎润一郎与郭沫若、田汉、欧阳予倩、周作人以及丰子恺等中国现代文人的交往情形，还原其交往的历史过程，以此钩沉中国现代文学史上文人间的交往故事，不仅为审视和关照中日现代文学交流史提供了一种新的视角，其交往史实的考证也为建构谷崎润一郎与中国现代文学社团的关系提供了基石。还原他们交往的历史，走进其不为人知的个人生活和精神世界，既蕴藏了文人间较为深厚的友情，也凝聚了重要的文学史意义。

第二章主要探讨谷崎润一郎文学在中国现代文坛的译介。译介域外作家作品是中国现代文学接受域外文学一种重要的途径，谷崎润一郎文学在中国现代文坛的传播与影响与其文学的译介息息相关。20世纪20年代，随着田汉、章克标等人对谷崎润一郎文学作品的热衷翻译，现代文坛出现了译介谷崎润一郎文学的小高潮。之所以如此，关键在于谷崎润一郎文学对艺术独立性的强调与个性解放的思想宣扬，迎合了中国现代文学发展的时代需求，赢得了一批有志于追求艺术之美的现代作家的青睐，并由此形成了谷崎润一郎与中国现代文学社团的密切关联。谷崎润一郎文学在中国现代文坛的译介主要表现为文学作品的翻译与文学评论两者形式，通过梳理谷崎润一郎文学在中国现代文坛的译介情形，分析其译介的原因与特点，以考察和还原特定历史语境下谷崎润一郎文学的译介面貌。

第三章主要探讨谷崎润一郎与创造社的关系。谷崎润一郎与创造社有着密切的关联，其主要成员郭沫若、张资平、郁达夫等均受到了谷崎润一郎文学的影响，使其在文学创作中将身体、女性与死亡巧妙地结合在官能书写之中，文学创作上倾向颓废，追求强烈的刺激、自我虐待的快感和变态的官能享受，表现出较为浓厚的谷崎润一郎气息。他们的文学作品具有浓郁的个人意识，洋溢着忧郁、华美、怪诞、凄艳、虚幻的气息。这些体验个体生命、感叹自我人生的文学作品既表现出一种病态的美，也表现出一种怪异的美，是一种通过官能书写和女性礼赞而营造的艺术虚幻美，形成了创造社初期颓废感伤的总体艺术格调。与此同时，创造社作家在接受谷崎润一郎文学的同时，根据接受环境与文学需求对其进行了创造性转化，注入了鲜活的时代气息与社会现实的元素，使其成为抒发个性解放、反抗封建礼教和启蒙国民的有力武器。如此一来，创造社作家们经过谷崎润一郎文学的催化和转化，其文学创作时常可以听到时代的足音，他们在纠偏谷崎润一郎文学唯心成分中强化了文学的现实性，为日后走上艺术救国的文艺创作之路埋下了伏笔。

第四章主要探讨谷崎润一郎与狮吼社的关系。谷崎润一郎与狮吼社的章克标、滕固和邵洵美有着紧密的文学关系。该社成员不仅译介了谷崎润一郎及其文学，而且在文学创作与生活实践中也受到了他的影响，他们将谷崎润一郎文学崇尚肉体与耽于官能享乐的颓废倾向融入都市文化与生活体验之中，使其文学表现出浓郁的"颓加荡"的唯美情趣，其感性化、官能化和商业化的文学创作使得该文学社团创作上充盈着浓厚的肉欲色彩与享乐倾向。然而，狮吼社的作家们在借鉴和吸取谷崎润一郎文学的过程中对其进行了修正和转化，把唯美的追求与思想启蒙相结合，将谷崎润一郎笔下的灵肉冲突转向为理想与现实的矛盾，将文学艺术拉回到现实生活之中，用声和色、火与肉"唯美—颓废"的文学世界再现上海现代化的都市生活，以现实的灵肉对抗封建礼教和彰显个性解放，从而有效地传达了时代的精神。

第五章主要探讨谷崎润一郎与南国社的关系。谷崎润一郎与南国社的田汉和欧阳予倩也有着非同寻常的关系，彼此的密切交往和谷崎润一郎文学的积极译介使其建立了深厚的情谊。与创造社与狮吼社侧重于小说创作不同，谷崎润一郎文学对南国社的田汉与欧阳予倩的戏剧创作产生了较大的文学影响，在一定程度上促进了中国现代戏剧的发展。一方面，他们积极吸取和效仿谷崎润一郎文学，强调戏剧创作的艺术本体性，以捍卫戏剧的独立价值和审美品格。通过接受谷崎润一郎文学的文艺主张与表现手法，在戏剧创作中礼赞和表现美，创作出既遵循艺术精神，又讲究艺术形式，且具有较强唯美色彩的戏剧作品。另一方面，他们注重戏剧创作的现实功能，通过对谷崎润一郎文学的取舍与过滤，在彰显审美意识的同时，强调个性解放与社会意识，将唯美与现实相结合，既倡导书写个体的心声，又密切关注现实社会，将个体的内在情感意志与外在的时代精神结合于一体，用富有唯美色彩的戏剧表达救亡图存的文学使命。

结语部分主要总结和归纳谷崎润一郎与中国现代文学社团关系研究的文学意义与启示作用。社团作家吸收与效仿谷崎润一郎文学进行文学创作，显示了他们对于文学艺术本体和作家创作自由精神的高度重视，他们在反拨"文以载道"的功利主义文学观的同时，以唯美的审美情趣与精美的艺术形式在一定程度上推进了中国现代文学的现代性发展，使之获取了一种别样的审美形态，既拓展了现代文学的审美空间与表现领域，也丰富了现代文学的审美内涵。最后简要指出研究两者关系对于如何认知中国当代文学与外来文学的交流的借鉴意义。

第一章

谷崎润一郎与中国现代文人的交往

谷崎润一郎曾先后于1918年和1926年来过中国。如果说，他的首次中国之行的主要目的是游历中国，从中体验中国的历史文化与现实生活的话，那么，他的再次中国之行则是为了广泛结识中国的文化人士，从中了解中国现代文学的发展态势。因而，与首次中国之行的四处游历不同，谷崎润一郎的第二次中国之行只停留在上海。他在一个多月的时间里结识了包括郭沫若、田汉、欧阳予倩等在内的一些中国现代作家，文人墨客间的直接交往建立了彼此较为深厚的友谊。与此同时，他还以以文会友的形式与周作人、丰子恺等现代文人建立了翰墨之缘，虽然这是一种非直接的交流形式，但是这种间接的文人交流也是谷崎润一郎与中国现代文人交往的重要形式。回国后，他将这次中国之行的经历与体验写成了《上海交游记》《上海见闻录》与《昨今》等散文随笔。毋庸置疑，谷崎润一郎与中国现代文人的交往建构了他与中国现代文学社团关系的基础，本章通过史料的梳理，叙述他们交往的历史图景，既有利于还原他们交往时历史发生的"现场"，也为探讨他与中国现代文学社团的关系提供了行之有效的学理依据。

第一节　谷崎润一郎与郭沫若的交往

谷崎润一郎与文学创造社主将之一的郭沫若有着较为密切的文学关联，而且他们之间的文学交往持续了近三十年，两人的交往呈现出由亲密转为疏远的转变，导致这种现象的根源在于两人思想上的距离与情感上的错位。对于向来远离政治的谷崎润一郎来说，他不愿意将自己带入政治的旋涡之中，使其文学创作受到外界的左右。因此，谷崎润一郎与郭沫若交往关系的变迁不仅印证了谷崎润一郎捍卫艺术至上的坚定信念,也充分说明中日现代作家之间往往因其立场不同,而时常出现分道扬镳的现象。两位文人的交往不仅给彼此留下了深刻的印象,而且谷崎润一郎的文学主张与艺术见解给郭沫若的文学创作产生了较为深远的影响。虽然国内学术界对郭沫若与日本现代文学的关系也进行了较为深入的研究,并且出现了一批高质量的研究成果。其代表性成果有靳明全的《文学家郭沫若在日本》(重庆出版社1994年版)、刘德有的《随郭沫若战后访日:回忆与纪实》(辽宁人民出版社1988年版)、武继平的《郭沫若留日十年:1914—1924》(重庆出版社2001年版)、蔡震的《文化越境的行旅:郭沫若在日本二十年》(文化艺术出版社2005年版)等。这些代表性成果以翔实的史料梳理了郭沫若与日本现代文坛各界的密切联系,夯实了国内研究郭沫若与日本现代作家关系的基础。然而,这些研究虽然也有关注谷崎润一郎与郭沫若关系的研究,如蔡震在《文化越境的行旅:郭沫若在日本二十年》一书中以小节的形式探讨过,为国内两者关系研究提供了基础,但是其研究仍欠深度,尤其对两者关系交往的历程与所呈现的特点、意义与成因缺乏翔实的阐释。因此,本书将在借鉴已有研究的基础上,既注重史料的挖掘,全面梳理谷崎润一郎与郭沫若的交往历史,又以此为依托从中发掘他们交往的特点,阐释其交往在中日现代作家关系中的独特性与贡献,为进一步推进国内谷崎润一郎研究提供相应的参考价值。

一 文人的对话

其实,早在郭沫若留学日本期间就曾受到过谷崎润一郎的影响。对此,蔡震曾这样评述过:"郭沫若说他还是在留学的时候,就在《改造》《中央公论》上读到过谷崎润一郎的作品。所以,郭沫若在创造社初期的文学活动中标榜'生活的艺术化',追求以文学涵养'优美淳洁的个人'时,应该是受到过谷崎润一郎的启发的。"[①] 作为日本现代知名作家,谷崎润一郎曾两次来华访问。1918年(大正七年)10月17日,他经新义州抵达奉天,开始了对中国的第一次游历。然而,谷崎润一郎此次游历主要以游览中国的历史文化名城为中心。他先后游历了天津、北平、汉口、

---

① 蔡震:《文化越界的行旅——郭沫若在日本二十年》,文化艺术出版社2005年版,第267页。

九江、南京、苏州、杭州和上海。12月7日，谷崎润一郎乘船离开上海，结束了第一次对华旅行。此次游历虽为谷崎润一郎进一步认知中国的历史与文化提供了较为丰富的人生阅历，但令人遗憾的是，他没有借此游历结识中国的现代作家。因此，他在回国后撰写的《中国旅行》中写道："待明年春天我还想再去一趟中国。"① 其在上海的同学土屋计左右在《谷崎润一郎君在上海》中也说道："谷崎润一郎要是有空还会来中国的。"②

时隔七年，谷崎润一郎于1926年1月从长崎乘坐海轮，再次前往中国。1月14日，谷崎润一郎抵达上海，并入住在一家名为"一品香"的旅社。谷崎润一郎对此次中国之行非常重视，不仅来之前做了大量的调研，而且回国后写了《上海见闻录》（《文艺春秋》1926年五月号）、《上海交游记》（《女性》1926年五·六·八月号）、《昨今》（《文艺春秋》1942年六月号至十一月号）等散文来记载此次之行的经历与感受。来到上海后，经其朋友M君的介绍，谷崎润一郎结识了内山书店主人内山完造。"我在那里一边喝茶，一边听书店的主人讲中国青年的现状。"③ "之后，内山君举出了作为新文学代表人物的谢六逸、田汉和郭沫若三位的名字……郭沫若君不仅是福冈大学的医学毕业生，而且在医学之外一直从事文学创作，所以被称为'中国的森鸥外'——听起来好像一位年纪大的老人，实际上并没有那样的年纪，与木下杢太郎君相比还要年轻十多岁。"④ 与内山完造的第一次见面给谷崎润一郎留下了深刻的印象。"在与内山完造的交谈中，谷崎润一郎不仅了解了中国新文学的一些情况，而且得知上海的报纸报道了他到上海的消息，已有中国作家希望内山完造介绍他与自己见面，内山完造也有意为他安排一次与中国作家见面的聚会。"⑤ 后来，经过内山完造的努力，与中国现代作家见面会在内山书店二楼如期举行。

根据现存资料可知，当时与会的除村田孜郎、冢本助太郎、管原英次郎、内山完造等日本人之外，还有郭沫若、谢六逸、欧阳予倩、方光焘、

---

① ［日］西原大辅：《谷崎润一郎与东方主义》，赵怡译，中华书局2005年版，第182页。
② ［日］土屋計左右：《上海における谷崎潤一郎君》，载《谷崎潤一郎全集月报》第二十九号，第三页。
③ ［日］千叶俊二编：《上海交游记》，みすず书房2004年版，第146页。
④ 同上书，第148—149页。
⑤ ［日］西原大辅：《谷崎润一郎与东方主义》，赵怡译，中华书局2005年版，第268页。

田汉等中国现代作家。此次内山书店的聚会虽是谷崎润一郎与郭沫若的第一次见面,然而他对与会的郭沫若却是记忆犹新。"我走进内山书店,看见在火炉前面有一位身穿黑色西服、戴着眼镜、弯着腰的青年人,那就是郭沫若君。他有着一幅圆圆的脸、宽宽的额头,一对柔和的大眼睛,不柔顺的头发松散地直立着,就好像每一根都能看清地数得过来似的从头顶上放射出来。由于有一点驼背,从形体上看像个老年人。"① 会上,谷崎润一郎想获知中国文坛翻译日本文学的情况,并希望"如有可能,想把那些翻译作品收集起来,作为送给日本文坛的礼物带回去。"可是,经过郭沫若等人的介绍,谷崎润一郎才从中得知,"日本作品的翻译,据调查发现似乎有很多。然而尽管很多人手中存有作品的译稿,却进不了一般的读书界,因为书店不肯作为单行本出版"②。谷崎润一郎为此感叹不已,"眼下的中国正是我国的新思潮时代"。听到谷崎润一郎此番言论,郭沫若发表了不同的见解。"郭君说:'剧坛方面也与日本的那个时代相同。所以我们即使写出剧本,无论如何也不能指望能够在剧场上演出,只有外行人偶尔会进行小规模的试演而已'。接着他又苦笑着说:'不管怎么说也是一件惭愧的事情'。"③

散会之后,意犹未尽的谷崎润一郎邀请了郭沫若和田汉外出畅谈。其间,郭沫若就中日两国文坛稿费计算方法进行了一番比较。首先,他说:"日本作家的稿费是以四百字为单位进行计算,中国则是以一千字为单位进行计算。可是,日本小说的会话部分,可以郑重其事地一行一行地写,而中国要挤在一起来写。因此,即使是一流作家一千字才只有七、八元稿费,这样的话实在不够维持生活。"④ 其次,郭沫若还对日本现代文学与作家的文学创作发表了自己的看法。郭沫若的评价在谷崎润一郎看来,"大体上,他们的观察都能够射中靶子,他们确实读了很多著作,对于我们文坛的内幕也了解很多,这实在令人吃惊"⑤。交谈间,谷崎润一郎一行来到了其住处一品香旅馆。为了继续刚才的谈话,谷崎润一郎与他们一边喝着绍兴酒,一边交谈至深夜。

---

① [日]千葉俊二编:《上海交遊記》,みすず書房2004年版,第150—151頁。
② 同上书,第153頁。
③ 同上书,第154頁。
④ 同上书,第160頁。
⑤ 同上。

交谈中，谷崎润一郎由于对现代中国缺乏了解致使其谈吐中不时表现出对中国的肤浅认识。他甚至一度认为："财富集中于都市而农村走向凋敝，这是世界性的现象，并不限于中国……中国的国土辽阔，资源丰富，有少许借款也不会有大的影响，比别的国家有优势。"① 对于谷崎润一郎的言论，郭沫若不仅持否定态度，而且结合中国发展的历史进程与民族文化对他的这番言论进行了反驳。他说："日本和中国不同。现在的中国还不是独立国家，日本借来的资金是自己使用。在我们国家，外国人可以随便进出，无视我们的利益和习惯，他们自行在我们国家的土地上建造城市，开办工厂。我们虽然看到这一切，却又无可奈何，只能任其践踏。我们的这种绝望地、静静地等待着自灭的心情，绝不仅仅是因为政治与经济问题。日本人因为没有这样的体验，所以不会理解。可是，这使得我们青年的心情是多么暗淡啊？所以一发生对外事件，甚至连学生也大事骚动，就是这个缘故……中国从前也有过战争，可是像今天这样的野蛮人的入侵，与只是内乱的性质是不同的，这一点我们是亲眼所见的。不，这次不只是我们，而且全国人民都有了一种以今天的野蛮人为对手，必须真刀真枪地与之对抗的觉悟。我想国家这一观念恐怕没有比现在更加深入人心的了。"② 听到郭沫若的慷慨言辞之后，谷崎润一郎也立即给出了反驳之词。他以南洋的中国商人为例，指出这些人并没有因为祖国受到外界的侵入，表现出浓郁的爱国心态。"我去南洋时发现那里的中国商人势力大得惊人。他们掌握着所有的权力，荷兰人被压得抬不起头来。可是，那些商人对他们本国的情况根本不放在心上。尽管有中国领事馆，也不依靠它。他们中很多人不懂汉字，也忘记了祖国的语言，而是使用荷兰语。所以有人说中国人就是这样的人种，这样的话常常被引用。"③ 面对谷崎润一郎针对商界华人不爱国的言论，郭沫若结合中国的实情再次给予了反驳。"南洋的中国人现在已经觉醒了。他们到底还是以国家为靠山，在白种人的压迫下开始醒悟了。所以他们这时都送子女回祖国接受教育。广东开展抗英运动时，他们积极地出钱支援。我们文学创作者虽然拿不出钱来，但是我们要用笔把这郁闷之情写成诗歌、小说，用艺术的力量

---

① ［日］千叶俊二编：《上海交遊記》，みすず書房2004年版，第161頁。
② 同上书，第162—163頁。
③ 同上书，第163—164頁。

向全世界的人诉说。这样做，就是为使通情达理的人理解中国的苦恼的最有效的办法。"① 关于谷崎润一郎与郭沫若这次争论的情景，田汉在《南国电影剧社时代》和《上海通信》中也进行了相关记载。"谷崎润一郎氏凭借记忆所及记下的谈话自然不免有多少的错误，但是诚如他的话'我们心中郁积雍塞的苦恼'却是不错的。"②"初次见面的晚上，我同郭沫若兄与谷崎润一郎先生一起到谷崎润一郎先生居住的一品香旅馆长谈。谷崎润一郎氏的中国观非常庸俗，与日本实业家和众议院议员没有多大区别，我和郭沫若先生都感到失望。"③ 由此可见，郭沫若之所以会与谷崎润一郎进行争辩，其主要目的是想以中国历史与实情来纠正谷崎润一郎当时那种较为平庸的中国观。此次会面使两人建立了友谊，成为交往多年的好友。

1926 年 1 月 29 日，欧阳予倩和田汉在位于徐家汇路 10 号的新少年影片公司发起组织了一次"文艺消寒会"，欢迎谷崎润一郎访问中国。谷崎润一郎来到会场时，第一个见到的中国作家正是郭沫若。"在门前下车，穿过摄影棚，郭沫若君正站在阳台上挥舞着帽子。"④ 消寒会上，郭沫若给谷崎润一郎担任翻译。郭沫若的谦虚态度给他留下了较为深刻印象。"郭君说，我的翻译很是拙劣，在座诸君既有懂日语的中国人，又有懂中国话的日本人，所以请诸位多多见谅。"⑤ 由于谷崎润一郎在欢迎会上喝了较多的绍兴酒，散会后的他就感到头昏目眩，四肢无力。为了安全起见，会后由郭沫若送其回到旅社。谷崎润一郎在《上海交游记》和《上海见闻录》中记载了此次经历。"接下来又被送进汽车，这次只有郭君一个人送我到宿舍。刚一进自己的房间，就呕吐了起来。郭君把毛巾用冷水打湿，给我敷在额头上。"⑥ "我自以为能喝绍兴酒，一升酒轻轻松松地就喝下去了，那天晚上是喝过量了，咕噜咕噜地喝，一下子就醉了，出了会场已经是跟跟跄跄地不能走路。郭君放心不下，乘汽车送我到旅馆。我紧紧抓住郭君的肩膀，好不容易登上楼梯，一走进房间就呕吐起来。这样的

---

① ［日］千葉俊二编：《上海交遊記》，みすず書房 2004 年版，第 164 页。
② 田汉：《田汉论创作》，上海文艺出版社 1983 年版，第 19 页。
③ 刘平等编：《田汉在日本》，人民文学出版社 1997 年版，第 35 页。
④ ［日］千葉俊二编：《上海交遊記》，みすず書房 2004 年版，第 167 页。
⑤ 同上书，第 176 页。
⑥ 同上书，第 177 页。

大醉是十几年来从未有过的。"① 2月17日，谷崎润一郎乘船离开上海回国。之后，两人也没有什么联系。

1928年2月24日，郭沫若流亡日本。流亡期间，谷崎润一郎因两人政治立场的不同也没有与他有过直接的联系。为此，他在散文《昨今》中还特意作了解释。"由于双方的政治立场过于悬殊，到底也没有前去访问，也没有互通音信。"② 不过，虽然谷崎润一郎没有与郭沫若有过直接的见面交往，但是并没有影响他对郭沫若来日时的关注。"我间接地听到一些有关郭沫若在千叶县暂住的事，在不参加政治活动的条件下被允许留在日本，并且确实远离政治埋头于学术著述等消息。"③ 为了表达对郭沫若的友好，他还委托朋友给九州医大附属医院的郭沫若妻子送去他的新书《蓼食虫》，请她转交给郭沫若。就这样，两人这种似断非断的友谊持续了近三十年，直到1955年郭沫若率团访问日本。

二 官方的交流

推崇"为艺术而艺术"的谷崎润一郎一直都执着于自己的文学艺术事业，无暇顾及和出席各种形式的社交活动。然而，当得知郭沫若率领中国访问团来日时，他却欣然接受了朝日新闻社安排，与郭沫若进行了长达三个小时的交谈。1955年12月1日，郭沫若率中国科学家代表团访问日本，这件事情引起了包括谷崎润一郎在内日本众多文化人士的兴趣。时任日本文部大臣的清濑一郎在欢迎宴会上明确表明，日本内阁衷心欢迎以郭沫若先生为首的中国科学代表团访问日本。6日，谷崎润一郎在朝日新闻社的安排下，提前来到郭沫若入住的东京帝国饭店，等候与好友的会见。朝日新闻社本来打算将此次见面会安排为座谈会，特意邀请了内山完造和该社社论副主干白石凡共同参与。然而，"这次座谈会，从结果看，内山完造和白石凡两位先生几乎没有插话的机会，实际上形成了郭老与谷崎润一郎的二人对谈"④。

上午9时，谷崎润一郎见到了久违的郭沫若。双方在寒暄之余，主要就中日历史、文学与文化、社会习俗、社会主义建设等问题交换了意见。

---

① ［日］千叶俊二编：《上海交游记》，みすず书房2004年版，第136—137页。
② 同上书，第203页。
③ 同上。
④ 刘德有：《随郭沫若战后访日：回忆与纪实》，辽宁人民出版社1988年版，第92页。

交谈结束后，谷崎润一郎打算就此告辞，却被郭沫若邀请留下，一起前往帝国饭店食堂共进午餐。餐后临别时，郭沫若邀请谷崎润一郎明年四月访问中国。然而令人遗憾的是，受各种因素的影响，谷崎润一郎再也没有踏上中国的国土。两人交流的第二天，《朝日新闻》就以超过版面一半的篇幅刊登了题为《郭沫若氏对谈谷崎润一郎氏——畅谈三小时》的报道。为了还原当时两人交流的情形，现将其中的"来年春定来北京，广泛召集友人"的一段报道内容摘录如下：

谷崎润一郎：我原以为郭君的日语已经忘光了，（没想到还是这么流利。）

郭：哪里，完全忘掉了，日语已有十八年没有使用了。

谷崎润一郎：我也是想去中国，（总是没有成行。）

郭：请一定来，明年春天，四月份左右。

谷崎润一郎：可是怎么说呢，若是两国恢复国家交往，能一下子走到北京还好，绕这么一大圈去的话太过辛苦。

郭：北京您应该去过了吧。

谷崎润一郎：去过，那是第一次世界大战结束的那年了，好像是1918年吧。之后没有想去欧洲，而是想去北京。无论战前，还是战中，因厌恶被军部利用，所以至今一直没有去。

郭：村松稍风，这个人明年会来，请邀请他一起过来。佐藤春夫氏还健在吗？

谷崎润一郎：健在，不过我也很久未和他见面了。

郭：学生时代，《改造》也好，《中央公论》也好，几乎每个月都会刊登两位的名字。写《暗夜行路》的志贺直哉也还健在吧？

谷崎润一郎：是的，可能会去。志贺君，武者小路君他们。

郭：此外，你所喜爱的人，画家也好，音乐也好，艺术也好，范围广博，人数我们没有限制。（笑）

谷崎润一郎：田汉君怎么样？

郭：非常好。之前猿之助君来了北京，找到我说："日本的戏剧你应该看了很多吧，歌舞伎什么的都是行家了吧。"我虽在日本呆了二十年，学生时代因为贫穷，连进帝国剧院的资格都没有。随后，我又成为了一位流亡者，隐居在市川，仍没有钱。好像仅有那么一次，瞅了眼帝国剧场。

白石：梅兰芳先生说京剧也要采用女演员了？

郭：过去是男的扮旦角，现在发生了变化。现在是梅兰芳的弟子，名为杜近芳，正在欧洲巡回演出，很美哟。

谷崎润一郎：如今还忙于写作吗？

郭：文艺方面已经搁笔了。

谷崎润一郎：太可惜了。

白石：您一直在从事历史方面的工作吧。

郭：因战争在重庆八年期间，外面哪里都去不了，钻到了古旧的历史当中。文艺方面创作的《屈原》也好《虎符》也好，其他剧本也都是不得不取材于历史，以历史为对象来进行创作。

谷崎润一郎：那种时代也只能那样了。

郭：此外，我在日本时也是一直从事古代有关的研究。我所从事的就是极其古老的事物，超出一般所说完全不懂了。（笑）以此为基础，用了十年的时间全力从事我国古代相关研究。经过我的研究，我国从周朝的后半段左右就进入了春秋战国时代。

谷崎润一郎：即所谓诸子百家时代吧？

郭：是的，经过殷商的历史的书写形成了在战国时代在思想和学术上的黄金时代，我广泛整理春秋战国时代、诸子百家时代和社会之间的相互关系，由此撰写的《十批判书》日本大概翻译了一半。因《青铜时代》是一部考证的学术书，并非以以往大学教授们的讲稿写作方式，我是马克思主义者，所以采用唯物辩证法立场来从事研究。重庆时代仅写出了上述几本书。之后，因工作繁忙而搁笔了一段时间。解放后，忙里偷闲我对《十批判书》作了补充，完成了《奴隶制时代》。其余也没有什么值得一提了。①

上述引文充分反映了两人交流的内容，体现了文人的共同爱好。其实，作为代表团团长的郭沫若，他当日的行程安排是比较紧张的，没有多余的私人时间。然而，他与久别重逢的谷崎润一郎再次相见的过程却花了

---

① ［日］《郭沫若氏対談谷崎潤一郎氏：大いに語る三時間》，载《朝日新聞》昭和30年12月7日。

近三个小时，这充分说明了两位文人拥有较为深厚的友谊。这既是故人相逢时的真情流露，也是文人墨客的情感交流，两位性情相投的文人在这里嘘寒问暖，畅叙衷情。他们的话题从中日两国的历史文化到文学，从文字改革到中国的社会主义建设，可谓话题众多，以至于他们三小时的会谈内容丰富。当谷崎润一郎欲告辞离去时，郭沫若仍恋恋不舍，执意挽留。"郭氏却不肯放走他：'一起吃饭吧。'结果是又去食堂共进午餐，围着火锅又过了一个小时。'明年四月让我来招待谷崎润一郎先生，坐飞机可是一下子就到了。'待会见总算结束时，已经是午后1点了。停在饭店前，前来迎接郭氏去下一个访问地点的专车已经发动了引擎。"①

此外，关于两人这次会见的详细情形，随团出访的翻译刘德有先生事后也进行了记载，现将其内容摘录如下："上午九时，郭老来到事前安排好的会客厅。圆圆胖胖的脸庞，个子不甚高的谷崎润一郎已经等待在那里。郭老见到谷崎润一郎，与他紧紧握手，接着，亲切拥抱，互道：'啊，少见了！''真是少见了！'久别的老友，如今在东京重逢，怎能不感到格外亲切呢？然而，由于过分的激动，彼此一时又都说不出更多的话来。郭老与谷崎润一郎在东京的会见，是朝日新闻社安排的。日本有个习惯做法：报社或杂志社常常邀请一些名人举行二人对谈，三人鼎谈，或者多人的座谈会。然后，把谈话记录加以整理、发表。朝日新闻社最初的打算是开一次座谈会，因此，还请来了内山完造先生和朝日新闻社社论副主干白石凡先生。郭老和谷崎润一郎等人在沙发上坐定后便谈了起来。这一天，郭老讲话没有通过翻译，而是直接用日语讲的。这样，我便'失业'，坐在一旁，专心听这次对谈了。虽然郭老已有18年未用日语交谈，但是，日语讲得非常流畅。郭老的讲话富有幽默感，有时他从沙发上站起来，边打手势边讲，使听者不能不为他的热情所感染。这次座谈，从结果看，内山完造和白石凡两位先生几乎没有插话的机会，实际上形成了郭老与谷崎润一郎的二人对谈。谈话涉及的范围很广，从历史到文学，从家庭到婚姻问题，从和平问题到社会主义建设，足足谈了3个小时。"②"整个对谈达3小时之久。对谈结束后，谷崎润一郎先生要告辞，郭老留谷崎润

---

① ［日］《郭沫若氏対談谷崎潤一郎氏：大いに語る三時間》，载《朝日新聞》昭和30年12月7日。

② 刘德有：《随郭沫若战后访日：回忆与纪实》，辽宁人民出版社1988年版，第91—92页。

一郎共进午餐。于是大家一起到帝国饭店食堂吃了'鸡素烧'。临别时，郭老向谷崎润一郎说：'明年4月我来招待你。乘飞机来，快得很。'分手时，已经下午一点钟。这时，在饭店门前等候郭老的汽车已经发动起来，响起了马达声，郭老马上要去参加另一项活动了。"①

总而言之，上述两则材料充分记载和还原了两人会谈时的情景。与此同时，郭沫若率中国科学家代表团访问日本，谷崎润一郎借此机会与之重逢。这件事在两人交往的历史上也有着特殊的意义，因为此时的郭沫若已经不再是一位普通的文化人士，而是一位名副其实的中国政府官员。1955年的出访属于一种典型的官方行为。然而，对于向来疏远政治的谷崎润一郎来说，他虽然出席了日本朝日新闻社安排的对谈会，但是他对这次带有官方色彩的会谈却事后表露了自己的不满。1956年3月，日本《文艺》杂志临时增刊《谷崎润一郎读本》举行了一次名为"谷崎润一郎文学的神髓"的座谈会。日本一些知名的评论家，如武田泰淳、十返肇、伊藤司会等都参加了这次座谈会。会上，武田泰淳对1955年谷崎润一郎与郭沫若的会谈发表了自己的看法。他说："朝日新闻的谷崎润一郎先生和郭先生的那次谈话，可真有意思啊。双方完全捡自己想说的，各说各的。"②谷崎润一郎本人也在会上提及了自己会谈的感受。"为了让内容变得有趣，把不是我问的问题也变成我问的了。周围的新闻记者，比如白石君等人说的话，也变成了我说的。甚至连妇女问题之类的话题也出来了，那种问题，我可不记得曾经说过。"③由此不难看出，谷崎润一郎与郭沫若之间的交往相比先前的交往已经发生了明显的转变。

如果两人前期的交往属于非官方性质的文人交流的话，那么此时两人的交往已经呈现出较为鲜明的官方性质，那么是什么原因致使两人出现这种交流的变化？我们认为其原因与谷崎润一郎坚守纯艺术创作的文学理念有着千丝万缕的关联。谷崎润一郎一生致力于纯文学的创作，认为艺术家在进行文学创作时不应该表现出功利性，而应在一种甘美而芬芳的艺术世界中呈现出美，传达艺术家对唯美世界的憧憬与理解。在他看来，艺术家需要超脱复杂多变的现实世界，而安心于单纯的精神世界之中。"艺术家

---

① 刘德有：《随郭沫若战后访日：回忆与纪实》，辽宁人民出版社1988年版，第101页。
② ［日］《谷崎潤一郎文学の神髄》，载《文芸》临时增刊《谷崎潤一郎読本》（1956年3月），第54页。
③ 同上书，第55页。

无论怎样怯懦，但也要安于自己的天分，精益求精地研习艺术。这时候就会产生为艺术而不惜舍去生命的勇气，不觉间对死就有了切实的觉悟。这才是艺术家的勇气！"① 基于这种对文学艺术的认知，谷崎润一郎对文学创作有着一份执着之情和真挚之意。他不仅多次拒绝了日本官方的职务邀请，而且深居简出，以纯文学创作来捍卫文学的艺术性，以自己的文学实践来维护文学的纯洁性。其长篇小说《细雪》就是如此。作为一位文人，谷崎润一郎在文化和文学上保持着较为保守的态度，既不喜欢世俗的人情来往，也不愿意参加政治活动。因而，当谷崎润一郎在面对已经成为中国政府要员的郭沫若时，他自然会滋生出一种精神上的隔阂。虽说两人的会谈持续了三个小时，但会谈中对所提话题的回答却是蜻蜓点水，浅尝辄止，相互之间难以进行深入的交流。当郭沫若盛情邀请他再度访问中国时，谷崎润一郎以自己身体不适与不善交际的性格为由婉言谢绝了。1957年6月21日，谷崎润一郎在写给好友内山完造的信中也曾提到了这点。他说："郭沫若先生曾再度邀请游历，并给以热情招待……可能要辜负其好意。其一，对当下健康没有自信；其二，我生来就不善与人交往，很少前往自己喜爱的场所，也很少前往各地游览。"② 由此可见，执着于艺术至上的谷崎润一郎比较难以认同与接受作为政府要员的郭沫若，因为这与其"为艺术而艺术"的文学理念背道而驰，以至于他会在随后的"谷崎润一郎文学的神髓"座谈会上，向与会者和盘托出自己的心情，诉说内心潜藏已久的真情实感。

三　交往的特点

通过对谷崎润一郎与郭沫若交往史料的梳理，我们可以看出他们的交往呈现出一个较为鲜明的特点，即由初期的亲密转向后期的疏远。事实上，谷崎润一郎在与其他中国现代作家的交往过程中较少出现过类似的现象。譬如，他与田汉和欧阳予倩就建立了终生的友谊，成为情投意合的知心朋友。为此，他在《昨今》中对自己与中国现代作家的交往关系进行过总结。他说："与我关系缔结最为密切的第一应属田汉君，第二是欧阳

---

① ［日］谷崎潤一郎：《谷崎潤一郎全集》（第16卷），中央公論新社2016年版，第493页。
② ［日］朝日新聞社：《「谷崎潤一郎・人と文学」展：生誕100年記念》，朝日新聞社1985年版，第82—83頁。

予倩君。"① 因为笔者对谷崎润一郎与这两位作家的交往进行过考证，故而在此不再赘述。

谷崎润一郎与郭沫若交往之所以会出现这种转变，与郭沫若前后身份及其文学观念的转变有关。郭沫若是中国新文学运动的支持者和生力军。作为创造社的发起人和主将，郭沫若不仅创作了如《地球我的母亲》《匪徒颂》《晨安》《凤凰涅槃》《女神之再生》等大量彰显个性的诗歌，奠定了自己在中国新文学史上不可取代的地位，而且还大力宣扬文学创作的非功利性。1922 年，郭沫若在《论国内的评坛及我对于创作上的态度》中就明确指出："至于艺术上的功利主义的问题，我也曾经思索过。假使创作家纯以功利主义为前提从事创作，上之想借文艺为宣传的利器，下之想借文艺为糊口的饭碗，我敢断定一句，都是文艺的堕落。隔离文艺的精神太远了。"② 1923 年，他在《文艺之社会的使命》中再次强调文学的无功利观。"诗人写出一篇诗，音乐家谱出一支曲子，画家绘成一幅画，都是他们钢琴的自然流露：一阵如春风吹过池面所产生的微波，应该说没有什么所谓目的。"③ 因而，郭沫若早期的文艺思想体现了唯美主义的色彩，呈现出"为艺术而艺术"的文艺观念。1926 年，当谷崎润一郎在上海结识郭沫若时，郭沫若的言行举止以及出众的才华给他留下了深刻的印象，并两度邀请郭沫若到其入住的旅馆交谈。可以说，他们的首度会面正是基于两者相似的文学取向，即推崇文学的非功利性，礼赞文学艺术的纯粹性，倡导用艺术的精神来美化生活。因此，两人相似的文学理念是彼此精神契合的前提条件。然而，与毕生致力于唯美思想的谷崎润一郎不同，郭沫若早期文艺思想具有明显的杂糅性。一方面他大力提倡张扬个性与主情唯美的文艺思想，另一方面流露出工具文学的观念。新文学时期的郭沫若既倡扬人的个性，又将个人的情感与祖国的命运、民族的前程结合起来，表现出浓厚的忧患意识和务实精神。正如有评论家所言："作者在抒发个性情感时，经常出现'大我'形象。集香木以自焚的'凤凰'、吞吃宇宙星球的'天狗'以至燃烧自身获取爱情的'炉中煤'，这些形象除了表达出叛逆、激情、个性张扬的作者自身而外，实际都包含一种力大无比、孕

---

① ［日］谷崎潤一郎：《谷崎潤一郎全集》（第 18 卷），中央公論新社 2016 年版，第 428 页。
② 郭沫若：《郭沫若全集》（第 15 卷），人民文学出版社 1989 年版，第 228 页。
③ 同上书，第 200 页。

育新生、除旧布新的'大我'形象。'凤凰'、天狗'、'炉中煤'在一定意义上又是作者理想中的国家、民众象征。"① 如此，随着国内时局的变化，郭沫若对这种主张个性解放和推崇唯美的文艺观念展开了严厉的自我批判。"我现在对于文艺的见解也全盘变了……昨日的文艺是不自觉的得占生活的优先权的贵族们的消闲圣品……今日的文艺，是我们现在走在革命途上的文艺，是我们被压迫者的呼号，是生命穷促的喊叫，是斗士的咒文，是革命预期的欢喜。"② 就这样，郭沫若早期文艺思想随着革命形势的急剧变化完成了从"唯美文学"向"工具文学"和"革命文学"的转变。1945年，郭沫若发表了评论文章《人民的文艺》，直接宣扬"人民文学"观念。文章认为文学艺术不是纯艺术的创作，而是立足人民，反映人民的有力武器。由此，郭沫若文艺思想彻底转变了前期的唯美思想，走上了文学创作的功利之路。

1949年后，谷崎润一郎仍然是一位职业作家，既不关心时事政治，也不愿与官方合作参政议政。他甚至一度还以身体抱恙为由，拒绝官方的邀请，参与文化活动。可见，谷崎润一郎始终都在捍卫文艺的纯粹性，反对艺术的功利价值。然而，郭沫若已经成为党和国家的重要领导人，不仅担任政务院副总理兼文教委员会主任、中国科学院院长、中国文联主席等重要职务，而且在文学艺术、思想文化领域都具有举足轻重的地位。可以说，此时的郭沫若不再是一位纯粹的文学家，而是作为国家领导人开始活跃在新中国的政治舞台上，其言行举止带有了明显的官方色彩。1955年12月1日，郭沫若率中国科学家代表团访问日本就是一次典型的官方活动。评论家岩佐昌暲曾对此说过："郭沫若率领代表团的访日，在日中两国还没有建立邦交关系、日本政府站在美国的立场采取对中国敌视政策的时期，有划时代的外交意义。这个代表团虽然不是日本政府正式邀请的，实际上却被视为新中国成立后第一批公事访问团。"③ 对谷崎润一郎来说，时隔近三十年的会面因郭沫若身份以及文艺思想的明显转变，使其内心产生了一种强烈的精神隔阂。也正是这种精神隔阂让他在寒暄问候之后，表

---

① 王俊虎：《从"人的文学"到"人民文学"：郭沫若文学观嬗变新论》，载《海南大学学报》2007年第4期。

② 郭沫若：《郭沫若全集》（第16卷），人民文学出版社1989年版，第19页。

③ [日]岩佐昌暲：《作为文献史料的报纸文章：记郭沫若1955年访日的报道》，载《郭沫若学刊》2011年第5期。

现出了疲于应付的心态，无法回到首次见面时的酣畅与愉悦。事实上，郭沫若前后身份与文艺思想的转变不仅影响了与谷崎润一郎的交流，也曾影响了与其他日本作家的交往。譬如，他与村松梢风就是如此。1922 年，经田汉介绍，村松梢风结识了郭沫若。他对郭沫若的印象是"肤色白皙，高度近视眼镜内的一双有点外凸的眼睛中，荡漾着一种艺术家式的纯真和阴郁的苦恼"①。此后，他们之间又曾有多次的交往。然而，随着郭沫若身份与文艺思想的转变，他与村松梢风的交往也出现了转折。"郭先生似乎对你的态度的突然转变深怀怨恨呢。"村松梢风说："从郭先生的立场来看，也许会是这样吧。"② 这是村松瑛与父亲村松梢风的一段谈话。这段谈话形象地说明了日本作家在与郭沫若的交往过程中会因其前后身份与文艺思想的转变表现出截然不同的特点。

综上所述，谷崎润一郎与郭沫若之间的交往断断续续近三十年，呈现出跨越时间长，交往次数较多的特点。但是彼此之间的交往似乎总存在一些隔阂，尤其是战后与郭沫若的交往更是流于形式，带有较为浓郁的官方性质，缺乏文人之间应有的情感投入和真挚情怀。这种转变也许是基于两人思想上的距离与情感上的错位而形成的，因而，在同郭沫若多年的交往过程中，谷崎润一郎也逐渐形成了自己对他的一种总体认识。"看上去非常亲切柔和，温文尔雅，表面上不见一点儿锋芒，让人觉得那样一个人居然会成为当今中国共产党的要人，实在不可思议。但是想来他虽然表面上平淡，内中却又藏着一种说不出来的魅力，确实让人感到是个大人物的一面。"③ 郭沫若浓郁的参政热情与一向疏离政治的谷崎润一郎存在较大的思想距离与情感错位，谷崎润一郎对郭沫若态度的转变正是这种情感错位与思想差距作用的结果，以至于在他心中，与其关系最为亲密的中国现代作家并不是郭沫若，而是田汉与欧阳予倩。当然，他与郭沫若的多年交往也促进和推动了中日现代作家交往的发展，为中国现代文学的繁荣做出了一定的贡献。

---

① ［日］村松梢風：《魔都》，ゆまに書房 2002 年版，第 47 页。
② 徐静波：《日本作家村松梢风与田汉、郭沫若交往考》，载《新文学史料》2013 年第 1 期。
③ ［日］西原大辅：《谷崎润一郎与东方主义》，赵怡译，中华书局 2005 年版，第 202 页。

第二节　谷崎润一郎与欧阳予倩的交往

首次中国之行后的谷崎润一郎带着对中国意犹未尽之意，于1926年再次来到中国。此次之行，对于谷崎润一郎来说，最大的收获之一就是结识了南国社戏剧家欧阳予倩与田汉，彼此也因此机缘结下了深厚的友谊。虽然国内学界对他们的交往进行了一定的研究，但缺乏以翔实的史料来考证他们的交往历程，因而，本书将在已有研究的基础上，注重史料的挖掘，全面梳理谷崎润一郎与南国社戏剧家欧阳予倩的交往过程。这样不仅有利于挖掘谷崎润一郎与中国现代文学社团的关系，而且为探讨中日现代戏剧作家的关系提供研究的基础。

一　欢度除夕

谷崎润一郎与欧阳予倩的交往始于1926年。当年谷崎润一郎于1月14日乘坐海轮抵达上海，开始了为期一个月的中国之旅。1月24日，《申报》刊登了唐越石的《日本文学家来沪》的文章。该文详细地记载了谷崎润一郎出席由内山完造为其举行的欢迎会的情景。"谷崎润一郎，为日本现代文坛的明星……此次来沪，内山书店的主人内山完造，设筵为之洗尘，我国文艺家到者，有郭沫若、田汉、谢六逸、欧阳予倩等……"① 这是谷崎润一郎与欧阳予倩首次见面的最早报道。与此同时，谷崎润一郎在此次见面会上也对作为中国新剧运动创始人的欧阳予倩留下了深刻的印象。事后，他在散文中写道："欧阳予倩君推门进来，白皙的脸上好像是戴着墨镜一样，好似在舞台上那样引人注目。梳成背头的头发好像油漆染过一样，乌黑发亮，鼻子的线条正好切成一个美丽的形状，从耳朵后边到脖颈发际的皮肤也是特殊的白皙。"② 1月29日，上海文艺家在新少年影片公司为谷崎润一郎专门举办了"文艺消寒会"。为事先宣传此次消寒会，1月27日，《申报》就以头条的方式刊登了这条消息：

---

① 唐越石：《"日本文学家来沪"》，载《申报》1926年1月24日。
② ［日］千葉俊二编：《上海交遊記》，みすず書房2004年版，第151页。

上海文艺界发起消寒会

本埠文艺界同人,发起文艺界消寒会,定于本月二十八日(星期五)下午二时假斜桥徐家汇路十号新少年影片公司,举行聚餐,籍联情谊,公宴画家、大鼓家、京戏家、昆剧家、电影家等,特请之客,则为德菱女士及谷崎润一郎君,并有舞剑、京戏、昆曲、大鼓等余兴。兹将发起人名列于后:

田 汉	欧阳予倩	张若谷	叶鼎洛
傅彦长	周佛海	左舜生	唐有壬
黎锦晖	郭沫若	谢六逸	唐 琳
袁逸苇	张叔丹	姚肇里	关 良
方光焘	日本人中国剧研究会全体成员①		

1月28日,《申报》再次对这次消寒会进行了补充:

上海文艺界消寒会续讯

上海艺术界消寒会,定于二十九日下午二时举行(昨报误载二十八日)。兹悉画家方面加入者有宋志钦、王荣均、严个凡、周一舟、鲁少飞、唐越石等,影戏界加入者任矜萍、卜万苍、史东山、张织云、黎明晖、韩云珍等,尚有多数艺术界任务,均在接洽中。地点假斜桥徐家汇路十号新少年影片公司。②

谷崎润一郎此次来华不仅受到了上海艺术界的热情欢迎,而且欢迎会成为上海文艺界的联欢会。对此,评论家西原大辅认为:"这是个以谷崎润一郎这个客人为媒介,上海年轻的文艺界人士欢聚一堂,谈论艺术,品评美酒,类似日本文人的'牧神会'的聚会。""在1926年2月的上海租界,日中两国的艺术家们也济济一堂,举行了一个具有历史意义的聚会。"③ 西原的评价符合当时的实情,还原了谷崎润一郎上海之行的历史事实,指出了此次聚会的文艺性质与价值所在。

---

① 《上海文艺界发起消寒会》,载《申报》1926年1月27日。
② 《上海文艺界发起消寒会续讯》,载《申报》1926年1月28日。
③ [日]西原大辅:《谷崎润一郎与东方主义》,赵怡译,中华书局2005年版,第196页。

1月29日下午3时左右，谷崎润一郎在田汉的陪同下来到新少年影片公司。关于此次消寒会的具体情形，1月30日的《申报》进行了报道：

上海文艺界消寒会盛况

  昨日本埠文艺界同人，假新少年公司开消寒大会，举行聚餐，籍联情谊，到者六十余人……文学家谷崎润一郎·田汉……欧阳予倩夫人……戏剧家欧阳予倩……。聚餐外有余兴，直至下午十二时，始尽欢而散。①

此外，上海的《新闻报》在2月1日也以大篇幅的内容报道了此次欢迎会。

盛极一时之文艺界消寒会

  艺术界消寒会，由田汉君发起，假座斜桥新少年影片公司，邀请艺术界人士加入。是日到者，约百余人。计有文学家、新剧家、导演家、画家，以及鼓娘、电影明星等等，颇极一时之盛。特请之客，为清官二年记之作者德菱女士及日本文学家谷崎润一郎君……时欧阳予倩君亦在场。众又请欧阳君一显身手。欧阳君是日御西服，架墨晶镜。其夫人以眼镜不雅观，议去之。但欧阳君不能须臾离此。于是此西装革履架墨晶镜之欧阳君，遂于掌声不绝之中，□□挥舞，寒气凛凛，剑气逼人。②

这些史料说明了欧阳予倩在消寒会上的舞剑表演给谷崎润一郎留下了深刻的印象。事后，谷崎润一郎也有过详细的回忆。他说："予倩君虽然是一位新剧的领袖，但也是一位演员，这点本领还是有的。不过，他并不使用双剑，而是手持单剑，置于面前，双目凝视，黑瞳宛如转到正中间般，定眼细看（此眼神与日本的正眼的招式不同，因而我们看来有些奇怪）。只见他跨开双脚，移上左手，折弯过来，遮挡在头上。右手将剑猛

---

① 《上海文艺界消寒会盛况》，载《申报》1926年1月30日。
② 《盛极一时之文艺界消寒会》，载《新闻报》1926年2月1日。

然刺向一边,似有一剑杀敌之气势。"① 在这里,谷崎润一郎用生动形象的语言描写了欧阳予倩舞剑的情形,可谓淋漓尽致,惟妙惟肖,给人一种身临其境的感觉。谷崎润一郎之所以会对会上舞剑的情景印象深刻,其原因也许在于欧阳予倩是一位戏剧家,懂得舞剑的精妙之处。因而,谷崎润一郎对此说道:"我知道他所作的工作可以说是兼备了小山内薰和上山草人的内容,在当地也非常有名,我国的圈内人士也应该是熟知的。我曾经看见过他舞剑的样子,也就是说他兼备有中国传统戏的素养,还能男扮女装,而且肤色白皙,五官端正,一看就是个演员的样子。"② "欧阳氏跟一般的日本演员一样,在白皙的脸庞上加了一副墨镜,但是并没有田汉那种神经质的样子,倒是稳重大方,颇有长者的风范。因此,看上去很有剧团栋梁的派头。"③ 谷崎润一郎的此番言辞足见其记忆之深刻,评论之劲道。此外,他对出席本次欢迎会的欧阳夫人刘韵秋女士留有印象。虽然两人语言不通,无法交流,但是这并没有妨碍谷崎润一郎对刘女士的认识。谷崎润一郎从其装扮和举止中认为欧阳夫人是一位"文坛上颇有知名度的女子。虽然语言不通颇为遗憾,但看上去并不是那种所谓的新式女性,而是一位举止优雅、谈吐高尚的太太"④。

  随后,谷崎润一郎在田汉等人的陪同下切身感受了上海的都市生活,结识了画家陈抱一、导演任矜萍等中国现代艺术家。然而,最让其铭记于心的事情是 2 月 13 日在欧阳予倩家欢度除夕。散文《上海交游记》《昨今》以及《回忆旧友欧阳予倩君》也都记录了这件事情。"说到欧阳予倩君,我又回忆起了去年旧历除夕的晚上,你(田汉)带着我前往欧阳府上与他的家人一起快快乐乐地过年的情形,至今难以忘怀。现在回想起来,那天晚上,按照贵国习惯,欧阳君的府上把近亲和自家人召集在一起,以家长欧阳君为中心,欧阳君的母亲、夫人、弟弟、妹妹以及与其弟妹有关系的唐先生与刘先生,还有可爱的孩子们。"⑤ 为了表达对谷崎润一郎的热情之意,欧阳予倩还在除夕当夜挥毫,写下了一首诗歌赠送给他。"竹径虚凉日影移/残红已化护花泥/鹦哥偶学啼鹃语

---

① [日]千葉俊二编:《上海交遊記》,みすず書房2004年版,第167頁。
② 同上书,第189頁。
③ 同上书,第179頁。
④ 同上书,第167頁。
⑤ 同上书,第198頁。

/唤起钗莺压鬓低。"① 全诗意境轻盈哀雅，淡雅中流淌着一股忧伤，浓情中流露出一种缠绵，字里行间表现出了诗人浓郁的怀念之情。受此诗感染的谷崎润一郎，回国后不仅将此诗刊登在《女性》1926年5月号上，而且还特意将该诗送去装裱，珍藏起来。"每年到了现在这个时候，也就是和这首诗相称的季节，我总是从自己不多的收藏品中，取出这一幅字挂上，同时怀念起当年给我写这首诗的中国友人来。"② 其言语也足见谷崎润一郎对这首赠诗的喜爱之情。与此同时，谷崎润一郎对刘韵秋女士再度给予了高度评价，认为她是一位娴雅、年轻、美貌的女诗人，衷心希望她能够给他留下墨宝，可惜被刘女士婉言推辞了。谷崎润一郎为此曾一度拜请田汉，如有机会敬请刘韵秋女士能够为其挥毫赐字。

1927年12月，欧阳予倩为筹建自己理想的剧团前往东京。作家村松梢风在《欧阳予倩来访》中记载了欧阳予倩日本之行的详情。另外，谷崎润一郎在《昨今》中也详细回忆了此次之行。关于欧阳予倩的日本之旅，我们从中择取两件具有代表性的事情，以此说明两者之间深厚的情谊。其一，在谷崎润一郎的陪同下，欧阳予倩游历了京都。"记得曾陪同他去京都看了歌舞伎的首演，还看了已故的梅幸演的茨木，所以想必是在十二月吧。""那天晚上，我们还去游了祇园，下榻在河原的旅馆。第二天记得他说想去看摄影棚，我就带他去了下加茂和牧野的摄影棚。"③ 其二，欧阳予倩入住谷崎润一郎家，并赠送礼物。在陪同欧阳予倩游览了京都的美景后，谷崎润一郎还在冈本的家中盛情款待了这位来自中国的戏剧家。"欧阳氏也是来去东京的途中住在我在冈本的家里，回去前曾说，回国后想送你一件礼物，有什么想要的请告诉我，所以我就回答说要是有上好的陈年绍兴酒就送我一瓶吧。"④ 12月10日前后，当欧阳予倩回到神户的时候，谷崎润一郎的弟弟谷崎终平曾来神户海关，取走了欧阳予倩赠送给谷崎润一郎的两瓶绍兴酒。"我接受了哥哥的命令，去神户海关取来了两只装老酒的大土坛子。"⑤

回国后，欧阳予倩参加了田汉组织的南国社，并担任南国艺术学院戏

---

① ［日］千葉俊二编：《上海交遊記》，みすず書房2004年版，第188頁。
② 同上。
③ 同上书，第198頁。
④ 同上书，第199頁。
⑤ ［日］谷崎终平：《好文園から梅ヶ谷へ》载《谷崎潤一郎全集月報》第十二号，第七頁。

剧系主任。之后，他成立了广东戏剧研究所，创办了刊物《戏剧》。虽然这段时间两人未曾有过联系，但是谷崎润一郎仍然关心他的事情，对他的这些活动也都比较了解。"那以后，欧阳氏从上海移居广东，好像在当地办了杂志。他一直给我寄来，直到事变发生之前。事变之后，那本杂志恐怕也停刊了吧。上海战争正酣之时，欧阳氏又折回到上海，听闻他通过演剧运动来参加抗日战队伍，但是南京陷落后他又去了哪里，干了些什么，已无从知晓了。"① 第二次世界大战期间，两人受战争影响缺乏直接的联系，但是彼此仍会通过各种途径来关注对方。在面对装裱后的欧阳予倩赠诗时，谷崎润一郎就不禁感叹道："在亚细亚大陆战云密布的日子里，每逢初夏来临之时，我都会将这幅字挂到墙上，看着它，想着那时候的欧阳氏与田汉氏等人，如今在哪里，都在做些什么，不由感慨万千。"② 这些史料充分表明了两者有着深厚的友谊。

二 翰墨交流

1956 年 5 月 26 日，应日本朝日新闻社的邀请，欧阳予倩以中国京剧代表团副团长的身份与团长梅兰芳率团访日演出。谷崎润一郎在得知欧阳予倩来日的消息后很是兴奋，立即通过朝日新闻社的泽野久雄转告："哪怕会面时间很短也行，只盼尽早见面。"③ 6 月 6 日，谷崎润一郎为欧阳予倩来日之事还特意给内山完造写了一封书信。"这次京剧团来访，阁下也很忙。我一定要与欧阳君见上一面，所以拜托朝日新闻的泽野氏联络。"④ 当代表团访问箱根的时候，谷崎润一郎和欧阳予倩在分隔 29 年后终于再次相聚。《中央公论》以题为《三十年后的再会》（1956 年 9 月号）对两人的谈话进行了报道。双方在朝日新闻社外报部员冈崎俊夫的主持下，就两人的陈年往事、中国文坛现状、中日传统戏剧等问题深入交换了意见。会见最后，欧阳予倩还盛情邀请谷崎润一郎访问中国。谷崎润一郎对此表示感谢，并答应只要身体允许，一定会再次前往中国。令人遗憾的是，谷崎润一郎此后的身体一直处在不适的状态，直到 1965 年病逝，也没有踏

---

① ［日］千葉俊二編：《上海交遊記》，みすず書房 2004 年版，第 199 页。
② 同上书，第 189 页。
③ ［日］朝日新聞社：《「谷崎潤一郎・人と文学」展：生誕 100 年記念》，朝日新聞社 1985 年版，第 82—83 页。
④ ［日］西原大辅：《谷崎润一郎与东方主义》，赵怡译，中华书局 2005 年版，第 241 页。

上中国的土地。

1957年，谷崎润一郎在《心》2月号发表了《欧阳予倩君的长诗》，对与欧阳予倩箱根饭店重逢的情景进行了记载，并全文摘录了欧阳赠送给他的诗歌。

欧阳予倩君和京剧团一行来访时，时隔三十年，我去箱根饭店再次见到了他，畅叙别后之情。欧阳君说，"昨晚把你的事情写了一首诗"，君拿出一首用钢笔写成的五言古诗给我看。用一个晚上才写完这么长的一首诗，在中国人眼里或许算不了什么，可是我还是暗自佩服，认为无论什么时代，文字之国的人士到底与众不同。——

阔别卅余载　　握手不胜情
相看容貌改　　不觉岁时更
我昔见君时　　狂歌任醉醒
茧足风尘中　　坎坷叹无成
别后欲萧条　　忧道非忧贫
亦有澄清志　　不敢避艰辛
频惊罗网逼　　屡遭战火焚
幸得见天日　　无愁衰病身
精力虽渐减　　志向尚清纯
旧日俦侣中　　半与鬼为邻
存者多挺秀　　不见惭怍形
举此为君告　　以慰怀旧心
君家富玉帛　　琳琅笥箧盈
可以化干戈　　用以求和平
祝君千万寿　　文艺自长春
谷崎润一郎先生与我阔别重逢赋长歌为赠即希两政
欧阳予倩①

欧阳予倩箱根离别数日后，返回东京入住帝国饭店。得知欧阳予倩一

---

① ［日］谷崎潤一郎：《谷崎潤一郎全集》（第22卷），中央公論新社2017年版，第387—388页。

行返回东京,谷崎润一郎希望能够与他再次见面。"七月初旬,欧阳君再次回到东京。因想其样子,届时在热海或在东京来拜见。"① 与此同时,欧阳予倩在东京安定之余,将箱根赠与谷崎润一郎的长诗用毛笔重新书写了一份,并特意将之寄送到谷崎润一郎位于热海的新居"雪后庵"。由于1926 年谷崎润一郎访华时,欧阳予倩在除夕之夜在自家赠送给他的诗歌不幸毁于战争。因此,对此次赠诗,谷崎润一郎有如获至宝之感,特意将之装裱起来,悬挂于"雪后庵"的客厅之上,以此纪念两人的深厚友情。"欧阳君在箱根别后数日,回到东京的帝国饭店后,又重新用毛笔将这首诗抄写了一篇,特意送到了我在热海的住处。现在雪后庵的客厅中悬挂着细长的匾额,就是这首诗。"② 寥寥数语道出了谷崎润一郎对这份弥足珍贵的礼物的感动之情与珍惜之意,该赠诗也成为两人过往交际的精美见证。

1962 年 9 月 21 日,欧阳予倩因患心肌梗塞病逝。得知噩耗的谷崎润一郎,泣不成声,并撰文《回忆旧友欧阳予倩君》(刊于《中日文化交流》1962 年 11 月 65 号)追忆两人的深厚情谊。"得知欧阳君去世的消息,深感悲痛。怀念失去的良友,衷心为他祈求冥福。最近中国戏剧家代表团来日,可惜再无欧阳君。我不禁回想起欧阳君往时的面容,愿欧阳君在天之灵安好,衷心怀念欧阳君。"③ 三言两语传达了谷崎润一郎对挚友离世的切切真情。

总而言之,这些史料不仅真实地记录了谷崎润一郎和欧阳予倩往来的细节,而且充分说明两人拥有笃厚的交情。他们的交往非常平常化,既没有惊天动地的事件,也缺乏有可歌可泣的事情。他们因相近的文学取向与人生感悟成为不离不弃的挚友,他们在朴素无华的生活点滴中表达彼此的问候,传递彼此的真诚与真心。一首赠诗,一次除夕之旅等细微的生活体验都给谷崎润一郎留下了终生难忘的人生回忆。因此,他们的交往既是中日现代作家个体交流的具体表现,也是构成中日现代文学交流关系史的重要部分,他们的交往促进了中日现代文学交流的繁荣,也推动了两国文化交流的发展。

---

① [日] 西原大辅:《谷崎润一郎与东方主义》,赵怡译,中华书局 2005 年版,第 241 页。
② [日] 谷崎潤一郎:《谷崎潤一郎全集》(第 22 卷),中央公論新社 2017 年版,第 388 頁。
③ [日] 谷崎潤一郎:《谷崎潤一郎全集》(第 25 卷),中央公論新社 2016 年版,第 312 頁。

第三节　谷崎润一郎与田汉的交往

谷崎润一郎在与中国现代作家的交往中同田汉的关系最为密切,被誉为是中日现代作家交流史上的一段佳话。其实,早在田汉留学日本的期间,他不仅阅读和翻译了谷崎润一郎的作品,而且还接受了他的影响创作了《梵峨琳与蔷薇》《咖啡店之一夜》《获虎之夜》等一批经典的戏剧作品。可以说谷崎润一郎是田汉非常推崇的日本作家之一。1926年1月,谷崎润一郎来华访问,经内山书店主人内山完造的介绍,在内山书店二楼举行的"见面会"上结识了田汉。随后,田汉成为谷崎润一郎在上海期间相伴时间最多的中国作家,随着两人交往的逐渐深入,其交情也越来越笃厚。1927年,谷崎润一郎利用田汉访日的机会再次与之畅谈,并陪同田汉参观游览了大阪和京都,去文乐剧院看戏。与此同时,谷崎润一郎还盛情邀请了田汉入住自己位于冈本的家中。这种深厚的情谊不仅真实再现了两人的交往情形,而且说明文人间相似的兴趣爱好、性格特点以及文学取向是建构彼此交往的内核与关键。因而,在谷崎润一郎心中关系与之最密切的当属田汉也就不足为奇了。

一　消寒会的交往

1926年1月21日,经宫崎议平介绍,谷崎润一郎拜访了位于北四川路上阿瑞里内的内山书店,结识了店主内山完造。在闲谈时,内山君告诉谷崎润一郎有几位中国文人因得知先生来到上海,想拜见他。得知此事的谷崎润一郎为之惊奇不已,因为他没有想到中国会有自己的读者和知己。接着,内山君向谷崎润一郎介绍了中国新文学家的三个代表人物谢六逸、田汉和郭沫若的文学创作情况。最后,内山君提议近期在其书店二楼举行见面会,届时邀请包括田汉在内的十余人参加。内山君的提议得到了谷崎润一郎的赞赏与支持。"内山氏的这个主意对我来说真是求之不得的好机会。我深深地感谢他的这片好意,并请他多多费心。"① 由此可见,再度访华的谷崎润一郎其实也想借此良机去结识现代中国的文人贤士,了解和熟悉中国现代文坛的发展近况。

有趣的是,谷崎润一郎在参加见面会的前一天出现了一个小插曲。1

---

① ［日］千叶俊二编:《上海交游记》,みすず书房2004年版,第151页。

月23日，谷崎润一郎接到了内山君的电话，告知见面会时间为24日。巧合的是，这一天谷崎润一郎安排了打伤寒预防针的事情，因不能饮酒，所以提出希望见面会改期。然而，内山君告诉谷崎润一郎与会的人员因住在不同的地方，且已经来不及通知。最后，还是决定见面会如期进行。

  1月24日，谷崎润一郎应邀出席了内山君安排的见面会。会上，他见到了最后到来的田汉，并对其言行举止留下了深刻的印象。为了还原当时他们见面的实情，现将《上海交游记》中的相关内容摘录如下：

>   大家已经落座，说得正起劲的时候，最后出现了田汉君的身影。老实说，要不是听到内山氏说"田汉君来了"这句话，我绝对不会想到这位走进来，身着朴素西装的汉子竟是中国人。名字虽然忘了，但是我似乎有一种感觉，这个人大概是东京的一位文学家，尽管不知道他是谁。田汉君的容貌风采给人的印象是近似于日本人，而且完全像我们的同行。脸色发黑，清瘦、长脸，轮廓清晰；头发杂乱、蓬松，神经质的眼睛放着光，忧郁地闭着嘴唇，没有一丝笑容。低着头一动不动地静候着。这使我想起了我们的二十年代。他依桌而坐，抬起上眼皮扫了一眼室内的人，又暂时沉默了。过了一会儿，他突然说：
>
>   "谷崎润一郎先生，我见到你已经是第二次了。"（当时，我一听到他的声音，感到很吃惊，那流利的语调不完全是东京口音吗？）
>
>   "哦，你见过我吗？"
>
>   "是的，在有乐剧场，业余与暑假俱乐部首演的时候，我曾见到过你。其中好像还有你的特写呢？"
>
>   "啊，是吗？那么你是在影片中见到的吧！"
>
>   "我也认识栗原·汤姆斯。你们从那里去海报拍摄外景去了。当时，我因为要去镰仓避暑，所以见到过你们拍摄的影片。"
>
>   他的话不料唤起了我创立大正电影时代遥远的记忆。那是大正9年（1920年）夏天的事情。当时田汉君正在日本留学。①

  这段史料真实记录了谷崎润一郎与田汉见面的细节，再现了当时两人相见的情景。座谈会结束之后，意犹未尽的谷崎润一郎邀请了田汉与郭沫若一

---

① ［日］千葉俊二编：《上海交遊記》，みすず書房2004年版，第152—153页。

边上街散步，一边继续交谈。这期间，三人围绕中日作家的稿费和日本现代文坛等问题交换了意见。在对比中日现代作家的稿费之后，田汉发表了一番感慨。他说："在上海以'某某大学'为名的学校特别多，我们都在这类学校担任教授，以此谋生，却不能指望稿费生活。"① 此外，田汉还就日本作品在中国的翻译事情发表了意见。他说："在不久的将来，我们打算将日本的作品翻译一批出来出版。""周作人是一位人道主义者，其主要翻译的是白桦派的作品。就介绍日本的艺术而言，应该更加公平地进行选择。"② 谷崎润一郎对田汉等人的言论深感惊叹，对他们熟知日本现代文坛的程度出乎意料。"大体上，他们的观察都能射中靶子，他们确实读了很多的著作，对于我们文坛的内幕也了解得很多，实在令人吃惊。""既是作家又是《菊池宽剧选》译者的田汉君，不管怎么说，对于日本的现代文学是最通晓的。"③ 因三人的交谈正酣，谷崎润一郎再次邀请田汉与郭沫若去其住处"一品香"旅店。三人在旅店一边饮着绍兴酒，一边继续畅谈。借着酒意，田汉和郭沫若对中国传统文化正被外来文化侵蚀的问题发表了各自的看法。

为了欢迎谷崎润一郎来到上海，田汉和欧阳予倩发起了上海文艺界的"消寒会"。为表达对他的诚挚邀请，田汉等人还特意制作了一份精致的邀请函赠送给谷崎润一郎。邀请函的内容如下：

谷崎润一郎先生：
我们上海几个文艺界的朋友有消寒会的组织，欲借以破年来沉闷的空气，难得先生适来海上，敢请惠然命驾，来此一乐。
　　会场　斜桥徐家汇路 10 号　新少年影片公司
　　　　　　　　　　　　　　电话　West 4131
　　会期　本月二十九日午后 2 时起
　　　　　　上海文艺消寒会敬约
　　　　　　主席　欧阳予倩　田汉④

1月29日，应田汉与欧阳予倩的邀请，谷崎润一郎如期出席了"上

---

① ［日］千葉俊二編：《上海交遊記》，みすず書房 2004 年版，第 160 頁。
② 同上。
③ 同上。
④ 同上书，第 165 页。

海文艺消寒会"。作为此次欢迎会的主席之一,田汉特意乘车去"一品香"旅店迎接谷崎润一郎,然后共同前往位于上海斜桥徐家汇路 10 号的新少年影片公司。这次上海文艺界组织的欢迎活动是谷崎润一郎此次中国之行中最为隆重的欢迎会,不仅与会者多达 90 余人,而且会上气氛也非常好,给谷崎润一郎留下了毕生难忘的回忆。

作为艺术家的聚会,恐怕在上海是未曾有过的大型活动,这大概是田汉君事前宣传的结果。上海的冬天有三寒四温的说法,非常冷的日子持续两三天后,天气就渐渐地晴朗起来,变得像春天一样的暖和。田汉君用汽车来接我,正是一个晴天的三点左右。

"怎么样?咱们走吧,现在就去会场,这时候人们已经开始陆续来了,非常热闹的。从白天开始一直热闹到夜里十二点呢!"

"那么,就不要那么急,喝杯茶再走吧。"

"不喝了,马上就走吧!今日因为打算为你拍摄电影,会有各种各样的余兴,还是早点去为好。"①

为尽地主之谊,田汉还为谷崎润一郎邀请了当时上海艺术界的名流佳媛,并为他的来访发表了一番热情洋溢的讲话。深感愉悦的谷崎润一郎坦言道:"这次去上海最愉快的就是与当地的年轻艺术家们的交流。"② 在上海的这些日子,他也几乎与田汉相伴。"田汉君当时过着独身生活,以致没有什么事情要做。几乎每日闲暇之时就来我的住处,而且一定不是他把我带到什么地方去,就是我请他一起去哪里。""在上海滞留的将近一个月里,始终与田汉君一起行动,简直就像雇佣了一个最有能力,又是让人最安心的翻译兼导游一样。""田汉知道了喜欢睡懒觉的我的起床时间,恰到好处地在那个时刻来访。我们或是在阳光明媚的午后,或是在迟暮黄昏的时间,一起去福建的闹市听音乐、看戏、欣赏美人……到最后,我就是去买一些琐碎的东西,也总会毫不客气地请他陪我一起……给我翻译。因其独身,所以我也就毫不客气地拽着他东奔西走,我们有时会徘徊于深夜的上海街头,有时会留在一品香我的住所喝酒畅谈文学,直至天明,一个月就这样每天见面也不会产生厌恶。"③ 田汉这种形影不离般的陪伴使谷

---

① [日]千葉俊二编:《上海交遊記》,みすず書房 2004 年版,第 166 頁。
② 同上书,第 136 頁。
③ 同上书,第 191—192 頁。

崎润一郎大大增加了与之相处的时间，为他熟知田汉提供了有力的保障，两人也因此逐渐产生了深厚的情谊。

二 消寒会后的交往

消寒会后，两人志趣相投，自然相言甚欢。独身的田汉也有时间陪伴谷崎润一郎，与他参与一系列的活动。如前往"恩派亚大戏院"，观看任矜萍导演的电影《新人的家庭》；前往"东亚同文院"观看学生用汉语演出的田汉话剧《获虎之夜》；前往戏剧家欧阳予倩家欢度除夕；前往画家陈抱一家新春问候以及出入夜总会休闲；等等。田汉的儿子田申在他的《我的父亲田汉》一书中也提到了此事。他说："因谷崎润一郎在日本即是我父亲的好友，所以差不多每天都去看他。"① 1926 年 6 月 30 日，谷崎润一郎给田汉写了一封回信，信中对田汉上海陪同之事发表了这样的感叹。他说："如果没有你，一定没有那盛大的'消寒会'，也不能与这么多的贵国人交游。我却带你这样一个纯真的青年去'新六三'、去'新月'、去舞场，教你不正经的东西，深感惭愧。"② 谷崎润一郎在字里行间既表达了对田汉的感激之情，因为自己是通过田汉才有机会结识在沪的中国现代文化人士，又为自己时常带着田汉出入夜总会而感到自责与不安。

那么，究竟发生了怎样的事情让他对此忐忑不安？为了弄清楚事情的来龙去脉，我们首先来看一则相关的史料。1926 年 4 月，田汉给好友村松梢风写了一封信，信中就有一段谷崎润一郎出入夜总会的描写。"谷崎润一郎先生来上海旅游时，始终同我们在一起游玩……可是，消寒会以后，与谷崎润一郎氏接近的机会渐渐地多起来，也逐渐地发现了谷崎润一郎先生特有的风格和趣味。一月之后已经完全喜欢谷崎润一郎先生了。谷崎润一郎先生与贵兄一样在上海找了一个'临时女郎'一样也是短发洋装以跳舞为职业的女人，而谷崎润一郎先生的临时女郎，不管他出多少钱也不愿意跟他来……我在暗地里深深感慨，即使是恶魔也只限于年轻的时候。如果虚度年华，大概就会具有这样悲观的思想吧！"③ 我们通过田汉这封信的描述可以证明这样一个事实：谷崎润一郎在上海期间曾在夜总会

---

① 田申：《我的父亲田汉》，辽宁人民出版社 2011 年版，第 127 页。
② ［日］千葉俊二编：《上海交遊記》，みすず書房 2004 年版，第 184 页。
③ 刘平、小谷一郎编：《田汉在日本》，伊藤虎丸监修，人民文学出版社 1997 年版，第 35 页。

上结识了某位年轻美貌的舞女。因某种原因,女子不愿意与他深交下去,致使谷崎润一郎感叹已经成为老人,缺乏吸引异性的魅力。然而,有趣的是谷崎润一郎本人在《上海见闻录》中对这件事情的记录与田汉的存在一些差异。"她是日本人,年龄二十一、二岁,苹果脸儿……'啊,您是谷崎润一郎先生?久仰大名!我在日本见过您。您何时回日本?届时请带上我哦。'她一边跳舞,一边不停对着我说……在车上,她兴致勃勃地评说着我的《痴人之爱》……大概凌晨四点左右,才把烂醉的女子带着来到一个旅馆。'肚子饿了'女人说道。于是,一边吃炒面,一边喝老酒。随后,开始一件一件地脱去洋服,脱掉鞋子……烂醉的她跌入河中,差点淹死。我和 M 君不知如何是好,将她放在床上,好不容易才逃离出来,已经是 5 点了。此后,怕她再胡搅蛮缠,有一段时间对她避而远之。"①在这里,谷崎润一郎笔下的女子言行显然要比田汉笔下的富有主动性,或者说,更具风月场所的女性特点。事实上,谷崎润一郎之所以会形成与田汉描述之间的差异,除了有学者所说的"显然有一些表白美化自己的地方"② 之外,我们认为这种书写的差异性与谷崎润一郎推崇妖艳女性的审美趣味有关,因为妖艳女性是谷崎润一郎文学创作中的一类重要女性形象。她们既具有风月女子的妖娆与艳丽,又具有新时代女性的大胆与主动。可以说,这类女性形象往往彰显了谷崎润一郎耽美、颓废的思想,呈现了他与众不同的女性书写方式。因此,我们认为谷崎润一郎的描述之所以与田汉的存在一定的差异,其深层原因在于其文艺思想的影响,而不是仅仅为了美化自己。

田汉在欧阳予倩家过完除夕后,来到了谷崎润一郎的旅馆,同他述说了亡妻易漱瑜的故事。1922 年 9 月,田汉偕妻子易漱瑜女士由日本回国,居住在上海哈同路民厚北里 406 号,任职于中华书局编辑所文化部,开始了他文学戏剧的启蒙工作。

1927 年 7 月,为了给电影《南京》寻找一位好的制片人,田汉与时任总政治部宣传处艺术科顾问、电影股长的雷震从上海乘"长崎丸"号前往日本。临行前,田汉曾委托内山完造的妻子嘉善子,给谷崎润一郎和村松梢风发电报,并从她那里得到了谷崎润一郎家的住址。"嘉善子夫人

---

① [日]千葉俊二编:《上海交遊記》,みすず書房 2004 年版,第 140 頁。
② [日]西原大辅:《谷崎润一郎与东方主义》,赵怡译,中华书局 2005 年版,第 208 页。

赶到船上来了。他匆斜地由衣袋里掏出一张小小的纸头，上面用红水笔斜匆地写着——兵库县或库县郡冈本甲又园谷崎润一郎氏。"① 西原大辅认为："6月22日，田汉乘坐长崎丸抵达神户。"② 然而，据查田汉的年谱，我们得知田汉是7月21日抵达神户，不是西原所说的6月22日。"7月21日，船抵日本长崎。与雷震乘车观览市容，游崇圣禅寺，后赴四海楼菜馆用餐。其后，由谷崎润一郎陪同，游览大阪、京都。"③ 早已收到电报的谷崎润一郎赶回了关西，如期来到神户港，迎接田汉等人。

谷崎润一郎和田汉都在各自的回忆录里面记录了这件事情。为了还原当时的实情，我们将有关的史料摘录如下。先看谷崎润一郎的记录。"回日之后，与田汉一直有书信来往。一两年后，接到他的通知，说是时隔多年想再次重返贵国看看。近日将抵达神户，届时请多多关照。于是，我前往码头迎接。只见他带着一个朋友一下子从三等船客中冒了出来……当时，我住在阪急沿线的冈本，因此就将二人带到自宅，陪同他们游玩京都、大阪等地，还记得带他们去文乐剧院看戏。随后，田氏与雷氏一起去了东京，短暂待了几天，回来时，又在我家住了两三天。"④ 再看田汉的记录。"为着拍这个片不能不找一个很好的 Cameraman（摄影师）……我曾趁这机会到日本作过两个礼拜的旅行……在京都大阪我是同着日本唯美派大家谷崎润一郎氏宴游的，日饮道顿，夜宿祇园，在'酒'与'女人'中间我忘记了一切。"⑤ 从两人的记载情况来看，谷崎润一郎的记录内容相对于田汉而言更为充实和细腻。他既说明了接待田汉的缘由，也叙述了两人交往的大致经过。然而，无论谁的记录都在一定程度上为读者真实地再现了两人当时交往的情景，说明两人都彼此珍惜这份纯真而又深厚的友情。

7月31日，田汉准备从神户港离开日本，结束这次旅行。离日当天，谷崎润一郎亲自前往港口送别挚友。两人在甲板上畅谈一番后，挥手相别。"谷崎润一郎先生送我由神户登长崎丸，在开船以前，我们坐在海风

---

① 刘平、小谷一郎编：《田汉在日本》，伊藤虎丸监修，人民文学出版社1997年版，第41页。
② ［日］西原大辅：《谷崎润一郎与东方主义》，赵怡译，中华书局2005年版，第234页。
③ 张向华编：《田汉年谱》，中国戏剧出版社1992年版，第91页。
④ ［日］千葉俊二编：《上海交遊記》，みすず書房2004年版，第193—194頁。
⑤ 田汉：《田汉全集》（第15卷），花山文艺出版社2000年版，第112—113页。

徐来的甲板上谈了好一些时候。我告诉他我的苦闷，他说我现在也不妨干一干。自然，在谷崎润一郎先生是觉得也没有什么不可以干的。"① 遗憾的是，两人此次离别后再也没有相见。总之，这些史料充分再现谷崎润一郎与田汉交往的历史，印证了两人之间存在着笃厚的友谊。

谷崎润一郎与田汉不仅有着密切的事实交往，而且田汉还曾经以翻译家的身份译介过谷崎润一郎的文学作品。1934 年，田汉以李漱泉为笔名出版发行了谷崎润一郎的作品集《神与人之间》（中华书局 1934 年版）。在书中，田汉不仅翻译了谷崎润一郎的代表作品，而且洋洋洒洒写了长达万言的序言来介绍谷崎润一郎及其文学创作。随后，国内掀起了一股"谷崎润一郎热"。由此可见，他们的深厚友谊成为了中日现代作家交流史上的佳话，不仅有利于丰富中日现代文学交流史，而且对认识谷崎润一郎与中国现代文学社团关系提供了有力的研究基础。因此，本书通过对他们交往的史料梳理，分析其交往的轨迹，对国内研究谷崎润一郎文学也有着重要的借鉴价值。

第四节 谷崎润一郎与周作人的交往

谷崎润一郎与周作人有着密切的文学关联，既表现为彼此之间的直接交往，也体现为间接交流。事实上，周作人的文艺思想曾接受过谷崎润一郎的影响。那么，对于一位善于思辨的明理型作家来说，周作人为何会对推崇耽美思想的谷崎润一郎情有独钟呢？赵京华对此发表了相关评论。他认为周作人之所以与谷崎润一郎有着千丝万缕的联系关键在于两人"在反俗的独立主义、传统回归、东洋人的宿命三个方面所具有的精神共通性及其深层思想共鸣"②。赵先生指出了两人发生文学关联的内因，为深入阐释和揭示两位文人的文学交往实质提供了富有建设性的意义。此外，李景彬和倪金华也对此提出了各自的见解。前者指出周作人"从个人兴趣出发，偏嗜永井荷风和谷崎润一郎的随笔"③。后者认为周作人的隐逸思想"与他所喜欢的日本明治大正时期的两位耽美派作家永井荷风和谷崎

---

① 田汉：《田汉全集》（第 15 卷），花山文艺出版社 2000 年版，第 116 页。
② 赵京华：《周氏兄弟与日本》，人民文学出版社 2011 年版，第 200 页。
③ 李景彬：《周作人评析》，陕西人民出版社 1986 年版，第 274 页。

润一郎的思想相契合"①。这些论述都涉及两位的文学关联，并指出了两人之间文学思想的契合与共鸣。因此，本书将在已有研究的基础上通过全面梳理两人的交往历史，描述他们交往的轨迹，以此还原两人文学关联的事实，并在此基础上结合时代语境和文化心理对此文学关联作进一步的探讨，挖掘两人发生文学关联的深层原因，为深入理解两人文学关系提供参考。

一　双方的评论交往

谷崎润一郎与周作人的文学关联始于1918年。4月19日，周作人在北京大学小说研究会上发表了题为《日本近三十年小说之发达》的演说，这是中国现代文学史上第一次介绍日本唯美派作家谷崎润一郎。在介绍日本自然主义文学时，周作人认为该派文学可以分为享乐主义与理想主义两种。其中，享乐主义代表人物是永井荷风，此外就是谷崎润一郎。他说："此派中永井荷风最有名。他本是纯粹的自然派，后来对于现代文明，深感不满，便变了一种消极的享乐主义。所作的长篇小说《冷笑》是他的代表作。谷崎润一郎是东京大学出身，也同荷风一派，更带点颓废气息。《刺青》就是代表作，可以看出他的特色。"②在这里，周作人仅仅还是以一种客观的态度来概述谷崎润一郎及其文学的特点，并没有表露出较强烈的个人爱好。然而，随着谷崎润一郎随笔集《摄阳随笔》的出版，周作人在其评论中流露出了较为浓郁的主观情感。

谷崎润一郎的《摄阳随笔》是1935年4—5月由中央公论社出版发行的。随后，周作人就在6月23日《大公报》文艺副刊第157期上发表了题为《冬天的蝇》的随笔，对其迅速地进行了评论。文章开篇这样写道："这几天读日本两个作家的随笔，觉得很有兴趣。一是谷崎润一郎的《摄阳随笔》，一是永井荷风的《冬天的蝇》，是本年四五月间出版的。这两个人都是小说家，但我最喜欢的还是他们的随笔。"③接着，周作人简要对比了两位作家的创作特点，并指出了谷崎润一郎文学创作的基本特

---

① 倪金华：《周作人与日本随笔——周作人思想艺术探源》，载《鲁迅研究月刊》2002年第7期。
② 钟叔河编：《周作人文类编7　日本管窥　日本·日文·日人》，湖南文艺出版社1998年版，第245页。
③ 张菊香编：《周作人散文选集》，百花文艺出版社1987年版，第238页。

征。"谷崎润一郎多写'他虐狂'的变态心理,以《刺青》一篇出名……谷崎润一郎新著有《文章读本》,又有《关于现代口语文的缺点》一文收在《倚松庵随笔》中……谷崎润一郎有如郭沫若。"① 随后,周作人对谷崎润一郎的随笔发表了感叹。他认为:"谷崎润一郎永井两人所写的不是俳文,但以随笔论我觉得极好,非现代俳谐师所能及,因为文章固佳而思想亦充实,不是今天天气哈哈哈那种态度。《摄阳随笔》里的《阴翳礼赞》与《怀念东京》都是百十页的长篇,却值得一气读完,随处遇见会心的话,在《倚松庵随笔》里有《大阪与大阪人》等一二篇也是如此。"② 由此可见,此时的周作人相比之前来说,评论谷崎润一郎的用语发生了明显的变化。如果说《日本近三十年小说之发达》是因向国内介绍日本近代小说发展的简史,介绍谷崎润一郎的用语较为客观的话,那么,《冬天的蝇》则因评论谷崎润一郎的创作而用语具有了主观色彩。这种转变也充分说明了谷崎润一郎的散文相比小说来说,更能够引起周作人的钟情。

那么,周作人为何会发生这种转变呢?1944年7月,散文《我的杂学》提到了与日本唯美派有关的事情,涉及《昂》《三田文学》《新思潮》以及永井荷风。1945年8月,散文《明治文学之追忆》则直接涉及了谷崎润一郎。他说:"谷崎润一郎的如《刺青》等是在《新思潮》上发表的,当时也读过,不过这里要说的乃是他们的随笔散文,并不是小说。老实说,我是不大爱小说的,或者因为是不懂所以不爱,也未可知……谷崎润一郎的随笔大概多是近几年中所写,我所喜的是《青春物语》后来的,如《摄阳随笔》《倚松庵随笔》《鹈鹚陇杂纂》等均是,《文章读本》虽然似乎是通俗的书,我读了也很佩服……在思想上总是有一种超俗的地方,这是我觉得最为可喜的。"③ 从其评论来看,周作人之所以会使用"喜爱""佩服"等带有强烈感情色彩的词语来礼赞谷崎润一郎,其根源在于谷崎润一郎散文所表露的超越世俗的思想与周作人散文推崇的个性化思想有着精神上的契合。因而,周作人在此对谷崎润一郎毫不掩饰地使用赞誉之词也就是情理之中的事情了。

---

① 张菊香编:《周作人散文选集》,百花文艺出版社1987年版,第238页。
② 同上书,第239页。
③ 钟叔河编:《周作人文类编7 日本管窥 日本·日文·日人》,湖南文艺出版社1998年版,第459页。

1941年4月6日，周作人率伪东亚文化协议会评议员代表团前往日本京都，参加伪东亚文化协议会文学部会议。在参加文学部恳亲会时，两人有过一次直接的交往。由于这是两人唯一的一次直接交流，谷崎润一郎在散文《昨今》中对此见面进行了较为详细的记载。

首先，谷崎润一郎对周作人的印象进行了一番回忆。"去年周作人氏来访时，在京都同他有过一小时左右的同席机会。这位反重庆的现代中国文学家，几乎是唯一有名的文学家。他当时清嗓子的行为给我留下了深刻印象，正如松枝氏评语那样。由于我没有读过周氏的原文，没有资格对其进行评价，坦率地说，周氏的人品、容貌态度等都是非常温和、阴性和女性化。透彻青白的血色，贵族般端庄的相貌，细眼，无视对象的样子，非常自由的，发音地道的日语（我真没有想到会有如此水平），非常稳健、低声的说话态度。"① 这段描写说明了谷崎润一郎对周作人有着良好的印象。在其眼里，周作人不仅文质彬彬、富有学识，是中国现代作家中的佼佼者，而且也是一位相貌端庄，精通日本，才华出众的文人。

其次，谷崎润一郎联系鲁迅，将周作人与其进行对比。"我没有见过鲁迅氏，我想恐怕他的弟弟与他性格上有很大的差异。因而，从这个人的人品推断来看，他的文章是冷静、幽闲的，他兄长的文章则是辛辣、讽刺的。"② 可以说，谷崎润一郎对周氏兄弟文风差别性的比较符合事实，字里行间也流露出对周作人的肯定和赞赏。

再次，谷崎润一郎结合松枝氏翻译的周作人散文集《瓜豆集》，对其展开评述，并给予了高度的肯定。"翻开《瓜豆集》，内有《谈日本文化的书》《怀念东京》《东京的书店》探讨阿部定事件的《尾久事件》、探讨鬼怒川事件的《鬼怒川事件》，等等，周氏对日本理解非常深刻，对日本寄予的许多关心也是明晰的。"③ 为了说明周作人非常熟悉和了解日本，素来惜墨如金的谷崎润一郎不惜使用数百字的篇幅来引用《瓜豆集》中有关日本民居和文学的内容。关于民居，谷崎润一郎引用了《怀念东京》中的有关片段。"四席半一室面积才八十一方尺，比维摩斗室还小十分之二，四壁萧然，下宿只供给一副茶具，自己买一张小几放在窗下，再有两

---

① ［日］千葉俊二編：《上海交遊記》，みすず書房2004年版，第224页。
② 同上。
③ 同上书，第225页。

三个坐褥，便可安住。坐在几前读书写字，前后左右皆有空地，都可安放书卷纸张，等于一大书桌，客来遍地可坐，容六七人不算拥挤，倦时随便卧倒，不必另备沙发，深夜从壁厨取被摊开，便即正式睡觉了。昔时常见日本学生移居，车上载行李只铺盖衣包小几或加书箱，自己手提玻璃洋油灯在车后走而已。（中略）大体中国房屋与西洋的相同都是宜于华丽而不宜于简陋。（中略）从前在日本旅行，在吉松高锅等山村住宿，坐在旅馆的朴素的一室内凭窗看山，或着浴衣躺席上，要一壶茶来吃，这比向来住过的好些洋式中国式的旅舍都要觉得舒服，简单而省费。"① 关于文学，谷崎润一郎引用了《谈日本文化的书》中的有关内容。"紫式部的《源氏物语》五十二卷成于十世纪时，中国正是宋太宗的时候，去长篇小说的发达还要差五百年，而此大作已经出世，不可不说是一奇迹。（中略）这实在可以说是一部唐朝《红楼梦》，仿佛觉得以唐朝文化之丰富本应该产生这么的一种大作，不知怎的这光荣却被藤原女士抢了过去了。"② 在引用完这些内容之后，谷崎润一郎从中得出了这样一个结论：周作人是"真正认识日本民族特性的第一人"③。可以说，周作人的广博深厚的日本学识着实让谷崎润一郎惊叹不已，这种惊叹实质也是文人间深层思想交流所形成的一种精神共鸣。

最后，谷崎润一郎希望读者有机会可以亲自去品读《瓜豆集》，因为这部作品的内容广博、有趣，真正体现了作者渊博的知识。"《瓜豆集》中不仅包含了一些有关日本的随笔，还包含了有关中国、西洋以及鲁迅等内容的随笔。由此，我们可以窥见到作者知识之渊博。"④ 然而，谷崎润一郎对周作人未能以辩证的观点来解读日本民族感到遗憾。"在众多随笔中，最能引起我们的兴趣的还是那些有关日本的随笔。只是，既然作者是一个日本通，那么对于日本这个国家，想必是抱有着一些不满或要求的，对我们民族的一些短处，想必是不自觉地用一种讽刺的眼光进行观察。但是，在书中，我们只看到了褒奖的话，一句坏话也没有，这未免有些遗憾。"⑤《瓜豆集》以周作人个人生活经历为对象，在日常生

---

① ［日］千葉俊二编：《上海交遊記》，みすず書房2004年版，第225—226頁。
② 同上书，第226頁。
③ 同上。
④ 同上。
⑤ 同上。

活琐事中表露喜怒哀乐,以随物感发的书写方式表达细腻的思想情感,深合谷崎润一郎之意,也深得谷崎润一郎之心。

总之,我们在这里不厌其烦地将谷崎润一郎的散文内容摘录出来,用意在于向读者沉钩两位作家交往的历史真相,揭示相似的文学追求使得谷崎润一郎对与周作人的会晤情形,不仅记忆犹新,印象深刻,而且评价极佳。这种有趣的文学现象不仅说明文人间的交流贵在拥有相似的文趣,这是彼此建立文学交往的基石,也充分展示了两人之间难能可贵的翰墨之缘与深厚情谊。

二 双方的书信交流

新中国成立后,由于各种原因周作人与谷崎润一郎失去了直接交流的机会,但是两人也不乏间接的交往。仅 1960 年 7、8 月间,两位作家在给鲍耀明的书信里都会不时地提及对方,这其中既有谷崎润一郎给周作人邮寄日式糕点的事情,也有谷崎润一郎帮其购买日本图书的事情,还有彼此之间的相互问候。为了还原当时他们交往的情形,我们根据周作人与鲍耀明的书信记载,将之整理如下。

7 月 4 日,鲍耀明在给周作人的信中写道:"今日亦收到谷崎润一郎先生来信,随函附上,敬祈察阅。"[1] 7 月 8 日,周作人在日记中对此给予了回应:"得鲍耀明四日信,附谷崎润一郎信。"[2] 7 月 19 日,鲍耀明在信中提及:"谷崎润一郎先生处,今日已代转致谢意了。"[3] 8 月,谷崎润一郎曾委托鲍耀明转给周作人一份日式煎饼。然而,不知何故,周作人一直没有收到。为此,他在 12 日给鲍耀明的信中说道:"谷崎润一郎君的一件未知托付何人……煎饼亦无什么消息,似于煎饼缘悭之故,但谷崎润一郎君之厚意仍甚感激,希便中再为道谢。"[4] 18 日,周作人在信中又一次提及谷崎润一郎给其寄送煎饼的事情。"下午又承中日文化交流会派人送下谷崎润一郎君所惠赐之煎饼一盒,喜出望外,乞便中再为致意于谷崎润一郎君,

---

[1] 周作人著,鲍耀明编:《周作人与鲍耀明通信集 1960—1966》,河南大学出版社 2004 年版,第 3 页。
[2] 同上书,第 4 页。
[3] 同上。
[4] 同上书,第 6 页。

代致谢意。"① 鲍耀明随后在 20 日和 26 日的信中均表示已经按照周作人的要求，去函向谷崎润一郎表达了他的谢意。这些史料充分表明了周作人与谷崎润一郎的友谊非同一般。1961 年，生活处于困境的周作人还曾多次接受过谷崎润一郎的救济。这种救济既有物质上的，如邮寄梅干、白糖、牛奶等，也有精神上的，如赠送近期出版的新著《当世鹿的时候》《三种场合》等。生活上的问候与关心说明他们有着坚实的友谊基础，彼此的坦诚相待也使其交流成为中日现代作家交往历史上的佳话。

除此之外，作为深受中国传统文化影响的现代文人，周作人和谷崎润一郎都十分爱好印章篆刻艺术。众所周知，印章是中国书法和雕刻艺术巧妙结合的一种独有的工艺美术。"篆刻艺术是篆法、刀法、章法、边款等许多元素的完美结合，同时也是一门融文学、书法、篆刻、雕刻于一体的综合艺术。它有书的韵味，刀的意趣，画的情致，诗的境界，故有'方寸之地、气象万千'之誉。"② 作为中国近代篆刻艺术大师，金禹民系北京大学文学系篆刻导师，新中国成立后为故宫博物院书法篆刻专家。周作人和谷崎润一郎对他的印章篆刻艺术可谓情有独钟。1965 年 5 月 30 日，周作人在给鲍耀明的信中说道："今日无事，偶阅残本荷风全集，聊以消遣。这是断肠亭日乘的第五册，至昭和十六年（一九四〇）的十二月，在初一项下，有这一节：'谷崎润一郎君余がために北京の人金禹民にたのみて、斷腸亭の三字刻せしめたりとて、玉の印顆を贈らる。'原来断肠亭这方印章，也是金禹民所刻，而且由于谷崎润一郎君的赠与，联想前此谷崎润一郎的诸印亦出自金氏之手，觉得很是有缘也。"③ 从这封信中，我们不难看出这两位文人不仅文学思想有着相似之处，而且对以金禹民为代表的中国印章篆刻艺术也有着共同的喜好。1962 年 1 月 25 日，周作人在给鲍耀明的信中提到了自己帮助谷崎润一郎请金禹民为其刻印的事情。"谷崎润一郎君的印幸得成功，计铜石各一，皆用旧材料，且不甚大，拓本附呈，刻者金禹民（号彝斋），系旧印人寿石工之弟子，亦近代铁笔家

---

① 周作人著，鲍耀明编：《周作人与鲍耀明通信集 1960—1966》，河南大学出版社 2004 年版，第 7 页。
② 刘新华：《齐白石篆刻印章艺术的美学思想》，载《湖南科技大学学报》2013 年第 5 期。
③ 周作人著，鲍耀明编：《周作人与鲍耀明通信集 1960—1966》，河南大学出版社 2004 年版，第 394 页。

之佼佼者，系以私人之情谊托刻，故全是一手包办。"① 1月31日，周作人在信中写道："谷崎润一郎君印章已寄出，已了却一件事。"② 1962年7月6日，谷崎润一郎在给鲍耀明写信时，希望有人为他的新作《疯癫老人的日记》雕刻"疯癫"两个汉字。随后，鲍耀明于7月9日给周作人写了一封信，提到此事。7月16日，周作人就此事回复鲍耀明。"委办刻印，业已进行……唯刻印二字，皆为小篆所无有，现拟与金禹民君商酌……如何结果，俟商定后再奉告。"③ 7月18日，周作人就刻印之事告知鲍耀明已有眉目，不久将会有结果。8月5日，周作人专门就此事给鲍耀明写信。"金君所刻谷崎润一郎君的印章，已经刻好，由张君送到了，今先将印样寄呈，日内即装匣邮上，所刻系两方，即系风颠即有'广'字者也。"④ 为了表达对周作人的谢意，谷崎润一郎收到印章后特意委托鲍耀明转寄一本《疯癫老人的日记》给他。收到赠书后的周作人，由于经济拮据拿出一枚刻有自己姓名的铜印章，请金禹民加工，磨去原字，刻上"谷崎润一郎"，转送给谷崎润一郎，以示回赠。⑤ 由此可见，周作人与谷崎润一郎都非常喜爱金禹民的印章艺术，这种相似的文人趣味既是他们深受中国传统文化影响的结果，也是其交往的精神纽带和桥梁。

　　1965年7月30日，谷崎润一郎病逝。从鲍耀明信中得知谷崎润一郎逝世的消息后，周作人于8月7日在回信中表达了失去好友的痛心之情。"得卅一日手书诵悉，知谷崎润一郎君忽归道山，不胜悼惜。我对于明治时代文学者，佩服夏目与森鸥外，大正以外则有谷崎润一郎君与永井荷风，今已全变古人了，至于现代文学因为看不到，所以不知道，其实恐怕了也不懂。谷崎润一郎君原来比我还小，这更使我吃惊了。"⑥ 这是一封地道的悼亡之信。字里行间既述说了周作人失去知己时的真情实感，也让人们真切感受到他们深厚的友谊。

　　两位作家有着较为密切的文学关联，他们之间的交流不仅为增进中日

---

① 周作人著，鲍耀明编：《周作人与鲍耀明通信集1960—1966》，河南大学出版社2004年版，第116页。
② 同上书，第118页。
③ 同上书，第172页。
④ 同上书，第180页。
⑤ 张铁铮：《周作人晚年遗事》，载香港《大成》1990年8月第201期。
⑥ 周作人著，鲍耀明编：《周作人与鲍耀明通信集1960—1966》，河南大学出版社2004年版，第404页。

现代作家的相互了解做出了积极的贡献，也为研究两国现代文学关系提供了重要线索。与此同时，他们之间文学关联的发生离不开周作人文艺思想的转变。"五四"之时的周作人义无反顾地举起启蒙的大旗，大力宣扬"人的文学"和"平民的文学"，一度成为"人生派"的理论旗手。可是，"五四"退潮后，周作人对昔日激进的启蒙思想产生了失望，将"思想革命"称为一项"最不讨好的事业"。在他看来，"五四"新文化运动虽然使"自由""民主"和"科学"等观念意识深入人心，但也使个性与自由受到了极大的压制与排挤，这是他难以认可和接受的。于是，他放弃了"为人生"的文学主张，欣然提出"浑然的人生的艺术"，割舍了"平民的文学"，毅然转向为"贵族的文学"，抛弃了文学的"社会再现"，执着于文学的"自我表现"。他由此也逐渐从"五四"新文学运动的主将转变成为一位思想的自由者，从昔日的"斗士"蜕变为今日的"隐士"，在"自己的园地"潜心于散文创作与研究，在人生的十字街头用文字构筑自己的"象牙之塔"。

三　多事之秋的自由选择

诚然，周作人对唯美主义在中国的传播有着不可磨灭的功勋，但是不能因此而认为周作人对唯美主义一开始就情有独钟。周作人与谷崎润一郎的文学关联之所以发生与其所处的文艺思想的转变有着千丝万缕的联系。其实，周作人在唯美主义问题上经历了较为明显的转变。这种文学思想的转变不仅对周作人的文学创作产生了深远影响，而且也为他与谷崎润一郎的文学交流提供了契机。

"五四"时期的周作人是新文化和新文学运动的先驱者，他曾响亮地提出"人的文学"和"平民文学"的主张，并为新文学运动的发展创立了坚实的理论基础。1921年周作人在《文学研究会宣言》中写道："将文艺当作高兴时的游戏或失意时的消遣的时候，现在已经过去了。我们相信文学是一种工作，而且又是与人生很切要的一种工作。"[①] 毋庸置疑，此时的周作人是一个地地道道的"为人生而艺术"的有识之士。与此同时，坚持人生的文学立场的周作人对唯美主义又采取何种态度？1920年1月6

---

① 周作人著，钟叔河编：《周作人文类编3　本色　文学·文章·文化》，湖南文艺出版社1998年版，第50—51页。

日,周作人在北京少年学会发表了题为《新文学的要求》的讲话。指出"相信人生的文学实在是现今中国唯一的需要,背义过去的历史,生在现在的境地,自然与唯美及快乐主义不能多有同情。这感情上的原因,能使理性的批判更为坚实,所以我相信人生的文学实在是现今中国的唯一需要。"① 同年,他又在北京师范学校及协和医院学校发表了《文学上的俄国与中国》的演说,声称"俄国近代的文学,可以称作理想的写实派的文学;文学的本领原来在于表现及解释人生,在这一点上俄国的文学可以不愧称为真的文学……中国的特别国情与西欧稍异,与俄国却多相同的地方,所以我们相信中国将来的新兴文学当然的又自然的也是社会的、人生的文学"②。由此可见,此时的周作人文学主张是注重文学创作的写实性,明确指出所学习的俄国近代文学是写实派的文学而不是为艺术而艺术的唯美派文学。

20世纪二三十年代中国现代文坛随着国内局势的转变发生了变化。沉重的社会现实使一大批作家甘于沉溺在自我营造的文学世界里,耽于幻想,以女性官能的书写表达对暗黑现实的不满与反叛,并流露其强烈的颓废情绪。1923年,沈雁冰曾对当时的文坛发表过一番评论。他说:"一年前,国内文坛上初露颓废倾向的时候,我们因为恐怕或者更生坏的影响,说过几句诤言。不幸竟因此引起误会……现在国内的文学的青年不过微有唯美主义的迷……其实一般文艺的青年对于唯美主义亦仅具一个混的观念而已。"③ 从沈雁冰的言论来看,唯美主义似乎在中国还没有形成如实的影响。事实上,作为一种提倡"为艺术而艺术"的文艺思潮,唯美主义已经在当时的文坛悄然行事了,对包括周作人在内的许多现代作家均产生了较大的影响。虽然周作人曾力推"人的文学""平民的文学",然由于担忧现实政治与文艺的关系过于密切,他担心新文学会重新变成"文以载道"的工具。于是,他开始调和"人生派"与"艺术派"的关系,主张"有独立的艺术与无形的功利",认为"艺术是独立的,却又后来是人性的,所以既不必使他隔离人生,又不必使他服侍人生,只任他成为浑然

---

① 周作人著,钟叔河编:《周作人文类编3 本色 文学·文章·文化》,湖南文艺出版社1998年版,第46页。
② 周作人著,钟叔河编:《周作人文类编8 希腊之余光 希腊·西洋·翻译》,湖南文艺出版社1998年版,第422、425页。
③ 雁冰:《杂感》,载《时事新报·文学旬刊》1923年6月12日第76期。

的人生的艺术"①。可以说，身处"五四"新文化运动退潮后的周作人开始将文学创作视为一种逃避现实的方式，用其自己的话说就是"别人离了象牙塔走往十字街头，我却在十字街头造起塔来住"②。在造就的象牙塔里，周作人提出了一些具有明显唯美主义倾向的文艺主张，如"把生活当作一种艺术；微笑地美地生活"③"在不完全的现世享乐一点美与和谐，在刹那间体会永久"④等。这些文艺思想与谷崎润一郎所倡导的"艺术第一，生活第二"的文艺观有着异曲同工之妙。

那么，周作人为什么会发生如此明显的文学转向？我们认为其原因有三个方面。第一，与周作人的生活体验密切相连。1920年，周作人生病，并且病情恶化。于是，为了养病，周作人前往西山的碧云寺。在养病其间，他创作了不少如《山居杂诗》《蕙的风序》《西山小品》等诗品散文。可以说，此时的周作人强调文学创作的个体性，专注于表现一己情怀，作者借助朴素清新的语言文字书写自己的嗜好、生活以及心态，传递冲淡平和之美。于是，读者从作品里看不到作者愤然的论调，听不见他漫骂的恶声，剩余的只是善意的劝告和委婉的商榷。西山的修养让周作人找到了一种从未有过的感觉，那便是退出历史的舞台，归隐山林，去过一种陶渊明式的生活。第二，与社会局势变化对其产生的影响息息相关。随着"五四"新文化运动的衰退，周作人内心产生了一种危机意识，他认为随后可能出现的政治激进运动会殃及他的个人自由。尤其是1922年出现的"主张宗教自由"运动，让周作人重新审视和评估自己以往所选择的道路，让他明白要将自己的主张坚持下去，就必须从根本上否认以前的思想，也就是否认以前的自我。这种内在矛盾使周作人开始倾向文学的无功利主义。1923年7月25日，周作人在给散文《自己的园地》作序时写道："我已明知我过去的蔷薇色的梦都是虚幻，但是我还在寻求——这是人生的弱点——想象的友人，能够理解庸人之心的读者。我并不想这些文章会与别人有什么用处，或者可以给予多少怡悦；我只想表现凡庸的自己的一部分，此外并无别的目地。"⑤这段告白式的文字无疑是周作人心路

---

① 周作人：《贵族的与平民的》，收录在《自己的园地》，岳麓书社1987年版，第6—7页。
② 周作人：《十字街头的塔》，收录在《雨天的书》，岳麓书社1987年版，第67页。
③ 周作人：《生活与艺术》，收录在《雨天的书》，岳麓书社1987年版，第87页。
④ 周作人：《喝茶》，收录在《雨天的书》，岳麓书社1987年版，第48页。
⑤ 周作人：《自己的园地序》，收录在《雨天的书》，岳麓书社1987年版，第1页。

历程的真实写照。它不仅告诉我们，此时的周作人已不是彼时的周作人，更重要的是，它向我们展示了他内心深处的种种苦楚，字里行间无不流露出他的伤感和忧郁，这种忧愁正是他此时矛盾心态的一种无意识的流露，他逐渐在多事之秋中趋于保守，失去了昔日时代先驱者的干劲。第三，与周作人对于"五四"新文化运动的认识转变有关。"五四"时期，周作人积极响应时代的号召，与陈独秀、李大钊、胡适、鲁迅等人一起为"五四"新文化运动摇旗呐喊，提出了"人的文学"和"平民文学"，系统地阐述了"五四"新文学的指导思想和创作方法，大大推进了"五四"新文学观念的更新。可是，"五四"退潮后，周作人没有像鲁迅等人那样，继续选择与现实进行抗争，而是立足于个人主义的立场重新审视"五四"新文化运动和自己的文艺思想，提出"有个性的新文学"。在他看来，经历"五四"新文化运动的中国现代文坛需要从激进功利的启蒙主义转向为个性自由的个人主义，需要从昔日的"平民的精神"转向为今日的"贵族的精神"。然而，此时处在"十字街头"的周作人也因这种认识的转变而经历着前所未有的内心苦闷。1923年11月5日，他在为散文《雨天的书》作序时再次表明了自己的这种心态。他说："今年冬天特别的多雨，因为是冬天了，究竟不好意思倾盆的下，只是蜘蛛似的一缕缕洒下来，雨虽然细得望去都不见……天色却非常阴沉，使人十分气闷。再看天色，也就愈觉得阴沉，想要做点正经的工作，心思散漫，好像是出了气的烧酒，一点味道都没有，只好随便写一两行，并无别的意思，聊以对付这雨天的气闷光阴罢了。"① 散漫的生活与人生的苦闷令周作人丧失了生活的勇气，他不再如"五四"时期那样敢于直面惨淡的人生，提倡文学应该为现实人生呐喊，而是在乏味无聊的生活里苦中作乐，钟情于"看夕阳，看秋河，看花，听雨，闻香，喝不求解渴的酒，吃不求饱的点心"②。"五四"退潮后的周作人显然已经偏离了之前的激进思想，摒弃了"为人生"的文学主张，聊遣寂寞，满足于自己的闲情逸致，并试图在生活的刹那间寻求美的享受，让其内心的混沌和情感的冰点获得暂时的解脱。这些文艺思想在他的散文集《雨天的书》《自己的园地》《苦茶随笔》等中得到充分的体现，这种在冲淡平和中追求自我的文艺思想同谷崎润一郎擅于在

---

① 周作人：《雨天的书序》，收录在《雨天的书》，岳麓书社1987年版，第14页。
② 周作人：《北京的茶食》，收录在《雨天的书》，岳麓书社1987年版，第40页。

平淡琐碎的生活中发掘艺术灵感，品味生活韵趣的文艺思想有着相似之处。

"五四"时期的周作人重视文学与现实社会生活的关系，提出"人的文学"和"平民文学"，注重文学的认知功能与教育功能，强调文学的启蒙作用。20 世纪 20 年代后，随着"五四"运动的退潮，中国现代文坛也从"文学革命"转为"革命文学"。为了避免文学落入"文以载道"的险境，周作人转而宣扬文学是个性的表现，主张文学的非功利，其提倡的美文写作不仅体现了他的唯美思想，而且还开创了中国现代文学的新领域。主张个性化散文创作的周作人已将自己放置于洁白的艺术园地，真诚地忠实于艺术，用发自内心的笔墨，在字里行间无不流露自己的心声和魂灵。因此，周作人早已退去往日的激情，将自我陶醉于个人的天地，放飞自我，让受伤的心灵得到慰藉。所以当他的学生俞平伯站在为人生的、平民的立场，要求诗歌应具有感动多数人向善的效用时，周作人立即对此发表了评论。他认为："我以为文学的感化力并不是极大无限的，所以无论善之花，恶之花都未必有什么大影响于后人的行为，因此除了真是不道德的思想以外（如资本主义，军国主义）可以放任。"① 很显然，周作人已为唯美主义思潮在中国现代文坛的发展奏响了新的乐章。在这里，他已经有意识地提到恶之花，并且他因为不满当时国内译者对王尔德的唯美主义代表作《谎言的衰朽》中谎言（Lying）译成"架空"，特意在 1923 年写了一篇《镜花园》。周作人认为："王尔德那里会有忌讳呢？他说文艺上所重要者是讲美的而实际上又没有的事，这就是说谎……单纯的为说谎而说谎，至少艺术上面，没有是非可言。"② 正是这种个人与社会的矛盾造成了周作人在自我痛苦中寻觅。随后，周作人写出了大量的小品文集，如《泽泻集》《永日集》《谈虎集》《谈龙集》和《看云集》，并因此形成了冲淡平和的散文风格，都是这种寻觅的集中表现。

唯美主义是在西方精神世界处在大变动时的产物，面对人类毫无意义的自我耗竭，一些作家带着浓重的悲观色彩，苦中作乐，从盲目绝望中呐喊，因此颓废情绪构成了唯美主义的深层内核。周作人面对变化的外在世

---

① 周作人著，钟叔河编：《周作人文类编 3 本色 文学·文章·文化》，湖南文艺出版社 1998 年版，第 706 页。

② 周作人：《镜花缘》，收录在《泽泻集》，岳麓书社 1987 年版，第 114 页。

界，将自我封锁，让自己在孤独和寂寞中品味人生的悲凉与心酸，这些导致他以一种超然的静观和一种消极的方法去回避人生。他主张："对颓废的人间采取唯美的快乐主义态度。这种态度使周作人把文学这个原本于人生很切要的工作降低为唯美，而且唯我享乐的工具。"[①] 为此，他在《〈自己的园地〉旧序》中多次写下"我因寂寞，在文学上寻求慰安，夹杂读书，胡乱作文，不值学人之一笑，但在自己总得了相当的效果了。""所以我享乐——我想——天才的创造，也享乐庸人的谈话。"[②] 周作人整天沉醉在生活琐事中，将自我神驰于一种清闲、恬静的生活里，这何尝不是一种古人所拥有的悠然忘我的情趣。周作人以这种心态来面对现实，借自己的笔墨来展示自己高风亮节。当然，这样的生活看上去很闲适，实际上隐藏了周作人难以容忍的悲伤和凄凉。忙里偷闲，苦中作乐，其滋味看上去是在享受，其实是在独泣。可以说，周作人在品尝现实那一点点美时，获取的是刹那间的永久，然而却为此付出了昂贵的代价。作为自由知识分子，周作人不可避免地带上颓废与无奈，心灵上的苦楚和煎熬就是最好的说明。周作人终于将自己深埋在诗性的小品文里，因为在那里可以寻找到属于周作人独有的精神归宿。因此，周作人对唯美主义的追求其文化心理是一种苦中作乐。

影响周作人苦中作乐的因素比较复杂，这其中就包括谷崎润一郎文艺思想的影响。竭力礼赞纯文学的谷崎润一郎对东京的现代生活深恶痛绝，但又不愿追随当时文坛盛行的自然主义文学，强调平面化写作。作为出生于东京的江户儿，谷崎润一郎却向往日本的关西文化，希望在日本传统文化中发现美。他曾毫不掩饰地坦诚，"本是江户子，竟然爱京都。无论怎么议论，喜欢就是喜欢，事实无法更改。"于是，谷崎润一郎在散文《忆京都》中直接礼赞"这座城市就不会轻易失去平安王朝以来的古典美"[③]。为此，他呼吁作家应该割舍现实，全身心地沉浸在文学创作之中，找到属于自己的精神园地。他认为，"艺术家的灵魂翱翔于永恒的精神世界的瞬间，是他的整个生命沉浸在无限欢欣之中的刹那。没有领会过创造的愉

---

① 解志熙：《中国现代唯美——颓废主义文学思潮研究：美的偏至》，上海文艺出版社1998年版，第88页。
② 周作人：《〈自己的园地〉自序》，收录在《知堂序跋》，岳麓书社1987年版，第2页。
③ ［日］谷崎潤一郎：《谷崎潤一郎全集》（第24卷），中央公論新社2016年版，第409頁。

悦，何谈成为艺术家的资格呢！"① 正是这种对艺术刹那间的寻求，使谷崎润一郎暂时摆脱了现实的苦闷，于文学之中找到了创作的愉悦，获取了精神慰藉，将文学创作与日本传统文化相结合构成了谷崎润一郎创作的风格。面对"五四"退潮后恶劣的生存环境，周作人日益感到自由的危机，从"五四"时期的文学先锋转变为"五四"落潮之后苦雨斋里的寂寞隐士。他开始有意地效仿谷崎润一郎，以中国传统文化为契机躲进小品文这块净地苦中作乐，在传统文化的香味与色彩中寻求自我的解脱。就这样，谷崎润一郎的文艺思想成为周作人散文创作的养料，他以独立不羁的自由知识分子自居，以一种审美的眼光审视中国传统文化。"以前我所爱好的艺术与生活之某种相，现在我大抵仍是爱好，不过目的稍有转移，以前我似乎多喜欢那边所隐现的主义，现在所爱好的乃是在那艺术与生活自身罢了。"② "五四"新文化的主将周作人就是这样"由信仰而归于怀疑"，一步步秉承和发展谷崎润一郎的文艺思想，在散文的艺术世界里走向唯美的文学创作之路。当然他的唯美之路，并非真正意义上的"为艺术而艺术"，只不过是借唯美的形式走向一种归隐之路罢了。

特定的时代语境与相似的文化心理促成了周作人与谷崎润一郎既有直接的交往，也有间接的交流。他们的文学关联不仅持续时间长，而且情谊深厚，已经成为中日现代文学关系史上的佳话。简要来说，两人直接或间接的交往构筑了彼此文学关联的平台，周作人在接受谷崎文艺思想影响的同时，表现出了对其思想的高度礼赞，形成了其文艺精神的契合与共鸣。与此同时，我们也应该辩证地认识到谷崎润一郎的文艺思想对于周作人后来的文学转变产生了一定的负面影响。然而，作为一种文学现象，他们的文学关联无疑具有了不可或缺的历史作用和文学意义，既是中日现代作家相互了解和增进友谊的重要桥梁，也是中日文学交流史上一道亮丽的风景，形象生动地呈现了两国文学的密切关系。他们的文学关联不仅体现了中日作家的传统友谊，而且扩展了两国文人交流的情感空间，促进和加强了两国的文化交流，为我们研究中日现代文学交流关系提供了新的历史资源。

---

① ［日］谷崎潤一郎：《谷崎潤一郎全集》（第9卷），中央公論新社2017年版，第369页。
② 周作人：《〈自己的园地〉自序》，收录于《知堂序跋》，岳麓书社1987年版，第3页。

第五节　谷崎润一郎与丰子恺的交往

　　谷崎润一郎与丰子恺以文会友，寻求生活的艺术化是他们建构翰墨之缘的精神契合点。通过两人交往的史料梳理，旨在澄清和揭示两人之间的文学关系，他们这种间接的交流丰富了文人交流的形式，拓展了中日现代文学关系的研究新领域。文学家的交往可以是直接的接触，也可以是间接的交流。然而，无论何种形式都说明两者存有志同道合的地方。20世纪初期，谷崎润一郎曾经先后两次到访中国。他在感受和体验中国传统文化时，也与一批中国现代文人建立了较为深厚的关系。这其中既有与田汉、郭沫若、欧阳予倩、周作人等文人的直接接触，也有与丰子恺、林语堂、胡适等人的间接交流。研究者们注重探讨他与中国现代文人的直接交往。如西原大辅在《谷崎润一郎与东方主义》中就以专章的形式较为翔实地考证了谷崎润一郎与田汉、欧阳予倩以及郭沫若等人的交往情形。蔡震在《文化越境的行旅：郭沫若在日本二十年》中也以专节的形式论述了他与郭沫若的交流情况。这些研究对探讨谷崎润一郎与中国现代文人的关系研究具有重要的意义。因而，本书在已有研究的基础上选择探讨两人的文学关联既有利于全面审视谷崎润一郎与中国现代文人的交流关系，也有利于理解文人间的情投意合所产生的深远意义。

一　以《缘缘堂随笔》为媒介的翰墨之交

　　谷崎润一郎与丰子恺素未相识，然而一部《缘缘堂随笔》却让他们结下了深厚的翰墨之缘。1940年4月，日本创远社出版了汉学家吉川幸次郎翻译的丰子恺散文集《缘缘堂随笔》。谷崎润一郎阅读完这部作品后感触不已，随后在其随笔《昨今》中对丰子恺及其《缘缘堂随笔》进行了一番深入的评点。据查，吉川幸次郎的译本仅翻译了《缘缘堂随笔》的十三篇，谷崎润一郎在评点时就谈及了包括《吃瓜子》《山中避雨》《作父亲》《华瞻的日记》《送考》《记音乐研究会中所见之一》和《记音乐研究会中所见之二》在内的七个篇目。值得注意的是，与当时日本评论界盛行运用西方批评方法不同，谷崎润一郎的评点仍是采用中国传统的印象式批评，时而借助三言两语的点评来表达阅读的直观感受，时而通过文本的品位来传递阅读的审美体验。

虽然谷崎润一郎没有在公开场合发表过对印象式批评的见解，但是作为一位深受中国传统文学影响的日本作家，他对印象式批评实有一种特殊的情感。譬如，他在评价汉字的艺术魅力时曾这样写道："汉字音韵的丰富多姿，实在不亚于欧洲的文字；而在诉诸视觉的多样性，终究是后者难以企及。汉字有各种各样的笔画，如宝石呈现千变万化的晶体状态；如众所知，使用上最为不便的汉字在艺术感上却是最流畅不过的。"① 在这里，谷崎润一郎仅仅只是对汉字与欧洲文字的差异进行了简要的比较，至于为什么两者会出现这种差异，其差异的具体表现又如何等问题，他也都没有展开分析。此外，在谈论东方艺术的特质时，他认为："笼统地说它是悲哀低沉的艺术、逃避世俗的艺术、谨慎克制的艺术，而不是激情澎湃的跃跃欲试的、享乐至上的、奋斗不懈的。"② 在这里，谷崎润一郎仍然采取三言两语的方式来点评东方艺术的特点，至于东方艺术如何具体表现出"悲哀低沉""逃避世俗"和"谨慎克制"，以及为何会有这些特点，作者也不曾阐述。采取印象式批评已经成为谷崎润一郎一种常见的评论方法。因而，运用这种方法评点《缘缘堂随笔》也就不足为奇了。

在品鉴《吃瓜子》时，谷崎润一郎以直观感悟的形式这样写道："在这部译本里面，第一篇写《吃瓜子》，有十五页左右，我希望大家去读一读。因为题材是中国式，能够把这种琐碎细微的题材写得如此有趣，正是随笔的上乘（吉川氏的译文也很好）。这恐怕是他最得意的一篇吧。"③ 在评点《山中避雨》时，谷崎润一郎开宗明义地道出了自己的心声。"我所喜欢者是《山中避雨》。作者带了两个女儿游西湖，在山间遇雨，避雨茶肆，雨老是不止，为想解两个女儿的厌倦，借了茶博士所拉的胡琴，拉奏各种小曲，全篇所记只有五页，于短篇之中，富有余韵。"④ 接着，引用作品，并在文本的品读中传达自己的感受与体会。"我用胡琴从容地（因为快了要拉错）拉了种种西洋小曲。两女孩和着了歌唱，好像是西湖上卖唱的，引得三家村里的人都来看。一个女孩唱着《渔光曲》，要我用胡

---

① ［日］谷崎潤一郎：《谷崎潤一郎全集》（第6卷），中央公論新社2015年版，第414頁。
② ［日］谷崎潤一郎：《谷崎潤一郎全集》（第12卷），中央公論新社2017年版，第315頁。
③ ［日］谷崎潤一郎：《谷崎潤一郎全集》（第18卷），中央公論新社2016年版，第448—449頁。
④ 同上書，第449頁。

琴去和她。我和着她拉,三家村里的青年们也齐唱起来,一时把这苦雨荒山闹得十分温暖。(中略)但是有生以来,没有尝过今日般的音乐的趣味。我读了这风趣的一节,不禁想到从前盲乐师葛原氏乘船上京,在明石浦弹琴一夜,全浦的人皆大欢喜的故事来。"① 谷崎润一郎对丰子恺在文中所表现的这种闲情与逸致有一种强烈的精神共鸣,让他不禁联想到日本古代盲乐师葛原氏的故事。

在评点《记音乐研究会中所见》时,谷崎润一郎大量引用文本,并对这些引文加以归纳和总结。首先,他根据文章相关信息推算丰子恺留学日本的时间。据文中"已是十五年前的旧事",以及文尾附注"二十五年一月九日作"等相关记载,他认为丰子恺是在"民国八九年与十年——大正八九年与昭和元年之间"留学日本。② 据丰子恺在《我的苦学经验》中回忆:"在一九二一年的早春,向我的姊丈周印池君借了四百块钱,就抛弃了家庭,独自冒险地到东京去了。"③ 虽然其推算不够精确,但基本上也符合事实。其次,他从引文中指出了丰子恺散文的现实价值,认为作者的创作正处于中国抗日思想激烈的时代,虽然无法考证作者有没有受到时代环境的影响,但是日本文坛的风气能够快速传达到中国,应该引起国人的关注。此外,他在点评时使用了"诽谤""帝国""戒心"等带有强烈主观色彩的字眼,也在一定程度上表现了谷崎润一郎的文化优越意识。最后,他用概括的语言对《缘缘堂随笔》进行了小结。"我把《缘缘堂随笔》写得太多了,就此打住吧。我因为著者的文章,知道了许多事情……原来在大正八九年间,东京小石川地方曾经住过这样一个特别的人物,我们不曾注意到,这在我很感到兴味。这个东洋的奇人风貌,用著者的笔墨传出,尤觉得非常适宜。"④ 这段文字不仅表明谷崎润一郎喜欢丰子恺的《缘缘堂随笔》,而且在礼赞的同时也对日本文坛提出了希望,因为这部随笔记载了中国文人留学日本时的求学历程,从中可以切实了解他们对日本文化的情感与态度。

---

① [日]谷崎潤一郎:《谷崎潤一郎全集》(第18卷),中央公論新社2016年版,第449頁。
② 同上书,第450頁。
③ 丰子恺:《丰子恺作品集》,宁夏人民出版社2000年版,第199页。
④ [日]谷崎潤一郎:《谷崎潤一郎全集》(第18卷),中央公論新社2016年版,第453頁。

虽然谷崎润一郎的评论文章篇幅短小且缺乏系统性的阐述，但是所运用的印象式批评方法却增强了文章的趣味性和可读性。首先，谷崎润一郎引用译者吉川幸次郎对丰子恺的评价，认为丰子恺虽然在日本缺乏知名度，但自己在阅读完吉川氏的译本后发现译者的评论并没有言过其实，而是精辟和中肯。"《缘缘堂随笔》作者丰子恺的名字在我国差不多没有人知道，我也是阅读本书时才听说的。这随笔是中国丛书中的一册，译者是吉川幸次郎。在'译者的话'中，有这样的评价：'我觉得，著者丰子恺，是现代中国最像艺术家的艺术家，这并不是因为他多才多艺，会钢琴，作漫画，写随笔的缘故，我所喜欢的，乃是他像艺术家的真率，对于万物的丰厚之爱和他的气品和气骨。如果在现代要找寻陶渊明、王维那样的人物，那么就是他。他在庞杂诈伪的海派文人之中，有鹤立鸡群之感'。"① "著者可爱的气凛与才能足以证明吉川氏的介绍没有欺骗读者。"② 谷崎润一郎为什么会给出这样的评论呢？他为此对比了胡适的《四十自述》。他说："如果说胡适的《四十自述》是学者的著作，那么这本随笔可以说是艺术家的著作。他所取的题材，原来并非什么有实用或者深奥的东西，任何琐碎轻微的事物一旦到了他的笔下，就有一种风韵，不可思议，在现在的日本，内田百间一流人可以与之相比。"③ 谷崎润一郎虽是第一次阅读丰子恺的散文，却被其散文的艺术魅力深深吸引，通过对作品的解读，给予了高度的评价。其次，谷崎润一郎三言两语的点评不仅含蓄凝练地传达了他对丰子恺散文的品鉴和感悟，表达了对作品的情感与立场，而且清新活泼、富有表现力和美感的语言也生动传神地呈现出评论者幽微的阅读心理体验，为读者走进其丰富的内心世界提供了联想空间。

巧合的是，谷崎润一郎的这篇《读〈缘缘堂随笔〉》于1943年被中国文人夏丏尊见到。为了表达对丰子恺的思念之情，他将这篇文章翻译成了中文，并刊登于1943年9月《中学生》第67期。"昨日友人某君以谷崎润一郎新著随笔集《昨今》见示，中有著者之中国文艺评，对胡适、丰子恺、林语堂诸氏各有所论述。其中论子恺最详，于全书百余页中竟占十页，所论尚允当，故译之以示各地之知子恺者。余不见子恺倏逾六年，

---

① ［日］谷崎潤一郎：《谷崎潤一郎全集》（第18卷），中央公論新社2016年版，第447頁。
② 同上书，第448页。
③ 同上书，第452页。

音讯久疏,相思颇苦。"① 三年后,丰子恺见到了这篇译文。为答复夏丏尊的雅望,丰子恺顺笔完成了散文《〈读缘缘堂随笔〉读后感》(后改为《读〈读缘缘堂随笔〉》),并将该文也发表于 1946 年 9 月《中学生》第179 期。就这样,两位不曾相见的文人却因一部《缘缘堂随笔》结下了深厚的翰墨之缘,彼此间也因此机缘建立起了文学关联。

丰子恺在《读〈读缘缘堂随笔〉》中首先表达了对谷崎润一郎的感激之情和钦佩之意。一方面,他对谷崎润一郎把他的文章称为"艺术家的著作"深感不安。"我的文章究竟是否艺术家的著作? 对这一问,我简直茫然不能作答……所以我不敢贸然接受他们这定评。"② 另一方面,他对谷崎润一郎肯切且直率的文学批评深表赞同。"吉川和谷崎润一郎二君对我的习性的批评,我倒觉得可以接受,而且可以让我自己来补充表白一番。吉川君说我'真率','对于万物有丰富的爱'。谷崎润一郎君说我爱写'没有什么实用的、不深奥的、琐屑的、轻微的事物';又说我是'非常喜欢孩子的人'。难得这两位异国知己! 他们好像神奇的算命先生,从文字里头,把我的习性都推算出来。真可谓'海外存知己,天涯若比邻'了!""吉川和谷崎润一郎二君对我的习性的批评,真是确当! 我不但如谷崎润一郎君所说的'喜欢孩子',并且自己本身是个孩子——今年四十九岁的孩子。"③ 在这里,由于谷崎润一郎等人对丰子恺散文的评论切中肯綮,其评价既真切、入理,又独到、精辟,以致丰子恺在评价谷崎润一郎等人时,用语情感十足,对他们赞许之词溢于言表。丰子恺之所以大力肯定谷崎润一郎等人的评论是因为"在中国,我觉得孩子太少了。成人们大都热衷于名利,萦心于社会问题、政治问题、经济问题、实业问题……没有注意身边琐事,细嚼人生滋味的余暇与余力,即没有做孩子的资格。"丰子恺由此认为,"在这样'大人化'、'虚伪化'、'冷酷化'、'实利化'的中国内,我的文章恐难得有人注意。而在过去的敌国内,倒反而有我的知己在,这使我感到一种异样的荣幸。"④ 因此,对致力于倡导童心艺术化的丰子恺来说,谷崎润一郎等人的评价契合《缘缘堂随笔》的精神底蕴,抓住了作品的要旨,深受丰子恺的认可与好评。

---

① 夏丏尊:《夏丏尊文集》(第 3 卷),浙江文艺出版社 1984 年版,第 591 页。
② 丰华瞻、殷琦编:《丰子恺研究资料》,宁夏人民出版社 1988 年版,第 228 页。
③ 同上书,第 229 页。
④ 同上书,第 230 页。

1946年，万叶书店出版了丰子恺的散文集《率真集》。上卷收录的第一篇文章就是《〈读缘缘堂随笔〉读后感》，并随后附上了夏丏尊的译文。丰子恺在散文集序言中坦言道："此等文稿，虽无足观，但皆出于率真，故定名为《率真集》，盖利用谷崎润一郎《读缘缘堂随笔》中之评语……读之，觉其中亦有率真之语，为谷崎润一郎文中所引证者，死心惜其湮没，故选取九篇，以殿此书。"① 丰子恺非常重视谷崎润一郎的这篇评论文章，不仅将它放在了《率真集》的首位，而且连书名的来由也与之关系甚密。1962 年，丰子恺在散文《我译〈源氏物语〉》中再一次提及了此事。他说："我所著的《缘缘堂随笔》，也曾经由日本的文学家吉川幸次郎翻译为日本文；谷崎润一郎曾经在他的随笔《昨今》里评价我的随笔，并向日本读者推荐。"② 很显然，谷崎润一郎的评价深获丰子恺的认可。也正因为如此，他才会多次表明对谷崎润一郎的肯定态度。

作为国内最早翻译日本古典名著《源氏物语》的知名译者，丰子恺在提到《源氏物语》的参考书时，对谷崎润一郎的现代日文版本给予了很高的评价。他说："关于《源氏物语》的参考书，在日本不下数十种之多，大部分我已经办到，并且读过。在译本中，我认为谷崎润一郎最为精当：既易于理解，又忠于古文，不失作者紫式部原有的风格。"③ 丰子恺的这番评价可谓一语中的。1934 年至 1941 年，谷崎润一郎用了长达 8 年的时间将古语版的《源氏物语》翻译成现代日语版。为了深入理解作品，确保其译本能够尽可能贴近原作，谷崎润一郎不仅参阅了《源氏物语》的大量文献注释和已有的多种现代语译本，而且还亲自前往仙台聘请当时知名的源学研究专家山田孝雄担任校阅。正是这种强烈的责任意识和严谨的治学风范使其译作赢得了诸多日本源学专家的高度认可和好评。1949 年，谷崎润一郎因此获得了日本政府颁发的文化勋章。此后，谷崎润一郎分别于 1954 年和 1964 年，两度重新翻译《源氏物语》。谷崎润一郎如此接二连三地翻译《源氏物语》，不仅表明他对作品具有浓郁的喜爱之情，更重要的是，作品的艺术精髓深深地浸润到了谷崎润一郎的文学创作之中。丰子恺在翻译《源氏物语》时参考谷崎润一郎的《源氏物语》，并给予如此高度的评价，

---

① 丰子恺：《率真集》，上海书店出版社 1988 年版，第 1 页。
② 同上书，第 241 页。
③ 同上书，第 243 页。

充分说明两者之间存在某种内在的精神契合点,以致引起了丰子恺的阅读共鸣。对此,西原大辅认为:"谷崎润一郎和丰子恺两个文人,虽然相互间没有见过一次面,但都对对方给予了极高的评价。"① 因而,两人的交往属于文人之间典型的翰墨交流,虽然没有直接地面对面交往,但是相互的文笔交流既表达了各自的情感,也呈现了双方的翰墨之缘。

二 双方文学交往的精神契合

作家之间之所以会发生文学关联,关键在于彼此存在某种内在的精神契合。虽然谷崎润一郎与丰子恺之间缺乏直接的交流,但是相互纯文学的共同情趣以及倡导生活艺术化相似爱好构成了他们文学关联的精神契合之处,成为相互联系的纽带和基石。

首先,丰子恺是一位深谙艺术的滋味和精髓的文学家。为了寻找心灵的寄托和精神的港湾,丰子恺注重表现文学艺术的非功利性。为此,他曾说过:"人生处世,功利原不可不计较""但一味计较功利,直到老死,人的生活实在太冷酷而无聊"。② 那么,丰子恺又是如何表现其纯文学与生活的艺术化?一方面,丰子恺通过发表一系列探讨艺术问题的文艺随笔,从文学理论上阐述其思想观念。丰子恺在《艺术的形式》中开篇指出:"艺术是给人美感的,故其表现形式非常讲究。"③ 随后,他从反复与渐层、对称与均衡、调和与对比、比例与节奏、统调与单调、多样统一六个方面,对艺术的形式问题进行了阐释。在《艺术的内容》中,他开门见山地说道:"艺术题材,不外自然、人生,及超自然三种。艺术是表现美的,故艺术的题材,可以说是自然美、人生美,超自然美。"④ 在《艺术的创作》中,他再次提到:"所以我先要说明'创作'二字的意思:创作是指艺术的形式,不是指艺术的内容。形式便是艺术表现的技巧。"⑤ "艺术是美的感情的发现"⑥,"艺术的目的是求美"⑦。在《艺术的效果》

---

① [日]西原大辅:《谷崎润一郎与东方主义》,赵怡译,中华书局2005年版,第264页。
② 丰子恺:《丰子恺文集》(第4卷),浙江文艺出版社、浙江教育出版社1990年版,第124页。
③ 同上书,第91页。
④ 同上书,第96页。
⑤ 同上书,第101页。
⑥ 同上书,第103页。
⑦ 同上书,第105页。

中，他将艺术的效果分为直接效果和间接效果。由于"过分偏重艺术的直接的效果，未免太狭隘了。"于是，他直言不讳地认为"远功利，是艺术修养的一大效果。"① 由此可见，美是丰子恺艺术创作的重要标准，无论艺术形式，还是艺术内容；无论艺术创作，还是艺术效果，寻求美和表现美是他文学艺术思想的关键词。另一方面，丰子恺通过使用儿童题材，从文学实践上表现他的纯文艺与生活的艺术化思想。

丰子恺的儿童文学因充分表现了儿童的本真和率直，深受大众的好评。丰子恺借助儿童题材诠释了他对儿童真挚之情和礼赞之意，传递了他"生活艺术化"的文艺主张，其笔下儿童的世界充满了宁静、美好、真挚和赤诚。在这里，孩子们既可以随心所欲，坦言心声，也可以尽情玩耍，乐此不疲；既可以痛哭流泪，伤心不已，也可以谩骂丑恶，针砭时弊。儿童的天真无邪让丰子恺从中感受看到了纯真和赤诚，领悟到了生机与活力。因此，他曾在其散文中多次袒露其心扉。他在《谈自己的画》中直言道："我企慕他们的生活天真，羡慕他们的世界广大。觉得孩子们都有大丈夫气，大人比起他们来，个个都虚伪卑怯；又觉得人世间各种伟大的事业，不是那种虚伪卑怯的大人们所能致，都是具有孩子们似的大丈夫气的人所建设的。"② 在《从孩子得到的启示》中，他直接呼吁："我今晚受到了这孩子的启示：他能撒去世间事物的因果关系网，看见事物本身的真相。"③ 这种对童真与童趣的热情礼赞不仅构成了丰子恺散文的艺术内蕴，而且儿童率直的秉性与成人虚伪的性格形成了鲜明对比。作者借儿童之语、之形与之神展示了童心的可贵，表达了人生的生活态度与价值取向。故而，丰子恺钟情于儿童题材的书写目的之一就是人生的艺术化，通过审美的形式使人持有一颗童心。为了践行这种文艺思想，作为文学研究会的一员，丰子恺既不参与当时文学流派与团体之间的文艺论争，也很少发表激愤的声音。可以说，置身事外的丰子恺专以"童心""童真"和"童趣"去倾诉其蕴藏的生命体验与人生感悟。1928年，丰子恺曾由弘一法师主持在缘缘堂，以居士身份举行皈依佛门的仪式，其法名就是"婴行"。此外，他将二十余篇散文集结出版，取名为《缘缘堂随笔》。此书

---

① 丰子恺：《丰子恺文集》（第4卷），浙江文艺出版，浙江教育出版社1990年版，第124页。
② 丰子恺：《丰子恺散文选集》，上海文艺出版社1981年版，第81页。
③ 同上书，第9页。

收录了包括《华瞻的日记》《给我的孩子们》《从孩子得到的启示》《儿女》《阿难》和《忆儿时》在内的六篇儿童题作品。这些作品不仅占据了全书篇幅的三分之一，而且充分流露了丰子恺对儿童与众不同的情怀与认识——"儿童的本质是艺术的"①。所以说，丰子恺是一位以孩子的视角去审视和关照儿童，为他们写作，为他们代言的作家。他以艺术化的方式在儿童的世界里去发现美，创造美，品鉴美，从而实现其"事事皆可成艺术，而人人皆得为艺术家也"的艺术主张。②

谷崎润一郎善于在女性肉体与官能描写中呈现其"为艺术而艺术"的文学主张，他将美局限在官能世界之中，以女性肉体的精雕细琢来表现浓郁的唯美气息。为了呈现这种感性世界的艺术美，谷崎润一郎可以不顾文学创作过程中应有的思想性，义无反顾地将艺术的非功利性奉为其艺术的最高准则。大胆直接地书写女性的官能美与魅，追求一种超然于现实生活的纯粹艺术成为谷崎文学创作的出发点。他之所以大力推行奉行艺术至上论，关键在于他认为书写女性肉体的官能景象，淋漓尽致地展现女性肉体的魅力并不是一种罪恶，而是人类诉求美的重要途径。在他看来，作家进行文学创作时其使命不在于去表达某种思想，而是在于以精美的艺术形式来充分展示美。因此，谷崎润一郎非常重视文学的非功利性，认为文学创作应该独立于道德与政治之外，不涉及现实的利害关系问题，虽然他的唯美主义观点借鉴和吸收了王尔德等人的美学思想，但是强调在女性官能描写中再现美，却构成了其耽美思想的独特性。"谷崎润一郎文学具有浓郁的甘美而又芳烈的恶魔气息，充斥着病态而又畸形的享乐情绪，注重官能书写是谷崎润一郎一种重要的文艺思想。"③ 他的处女作《刺青》鲜明地体现了这种特质。小说以刺青师清吉为一位少女文身的经过为线索，在丑恶、颓废和怪诞的文学世界中寻求美的价值和传递美的生命。当清吉花费三年终于找到令其心仪的女性时，他自觉放弃了男性的尊严，匍匐于女性的脚下。"每当他把针刺入人的肌肤，一般的人都不堪忍受那凝结着鲜血而鼓涨起来的皮肤之痛而发出呻吟，然而这种呻吟越大，他越是不可思议地感到一种难以言

---

① 丰子恺：《丰子恺文集》（第2卷），浙江文艺出版社1990年版，第582页。
② 丰子恺：《丰子恺文集》（第3卷），浙江文艺出版社1990年版，第293页。
③ 拙作：《论谷崎润一郎文艺思想对前期创造社的影响》，载《社会科学》2014年第11期。

喻的快感。"① 这种赤裸裸的官能快感被永井荷风称为"从肉体的残忍中所体味的一种痛切的快感"②。谷崎润一郎在小说中极力渲染女性肉体的妖艳，以及清吉在文身过程中的兴奋，将声、色、情、味融入嗅觉、味觉、听觉和视觉相互交错的空间世界中，从而构筑了一个充斥着官能享受的艺术世界。

作家之间的交往形式虽有多样性，然无论采取何种途径的交流，注重交流的互动性，建立相似的精神契合之处，更能体现出作家文学关联的意义与价值。丰子恺与谷崎润一郎笔下美的表现形式无论是借助儿童题材，还是使用女性题材，都是为了追求生活的艺术化，倡导"为艺术而艺术"的文艺观念，反对将文学艺术视为承载道德的实用之物的功利主义审美观。正是这种相似的文学立场与创作主张使得这两位未曾谋面的文人，寻找到了彼此精神的契合之处，在各自的文学创作中品味对方，并由此建立起了互动的翰墨之缘。因而，我们认为基于相似的文学取向而表现出相似的审美情趣是构成人文之间交往的基石，文人间的联系纽带都应该建立在这个基石之上，至于他们交往的方式可以表现为灵活多样。虽然两人缺乏直接的交流，但是纯文学与生活艺术化的文学取向构成了他们相似的审美情趣，构建了他们间接交往的精神契合点，成就了一段中日现代文人的交流佳话，拓展了中日现代文学关系的研究新领域。

小结

在硕果丰硕的中国比较文学研究领域，中外文学关系问题始终是一个既基础而又重要的学术问题，因为它对中国比较文学学科的深入发展具有举足轻重的作用。作为探讨中外文学关系的一个重要分支，研究中日现代文学关系一直以来也是中国比较文学的一个重要领域，涌现了如严少璗、王晓平、王向远、邵毅平、张福贵、靳丛林、王琢、方长安、靳明全等一大批知名学者。作为属于中日现代文学关系史中的一个文学现象，谷崎润一郎与中国现代作家的文学关系源起于他的1926年第二次来华之行。与1918年首次来华不同，这次来到中国的谷崎润一郎没有四处游历中国，而是在上海暂住了近一个月的时间。通过内山书店主人的介绍，他结识了

---

① [日]谷崎潤一郎：《谷崎潤一郎全集》（第1卷），中央公論新社2015年版，第10頁。
② [日]野村尚吾：《作家と作品：谷崎潤一郎》，集英社1972年版，第164頁。

田汉、郭沫若、谢六逸、欧阳予倩等中国现代作家，并与郭沫若和田汉交谈至深夜。随后，欧阳予倩与田汉在徐家汇路10号组织了一次"文艺消寒会"，欢迎谷崎润一郎来访中国。此次欢迎会不仅规模大，而且出席人数多，被誉为是当时上海文化人士的一次盛会。兴致高昂的谷崎润一郎与参会者寒暄致意，最后酩酊而归。关于此次聚会的详情，他在之后的散文《上海见闻录》《上海交游记》以及《昨今》中都有过记载。回国后不久，田汉、欧阳予倩、郭沫若、周作人等人还曾在日本与其相见。新中国成立后，郭沫若与欧阳予倩曾以政府官员的身份出访日本，并与谷崎润一郎再次相会。可以说，以谷崎润一郎1926年再度访华为契机，他与中国现代作家之间建立了良好的交往关系，不仅增进了中日现代作家之间的相互了解，而且促进了双方文化的交流，为中日现代文学关系注入了新的血液。与此同时，他与周作人和丰子恺的交往虽然不属于直接的文学交流，但是相互之间以文学为机缘的翰墨之交拉近了中日现代作家的时空距离，构成了一道靓丽的人文风景线。本章节通过梳理他与郭沫若、田汉、欧阳予倩、周作人和丰子恺的文学交往史料，尽可能将他们的文学关系放置在其形成和演变的历史进程中进行动态的考察，条分缕析地辨明其文学价值，不仅以事实描述和还原了他们文学交往的过程与轨迹，而且还从中阐述了其文学交往所蕴含的深层内涵与价值取向，为进一步阐释谷崎润一郎与中国现代文学社团的关系提供了事实基础与学理依据。

第 二 章

谷崎润一郎在中国现代文坛的译介

中国现代文学的形成与发展建立在吸收和借鉴域外文学的素养基础之上，它以兼容并包的姿态海纳百川，展现了前所未有的开放性特质。作为域外文学的一个组成部分，中国现代文坛对谷崎润一郎的关注始于20世纪20年代。之所以如此，其关键在于谷崎润一郎强调艺术的独立性与个性解放的文学思想，既迎合了中国现代文学发展的时代需求，又赢得了一批有志于追求艺术之美的现代作家的青睐，并由此形成了谷崎润一郎与中国现代文学社团的密切关联，从而结下了中国现代文学发展历史上不解之缘。本章从史料入手，理清谷崎润一郎文学在中国现代文坛的译介，分析其文学被译介的原因与特点，以考察和还原特定历史语境下谷崎润一郎文学的译介面貌。

第一节　谷崎润一郎文学的译介表现

随着五四运动的兴起，国内对域外作家及其作品的译介逐渐成为现代文坛的研究热点。于是，包括谷崎润一郎在内的一大批域外经典作品被纷纷翻译和评介。然而，相对于译介一流作家的作品来说，国内对谷崎润一郎文学的译介主要表现为两大特点。第一，译介的时间较晚，其译介始于20世纪20年代。第二，译介的成果相对较少，且作品重复性的翻译现象较为明显。作为比较文学学科赖以存在的传统基础，译介学通常包括文学翻译、翻译评价与翻译理论三个方面的内容。通过对相关史料的梳理，我们认为谷崎润一郎文学在中国现代文坛的译介成果主要表现为两种类型。其一是谷崎润一郎文学作品的翻译；其二是谷崎润一郎文学作品的评论。前者是谷崎润一郎文学研究的基础，后者则是谷崎润一郎文学研究的深化。值得关注的是,田汉和章克标在对谷崎润一郎文学的译介过程中起到了重要作用,其成果也最为丰富,不仅有谷崎润一郎作品集的出版,还有评论集的相继问世。

一 谷崎润一郎作品的翻译

一般来说,国内现代文坛对唯美主义的关注始于英国作家王尔德。1909 年,鲁迅与周作人在日本合译出版了《域外小说集》,该集所选的首篇作品就是周作人翻译的王尔德的《安乐王子》(《快乐王子》)。这也是目前发现的国内最早的王尔德译作。相比王尔德而言,国内文坛对日本耽美派作家谷崎润一郎的译介晚了近十年。1918 年,周作人在《新青年》第五卷第 1 号发表了著名的评论文章《日本近三十年小说之发达》,这是国内首次介绍日本近代文学发展现状的评论文章。在谈到享乐主义时,周作人认为:"谷崎润一郎是东京大学出身,也同荷风一派,更带点颓废派气息。《刺青》《恶魔》等都是名篇,可以看出他的特色。"① 然而,与其他谷崎润一郎的译者不同,周作人本人并没有翻译过他的作品,其评述也多散见于他的散文之中。事实上,据笔者考证发现,中国现代文学史上最早翻译谷崎润一郎文学作品的译者是一位名为穆丐儒的满族作家。此人曾在日本的早稻田大学留学 6 年之久。1911 年回国后,他任职于《盛京时报》。1924 年,他率先将谷崎润一郎的短篇小说《麒麟》翻译成中文,并连载在 1 月 19 日至 30 日的《盛京时报》上。穆丐儒之所以会翻译谷崎润一郎的作品,其用意在于向国人介绍明治时代文坛的这位新秀。他说:"关于日本文学,国人从来很少关心,翻译也很少。林琴南先生翻译的《不如归》很大程度上是根据英语重译的。日本人的文艺作品并不是以《不如归》为代表。明治时期的杰作有很多,然介绍给中国的却很少。明治时代是大文豪辈出的时代,中国学生对这些近期的作家也几乎一无所知。现在日本有一位宁馨儿,此人就是谷崎润一郎。他的文章和思想完全位于文坛的前沿。(省略)他的作品如果介绍到欧美,文艺界的著名作家都会为之惊叹。(省略)他不愧为艺术的天才。"② 从其评价中,我们不难看出,穆丐儒对谷崎润一郎文学的礼赞虽有言过之嫌,但还是符合谷崎润

---

① 周作人:《艺术与生活》,河北教育出版社 2002 年版,第 145 页。
② 穆丐儒:《译者序》,载《盛京时报》1924 年 1 月 19 日。

一郎文学创作实情的，其赞美之词也充分说明他不仅能够及时把握明治文坛的发展动态，将日本最新的文坛信息介绍给国内读者，而且对谷崎润一郎文学也有一种独特的感情。或许正是出于这种感情，他又在 1 月 31 日到 4 月 8 日的《盛京时报》上连载了他的谷崎润一郎译作《金与银》。

1926 年，田汉翻译了谷崎润一郎的剧本《正因为爱你》（《愛すればこそ》）。第二年，他又翻译了剧本《御国与五平》（《お国と五平》）。这两个剧本都是谷崎润一郎早期创作的短篇剧本，分别创作于 1921 年和 1922 年。田汉之所以会及时地翻译他的作品，其主要原因在于田汉在日本的东京高等师范学校留学期间对谷崎润一郎文学拥有浓郁的兴趣。

如果说上述翻译是国内谷崎润一郎文学翻译的开始的话，那么国内真正意义上的谷崎润一郎文学翻译则出现在 20 世纪 20 年代末期到 30 年代初期。除此之外，1943 年前后国内再次出现过谷崎润一郎文学翻译的小高潮。现代文坛各类报刊刊登发表谷崎润一郎文学作品的翻译情况详见表一。

表一

译者	翻译作品	刊载刊物	刊载期数
沈端先	《富美子的脚》	《小说月报》	1928 年第 19 卷第 3 号
鹤逸	《玄奘三藏》	《北京文学》	1928 年第 1—2 期
章克标	《刺青》	《狮吼》	1928 年复刊第 12 期
章克标	《恶魔》	《东方杂志》	1928 年第 25 卷第 19 期
YS	《痴人之爱》	《语丝》	1928 年第 4 卷第 49 期
侍桁	《两个幼儿》	《北新》	1929 年第 3 卷第 1 期
章克标	《二庵童》	《金屋月刊》	1929 年第 1 卷第 2 期
章克标	《萝洞先生》	《金屋月刊》	1929 年第 1 卷第 5 期
田汉	《人面疮》	《南国周刊》	1929 年第 5—8 期
章克标	《杀艳》	《新文艺》	1929 年第 1 卷第 4—5 号
张我军	《小小的王国》	《东方杂志》	1930 年第 27 卷第 4 期
查士元	《少年》	《东方杂志》	1930 年第 27 卷第 9—10 期
田汉	《麒麟》	《南国周刊》	1930 年第 13 期
张君川	《西湖之月》	《清华周刊》	1933 年第 39 卷第 5—6 期

续表

译者	翻译作品	刊载刊物	刊载期数
哲夫	《东京漫谈》	《国际译报》	1934 年第 6 卷第 2 期
白桦	《麒麟》	《矛盾月刊》	1934 年第 3 卷第 2 期
张我军	《恶魔》	《日文与日语》	1935 年第 3 卷第 4—6 期
太田斯继唐	《春琴》	《日文研究》	1936 年第 6 期
陆少懿	《春琴抄》	《文学季刊》	1936 年第 1 卷第 1 期
欧阳成	《昨日今朝》	《风雨谈》	1943 年第 1 期
欧阳成	《麒麟》	《风雨谈》	1943 年第 2 期
子皿	《春琴抄》	《新东方杂志》	1943 年第 7 卷第 1—6 期、第 8 卷第 1—3 期
何格恩	《西湖之月》	《新亚》	1943 年第 9 卷第 2 期
何琦	《痴人之爱》（五续）	《日本评论》	1943 年第 4 卷第 7 期
尤炳圻	《懒惰之说》	《留日同学会季刊》	1944 年第 3 卷第 1 期
尤炳圻	《莺姬》	《日本研究》	1944 年第 3 卷第 2—3 期

除了这些在各类报纸杂志上刊登的翻译成果之外，这时期有关谷崎润一郎的来往书信、作家评介、读书报告等文章也陆续见刊见报，其具体情况详见表二。

表二

作者	标题	刊载刊物	刊载期数
西滢	《西京通信（一）：谷崎润一郎氏》	《新月》	1928 年第 1 卷第 2 期
田汉	《我们的自己批判："我们的艺术运动之理论与实际"上篇：中国服之谷崎润一郎先生：（照片）》	《南国月刊》	1930 年第 2 卷第 1 期
朱云影	《著述界消息（一）：日本作家谷崎润一郎之赠妻与新爱（附照片）》	《读书杂志》	1931 年第 1 卷第 1 期
佚名	《世界文坛漫画巡礼：日本：谷崎润一郎热衷于茶道，忘记了客人佐藤春夫夫妇》	《文艺画报》	1935 年第 1 卷第 3 期
许颖	《四十年来日本文笔人：现代恶魔大师谷崎润一郎氏名作》	《华文大阪每日》	1939 年第 3 卷第 5 期

续表

作者	标题	刊载刊物	刊载期数
柳浪	《七日杂谈：读"谷崎润一郎集"后》	《立言画刊》	1941 年第 168 期
夏丏尊	《读〈缘缘堂随笔〉》	《中学生》	1943 年第 67 期
太一	《读〈缘缘堂随笔〉》	《学术界》	1943 年第 1 卷第 1 期
杨伟民	《谷崎润一郎的春琴抄》	《新学生》	1943 年第 2 卷第 6 期

与此同时，谷崎润一郎文学的译作集或单行本也是这个时期国内谷崎润一郎文学翻译的重要成果。1928 年，上海北新书局出版了杨骚翻译的长篇小说《痴人之爱》。译者在序言中首先肯定了谷崎润一郎的文学地位，认为"在现代的日本文坛上，作者算是第一流的作家，这是有定评的"①。紧接着，对他的文学创作特征进行了点评，认为"以他的梦幻底空想或空想底构想和主观底情热与色彩底夸张及描写底力说，为他的文学的旗印，引起读书界多大的骇目惊心，博得空前的喝采了的"②。最后，杨骚指出作为一位恶魔主义或唯美主义的作家，谷崎润一郎的《痴人之爱》"是他描写这种女性的作品中的一部杰作，也是他的一部代表作。"③ 1929 年，开明书局出版了章克标翻译的《谷崎润一郎集》，该书收录了包括《刺青》《麒麟》《恶魔》《二沙弥》《富美子的脚》和《续恶魔》在内的六篇短篇小说。1930 年，上海水沫书店出版了章克标翻译的《杀艳》，该书收录了《杀艳》和《萝洞先生》两篇短篇小说。同年，华通书局出版了查士元翻译的《恶魔》，该书收录了《少年》《恶魔》和《两个幼儿》三篇短篇小说以及《谷崎润一郎访问记》（今东光）和《作者谷崎润一郎氏年表》（士元）。1931 年，上海晓星书店出版了白欧翻译的短篇小说《富美子的脚》。1934 年，中华书局出版了李漱泉（田汉）翻译的《神与人之间》，该书收录了《谷崎润一郎肖像》《译者序》《谷崎润一郎评传》《年谱》《神与人之间》《前科犯》《麒麟》和《人面疮》四篇小说以及《御国与五平》（一幕）一篇戏剧。1936 年，文化生活出版社出版了陆少懿翻译的《春琴抄》，该书收录《春琴抄》以及《春琴抄后

---

① 杨骚：《痴人之爱》，北新书局 1928 年版，第 1 页。
② 同上书，第 2 页。
③ 同上书，第 3 页。

语》和《寄与佐藤春夫述过去半生的信》两篇散文。1939 年，穆丐儒翻译的《春琴抄》在《盛京时报》连载，时间从 11 月 21 日到次年的 1 月 31 日，共计 70 回。值得一提的是，穆丐儒从 11 月 12 日到 20 日还在《盛京时报》上发表了《春琴抄·小说预告》，对翻译之事作了说明。1941 年，三通书局以《三通小丛书》的形式出版了章克标翻译的小说《恶魔》《两个幼儿》以及《富美子的脚》。

这个时期国内一些选译集或文集也零星地收录谷崎润一郎的译本。1929 年上海春潮书局出版的侍桁译集《现代日本小说》中就收录了小说《两个幼儿》（1931 年开明书店再版）。1931 年中华书局出版的查士元译集《日本现代名家小说集》中收录了小说《一个少年的恐怖》。同年，新时代书局出版的张若谷的《从嚣俄到鲁迅》中收录了小说《富美子的脚》。1939 年东方印书馆出版的《世界著名小说选全》中收录了小说《二沙弥》。值得注意的是，1948 年由名山书局出版的朱自清的《语文零拾》中收录了《日本语的欧化：谷崎润一郎文章读本提要》。该文对谷崎润一郎的《文章读本》的主要内容进行了概述，并指出本书最大的亮点在于"极重含蓄，可以说自始至终只说了含蓄一事"[1]。针对现代日语深受欧美语言影响，出现了严重日本语的欧化现象，谷崎润一郎主张"不可以单模仿西洋人，非得将从他们学得的东西与东洋的传统精神融合起来开辟新路不成"[2]。可以说，该文对当时的国内读者理解谷崎润一郎的语言主张具有非常重要的参考价值。此外，1933 年由商务印书馆出版的郑振铎的《文学大纲》、由光华书局出版的顾凤城等合编的《新文艺辞典》以及由上海童年出版社出版的《新智识辞典》中均收录了谷崎润一郎词条，这也是其经典化的重要体现。

随着国内文坛对谷崎润一郎文学作品翻译的逐渐增多，文坛对谷崎润一郎文学创作的认识也随之越来越深刻。一批包括创造社、狮吼社、南国社以及文学研究会在内的社团的作家也都或多或少地接受了谷崎润一郎文学的影响。因此，这些社团作家通过对谷崎润一郎文学作品的翻译与介绍有效推动了谷崎润一郎及其文学在中国现代文学史上的传播。其中，章克标和田汉是中国现代文坛史上翻译谷崎润一郎文学成就最高的译者。之所

---

[1] 朱自清：《语文零拾》，名山书局 1948 年版，第 75 页。
[2] 同上书，第 77 页。

以如此，不仅仅是因为他们所处特殊时代环境的使然，更重要的是谷崎润一郎的文学思想迎合了他们的接受需求。首先，就章克标而言，虽然他没有与谷崎润一郎有过直接的交往，但是这并不影响他对谷崎润一郎文学的喜爱。在翻译谷崎润一郎作品的时候，他曾这样坦言："第一，我连续翻译了几篇谷崎润一郎的作品，头脑中被他恶魔的色彩唯美的情调充塞满了。"① 谷崎润一郎文学所表现的恶魔色彩与唯美情调深深吸引了章克标，凭着对其文学的浓郁兴趣，这时期的章克标不遗余力地先后在《狮吼》《金屋月刊》《新文艺》等杂志上翻译了《杀艳》《麒麟》《刺青》《二沙弥》《恶魔》《续恶魔》《富美子的脚》《萝洞先生》《人面疮》等多部短篇小说，成为国内现代文坛史上翻译谷崎润一郎文学作品数量最多的译者。其次，就田汉而言，与章克标不同的是，田汉与谷崎润一郎有着深厚的交往。事实上，田汉早在留学日本期间就已经接触过谷崎润一郎的作品，包括观看过他的独幕剧《信西》，欣赏过他的电影脚本《业余俱乐部》，而且在镰仓避暑时还见过正忙于拍摄电影的他本人。因而，当1926年1月两人在内山书店二楼首次会面时，田汉对他说的第一句话就是"谷崎润一郎先生，我见到你已经是第二次了。"② 与此同时，谷崎润一郎则认为："田汉君的容貌风采给人的印象是近似于日本人，而且完全像我们的同行。"③ 可以说，田汉与众不同的言行举止给谷崎润一郎留下了深刻的印象，以至于谷崎润一郎在散文《昨今》里对他两人的关系进行了这样的总结。"与我关系缔结最为密切的第一应属田汉君。"④ 田汉之所以会不遗余力地翻译谷崎润一郎文学作品的重要原因除了他们之间存在难以忘怀的友谊之外，谷崎作品所表达的女性崇拜与恶魔主义思想对田汉的文学创作产生了深远的影响，以至于他本人曾公开承认说："我受过一些日本唯美派作家谷崎润一郎氏的影响。"⑤"这前前后后的两三个月之间，似乎又使我和谷崎氏发生多大的关系了。这些日子我每日与他的作品相对，

---

① 章克标：《做不成的小说》，载《金屋月刊》1929年第1期。
② ［日］谷崎潤一郎：《谷崎潤一郎全集》（第12卷），中央公論新社2017年版，第408页。
③ 同上书，第407页。
④ ［日］谷崎潤一郎：《谷崎潤一郎全集》（第18卷），中央公論新社2016年版，第428页。
⑤ 田汉：《田汉全集》（第18卷），花山文艺出版社2000年版，第162页。

把他的一行一句换成我的语言，使我重新认识他的心灵，亲近他的謦咳，回忆和他相处的那些日子了。"① 如果说两人的交往是导致田汉翻译谷崎润一郎作品的外因的话，那么谷崎润一郎文学思想迎合其需求则是构成田汉翻译的内在因素。因而，无论是章克标还是田汉，他们之所以会翻译谷崎润一郎作品的一个共同之处在于两者都曾接受他的文艺思想的影响，并对他们的文学创作产生了较为明显的作用。

通过对谷崎润一郎作品翻译情况的梳理可知，其文学在中国现代文坛的确留下了非浅的印迹，其译介作品的传播与接受不仅为中国现代知识分子提供了可供阅读的对象，成为其积极吸取域外文学的养料之一，而且为中国现代文学注入了一股新鲜的血液与活力。围绕谷崎文学，中国现代文坛的一批作家们开展了积极的评论与论争，一些作家也因此走到了一起，通过创办刊物，组成社团，相继发表艺术至上的文学宣扬。他们将其文学所表现的文艺思想视为一种可资效仿的理论来源，不断吸收和借鉴，并付诸实践，引导其文学创作。因而，谷崎润一郎文学的翻译促进了它在中国现代文坛的广泛传播，成为评论家们争相评论的对象。

二 谷崎润一郎文学的评论

国内现代文坛对谷崎润一郎文学的译介除了作品翻译之外，还表现为对其文学创作的评论。如果说 1909 年周作人的谷崎润一郎评论开创了国内谷崎润一郎文学评论的先河的话，那么被誉为国内谷崎润一郎传记第一人的田汉则是谷崎润一郎文学评论的佼佼者。

1934 年，田汉以李漱泉为笔名出版了《神与人之间》。与国内其他谷崎润一郎单行本译作不同的是，这部译作由翻译和评论两大部分构成。其中，评论部分包括《〈神与人之间〉译者叙》和《谷崎润一郎评传：他的三个作品的研究》。前者主要交代了田汉在翻译《神与人间》时的前因后果与整体感受，后者则结合谷崎润一郎的《鬼脸》《神与人间》以及《鲛龙》三部作品，从"又是江南好风景""梦与现实""唯一缕生的希望""恶魔的出生""恶魔与黄金""Maria 与 Venus"和"东方与西方"七个方面翔实地解读了谷崎润一郎文学。尤其值得肯定的是，作者为了便于国内读者能够及时了解到谷崎润一郎的生平，还特意在文末附录了谷崎润一

---

① 田汉：《神与人之间》，中华书局 1934 年版，第 2 页。

郎从出生（明治十九年，1886 年）到创作中期（昭和二年，1926 年）的年谱。田汉这篇长达数万言的谷崎润一郎评传因其内容丰富、资料翔实成为了当时国内最长的谷崎润一郎评论文章，被称为"中国最早详细评述谷崎润一郎之人与作品的文章"①。那么，该文为何可以获得如此高度的评价？要解决这个疑问首先需要了解其撰写的背景。

1934 年田汉在忙于《扬子江的暴风雨》《旱灾》《水银灯下》《黄金时代》《凯歌》以及《回春之曲》等剧本创作的同时，还应允了出版社翻译谷崎润一郎作品的邀约。"我个人虽和谷崎氏有相当深厚的交情，却并没有努力着介绍他的作品底缘故。可是 S 兄，你这趟却给了我这机会了。要不是你嘱托我，我或许不忙着译，同时要不是环境逼迫着我，我也没有这功夫来从事于此。"② 在这里，田汉交代了撰写谷崎润一郎文学评论的一个重要原因，这便是他答应了出版社翻译任务，使其才有机会去深入接触和理解谷崎润一郎的作品，为深入撰写相关的评论文章提供了坚实的保障。"然而，不幸我要做前述的工作时，我是在这样的'秦火'之后，'文献不足征'，我所能入手的只是被采集在新潮社《现代长篇小说集》和改造社《日本现代文学全集》中的他的几篇作品。"③ 这段文字说明了田汉受手头谷崎润一郎文献资料不足的影响，不得不从日本文坛出版的最新小说集或文学全集中遴选谷崎润一郎的作品。1929 年新潮社出版了《现代长篇小说全集》丛书，其中第八卷就是《谷崎润一郎篇》。该书选取了《鬼脸》《神与人间》《鲛龙》和《黑白》四部长篇小说，并在书中收录了作者的画像。1927 年，改造社出版了《现代日本文学全集》丛书，其中第 24 卷就是《谷崎润一郎集》。该书选取了《痴人之爱》《少年》《莺姬》《信西》《兄弟》《二个幼儿》《金与银》《两个钟表的故事》《人面疮》《御国与五平》《一个少年的胆怯》《红色屋顶》12 部作品和作家一张卷头照片以及年谱。对比田汉的译本，其所选作品大部分来自这两本日本的选集。

就文章内容而言，田汉依次对《鬼脸》《神与人之间》和《鲛人》三部长篇小说中的人物形象进行了较为详细的解读。在分析《鬼脸》

---

① ［日］西原大辅：《谷崎润一郎与东方主义》，赵怡译，中华书局 2005 年版，第 244 页。
② 田汉：《神与人之间》，中华书局 1934 年版，第 2 页。
③ 同上书，第 5 页。

时，田汉认为这是一部典型的自传体作品，并开宗明义地指出："[谷崎润一郎]他的幼年时代也曾过过比较富裕的生活，这时候的记忆纪录在他的长篇小说《鬼面》之中。"① 当时的谷崎润一郎正面临辍学的危机，后来在其汉学教师贯轮吉五郎的帮助下才有机会继续求学，这位中学私塾老师、汉学家也因此成为他早期作品中的人物原型。田汉由此认为："使谷崎氏决心文学，把他的一生献给艺术的神殿的最直接的动机，是他的'失恋'。"② 壶井与女性的接触使他从中感受到了女性肉体的独特美，以至于他睡在镰仓别庄读南欧恋爱的故事时会情不自禁地幻想起恋人蓝子小姐的肉体美。这种恶魔主义的思想使主人公陷入迷狂之中，不仅耽于幻想，而且还与世俗的观念产生了不可调和的矛盾。尤其是他对待金钱的态度在田汉看来更是体现了作者的金钱观。"我们根据谷崎氏自叙传式的作品《鬼脸》，分析了他少年时代以至高等学校时代的生活，说明了他是怎样的由'优等生'变成极懒惰贪玩的'不良少年'；怎样的由'以天下家国为己任'的'圣人''英雄'变成了自觉的'恶人'；怎样的由健全的自然的恋爱走到病的、人工的变态性欲的世界。"③ 在分析《神与人之间》时，田汉指出小说展示了谷崎润一郎成为作家之后的人生经历，依然具有鲜明的自传性色彩。"假使《鬼脸》是谷崎氏学生时代的最好的自传，那么，《神与人间》便是他作家时代的最好的自传。"④ 在他看来，这是因为小说中的人物充当了作者的代言者，穗积如佐藤春夫，朝子如石川千代子，添田则是谷崎润一郎。人物的言行举止体现了现实生活中谷崎润一郎的真情实感，再现了他与佐藤春夫的"换妻事件"，"这正是谷崎自己的忠实的写照"⑤。在分析《鲛人》时，田汉认为小说中的服部也呈现了谷崎润一郎的人生，表现出了较强的自传性。"这姓服部的虽是一个洋画家，但就看做作者自己也不会很错。"⑥ 通过对服部人生的描述，田汉指出服部最大的人生理想就是"从人间的丑恶之中，从恶魔的手里抓牢'永远的东西'，

---

① 田汉：《神与人之间》，中华书局1934年版，第6页。
② 同上书，第15页。
③ 同上书，第27—28页。
④ 同上书，第41页。
⑤ 同上书，第41页。
⑥ 同上书，第58页。

替这世界添一两样新的美——这是服部毕生的大志愿，也就是谷崎氏毕生的大志愿。"① 田汉对谷崎润一郎作品的文本解读主要是围绕人物与作家之间的关系展开，是一种典型的传记批评方法，构成了这篇评论文章的显著特点。可以说，该文采用文本与作家生平相结合的研究方法，重点关注人物形象与作家之间的联系，强调从作家的生活经历去阐述和分析作品，把作品视为是作家生活经历和性格气质等因素的投射。这种传记批评不仅开辟了国内谷崎润一郎文学评论的新领域，而且也有益于评论的深入，为国内谷崎润一郎文学研究提供了重要的参考价值，文后所附作者的年谱更是体现了它的价值。因而，我们认为田汉的这篇评论文章虽然发表时间较早，但时至今日也不会过时，依然具有它应有的文献价值。

除此之外，祝秀侠、谢六逸、章克标、杨骚等人也为谷崎润一郎写过专门的评论性文章。1929 年 6 月，祝秀侠（祝庚明）在文学研究会的刊物《文学周报》第七辑上发表了评论文章《痴人之爱》。也许是受刊物办刊性质的影响，祝秀侠在评论谷崎润一郎长篇小说《痴人之爱》时采用了社会学批评。文学研究会历来主张文学为现实人生，而不是"为艺术而艺术"。故而，祝秀侠认为对谷崎润一郎文学"应该更深一点作一个内容的社会学底分析与检讨"②。在他看来，《痴人之爱》深刻体现了"经济条件永远支配着人生。"其结论为："这就是作者描写这本作品的动力与原因。我们不要误会，误会到这是一段奇情的肉感性的故事。也并不是仅凭着作者底幻想的构造，和作者的唯美主义或恶魔主义的镶边；而是带着客观的考察做基础的。它的最大的理由，就是在书中阐明外来的影响所给予社会与个性的变动。……我们观察这本作品，首先要明了这本作品是根据于这样一个社会背景产生的原因。"③ 这个观点鲜明地表明了祝秀侠没有采用当时文坛盛行的艺术批评方法来评价谷崎润一郎的作品，而是另避蹊径，以社会学批评来揭示作品所反映的社会背景，阐明文学创作离不开特定的社会时代语境，认为这部小说并不源于作者的艺术幻想，也不是来自作者的唯美思想或恶魔观念，而是深受客观社会现实影响的

---

① 田汉：《神与人之间》，中华书局 1934 年版，第 64 页。
② 祝秀侠：《〈痴人之爱〉》，载《文学周刊》1929 年第 8 卷第 24 期。
③ 同上。

结果。因而，在他看来，《痴人之爱》是日本社会现实的真实反映，其评论也迎合了中国现代文学发展的需求，适应了从"文学革命"到"革命文学"转变的需要。这种从社会学角度解读谷崎润一郎作品的评论方法对认识和理解他的文学也具有一定的作用，因为它可能引导人们从以往的艺术形式分析转变到寻求作品的社会价值上来，以适应中国现代文学发展的时代要求。有趣的是，1934年，田汉在给谷崎润一郎写评传的时候，也从社会学的角度认识和强调了谷崎润一郎作品所具有的社会认识价值。"我们不知道他是否给了我们什么永远的东西，但这个恶魔主义作家的作品使我们强有力的，印象的，认识了日本资本主义发展过程中重要的社会现象之一面，认识其中有作用的或被作用的许多人物底典型。"[①] 这种批评方法充分体现了中国现代文坛的发展需要，对转变以往过于强调文学的主体性与艺术性，轻视文学的社会性与现实性的文学批评具有一定的作用。当然，对于像谷崎润一郎这样的耽美派作家，运用文学艺术的批评方法进行评论或许更有利于走进他的文学世界，得出令人信服的结论。

继1918年周作人在《新青年》上发表《日本近三十年小说之发达》之后，留学早稻田大学的谢六逸也致力于日本文学的研究。1929年7月，他在《小说月报》第20卷第7号上发表了《二十年来的日本文学》。该文对日本近期文学的发展作了较为详细的梳理和介绍，为国内新文学运动的深入发展提供了及时的域外文学养料。他明确指出，日本文学有着值得国人学习和借鉴的地方，任何轻视日本文学的说法和行为都是错误的，因为在他看来，日本文学有利于国人研究欧洲文艺思潮对东方各国文学的影响。在谈到日本享乐派和恶魔派文学时，谢六逸除了介绍近松秋江、长田干彦、田村俊子之外，还特别推崇其代表作家谷崎润一郎，并用较大篇幅对他进行了如下的介绍："这里要说到一个最有兴味的人，就是谷崎润一郎。……他的创作态度和别的作家一样，在于求真，可是他不想求现实的（Real）。有时他在科学中去求；有时在变态里去求，他因为要脱离现实，于是他或浸在恶魔主义里，或深入于变态心理；或追求'歇斯迭里亚'（Hysteria）。……总之，他是一个把新要素献给日本文学的人，他破裂传统的躯壳，脱离了常识性的桎梏。崇拜他的人常说，如果在日本文学里要

---

① 田汉：《神与人之间》，中华书局1934年版，第64页。

举出一个代表明治、大正文学的人出来,就是谷崎,虽不免过分;但也足以窥见他在日本文坛的地位了。"① 这段对谷崎润一郎的评论不同于祝秀侠的社会学批评。在这里,谢六逸抓住谷崎润一郎文学的耽美特质,认为其文学体现了唯美、享乐和颓废的特色。对于推崇艺术至上的谷崎润一郎来说,其文学表现了"为艺术而艺术"的理念,为了表达对美的执着追求,可以不顾世俗的伦理道德,在变态与病态中憧憬女性肉体之美,在嗜虐与被虐中寻求人生的乐趣。因而,无论是《恶魔》还是《富美子的脚》均表现了主人公畸形的性格,他们在疯狂的欲望驱逐下以离经叛道的方式来追寻自己的世界。在谢六逸看来,谷崎润一郎对真的追求不在于现实的社会,而在于幻想的世界。他一味地沉浸在恶魔的病态世界之中,在虚幻与憧憬中探寻美和展示美。谷崎润一郎割裂了传统与常识的桎梏,以自我对美的理解和认识向众人展现了一个标新立异的艺术世界。由此可见,谢六逸的评价是在为谷崎润一郎唯美的文学艺术进行捍卫,是对当时文坛上盛行的社会学批评的一种反驳。从某种程度上说,他走进了谷崎润一郎的文学世界,把握住了谷崎润一郎文学的特质,并以言简意赅的语言评判和概括了他的文学价值。

如果说谢六逸是谷崎润一郎文学的欣赏者,那么章克标则是谷崎润一郎文学的礼赞者。1929年11月,上海开明书店出版了他翻译的《谷崎润一郎集》。该书前言部分就收录了译者的序言,精辟地指出了谷崎润一郎文学的特质。"极端的美的追求者,决不能满足于平凡的美的憧憬,即使是同样的美,他也要求那异常的非凡的,不是生活表面所能常见的美……一种奇特怪诞的美。"② 随后,章克标对其文学的怪诞与恶魔之美进行了点评。"他有丰富的空想世界,而这个空想像陶醉于雅片之后,所见的幻美奇怪的梦。在他不要什么人生,也不要什么现实,他的世界是超越了现实和人生而存在的世界。人间有切切实实在社会上做事的时间,却也有耽于空想和睡着了做梦的时刻,他的文学便是后者,不能应用人生什么来批判的。在他没有什么革命不革命,思想不思想的,他的作品中只有感情情调,并不是要用知识去理解的。"③ 这段文字充分表明,章克标对谷崎润

---

① 谢六逸:《二十年来日本文学》,《小说月报》1929年第20期。
② 章克标:《谷崎润一郎集》,开明书店1929年版,第 v 页。
③ 同上书,第 vii—viii 页。

一郎文学有一种深刻的认识。这种认识既源于他对谷崎润一郎作品的阅读与翻译，更来源于他对谷崎润一郎文学的自我理解。他没有受到当时"革命文学"观念的影响，而是站在文学的立场，极力还原谷崎润一郎文学，在鉴赏与品味中坚决反对采用为人生和社会的实用主义文学观来评判谷崎润一郎文学。总之，他通过对谷崎润一郎文学特质的认识捍卫了其文学的纯粹性，抓住了其文学的主要创作特质。我们认为，章克标的评论通过非实用功利的角度解读谷崎润一郎文学，得出其文学没有革命不革命，思想不思想，只有感情情调这个结论，可谓一语中的，深刻剖析了谷崎润一郎文学的内涵。当然，这种结论也存在一定的问题，一味地认同谷崎润一郎文学的特质，而缺乏应有的批判精神，以至于章克标在翻译谷崎润一郎作品的过程中会深陷到了"颓废—恶魔"文学的泥潭而不能自拔。与此同时，晚年的章克标还曾多次提及自己对《细雪》的认识和评价，并参与出版社的翻译工作。他说："建国初期，上海新文艺出版社同我协定翻译一部日本小说，我看阅许多作品之后，选定了谷崎润一郎原作的《细雪》。"① 由此可见，章克标对谷崎润一郎文学的确有着浓厚的兴趣和自己的理解。

1929年7月10日，作为当时文坛富有声誉的刊物之一，《小说月报》在第20卷第7号上刊载了三位作家的画像，其中就有谷崎润一郎的。1937年，随着抗日战争的爆发，中日两国民族矛盾日益加剧，许多作家弃笔从戎，走出象牙塔，走向了抗战前线。为了适应抗战的需要，中国现代文坛也发生了显著的变化，现实主义文学与左翼文学成为文坛的主流。作家们抛弃了昔日高扬个性精神，耽于幻想的唯美主义，大力转向为反映中国社会现状和民族大义的写实主义。虽然这时期日本唯美主义的作品仍在华有译介，如三通书局推出的三通小丛书中就收集了章克标的译本，但与占主导地位的革命现实主义文学相比，唯美主义文学作品的译介只是一种弱势的文学形象，无法抗衡当时的主流文学。更重要的是，随着抗战的深入推进和人民战争爆发，谷崎润一郎翻译和评论在中国现代文坛彻底消亡了，直到新中国成立才开始有人着手其译介工作。

---

① 章克标：《九十自述》，中国文联出版社2000年版，第88页。

第二节　谷崎润一郎文学的译介研究

异域作家作品的译介因受译介环境等因素的影响会表现出不同的特点。就译介的对象来说，有的译介仅集中于作家的某种文学体裁，有的译介对象则相对较广，体裁多样；就译介的主体来说，有的译介会有一批译者参与，形成相应的译介团队，有的译介则少数译者参与和承担；就译介的时间来说，有的译介往往集中在某个特定的时段，构成较为明显的译介的波峰与波谷，有的译介时间则相对较为稳定，没有出现明显的时间波动；就译介的效果来说，有的译介成效不够明显，没有产生影响，有的译介则成效较为显著，形成了一定的影响。事实上，结合上文谷崎润一郎作品的翻译与评论史料，我们认为中国现代文学史上的谷崎润一郎文学译介也呈现了较为明显的特点。

一　译介的特点

第一，从译介的对象来看，国内现代文坛的谷崎润一郎文学译介对象基本上集中于他的小说。这种文学现象说明了两个问题。首先，译者们在选择译介对象时视野较为狭窄，受其限制致使其译介的对象趋于单一化，缺乏应有的多样性。事实上，谷崎润一郎的文学体裁具有多样化，不仅有小说，还有戏剧以及随笔散文。其次，谷崎润一郎小说具有较强的可读性迎合了当时国内文坛的需求。受外来文艺思潮的影响，国内文坛表现出了前所未有的开放性。20世纪初期，诸多的外来文学思潮纷纷涌入中国，对现代文坛的发生与发展产生了较大的影响。作为众多文艺思潮的一种，唯美主义文学也快速成为人们关注的对象，它所推崇的个性解放、为艺术而艺术以及"颓废—恶魔"等文艺观吸引了一大批中国作家。他们高举"为艺术而艺术"的文学大旗，反对中国传统文学历来主张的"文以载道"的文学思想，将文学的"工具性"转变为"文学性"，捍卫文学的独立价值，维护文学的纯粹性，推进了中国现代文学发展上文学艺术自觉时代的到来。谷崎润一郎小说因故事性较强，"唯美—颓废"思想突出，迎合了文学时代发展的需求，受到了普通读者的青睐。简要来说，谷崎润一郎的小说善于将女性、肉体与死亡结合在浓郁的官能书写之中，注重追求强烈的感官刺激、自我虐待的快感和变态的官能享受，表现出浓厚的

"恶魔—颓废"倾向，以此强调浓厚的个体意识，在忧郁与华美、怪诞与凄艳之中彰显人的个性精神，在病态与怪异之中对抗封建传统礼教。这些不仅构成了谷崎润一郎小说的重要文学思想，而且也成为了译者们遴选译介对象的重要原因。

第二，从译介的主体来看，中国现代文学史上谷崎润一郎文学的译者基本上是一群留学日本的文学人士。他们不仅有着良好的日语基础，而且都对谷崎润一郎文学有过较为浓郁的兴趣。据笔者考证，田汉、杨骚和陆少懿（伍禅）都毕业于东京高等师范学校。他们在日本的年限分别为1916—1922年、1921—1927年和1926—1931年。此外，谢六逸毕业于早稻田大学，在日本的留学时间为1919—1922年。章克标毕业于京都帝国大学，在日本的留学时间为1920—1925年。这些人虽然留学日本的时间有些差别，但基本都处于大正时期，而这个时期正好也是谷崎润一郎文学兴盛于日本文坛的时间。因而，这批译者虽有各自不同的留学经历，但是对谷崎润一郎这颗日本文坛的新星并不陌生，有的其至还情有独钟，深受他的影响。譬如，田汉就是如此。他从不避讳自己接受了谷崎润一郎的文艺思想。因此，留学日本的经历为这批译者有机会接触谷崎润一郎文学提供了一个有利的平台，使他们能够第一时间感受到谷崎润一郎文学的魅力，为其日后从事翻译或评论提供了的基础。

第三，从译介的效果来看，谷崎润一郎文学对中国现代文坛产生了较为明显的影响，一批文学社团的成员接受了他的文艺思想。首先，作为创造社的重要成员，郁达夫、郭沫若、张资平等人与谷崎润一郎有着密切的关系。他们的文学创作时常以"异端者"自居，书写个人在社会现实中的人生体验，挖掘人性中的弱点，借用谷崎润一郎文学来实现拯救中国的美好理想，在感伤浪漫的情绪中实现干预现实的社会理想，表现出对谷崎润一郎文学的理性反思。简要来说，郁达夫的小说如《迷羊》《茫茫夜》《银灰色的死》等表现对女性肉体之美的迷恋和变态的性心理。郭沫若的小说《喀尔美萝姑娘》和《骷髅》流露了郭沫若以丑为美的恶魔色彩和强烈的官能刺激。张资平的小说《冲积期限化石》《性的等分线》《梅岭之春》等描写了众多形形色色的性追逐、性猜疑、性苦闷和性变态。总之，他们的小说迎合了时代发展的需要，指向旧道德旧礼教、揭露了传统的婚姻制度对女性的束缚和压抑，倡导个性解放，真实地写出了当"五四"新思潮到来时人们复杂的心态、面临的困境以及人性的丰富。其次，作为狮吼社的重要成员，章克标和滕固不仅译介了谷崎润一郎文学，而且还因其影响创作了一些具有唯美主义特色的作品。如章克标的《银蛇》《一个人的结婚》《蜃楼》，滕固的《壁画》《石像的复活》《十字街头的雕刻美》等通过对官能刺激的渲染和对诱惑效果的营造，使小说披上了唯美的衣装。这些小说从怪异的恋爱世界出发，追求美与恶的价值颠倒，从恶中寻觅美，从丑中体现美，通过对美的扭曲来寻求生的价值和意义。再次，南国社的田汉和欧阳予倩与谷崎润一郎的关系更加密切。在文学观方面，谷崎润一郎对田汉和欧阳予倩的影响体现为两点。一是文学的超功利性。谷崎润一郎认为文学艺术不应该受到生活目的和道德的约束，田汉和欧阳予倩也表现出这种文学观，他们主张艺术作品不应注重社会的真价值。二是追求文学的美。谷崎润一郎是极端的美的追求者，绝不能满足于平凡的美的憧憬。田汉和欧阳予倩也认为文学应该游离生活现实，追求超然于现实生活的所谓纯粹的美，以创造独自的美作为其艺术的至高无上的目的。最后，语丝社的周作人与西泠印社的丰子恺也有着深厚的翰墨之缘。两人在散文中多次提及谷崎润一郎，并对其给予较高的评价。彼此在散文的世界中也找到了精神的契合，受谷崎润一郎《饶舌录》《倚松庵随笔》《青春物语》《摄阳随笔》《鹣鹏陇杂纂》《冬的蝇》等散文的影响，注重对民间文化的考察，从草木虫鱼、鬼神传说到民间信仰、固有习俗都成了周作人和丰子恺散文表述的对象。总之，谷崎润一郎文学对中国现代文学社团产生了或明或暗、或显或隐的影响，形成了与中国现代文学社团千丝万缕的联系。

第四，从译介的时间来看，中国现代文学史上的谷崎润一郎文学译介始于 1918 年，止于 1944 年。有趣的是，它的兴盛时间却是 1928 年，与国内文坛从"文学革命"转向"革命文学"相近。作为"革命文学"的代表流派，中国左翼文学提倡文学创作应该反映社会现实生活，以服务现实为首要目的，具有鲜明的政治功利色彩。它与倡导个性主义、颓废—享乐主义的谷崎润一郎文学应该大相径庭、格格不入。那么，国内文坛为何要在此时去推动谷崎润一郎文学的译介？解决了这个问题从很大程度上说也就等于回答了谷崎润一郎文学在国内文坛译介的重要原因。虽然这是一个比较复杂的问题，但是如果将这个具体的文学现象放置在中国现代文学发展的历史中加以关照和审视，或许可以找到其中的主要原因。

二 译介的成因

任何域外作家在他国的译介不仅与其自身的文学艺术有关，更与其传播国特定的接受语境相关，纵观谷崎润一郎文学在中国现代文坛的译介情况及其所形成的特点，我们认为之所以会呈现这种文学景观与20世纪20、30年代中国现代文学的发展以及当时特定的时代社会环境息息相关。

首先，左翼文学具有明显的偏至色彩，与谷崎润一郎耽美—颓废的文学特质有着内在的相通之处。一般而言，左翼文学运动是中国现代文学史上继五四文学运动之后最为重要的文学运动，无论是持续的时间，还是影响的程度都是其他文学运动难以企及的。作为左翼文学的先驱者和提倡者，蒋光慈、李初梨和钱杏邨在树立革命文学大旗的时候都表现出浓郁的浮躁情绪和唯我独尊的气势。在他们看来，要创立中国的革命文学就必须急速超越当时文坛所出现的种种文学流派，以不可一世的霸气来获取中心话语地位。因此，他们一方面全面彻底地否认"五四"新文化运动，全面否定鲁迅、周作人、郁达夫、郭沫若、冰心等一大批"五四"时期的资深作家；另一方面，他们以革命的名义发表十分激进的文学主张。他们认为："无产阶级的艺术，是有为无产阶级解放的宣传煽动的效果。宣传煽动的效果愈大，那么，这无产阶级艺术价值亦愈高。"[①] 他们一致认为文学就是宣传，就是无产阶级斗争的工具。这种将文学的阶级性完全绝对化的做法很容易误导中国现代文学，使其重新回到中国传统文学所倡导的"文以载道"之路。因而，这种绝对化的文学观念让中国左翼文学一开始就具有了明显的偏至特质。这种不顾一切，唯我独尊的文学立场使其文学观念与理论主张不可避免地带有了狂热偏激的非理性色彩，从而与谷崎润一郎耽美—颓废的文学思想有着精神上的相通之处。王向远对此认为："其（[左翼文学]）思想上的狂热偏激，风格上的浮躁凌厉，行为上的浪漫不羁，对既成文坛的恣意挑战，向往革命而又忘情于性爱，都与唯美主义的标新立异、愤世嫉俗、狂放不羁、爱情至上有很大程度的相通和相似。"[②] 可以说，两者的相似之处为国内谷崎润一郎文学的译介提供了文学自身的条件。

---

① 艾晓明：《中国左翼文学思潮探源》，湖南文艺出版社1991年版，第43页。
② 王向远：《中日现代文学比较论》，湖南教育出版社1998年版，第76页。

其次，20世纪二三十年代中国现代文坛仍处于西方唯美主义译介和传播的兴盛时期，为谷崎润一郎文学的传播提供了有利的外在条件。1928年，国内文坛出现了王尔德文学的译介热潮，其译介的成果也较为丰硕。具体来说，小说方面有杜衡译的《道连格雷的画像》（金屋书店，1928年9月）、曾虚白编译的短篇小说集《鬼》（真美善书店，1928年4月）。散文诗方面有徐葆冰译的《行善者》和《门徒》（1928年12月15日《大江月刊》第3期）、曾虚白译王尔德散文诗一组（1928年2月1日《真美善》第1卷第7号）。文论方面有林语堂分五次节译的《批评艺术》（其中《论静思与空谈》和《论创造与批评》分别载于1928年3月26日《语丝》第4卷第13期和1928年4月30日《语丝》第4卷第18期）、震瀛译的《社会主义与个人主义》（香港受匡出版部，1928年）。

与此同时，王尔德的评论性文章也比较多。其中，最有代表性的是梁实秋的《王尔德的唯美主义》（收入《文学的纪律》，商务印书馆，1928年）。这篇文章的发表引起了梁实秋与田汉之间关于王尔德问题的大讨论。这次论争也随之引发了国内文坛对唯美主义文学的关注。因而，"唯美主义传入中国后，不仅为中国新文学运动注入了新鲜活力和理论激情，而且还引发了中国现代文坛百家争鸣、百花齐放的新局面。"[①] 作为日本唯美主义文学的代表人物，谷崎润一郎及其文学被列为关注的对象也就是情理之中的事情了，因为他对个性的强烈彰显，对艺术的执着追求以及对官能的浓郁书写，表现出了对世俗和传统的叛逆精神，赢得了身处"革命文学"时期作家们的青睐，成为他们争相效仿的对象。换而言之，谷崎润一郎以标新立异的文学思想来对抗世俗的市侩和功利，本质上就是一种革命精神，非常适合五四运动之后作家们的心理需求和精神期待。

最后，特殊的时代社会环境为谷崎润一郎文学的传播提供了接受的心理空间。20世纪20年代是中国社会处于最动乱的年代。从"五卅"惨案，到"四·一二"反革命政变，再到"七·一五"大屠杀，整个中国处于白色恐怖笼罩之下。随着"五四"新文化高潮的过去，许多社会青年还未来得及呐喊几声，就被黑暗的社会现实残酷地扼杀。因而，他们中许多人在这个"王纲解纽的时代"陷入了理想与现实的深刻矛盾之中，严酷的社会现实与精神困境使得他们在心理上容易沉溺于悲情与颓废之

[①] 薛家宝：《唯美主义研究》，天津社会科学院出版社1999年版，第103页。

中，青春的感伤、人生的迷乱与生命的感叹弥漫在一部分知识分子的文学书写之中，"苦闷"与"彷徨"也随之成为当时社会的一种"流行病"。"残酷的中国现代史的血腥斗争和内忧外患，很快就打碎了年轻人那种温情脉脉的人生探求和多愁善感。严峻的现实使人们不得不很快就舍弃天真的纯朴和自我的悲观，无论是博爱的幻想、哲理的追求、朦胧的憧憬、狂暴的呼喊……都显得幼稚和空洞。"① 这一时期，他们能做的就是在黑暗和凶残的社会中独自品尝浓黑的悲凉。正如茅盾在评论庐隐的创作时说的那样，"在庐隐的作品中，我们也看见了同样的对于'人生问题'的苦索。……'人生是什么'的焦灼而苦闷的呼问在她的作品中就成为了主调，她和冰心差不多同时发问。……所有的'人物'几乎全是一些'追求人生意义'的热情的然而空想的青年在那里苦闷徘徊，或是一些负荷着几千年传统思想束缚的青年在狂叫着'自我发展'，然而他们的脆弱的心灵却又动辄多所顾忌。这些'人物'中间的一个说：'我心彷徨很呵！往哪条路上去呢？'"② 好一个我心彷徨很啊！这种无奈却又急切的呼喊声，不正是当时时代风貌的真实缩影！不正是当时社会青年心态的真实写照！他们在苦闷、彷徨和惶恐中呈现出一种唯美的心态。创造社其他成员，如郁达夫、成仿吾和田汉等人也都流露出相似的心态。宣扬艺术至上的谷崎润一郎自然就会被处于苦闷和彷徨中的中国青年青睐。李漱泉就曾表白：自己在1931年春秋之交颠沛流离，"不曾有过十天以上的宁日"，许多朋友都担心他要走向"破灭之渊，莫可挽救"了。而在这种困苦的境况下，"留在我行箧里的而且与我朝夕相对的既不是什么马克思的《资本论》，也不是《列宁全集》，却偏是几个唯美作家的小说诗歌。"③ 杨骚在《痴人之爱·序》中也谈到自己是在"老在米瓮中翻筋斗"的窘况下译完《痴人之爱》的。④ 总而言之，20年代中国这种特殊的时代环境为大力推崇艺术独立性的谷崎润一郎在中国现代文坛的译介奠定了土壤，造就了温床，对中国现代作家和文学社团产生了较大的影响，在一定程度上丰富和发展了中国现代文学。

综上所述，谷崎润一郎文学在中国现代文坛的译介既受中国特定历史

---

① 李泽厚：《中国现代思想史论》，天津社会科学院出版社2003年版，第224页。
② 茅盾：《中国新文学大系·小说一集》，良友图书印刷公司1935年版，第19—20页。
③ 田汉：《田汉全集》（第14卷），花山文艺出版社2000年版，第470页。
④ 杨骚：《痴人之爱》，北新书局1928年版，第5页。

语境的影响，也迎合了中国现代文学自身发展的需求，是内外因素共同作用的结果。不可否认的是，作为一种域外文学，谷崎润一郎文学在中国现代文坛的译介给作家们提供了丰富的文学养料，拓展了他们的文学视野，增强了文学的表现方式。他们以谷崎润一郎文学为范本，借鉴其文艺思想以及文学技巧，通过官能的书写、病态的呈现、强烈的感受以及离奇的梦境来表达对现实社会的不满，抒发内心的苦闷与焦虑，在"唯美—颓废"的文学世界里慰藉创伤的心灵。当然，这批作家们在接受谷崎润一郎文学影响的过程中也会有自己的取舍，表现出各自的特性。他们或注重官能表现，或重视肉体的享乐，或强调诡诞的梦幻，或侧重变态的书写。因而，他们对谷崎润一郎文学的接受是一种主动性的选择过程，会根据各自的需求来选择性地对待它，同时也会因接受的时代环境、接受的动机等因素发生相应的创造性叛逆，从而出现谷崎润一郎文学的变异现象。对于这些问题，我们将在随后的章节中进行具体的分析与阐述。总而言之，谷崎润一郎文学经过现代文坛的译介成为中国现代文学发展史上一种不可或缺的域外文学资源，并与中国现代文学社团发生了千丝万缕的关联，成为一批作家们集体性的艺术选择对象，由此结下了不解的文学缘分。

小结

译介域外文学无疑对推动中国现代文学的发展具有着不可取代的作用，它既为作家们从事文学创作提供了文学借鉴的对象，又拓展了民众阅读的领域，在促进中国现代文学现代性转向与生成中也肩负了文学启蒙与救亡图存的文学使命，呈现出了不容低估的文学价值与历史意义。20世纪20年代随着国内局势的变化以及五四新文化运动的深入发展，大量域外文学在中国现代文坛被译介，其中奉行唯美主义的谷崎润一郎及其文学也受到了国内译者的关注，其作品不断被翻译，其文学也不断被评论，出现了以田汉、章克标等人为代表的译介者，甚至一度出现了"谷崎润一郎热"，对其作品的重译、改编等现象也较为普遍。谷崎润一郎文学在中国现代文坛的译介既有助于扩大他在中国现代文学史上的影响，又有助于扩展与推进中日现代文学交流的空间与进程。他的文学之所以会出现译介的小高潮与其所处的时代环境、历史背景、文化语境有着密切的关联，通过从文学作品的翻译到文学作品的评论以翔实的史料梳理谷崎润一郎文学在中国现代文坛的译介事实，并在此基础上将之放置在中国现代文学历史发展的客观语境中进行观照与审视，以挖掘其译介的特质及其意义。可以说，谷崎润一郎文学在中国现代文坛的译介折射了这个时期中国现代文学发展的状况，也是中国现代文学发展的需求，形成了它与中国现代作家的对话与交流。他们通过自己的文学创作从文艺思想到艺术技巧在一定程度上反映了谷崎润一郎文学的影响，并在借鉴、吸纳与整合中结合时代发展与自身创作的需要进行了创造性的转化，使其文学的养料有机融入自己的文学创作之中，从而实现谷崎润一郎文学的中国化。因此，谷崎润一郎文学在中国现代文坛的译介既构成了中国现代文学中翻译文学的重要组成部分，也为他与中国现代文学社团的关系形成创造了有利条件。

第 三 章

谷崎润一郎与创造社

　　创造社是中国现代文坛崛起最早和影响最大的文学社团之一，在近十年（1921—1929）的文学创作期间，不仅创作了同时期其他文学社团难以企及的文学作品，更重要的是，该社率先掀起了浪漫主义文学运动和无产阶级革命文学运动，为"五四"新文学运动开创了新的局面。该社大力倡导浪漫主义、唯美主义、现实主义和现代主义文学，在文学实践中引导了"五四"新文学运动多元化的发展格局，成为继文学研究会之后，中国现代文学社团又一支生力军。创造社的多数成员，如郭沫若、田汉、郁达夫、陶晶孙、成仿吾、郑伯奇等人，均为留日作家。他们喜爱日本文学，并在其文学创作中接受日本文学的影响是一个不争的文学现象。1928年，郭沫若署名麦克昂，在《桌子的跳舞》中就坦白了这一点。他说："中国文坛大半是日本留学生建筑成的。创造社的主要作家都是日本留学生，语丝社也是一样……中国的新文艺是深受了日本的洗礼的。"① 陶晶孙也曾坦言："《创造》的发刊时，沫若说要把新罗曼主义作为《创造》的主要方针，后来社会都承认创造社为罗曼主义……在这中间，一直到底做新罗曼生活者为达夫，一直到底写新罗曼主义作品者为晶孙。"② 事实上，创造社所倡导的新罗曼主义就是日本大正文坛所盛行的唯美派文学。正如陶晶孙在《创造社还有几个人》中所说："的确创造社的新罗曼主义是产生在日本，移植到中国，这衰弱美丽的花，不敢爱我国的风土，譬如这花为合群之花，一个个花靠唯一个花托上而开花，取其一朵就只不能成花的。"③ 对此，伊藤虎丸也曾指出创造社与日本大正文学的密切关系。

---

① 饶鸿竞等主编：《创造社资料》（上），知识产权出版社2010年版，第171—172页。
② 饶鸿竞等主编：《创造社资料》（下），知识产权出版社2010年版，第648页。
③ 同上书，第663页。

他说:"创造社文学是'大正时代'日本留学生的文学……是和日本近代文学史上'大正时代'的作家们所具有的文学观、艺术观、社会观以及'自我意识',接成了很深的近亲关系。"① 1935 年,上海商务印书馆出版了郭沫若的《日本短篇小说集》。该书选译了芥川龙之介、志贺直哉、里见弥等 15 位日本作家的 19 篇短篇小说。同年,周作人在散文《冬天的蝇》中这样说道:"我读他们(谷崎润一郎,永井荷风)两人的文章,忽然觉得好有一比,谷崎润一郎有如郭沫若,永井仿佛郁达夫。"② 由此可见,我们在这里探讨谷崎润一郎与创造社的关系既符合文学的事实,又有利于理清两者的关系,为进一步认识这种文学现象作出相应的学理分析和价值判断。

第一节　谷崎润一郎与郁达夫

郁达夫留学日本期间正是谷崎润一郎文学盛行于日本文坛的时候。作为唯美派的代表性人物,谷崎润一郎虽然没有直接与郁达夫有过交流,但是他的作品却经常被郁达夫阅读,而且在郁达夫的日记、文论里曾多次提及他阅读其作品的感受与体验。1926 年 11 月 3 日,郁达夫在《劳生日记》中写道:"晚上读谷崎润一郎氏小说《痴人之爱》。"③ 次日,他又说道:"午前在床上,感觉得凉冷,醒后在被窝里看了半天《痴人之梦》。早餐后做《迷羊》,写到午后,写了三千字的光景。"④ 1932 年 7 月,他在文论《在热波里喘息》中谈及了阅读《食蓼之虫》的经过与感受。他说:"第一部看的,是谷崎润一郎的《食蓼之虫》。三数年来,和谷崎润一郎的笔墨,疏远得也很长久了。这一次得到了春阳堂发行的这一册小本小说,真使我寝食俱忘,很快乐地消磨了一个午后,和半夜的炎热的时季。文笔的浑圆纯熟,本就是这一位作家的特技,而心理的刻划、周围环境的描摹、老人趣味和江户末期文化心理的分析,则自我认识谷崎润一郎,读他的作品以来,从没有见到比这一部《食蓼之虫》更完美的结晶

---

① ［日］伊藤虎丸:《鲁迅、创造社与日本文学》,孙猛等译,北京大学出版社 1995 年版,第 182 页。
② 周作人:《苦竹杂记》,岳麓出版社 1987 年版,第 122 页。
③ 吴秀明主编:《郁达夫全集》(第 5 卷·日记),浙江大学出版社 2007 年版,第 36 页。
④ 同上。

品过。这一部分，以我看来，非但是谷崎润一郎一生的杰作，大约在日本的全部文学作品里，总也可以列入十名以内的地位中去的。我很希望中国的爱读谷崎润一郎氏的作品者，马上能够把它翻译出来，来丰富丰富我们中国的翻译文学。"① 从评论内容来看，郁达夫对谷崎润一郎文学不仅不陌生，而且具有相当的好感，其言辞之中不乏肯定之意与礼赞之情。1933年，钟敬文在《郁达夫先生的印象》中也曾提到郁达夫向他推荐阅读谷崎润一郎的小说《卍》。"在厅堂正中的桌上，我见到了一册淡黄色的小书。随便取来一看，原来是春阳堂文库本底谷崎润一郎氏所作的卍。'这本书，写得非常好。我已经看完，你拿去看看罢。'达夫先生这样地对我说了。"② 1939年，郁达夫在《日本的侵略与作家》中对包括谷崎润一郎在内一批不愿意成为日本军国运动鼓吹者的作家们给予了高度评价。1959年，郑伯奇在评述郁达夫时也曾说过："日本现代作家的作品，他（郁达夫）阅读的也不少；其中，谷崎润一郎和佐藤春夫等人的小说是他比较喜爱的。"③ 因此，郁达夫比较熟悉谷崎润一郎的文学创作，并在自己的文学创作中或多或少地接受了他的文学影响。

一 唯美观念的关照与融通

郁达夫从1913年随其兄长郁华赴日留学直到1922年东京帝国大学毕业回国任教，近10年的留学生涯使其有机会阅读了大正时代日本文坛众多作家的文学作品，这其中就包括谷崎润一郎的。据创造社成员郑伯奇回忆，郁达夫对日本现代文学作品的阅读也不少，其中，"谷崎润一郎与佐藤春夫等人的小说是他比较喜爱的"④。与之同时期的评论家韩侍桁在评论郁达夫的小说《迷羊》时就直言道："这本书是当时日本流行的小说的模仿品，它的底本是大谷崎润一郎氏的《痴人之爱》。"⑤ 那么，谷崎润一郎文学对郁达夫文学创作究竟产生了怎样的文学影响？现结合相关文学史料从文艺思想与艺术形式进行论述。

---

① 吴秀明主编：《郁达夫全集》（第10卷·文论·下），浙江大学出版社2007年版，第29页。
② 蒋增福：《众说郁达夫》，浙江文艺出版社1996年版，第36页。
③ 郑伯奇：《忆创造社》，载《文艺月报》1959年6月号。
④ 饶鸿竞等主编：《创造社资料》（下），知识产权出版社2010年版，第726页。
⑤ 邹啸编：《郁达夫论》，上海书店出版社1987年版，第120页。

首先，谷崎润一郎推崇"为艺术而艺术"的文学主张对郁达夫的文学观念产生了一定影响。谷崎润一郎十分崇尚"为艺术而艺术"，极力反对文学的功利性。在艺术与生活的关系上，他大力推崇艺术第一，生活第二。"对我来说，第一是艺术，第二是生活。"① 为了捍卫文学的艺术性，他时常会忽视世俗伦理道德的约束，在颓废、丑恶与怪诞的文学书写中追求美，表现美和诠释美。因而，在他的眼里，文学创作是非目的性和非功利性的艺术表现形式，作家通过官能的书写，直观地展现女性肉体的魅力并不是一种罪恶，而是作家艺术生命的基点，因为"思想无论多么高尚也是看不见的，感受不到的，思想中理应不存在美的东西，最美的东西就是人的肉体"②；所以"渴望某种美丽女人的肉体，只不过像吃美食穿美衣一样，是官能的快乐而已，而决不是以对象的人格、对象的精神作为爱的目标。"③ 也就是说，谷崎润一郎艺术世界中的美主要呈现为对女性肉体的精雕细琢，并因其浓郁的官能描写而产生强烈的快感。因此，借助女性官能世界的描绘是其文艺思想的一条重要表现途径。1910 年 11 月，他的短篇小说《刺青》在《新思潮》第三期刊登。小说一经问世，就产生了很大的反响，谷崎润一郎本人也"一夜之间成为文坛的宠儿"④。之所以如此，关键在于永井荷风以及小宫丰隆的评论。1911 年 11 月，永井荷风在《三田文学》（明治 44 年·11）上发表了《谷崎润一郎氏的作品》的评论文章，就其文学创作进行了评点。他认为谷崎润一郎文学开拓了明治文坛的新领域，具有"从肉体的恐怖中产生的神秘幽玄，是从肉体的残忍中反动地体味到痛切的快感"⑤，这种注重女性肉体的官能表达，在近乎病态的行为中表现对美的执着和憧憬构成了谷崎润一郎文学最为显著的特质之一。1912 年 3 月，小宫丰隆在《文章世界》（明治四十五年·3）上发表了评论文章《谷崎润一郎君的〈刺青〉》，对其文学也提出了与永井荷风相似的见解。他认为谷崎润一郎文学显著的特色是"异常""肉感的"和"不羁"。"描写奔放的肉感的异常的要求与享乐"是谷崎润一

---

① ［日］谷崎潤一郎：《谷崎潤一郎全集》（第 9 卷），中央公論新社 2017 年版，第 455 頁。
② ［日］谷崎潤一郎：《谷崎潤一郎全集》（第 3 卷），中央公論新社 2016 年版，第 186 頁。
③ ［日］谷崎潤一郎：《谷崎潤一郎全集》（第 4 卷），中央公論新社 2015 年版，第 358—359 頁。
④ ［日］野村尚吾：《作家と作品：谷崎潤一郎》，集英社 1972 年版，第 402 頁。
⑤ ［日］永栄啓伸：《谷崎潤一郎：資料と動向》，教育出版センター 1984 年版，第 5 頁。

郎文学开创的功绩。① 就这样，经过评论家们的评点，名不见经传的谷崎润一郎一跃成为了日本近代文坛备受关注的作家。随后，他又相继创作了《恶魔》（1912 年）、《情窦初开》（1913 年）、《金色之死》（1914 年）、《饶太郎》（1914 年）、《阿艳之死》（1915 年）、《异端者的悲哀》（1917 年）等作品。这些小说延续了《刺青》的创作主题，强调官能书写与情欲享乐的重要性，并以此作为衡量美的唯一标准。受其文艺思想的影响，郁达夫也大力主张文学创作的非功利性，反对将目的小说作为评论小说艺术的标准，提倡沉湎于疾病、死亡与性苦闷的描写，表达人生的迷茫与苦恼，彷徨与挣扎。1922 年，他在《茫茫夜发表以后》中认为："不过我以为艺术虽然离不了人生，但我们在创作的时候，总不该先把人生放在心里。艺术家在创造之后，他的艺术的影响及于人生，乃是间接地结果，并非作家在创作的时候，先把结果评量定了，然后再下笔。"② 1923 年，他在《艺术与国家》中认为："艺术所追求的是形式和精神上的美。我虽不同于唯美主义者那么持论的偏激，但我却承认美的追求是艺术的核心。"③ 同年，他又在《艺术鉴赏之偏爱价值》中认为："性欲和死，是人生的两大根本问题，所以以这两者为材料的作品，其偏爱价值比一般其它作品更大。"④ 1925 年，他在《诗论》中强调"美感的目的，就在美，除美以外，系别无作用的"⑤。郁达夫大力提倡文学创作的艺术性，反对文学创作的功利性，主张在死亡与性欲中体验和感悟人生，表现出了浓郁的官能色彩，具有较为典型的唯美主义特征。我们认为，郁达夫这种通过非常态下的生存描写来表达对美的追求以及对世俗的反抗的文艺思想与谷崎润一郎有着异曲同工之处。谷崎润一郎以一种悖于常理的手法让人物沉溺于女性的官能，以嗜虐或受虐的变态方式实现恶中求美，郁达夫以人物耽于病态的情欲和官能的享乐，以感伤、颓废的情感基调书写对艺术的执着，两者的文艺思想有着惊人的相似。郁达夫的小说经常会对女性的大腿、乳房、眼睛等一些特定部位进行描写，使之充满了官能色彩，通过对人物变

---

① ［日］永榮啓伸：《谷崎潤一郎：資料と動向》，教育出版センター 1984 年版，第 5 页。
② 吴秀明主编：《郁达夫全集》（第 10 卷·文论·上），浙江大学出版社 2007 年版，第 31 页。
③ 同上书，第 60 页。
④ 同上书，第 82 页。
⑤ 同上书，第 193 页。

态行为的描述使作品呈现出浓郁的颓废倾向。当然，两位作家之所以会推崇"为艺术而艺术"的文艺思想，与他们都是英国作家王尔德的崇拜者有着密切的关系。简要来说，谷崎润一郎不仅接受了王尔德的唯美主义文学思想影响，而且翻译过王尔德的戏剧《温德米尔夫人的扇子》。郁达夫不仅在中国现代文学史上率先介绍了王尔德唯美主义文学宣言——《杜莲格来》的序言，也曾翻译过王尔德的小说《道连·葛雷的画像》。因此，基于对王尔德文学思想的共同喜爱，谷崎润一郎与郁达夫形成文艺思想的共鸣就是情理之中的事情了。

其次，谷崎润一郎对文学形式的强调对郁达夫的文艺思想也产生了一定的影响。作为一位唯美派作家，谷崎润一郎非常注重艺术技巧对于文学创作的意义与价值。在《艺术一家谈》中，他通过对夏目漱石文学创作的批评高度强调了文学形式的重要性。他说："绝妙的艺术世界里，如果抛开思想深度等问题，总会以某种形式不经意中扣人心弦，有一种震撼人心的伟论。而且这种力量，比思想的力度以及理论的力度更加深切，更为直接地铭感肺腑，传递神韵。这正是艺术的难能可贵之处。"[①] 在这里，他所说的某种形式实质就是指文学的艺术技巧。在其看来，文学技巧自身就是艺术，离开技巧的艺术是完全不存在的。因此，"所谓的艺术上的技巧也好，形式也好，文体也好，是当美诞生时自然应当具备的肉身、肌肤、骨骼，虽然从根本上说，它们是细枝末节，但缺少它们，美将不复存在亦是不争的事实。"[②] 也就是说，文学技巧是表现美的重要途径。正是基于对文学技巧的高度重视，谷崎润一郎在其文学创作中通过精妙的文学技巧运用呈现了与众不同的文学特质，最终形成了以精美为主导的文学风格。受谷崎润一郎的影响，郁达夫也注重文学技巧的重要性，尤其对小说的技巧有着自己的理解和认识。他认为小说的艺术价值在于真和美，小说表现的技巧或者说形式也应该体现美的原则。在《小说论》里，他将小说的技巧分成为结构、人物和背景三个要素。在谈及结构时，郁达夫认为小说的结构属于平面的艺术，有效增强小说结构艺术力的方法是描写人物的三角关系，至于是采取倒叙还是顺叙这都没有关系，关键是要确保所叙述的事件有序展开和前后一致。在谈及人物时，郁达夫认为人物塑造成功

---

① ［日］谷崎潤一郎：《谷崎潤一郎全集》（第9卷），中央公論新社2017年版，第366页。
② 同上书，第369页。

与否关系作家小说创作的质量高低。在他看来，作家描写人物的方法可以灵活自由，不必拘泥于直接描写或间接描写，关键要能够塑造成功的人物形象。在谈及背景时，他认为小说背景与小说中的人物与事件一样重要，因为它具有补助两者的功能。虽然小说背景的构成途径具有多样性，但是关键要保持小说全篇的统一性，因为"背景的效用，是在使小说的根本观念，能够表现得真切，是在使主题增加力量，是在使书中的各人物，各就适当的地位。并非是专为卖弄才情，徒使一篇小说增添一点美观而已"①。在《论诗》中，郁达夫认为诗歌虽是内容与形式的结合体，但"诗的重要要素，系在外形上的抑扬、音数、押韵"②。为了说明诗歌韵律的重要性，郁达夫结合数首中西诗歌从这三个方面展开了详细的论述。他认为英语诗歌通过一抑一扬、交错成句和句联成节来构成诗歌的形式之美，中国诗歌则借助平仄押韵和工整对仗来形成诗歌的形式之美。在《戏剧论》中，郁达夫认为戏剧是各种艺术的综合体，能够同时接受各种艺术的滋补，而具有与众不同的艺术之美。他指出古希腊戏剧之所以会产生深远的艺术影响在于"形式的完整、着眼点的切要、文辞的华丽"③。郁达夫重视从形式美的角度来探讨小说、诗歌和戏剧的美学内涵，强调形式与技巧对于内容的作用。为了说明文学技巧的重要性，他还翻译了美国评论家托马斯·乌兹的《小说的技巧问题》，并将该译文刊登在《洪水》半月刊第三卷第二十七期上。

二 唯美艺术的模仿与实践

谷崎润一郎擅长将病态的官能书写代替世俗的情感描绘，从丑恶、颓废和诡诞中寻求美的存在，以变态的情欲、死亡和恐怖来展示和肯定丑恶的世界，从中宣扬文学艺术的超功利性。譬如，他的早期短篇小说《刺青》和《麒麟》就是代表之作。前者通过描写刺青女被刺之后妖艳的官能表现，以及刺青师清吉刺青过程中强烈的官能感受，表达"一切强者都是美，一切丑的都是弱者"的唯美观念。后者则通过大力书写南子夫人肉体之美，说明孔子所宣扬的儒家思想无法战胜女性之美所带来的官能

---

① 吴秀明主编：《郁达夫全集》（第10卷·文论·上），浙江大学出版社2007年版，第164页。
② 同上书，第185页。
③ 同上书，第224页。

享乐，对女性的崇拜就是对美的推崇。正是这种在病态官能书写中追求美、展示美和传达美，使得谷崎润一郎的早期小说呈现出了浓郁的颓废气息，其本人也被誉为是一位"恶魔"型作家。有趣的是，郁达夫也因其文学创作注重官能的书写和病态情欲的描写被誉为是中国现代文学史上最具颓废色彩的作家。譬如，《沉沦》中有窥看女性沐浴的描写，《秋柳》中有嫖妓的情节，《茫茫夜》中有同性恋的表现，《南迁》中有目睹性爱的片段，《银灰色的死》中有赤裸的官能书写，等等。那么，郁达夫文学所表现出来的颓废与谷崎文学的颓废有关联吗？换句话说，两者之间存在着影响与被影响的文学关系吗？对于这个文学现象，学界也有相关的探讨。"如果把郁达夫的小说与谷崎润一郎的小说作一番比较，我们就不难发现，这两位作家的创作在许多方面都存在着惊人的相似，特别是郁达夫小说对于颓废的变态行为的大胆而露骨的描写，简直就与谷崎润一郎如出一辙。"① 由此可见，谷崎润一郎重病态官能的书写对郁达夫文学创作确实产生了影响，致使其文学表现出了浓郁的颓废气息。那么，谷崎润一郎文学又是如何影响郁达夫小说创作的呢？现结合其具体作品展开论述。

第一，谷崎润一郎侧重女性身体部位的描写手法影响了郁达夫的文学创作。谷崎润一郎在文学创作中时常会通过白描人物身体的某个部位来呈现女性肉体的官能之美。《刺青》中的刺青师清吉为了找到能够寄予自己毕生心愿的女性，不惜花费五年的时光来等待意中人的出现，最后还不惜以催眠药水迷醉年轻的姑娘，趁睡熟之际给其文身，最终完成其夙愿。为了展示女子的肉体之美，谷崎润一郎从微观入手，用白描的手法特意对女子的脚部进行了精雕细琢。"那只脚从拇趾到小趾，纤细的五根趾头整齐地排列着。趾尖颜色的配合不亚于画中岛下海边拾起的贝壳色泽。圆嘟嘟的脚后跟如珍珠一样，其皮肤润泽令人怀疑是否是清冽的岩石间泉水源源不断地洗濯其足下。这样的脚才能不久被男人的鲜血养肥，才能踩在男人的躯体上。"② 在这里，谷崎润一郎以浓墨重彩的笔墨去特写女子的脚趾和脚后跟，其目的不仅仅要由此去表现女子的美，更要借此去突显女子的魅。美可以让清吉有赏心悦目之感，魅则可以让他感受到强大的气场，产生丰富的联想。因此，其笔下女子的脚趾、趾尖和脚后跟因其丰富的表现

---

① 刘久明：《郁达夫与外国文学》，华中科技大学出版社2001年版，第205页。
② ［日］谷崎潤一郎：《谷崎潤一郎全集》（第1卷），中央公論新社2015年版，第11頁。

力和形态美给清吉留下了深刻的印象，使其对她的憧憬瞬间变成了强烈的爱恋。与此同时，娇美的女子脚部在这里还蕴含着一股致命的力量，它可以通过踩踏男性的躯体来获取滋养的养料，它有如"美杜莎"的微笑，在神秘的美丽之中蕴藏着死亡的气息。由此，我们认为谷崎润一郎笔下的脚部特写不再是单纯的身体描写，而是融入了生命的激情与力量，使之在官能的书写之中呈现美的本质，使生命在强烈的官能刺激和死亡恐惧中被唤醒。这样一来，谷崎润一郎笔下的脚部特写既是美的承载者，也是恶的言说者，它以柔美的外表包裹着芳烈的恶魔味道，以女性肉体散发着强烈的甘美气息。除了对脚部进行特写之外，谷崎润一郎也时常关注女性的眼部。在《褴褛之光》中，谷崎润一郎为了刻画女乞丐的形象，重点描写了她的眼睛。"但惹人注目的，是她那凝视前方、视线总垂着的大眼睛，和鲜红得像在燃烧的小巧的嘴唇。那眸子像是进口的玻璃珠子，冰凉澄澈，没有热烈欢快的色彩，取而代之的是从事此种贱业的女子身上难以想见的崇高和天使般的辉映……尽管那眸子注视着格子门前的地面，但那已不是看待现世万物的眼睛，它适合的是仰望天穹、憧憬'永恒'之光。"① 这是作家笔下描写一位妓女的情景，妓女虽相貌丑陋，却拥有他人无法媲美的眼睛，这双晶莹明亮、楚楚动人、富有诗情画意的眼睛闪现着一种惊艳之美。这种美不仅不会因女子容貌的丑陋而招致遮蔽，相反还会在对比中呈现出别样的意味，使女子获得生存的意义与价值。因而，我们认为谷崎润一郎之所以会精心刻画女子的眼睛，其目的在于表达小说的主题，即丑陋的外表无法抑制和扼杀美的事物，艳美终究可以战胜丑陋，其貌不扬的女子因眼睛的美赢得了新生，富有了天使般的圣洁与崇高。这种具象的官能描写有效地将隐藏在丑陋之下的美传递了出来，构成了美的一种自我言说形式。总之，无论是脚部的特写，还是眼部的细描，谷崎润一郎通过对女性身体部位的描写既有效地展示了女性肉体的官能之美，又巧妙地传达了作者对美的理解。因此，这种注重女子身体部位的细描手法也就构成了谷崎润一郎小说的一个重要艺术特色。

受谷崎润一郎这种艺术手法的影响，郁达夫小说也比较重视对女性身体部位的描写。然而，与谷崎润一郎采用精雕细琢的细描手法去刻画女性

---

① ［日］谷崎潤一郎：《谷崎潤一郎全集》（第6卷），中央公論新社2015年版，第448—449頁。

的部位特征不同，郁达夫使用的是三言两语的白描方式去勾勒女性的部位特征。其中，特写女性的眼部是郁达夫小说里常见的一种描写方式。在《银灰色的死》中，作者用简洁的文字特写了日本女子静儿的眼睛。"她那一双同秋水似的眼睛，同白色人种似的高鼻，不识是什么理由，使得见她一面的人，总忘她不了。"① 在《南迁》里，作者用简练的语言刻画了旅馆主人的女儿 M 的眼睛。"一双眼睛活得很，也大得很。"② 在《迷羊》中，作者用简短的语言描述了京剧女伶谢月英的眼睛。"那一双迷人的眼睛，时时往台下横扫的眼睛，实在有使这一班游荡少年惊魂失魄的力量。"③ 在《蜃楼》里，作者用简明的文字描绘了美国少女冶妮贝葛曼的眼睛。"那一双瞳神蓝得像海洋似的大眼。"④ 从这些女性眼部的描写内容来看，郁达夫虽然没有如谷崎润一郎那样使用精细的语言对其精雕细镂，但是这些简练的语言也同样能够形象地展现女性眼睛的特质。"秋水""活""大""迷人""神蓝""海洋"等这些简练的语言淋漓尽致地再现了这群女性的魅力。她们妖艳、富有激情；放浪，具有朝力。她们所散发出来的青春气息和生命活力让男主人们纷纷为之倾倒、痴迷和沉沦，流露出浓郁的感伤与颓废情绪，体现了郁达夫小说的唯美倾向。此外，郁达夫也时常会用一些富有感官性的词语去修饰女性的身体部位，从而产生强烈的官能色彩。譬如，《沉沦》里，作者用"雪白""纤嫩""肥白"等词语分别形容乳房、手臂和大腿。《秋河》里，作者用"肥白""娇倦""柔嫩"等词语来描绘女子的双臂、脸蛋和脚肚。《她是一个弱女子》里，作者用"红润""黑漆""高整"等词语来修饰郑秀岳的嘴唇、眼睛和鼻梁。《蜃楼》里，作者用"红润""嫩红""肉乳"等词语来描摹冶妮·贝葛曼的嘴唇、腋下和乳房。在这里，郁达夫虽然没有像谷崎润一郎那样对女性的身体部位展开浓墨重彩的刻画，但是这些充满官能色彩的词语形象生动地表现了女性的肉体之美，她们洋溢着青春生机与活力的肉体能够给人以强烈的感官刺激，产生令人神往的性爱幻想，大大增强了作品的官

---

① 吴秀明主编：《郁达夫全集》（第 1 卷·小说·上），浙江大学出版社 2007 年版，第 30 页。
② 同上书，第 118 页。
③ 吴秀明主编：《郁达夫全集》（第 2 卷·小说·下），浙江大学出版社 2007 年版，第 55 页。
④ 同上书，第 223 页。

能性与颓废感。

  第二，谷崎润一郎偏重变态行为的描写手法影响了郁达夫的文学创作。谷崎润一郎文学因充斥着大量的变态行为描写而散发出甘美与芬芳的恶魔气息，借助对变态行为的书写，描述了人性深处的丑恶角落，建构了一个全新的小说世界，以恶魔的姿态展现了人性的丑陋，揭示了变态行为背后所隐匿的心理活动和深层内涵。他的《恶魔》《富美子的脚》《春琴抄》《饶太郎》等一系列作品因描写了主人公的变态行为，表现了人物对世俗道德的叛逆、对女性官能的推崇、对肉体之美的沉迷以及对恶魔之美的追求，呈现出较为浓郁的颓废色彩。在《恶魔》里，作者讲述了主人公佐伯暗恋表妹照子的故事。可是受世俗伦理的限制与约束，佐伯对照子的暗恋逐渐演变成为一种变态的行为。为了能够切实感受到照子身上所散发出来浓郁的官能气味，佐伯偷舔起了照子落下的一块她曾经感冒时擦拭鼻涕的手帕。"这块被清鼻涕湿透变凉的丝布，被他夹在两掌之间滑溜溜的摩擦了一会儿，又在他的脸颊上贴了一会儿，最后，他紧皱眉头，像狗一样伸出舌头舔了起来。"① 在这里，作者没有对佐伯的变态行为进行大量的细节描写，而是用"夹""擦""舔"等几个动词展开简要的叙述。可是，正是这几个动词的连用形象生动地向读者展现了佐伯的变态行为，他的这种令人生厌、作呕的变态行为不仅说明其对照子的暗恋陷入了不可自拔的泥潭，走进了畸形变态的情感误区，而且还揭示人物在特定情境中的潜在意识和病态心理。在《富美子的脚》中，作者讲述了年逾花甲的塚越老人如何嗜爱其妾富美子之脚的故事。与"我"偏爱富美子之脚不同的是，老人对富美子之脚的恋慕到了"走火入魔"的程度。他可以放弃自己的人格与尊严，像狗一样伏在她的脚旁，尽情欣赏和把玩她的美足。为了获取她的脚印，使之成为自己墓碑上的拓印，老人不惜大费周章，购买最贵的墨汁和纸张，让富美子蘸着墨汁踩在自己的身体上面。弥留之际，老人还念念不忘富美子的美足，一边恳请她能够用脚指头夹着棉花，蘸米汤喂到他的嘴里，一边不让她将脚从自己的额头上挪开。"富美啊，拜托你用脚在我的额头上踩一会儿，好吗？如果你肯这么做，我即使就这样死去也没有遗憾。""啊，我已经不行了……我马上就要咽下最后

---

  ① ［日］谷崎潤一郎：《谷崎潤一郎全集》（第1卷），中央公論新社2015年版，第334—335頁。

一口气了……富美，富美，把脚放上来直到我死去，我要在你的脚下死去……"① 这是赤裸裸的变态行为的告白！言语之中充分说明了老人对女性官能美的极度沉湎和崇拜。为此，老人可以甘心情愿地为之付出包括人格、钱财、地位在内的一切世俗之物，并用一连串非常态的受虐行为来践行和捍卫自己对美的绝对信仰。最后，老人在富美子的脚下安详地离开人世，因为他从那里看见了从天而降的祥云正迎接自己的灵魂。在《春琴抄》中，主人公佐助为了保留心目中春琴的美貌，竟然选择用针刺瞎自己的双眼。"佐助从女仆房间中偷偷取来女人用的梳妆镜与缝衣针，端坐于卧铺之上，对着镜子，将缝衣针刺入自己眼中。"② 在这里，佐助以刺瞎双眼的自虐途径来保留春琴的美丽，这是对偏至之美的执着追求，也是一种不合常情与常理的变态行为。当然这种自残的变态行为蕴含了深刻的思想。这便是佐助刺瞎双眼保持美的最佳途径，符合谷崎润一郎所提出的美不是精神和思想的传达，而是幻想的与官能的享受。当感受美的生理器官遭到破坏后，美就只能在想象的幻觉世界里获得实现。因此，佐助刺瞎双眼的行为虽然是变态的，却是对谷崎润一郎耽美观念的最佳诠释。在《饶太郎》里，主人公饶太郎就是一个典型的变态者。为了在受虐中获得快感和享乐，他甚至要求对方用暴力的方式来虐待自己。"请让我很吃点苦头。踢也好，摔也好，绑起来也好随你的便，请尽可能地把我折磨得死去活来。"③ 饶太郎这种以受虐为乐的变态行为再次说明谷崎润一郎文学充满了荒诞与怪异。这种在变态的行径中体验生理快感与官能享乐的书写形式也构成了谷崎润一郎文学恶中求美思想的重要表现。

　　受谷崎润一郎的影响，郁达夫小说也比较重视对人物变态行为的描写。郁达夫认为文学艺术不仅是人生苦闷的表现，更是纯粹的个体生命的表现。在他看来，"五四运动的最大的成功，第一要算'个人'的发现。从前的人，是为君而存在，为道而存在，为父母而存在的，现在的人才晓得为自我而存在了"④。为此，郁达夫在小说创作中表现出与谷崎润一郎文学相似的变态行为描写。对此，孙德高认为他们的小说都充斥了大量的

---

① ［日］谷崎润一郎：《谷崎润一郎全集》（第6卷），中央公论新社2015年版，第265页。
② ［日］谷崎润一郎：《谷崎润一郎全集》（第17卷），中央公论新社2015年版，第101页。
③ ［日］谷崎润一郎：《谷崎润一郎全集》（第2卷），中央公论新社2016年版，第355页。
④ 蔡元培等：《中国新文学大系导论集》，上海书店1982年版，第205页。

变态性描写。"两人都通过性冲动来表现他们各自的追求和情感,这种性在他们的笔下往往不是人的正常的生理本能,而是变态的,带有很浓的感官刺激的味道。"① 事实也确实如此。我们从郁达夫的小说里可以比较容易地寻找到与谷崎润一郎文学相似的人物变态行为的描写。如《过去》中主人公"我"李白时因迷恋老二,对其打骂和戏弄不但不心生怨恨,反而还以此为荣,借此为乐。"不过说也奇怪,她象这样的玩弄我,轻视我,我当时不但没有恨她的心思,并且还时以为荣耀,快乐。"② 因而,与她打麻将时,为了享受她施暴所带来的快乐,"我"会"故意地违反她的命令,要她来打,或用了她那一只尖长的皮鞋脚来踢我的腰部。若打得不够踢得不够,我就故意的说:'不痛!不够!再踢一下!再打一下!'"③ 她的两个姐姐出面阻止她的暴行时,"我"甚至"反而要很诚恳的央告她们,不要出来干涉"④。给她穿皮鞋时,为了再次体验老二的拳打脚踢,"我"会"很正经地对她说:'踢两脚吧!踢得宽一点,或者可以好些!'"说到她的双脚时,"我"更是会心生奇境,幻想"碗里盛着的,是她那双嫩脚,那么我这样的在这里咀咽,她必要感到一种奇怪的痒痛。"⑤ 主人公李白时这些变态的行为在郁达夫笔下竟然如此赤裸裸地表现了出来,没有任何的遮掩和修饰,一切都那么的坦然和直接。这种赤裸裸的表现手法既可以生动形象地塑造人物,又可以有效揭示作品的主题。人物变态的行为充分说明"我"是一个典型的受虐型人物,喜欢从女性的施虐中获取生理快感和官能享受,以此表现"我"的内心世界。在这里,郁达夫将人物变态的行为毫无掩饰地描写出来,并对其变态刺激与官能享乐进行了一定的美化,这种艺术表现形式与谷崎润一郎文学存在着较大的相通之处。此外,《茫茫夜》中的主人公于质夫也是如此。小说描写了他的一系列变态行为。其中,最典型的是描写他骗取女性使用过的手帕和针之后回到学校宿舍的行为。首先是,"幽幽的回到房里,闩上了房门,他马上把骗来的那两件宝物掩在自家的口鼻上,深深地闻了一回香气。"然后是,

---

① 孙德高:《论郁达夫与谷崎润一郎的小说创作》,《烟台大学学报》1995 年第 3 期。
② 吴秀明主编:《郁达夫全集》(第 1 卷·小说·下),浙江大学出版社 2007 年版,第 6 页。
③ 同上书,第 7 页。
④ 同上。
⑤ 同上。

"取了镜子,把他自家的痴态看了一忽。"接着是,"他就狠命的把针子向颊上刺了一针。"最后是,"他用那手帕揩了之后,看见镜子里的面上又滚了一颗圆润的血珠出来。对着了镜子里的面上的血珠,看看手帕上的腥红的血迹,闻闻那旧手帕和针子的香味,想想那手帕的主人公的态度,他觉得一种快感,把他的全身都浸遍了。"① 在这里,郁达夫对于质夫的变态行为进行了赤裸的描写,淋漓尽致地表现了人物的官能体验与心理感受,把可怕的恶与庄重的美有机地结合在一起,通过对人性露骨的刻画来呈现作者恶中求美的艺术诉求,彰显个体生命与自由意志的难能可贵。这种唯裸唯露的艺术表现形式与谷崎润一郎文学有着惊人的相似,以至于有学者认为,"郁达夫带血的手帕与谷崎润一郎带鼻涕的手帕,郁达夫的闻和谷崎润一郎的舔,真是如出一辙。"② 由此可见,郁达夫的小说在注重描写人物的变态行为上接受了谷崎润一郎文学的影响,通过赤裸地再现人物的变态行为来表现青年知识分子在理想与现实、物质与精神的矛盾中不知所措的生存苦闷,以及由此导致的颓废精神。这种变态行为的描写是一种官能肉欲的自我呈现,表现了人物在病态与诡异之中享受其产生的虚幻之美。因此,郁达夫小说受谷崎润一郎文学的影响,在灵肉之苦中侧重于人物变态行为的描写,塑造了一系列病态的主人公形象。他们为了逃避现实与人生的苦闷,一味地追求女性肉欲的享乐,以非常态的变态行为满足生理与心理的欲望需求,寻求精神的慰藉,最终在实现个体生命意志的同时,也将自己推向了精神的幻想之中不能自拔,形成了作品感伤、忧郁、病态和颓废的情感基调。

第三,谷崎润一郎注重妖冶型女性的刻画手法也影响了郁达夫的文学创作。一般来说,谷崎润一郎笔下的女性形象大致有两种类型,一类是风情万种的妖冶型,一类是贤淑温婉的端庄型。前者往往具有香艳的肉体,艳丽的容貌,但又具有恶魔的特性。如《刺青》中的刺青女,《麒麟》中的南子夫人,《褴褛之光》中的女乞丐,《富美子的脚》中的富美子,《西湖之月》中的中国女子,《痴人之爱》中的娜奥密,等等。后者往往具有清纯的外表,多以母亲形象出现,富有精神的永恒性。如从《异端者的

---

① 吴秀明主编:《郁达夫全集》(第1卷·小说·上),浙江大学出版社2007年版,第157页。

② 王向远:《中日现代文学比较论》,湖南教育出版社1998年版,第83页。

悲哀》到《恋母记》，从《吉野葛》到《芦刈》，从《少将滋干之母》到《梦中的浮桥》，谷崎润一郎都塑造了清纯优美的母亲形象，表达了浓郁的恋母情结。虽然这两类女性品性相异，但是都具有娇美的容貌，尤其是妖冶型女性，更是体现了谷崎润一郎文学对女性的跪拜思想。我们认为谷崎润一郎文学中所塑造的妖冶型女性形象通常都属于"莎乐美"式的人物，不仅具有能够令男性神魂颠倒、魂不守舍的香艳肉体，而且还拥有能够让男性为之倾倒的走向病态、颓废乃至死亡的魔力。譬如，《麒麟》中的南子夫人就是如此。在谷崎润一郎笔下，她之所以敢于对抗代表伦理道德的孔子，就在于她拥有能够让卫灵公无法抗拒的诱惑力。这种诱惑力源于她的妖艳以及所蕴含的制服力。正如小说所描述的那样，"那是南子夫人口中所含舌香，以及时常挂在衣服上的西域香料、玫瑰油的味道。由美少妇的身体所发出的香气的魔力，将其锐爪无情地摄入到了卫灵公的心里。"① 这种充斥着女性肉欲色彩的描写向读者充分展示了南子夫人秀色可餐的官能之美。也正是这种官能之美产生了让卫灵公无法抵挡的魔力，使他在面对眼前充满着妖艳肉感的南子夫人时，束手就擒，弃家舍国，心甘情愿地充当她的俘虏和奴隶，毫无尊严地苟活于世上。"迄今为止，我就像一个奴隶伺候主人那样，像人崇拜神那样，爱着你。奉献我的国家，奉献我的财富，奉献我的臣子，奉献我的生命——以此换取你的快乐，是我唯一的工作。"② 南子夫人这位妖冶型女性的刻画有效地呈现了谷崎润一郎文学耽美—颓废的色彩和浓郁的女性跪拜观念。除此之外，《痴人之爱》中的娜奥密也属于典型的妖冶型女性。小说中的娜奥密过着一种颓废放纵的生活，甚至不惜依靠美色成为社交界的交际花。然而即便如此，她的丈夫河合让治依然无法离开她，究其根源在于妻子身上拥有一种让他欲罢不能的肉体之美。这种充盈着官能色彩的肉体之美散发着令让治无法抵御的魅力，它深深地吸引着让治，如魔咒般缠绕着，使他深陷情感的泥潭而无法自拔，最终甘心情愿地成为她的附属品。因而，当他发现娜奥密数次欺骗他后，恼羞成怒的让治试图将她赶出家门，可是，就当娜奥密与之怒目相视时，他却从中发现了妻子万般迷人的美。"这一瞬间，我发现娜奥密确实是花容月貌。我知道女人的脸蛋是男人越恨越发漂亮。"当娜

---

① ［日］谷崎潤一郎：《谷崎潤一郎全集》（第1卷），中央公論新社2015年版，第26頁。
② 同上书，第27頁。

奥密选择离家出走后，让治不仅不为此感到满意，反而还因为自己的愤怒而后悔不已。"我还从来没有见过她洋溢着如此妖艳娇媚的表情，这无疑是'邪恶的化身'，同时也是她的肉体与灵魂所具有的全部的美在情绪最高潮的形式里表现出来的形态……为什么当时自己没有跪倒在她脚下呢？"[①] 生性妖冶的娜奥密如同《麒麟》中的南子夫人拥有与众不同的女性魅力，这种魅力可以让其身旁的男子为之痴迷不悟，一生痴情，甚至冥顽不灵，就如让治一样，为了追忆与娜奥密的往昔生活，他做出了令人匪夷所思的荒诞行为，他把她的旧衣服放在自己背上，把她的袜子套在手中，然后在地上来回地爬行。就这样，一个妖冶女性的形象跃然于纸上。

事实上，郁达夫小说里也有不少刻画妖冶型的女性人物。《南迁》中的日本女子M、《迷羊》中的谢月英、《出奔》中的董婉珍、《她是一个弱女子》中的郑秀岳、《过去》中的老二、《蜃楼》中的少女冶妮·贝葛曼等都带有妖妇的特点。这些女性不仅有着较为妖艳的外表，充满了性的挑逗意味，而且还有着强烈的生命欲望，表现出浓郁的感官刺激。譬如，小说《南迁》中M就是如此。"M的半开半闭的眼睛，散在枕上的她的头发，她的嘴唇和舌尖，她的那一种粉和汗的混和的香气，下体的颤动"[②]，这段文字描写充分展现了M的妖艳与妩媚，体现了妖冶型女性的特质。"半闭的眼睛""散乱的头发""混合的香气"以及"颤动的下体"，这些充斥着火辣、性感的字眼无疑会给读者带来一场别开生面的视觉盛宴。在这里，郁达夫大胆赤裸地描写了M的性爱场面，以富有官能刺激性的文字再现了M肉体的香艳。这种近乎露骨的官能描写将M唯肉的沉湎与唯美的狂热合二为一，她的个性解放与自由意志被转换成了形而下的官能表现，唯美的生活追求转变为了醉生梦死的肉欲享乐。可以说，M通过赤裸裸的性爱彰显了她的个性觉醒意识，却又走进了肉体享乐的漩涡之中，最终陷入了沉沦与堕落，颓废与苦闷的人生沼泽。因而，我们认为郁达夫在此是以美的名义来描写赤裸的性爱场面，以此刻画一位妖冶型的女性，使小说呈现了"唯美—颓废"的特质，但是这种放荡的肉欲描写也使小

[①] ［日］谷崎潤一郎：《谷崎潤一郎全集》（第11卷），中央公論新社2015年版，第393页。

[②] 吴秀明主编：《郁达夫全集》（第1卷·小说·上），浙江大学出版社2007年版，第122页。

说因饱含了浓郁的官能色彩而饱受了评论者们的诟病和批评。此外,《屦楼》中的美国少女冶妮·贝葛曼也是一位典型的妖冶型女性。首先,在作者笔下,她是一位风情万种、妩媚性感、娇艳十足的妙龄少女。她年芳"二十一岁",有着"不长不短的肥艳上身",有着"处处都密生着由野外运动与自由教育而得来的结实的肌肉",有着"一双眼神蓝得像海洋似的大眼",有着"两条线纹弯曲得很的红润的樱唇"。她身着能够将"全身的曲线透露得无微不至的欧罗巴的女装",头戴"银丝夏帽",举手整发时,"在嫩红的腋下与肉乳的峰旁"可见"几缕浅软的金毛"。① 在这番细腻的外貌描写中,作者使用了"肥艳""结实""红润""曲线""嫩红"以及"浅软"等词语来形容贝葛曼的外貌特质,可谓生动形象,绘形传神。这些词语充溢着强烈感官刺激,富有香艳声色的视觉效果,淋漓尽致地呈现了贝葛曼的妖娆、柔媚和狂野。其次,这位妖冶的女子身上还散发着强大的声色诱惑力,如磁场一般深深地吸引着男人们,为之倾倒,为之痴迷。"在他的心里真恨不得把这一个在前面蠕动,正满含着烂熟的青春的肉体,生生地吞下肚去。冶妮似乎也自觉到了她在月光下的自己的裸体的魔力了,回头来向他微微地一笑又很妖媚地点了点头。这一刹那贯流在逸群的血脉里的冷静的血液都被她煽热了,同醉汉似地跟跄向前冲了几步,当他还没有立定的时候,一个柔软得同无骨动物似的微温的肉体就倒进了他的怀里。冶妮向后一靠。她的肥突的后部便紧贴上了他的腹下,一阵浓褒得难耐的奥虎(上内下比)贡特制的香味红蒙地喷进了他的鼻孔,麻醉了他的神志。"② 这是小说描写陈逸群与贝葛曼跳舞的场景。在这里,郁达夫再次大胆地描绘了贝葛曼的肉体之美,体现了她的妖冶特质。"烂熟的青春肉体""裸体的魔力""妖媚的微笑""微温的肉体""肥突的后部"以及"香味红蒙的体味"构成了一幅秀色可餐的人体盛宴。也正是这种充满声色刺激的视觉盛宴让在回国途中的陈逸群万般迷恋,想入非非,情不自禁地深陷于感官享乐的狂热中不能自拔。可以说,他对贝葛曼声色之美的无限崇拜与痴迷与谷崎润一郎笔下的卫灵公、河合让治有着相似之处。他们都因迷恋妖冶女性的肉体之美,而纵情于声色的

---

① 吴秀明主编:《郁达夫全集》(第 2 卷·小说·下),浙江大学出版社 2007 年版,第 259 页。
② 同上书,第 261 页。

唯美狂欢，他们将女性的肉体作为追求的对象，不顾一切地沉湎在感官的刺激与肉欲的享乐之中，大胆地表现出色的激情和肉的幻想。因此，郁达夫通过对妖冶女性的塑造表达了对女性肉体之美的礼赞和崇拜以及对世俗伦理道德的叛逆，其描写与谷崎润一郎文学有着异曲同工的地方，在一定程度上具有了谷崎润一郎文学的神韵。

三　在变异中探索

受接受语境的影响与制约，任何作家在接受外来作家的影响时都不是被动地接受，而是主动对接受对象进行大量的改造、转变和变异。因而，他们在接受外来作家的时候只会采取扬弃的方法，从中吸取和借鉴自己想要的文学养料，这就势必会形成文学接受过程中的变异现象。虽然谷崎润一郎对于女性身体部位的特写、对于变态行为的描写以及妖冶型女性的刻画都在一定程度上对郁达夫的文学创作产生了较大的影响，然而，我们也要看到这种文学影响是有限的，局部的，也是有前提条件的。换而言之，郁达夫是在变异中接受谷崎润一郎的文学影响。

郁达夫虽然在"非功利""形式"以及"自我表现"等文学观念方面与谷崎润一郎有着相近的地方，但是他却不同意谷崎润一郎的偏激论断。谷崎润一郎为了强调文学创作的非功利性，实现"为艺术而艺术"的唯美主义观念，不惜彻底地将美与伦理道德进行人为的割裂，以注重女性官能、人物变态行为和性爱场面的突出描写，在邪恶中表现美，在官能中展示美，在颓废中实施美。这种为捍卫文学艺术性而不顾文学思想性的偏执主张受到了郁达夫的质疑和反对。

第一，在文学艺术与现实生活的关系上，郁达夫的文艺思想不同于谷崎润一郎。谷崎润一郎反对文学艺术对现实生活的模仿，提出"艺术第一，生活第二"，其文学对美的书写实质并不是对现实生活的真实反映与揭示，而是依靠文学想象编织成的美丽谎言，是耽于幻想的结果。与之不同的是，郁达夫则明确认为文学的真谛在于真实，而且越真实的也越美丽，越善良。因此，文学在郁达夫这里是真善美的结合体，而非谷崎润一郎为偏执于耽美文学人为地排斥真与善，消除文学的教育功能和认知功能。

在《再来谈一次创作经验》中，郁达夫认为："虚伪的、空幻而不符实际的事情，我觉得不是作家所应写的。"① 需要引我们注意的是，郁达夫在这里所提出的反对虚伪、空幻和不符事情就是强调作家应该以创作的真实性为根基，强调追求真实和反映真实才是作家的职责和使命。因此，他对英国纯文学杂志《规范季刊》和《默叩利》相继停刊现象给出了自己的评价。他认为："文艺假使过于独善，不与大众及现实政治发生关系的时候，则象牙之塔，终于会变成古墓。"② 郁达夫反对以纯文学的思想来办理刊物，文学作品应该与现实生活息息相关，反映和揭示现实的真实是作家应尽的责任。在《艺术与国家》中，他直言不讳地指出："艺术的价值，完全在一真字上，是古今中外一例通称的。"③ 郁达夫所说的真包括两个层面的内容，一是反映外部世界社会现实的客观真实，二是反映创作主体内心体验与感受的真实。正是基于这种对真的认识，所以他的小说具有浓厚的写实性。无论是《沉沦》，还是《茫茫夜》，无论是《迟桂花》，还是《春风沉醉的晚上》，这些作品不仅充分地再现了特定的时代风貌与社会现实，而且还展示了中国现代知识分子的心路历程，揭示了他们在灵与肉的纠葛与冲突中所产生的精神危机。郁达夫笔下的知识分子时常会因情欲而表现出非常态行为与心理，其实质是借助人物这种变态、颓废的行为与心理去揭示现代人的人生痛楚和病态丑陋的社会现实，充分体现了他求真的文艺精神。可以说真实是郁达夫小说的精髓所在。为了表现真实，郁达夫另辟蹊径，以人性的丑恶为书写对象，对人物因情欲而苦闷，因生活而彷徨，因现实而绝望的行为与心理进行了细致入微的刻画，给读者真实再现了青春与个体、时代与民族的深沉苦闷，所以对真实的追求体现了郁达夫文学的一种美学精神，表现了作者浓厚的人文精神。

第二，在文学艺术与伦理道德的关系上，郁达夫的文艺思想不同于谷崎润一郎。前文说过，谷崎润一郎认为文学的艺术不是精神的东西，因为思想之中不存在美的事物，文学艺术为了表现官能的美感，必须排除审美判断和伦理道德。其笔下的人物为了追求官能的享受和快感，不顾伦理道德的约束，以各种变态的行为来呈现病态的心理，以各种偏执的行径表达

---

① 吴秀明主编：《郁达夫全集》（第11卷·文论·下），浙江大学出版社2007年版，第52页。
② 同上书，第369页。
③ 吴秀明主编：《郁达夫全集》（第10卷·文论·上），浙江大学出版社2007年版，第58页。

恶魔的心态，充分反映了一个唯美主义者对"恶"的绝对追求。在这点上，郁达夫明显区别于谷崎润一郎。在《文艺与道德》中，郁达夫开宗明义地指出："近世唯美派的主张，那么，以罪恶之花为文学的美，也有不当的地方。"① 他认为文学应该具有伦理内容，而文学内容的伦理价值在于"暴露社会的罪恶，指出人性的弱点，拥护大多数人的利益，暗示将来的去路等等，都是有社会道德的价值的事情。"② 由是观之，郁达夫受谷崎润一郎唯美主义思想影响是有限度的，他并没有如谷崎润一郎那样排斥文学应有的伦理与道德意义。虽然郁达夫的小说也会露骨地描写人物的官能感受，流露出较为强烈的颓废伤感的倾向，但是这种人物肉欲的官能表现并没有排除和消解它的伦理与道德意义。郁达夫通过对青年知识分子生存状态的关注与写照，在官能描写与变态行为中真实地再现了当时青年人普遍存在的生存苦闷与内心焦虑，体现了作者对黑暗现实社会的针砭、批判与抗议精神。因此，郁达夫笔下的人物也就很难像谷崎润一郎文学的人物那样，超脱于现实社会的伦理与道德去追求纯粹的官能享乐，而是要背负着沉重的伦理与道德的十字架，在情欲与道德、官能与伦理、灵与肉的纠葛与博弈中呈现作品所蕴含的深刻思想。正如郁达夫在《从兽性中发掘人性》中指出："淮尔特说，从丑恶中发现出美来，是艺术家的职分；所以，我也说，从兽性中发掘人性，也是温柔敦厚的诗人之旨。"③ 事实上，郁达夫的小说基本上都遵循和体现了这条从兽性中发掘人性的创作宗旨。小说《沉沦》就是典型代表。

这部小说成功地塑造了中国现代文学历史上第一个"零余者"形象。主人公"他"是一位在日留学的知识青年，受国弱民贫的时代环境影响，在异国他乡的"他"不仅有着生理上的苦闷，还会时常受到他人的轻视与嘲笑，生性敏感的"他"因此产生了浓郁的生存困惑。为了排遣这种令其窒息的生存痛苦与困窘，"他"试图从女性那里寻找精神的慰藉。然而，当"他"面对异性时，又会表现出异常的自卑和胆怯，并事后因此进行强烈的自我谴责。小说里面讲述"他"一次在放学回旅馆的路上偶遇两位身着红色衣服的女生故事就是典型。与"他"同行的三个日本同

---

① 吴秀明主编：《郁达夫全集》（第11卷·文论·下），浙江大学出版社2007年版，第67页。
② 同上书，第68页。
③ 同上书，第374页。

学与擦肩而过的两位女生都说了话,唯独"他"因胆小害羞没有。可是,"他"一回到宿舍就将书包狠狠地往席上一甩,然而对自己进行了一番强烈的自嘲与自骂。

"你这卑怯者!"
"你既然怕羞,何以又要后悔?"
"既要后悔,何以当时你又没有那样的胆量?不同她们去讲一句话。"
"Oh, coward, coward!"①

一番自我谴责后,"他"忽然想起那两个女生的眼波带有藐视自己的意思时,心情也由之前的欢喜斗转为愤恨。"唉!唉!她们已经知道了,已经知道我是支那人了,否则她们何以不来看我一眼呢!复仇复仇,我总要复他们的仇。"② 于是,拿出日记本记下了自己此事的体验与感受。"我何苦要到日本来,我何苦要求学问。既然到了日本,那自然不得不被他们日本人轻侮的。中国呀中国!你怎么不富强起来,我不能再隐忍过去了。"③ 主人公此时此刻对日本女性的爱恨情仇真实地流露了当时青年知识分子们普遍存在的生存苦闷与精神焦虑。作者在此将人物的欲望受挫与呼吁国富民强相结合,表现了浓郁的伦理道德意识,是从人物的兽性中发掘其人性的重要体现。由于正常的途径无法消解主人公的身心苦闷,于是"他"只好通过偷窥房东女儿的沐浴、偷听男女野合的私密情话等这些变态方式去满足内心的强烈欲望。然而,每当这些事情发生之后,"他"又无法摆脱来自内心深处强烈的道德谴责与伦理教诲。最后,即便"他"选择以跳海的方式结束自己的生命时,也不忘在临死之前说出自己的心声。"祖国呀祖国!我的死是你害我的!你快富起来!强起来罢!你还有许多儿女在那里受苦呢!"④ 因此,郁达夫笔下的"零余者"既会因生理的欲求与人生希望无法实现而沉湎于官能的自我陶醉,也会因身处异国他乡和弱国子民表现出浓郁的颓废感伤情绪,身体与灵魂的病痛相互交织让

---

① 吴秀明主编:《郁达夫全集》(第1卷·小说·上),浙江大学出版社2007年版,第46页。
② 同上。
③ 同上。
④ 同上书,第75页。

其备受折磨，自我觉醒与国家意识使之成为富有时代气息与伦理警示的病患者。德国学者顾彬认为郁达夫笔下的人物属于现代人的"忧郁病"，表现的是"现代人的揽镜自照和孤狂症"和"那个时代的内心危机"，因而不能对郁达夫小说作"民族性的阐释"①。我们认为顾彬的观点对解读郁达夫小说无疑具有重要的启示作用，但是否认对其文学进行民族性的解读，从某种程度上说就是忽视了小说的道德伦理思想。这是值得商榷的，因为郁达夫小说所塑造的"零余者"形象不仅仅表现了现代知识青年的个性觉醒、生存困境以及焦虑身心，呈现现代人的忧郁与苦闷，而且在深层次上以这种现代人的忧郁病来暴露和反抗现实社会的黑暗与腐朽，是"对于深藏在千年万年的背甲里面的士大夫的虚伪，完全是一种暴风雨似的闪击"②，显示了小说深刻的道德意义与伦理价值。

第三，在文学内容与文学形式的关系上，郁达夫的文艺思想不同于谷崎润一郎。相对于文学内容来说，谷崎润一郎更加注重文学形象的独立价值，其文学也以精巧的题材艺术、精致的叙事艺术、精细的心理描写艺术和精湛的语言艺术，呈现出以精美为主导的艺术风格。这种独特的艺术风格不仅展示谷崎润一郎文学与众不同的艺术魅力，而且还奠定了谷崎润一郎在日本现代文坛举足轻重的地位。与之不同的是，郁达夫虽然也重视文学形式，但是他并不同意把文学形式独立于文学内容。在他看来，文学形式应该与文学内容有机结合，共同作用。正如"美与情感，对于艺术，犹如灵魂肉体，互相表里，缺一不可。"③ 在这里，美就是指代文学形式，情感则是指代文学内容。郁达夫小说的美主要表现在以饱孕感情的文字来抒写人物的内心世界，以轻情节而重情绪的叙述方式展示人物的生存现状，形成了强烈的自传色彩、感伤的抒情模式、散文化的结构以及清新流利的文笔这种自我写真的抒情小说特色。与此同时，郁达夫并没有一味地致力于小说的形式美，而是强调要用合理的文学形式去承载相应的文学内容。所以"小说在艺术上的价值，可以以真和美的两条件来决定。若一本小说写得真，写得美，那这小说的目的就达到了。"④ 在他看来，小说

---

① [德]顾彬：《二十世纪中国文学》，范劲等译，华东师范大学出版社2008年版，第55—57页。
② 郭沫若：《郭沫若文集》（第12卷），人民文学出版社1959年版，第547页。
③ 吴秀明主编：《郁达夫全集》（第10卷·文论·上），浙江大学出版社2007年版，第60页。
④ 同上书，第145页。

的艺术价值是由内容与形式两个要素共同决定和作用的结果，文学内容与文学形式是相辅相成的辩证关系。文学内容需要借助文学形式来呈现和传达，文学形式受制于文学内容的影响。郁达夫认为，文学作品是文学内容与文学形式的有机统一体，虽然精巧的文学形式可以增强作品的艺术性，但是不能像谷崎润一郎那样为形式而形式，提倡形式主义至上论，过于强调文学形式的独立性，而忽视文学形式应该服务于文学内容。在这点上，郁达夫之所以会有别于谷崎润一郎的文艺思想，或许与他从事德语学习有关。熟练的德语使得郁达夫有机会去阅读大量的德国文献，还从事了相应的翻译工作，他与胡适就翻译的论争充分体现了他的德文水平。此外，郁达夫还专门写过评论文章《Max Stirner 的生涯及其哲学》特意向国内介绍马克思·施蒂纳的哲学思想。此人在哥尼斯堡大学就读时听过黑格尔讲授的课程，深受影响，成为青年黑格尔派的中坚。郁达夫对美与艺术的关系以及文学形式与文学内容关系的阐述受到黑格尔的美学影响也就是情理之中的事情。众所知周，黑格尔认为文学内容与文学形式的关系是辩证的，一定的文学内容决定一种适合于它的文学形式，文学形式可以作用于文学内容，人类艺术发展史就是文学内容与文学形式辩证关系的表现。郁达夫对尼采、黑格尔、施蒂纳等德国思想家在中国现代文坛的推介，不可避免地也会受到潜移默化的熏陶与影响，也正是这种影响使其在文学内容与文学形式的关系理解中有别于谷崎润一郎。

疾病书写是郁达夫小说常见的一种文学形式。从《沉沦》《茫茫夜》《南迁》《胃病》到《蜃楼》《空虚》《银灰色的死》和《迷羊》，小说主人公是身患肺结核或胃溃疡或伤寒或脑溢血或抑郁症或神经衰弱症等疾病的病人。面对国弱民贫的时代环境，身体抱恙的年轻知识分子变得更加敏感和自卑，自怨自艾的他们不仅感叹现实社会的黑暗与不公，而且还感慨个体生命的苦闷与艰辛，人物浓郁的自我表现形成了郁达夫小说感伤颓废的抒情基调。郁达夫笔下的疾病书写既是社会现实的真实写照，也是人物生存状态的真实表现，还是郁达夫小说阴柔感伤之美的重要原因。作为一种文学书写的形式，郁达夫笔下的疾病在呈现小说艺术性的同时，承载和蕴含了丰富的内涵。首先，疾病书写呈现了浓厚的国家观念与民族意识。事实上，郁达夫从《沉沦》开始就是以疾病书写的方式来表达作品的国家观念与民族意识，尤其是小说结束处主人公一唱三叹式的独白更是说明了这点。然而，有评论者认为小说的结尾是一处败笔，与小说所刻画的零余者形象不一致。其实，主人公跳海自杀时发自肺腑的呐喊声不仅符合零余者形象的性格，而且还有效地增强了作品的思想性，所以伊藤虎丸认为郁达夫创作《沉沦》的动机是以小说中主人公的姿态"表现社会或民族的反抗"①。因此，《沉沦》以疾病的形式书写了个体的苦闷与绝望，也再现了人物的觉醒与反抗，更将人物的觉醒与反抗与国家民族意识的诉求相会结合在一起，从而揭示了作品的深刻思想。其次，疾病书写也体现了个体的觉醒与忏悔意识。郁达夫小说中的主人公因为自身的疾病一方面沉溺于女性官能的感性享乐和幻想，另一方面会对自己的行为进行强烈的忏悔，体现了人物的个体的觉醒与忏悔意识。如此一来，郁达夫也就难以像谷崎润一郎那样将欲望的沉溺与官能的沉湎视为个体生命的拯救途径，让人物一味地耽于肉体的官能幻想和享乐，并以此作为美的标准，排斥道德与伦理，在变态与丑恶中寻找美的真谛。小说《迷羊》就是代表之作。虽然这部小说郁达夫在动笔之前阅读过谷崎润一郎的《痴人之爱》，但是主人公王介成的人生之路与河合让治的有着鲜明的差异。如果说，小说描写的王介成是一位脑病患者，耽于幻想，痴情于对谢月英的感性沉溺与放纵，其行为与河合让治痴迷于妻子娜奥密的行径相似的话，那么，王介成因其走入失途的困惑与迷惘以及强烈的自责与忏悔，正是河合让治所缺乏的心理内涵，也正是这种缺失，体现了郁达夫在描写人物疾病时并不是为了疾病而疾病，而是由此抒发作者追求个性觉醒与忏悔救赎的理想。正如他本人在《〈茑萝集〉自序》中所说："人家都骂我是颓废派，是享乐主义者，然而他们哪里知道我何以要去追求酒色的原因？唉唉，清夜酒醒，看看我胸前睡着的被金钱买来的肉体，我的哀愁，我的悲叹，比自称道德家的人，还要沉痛数倍。我岂是甘心堕落者？我岂是无灵魂的人？不过看定了人生的运命，不得不如此自遣耳。"② 由此可见，郁达夫笔下主人公的疾病书写虽然有颓废、享乐的倾向，但是这种颓废与享乐仅仅是一种表象，其实质既是对个性觉醒的诉求，也是对自我意识的拯救，与谷崎润一郎文学中官能享乐者有着明显的差别。

受谷崎润一郎文学的影响，郁达夫推崇"为艺术而艺术"，强调文学

---

① ［日］伊藤虎丸：《鲁迅、创造社与日本文学》，孙猛等译，北京大学出版社1995年版，第258页。
② 吴秀明主编：《郁达夫全集》（第10卷·文论·上），浙江大学出版社2007年版，第69页。

的非功利性，注重文学形式的艺术价值，在女性身体部位的特写、变态行为的描写以及妖冶型女性的刻画等方面与谷崎文学有着诸多相似的地方。但是受时代环境与作家主观意志的影响，郁达夫在接受谷崎润一郎影响的过程中表现出明显的变异性。在文学艺术与现实生活的关系上，郁达夫把对现实的真实追求作为其小说创作的一种美学精神，表现了浓厚的人文精神；在文学艺术与伦理道德的关系上，郁达夫以从兽性中发掘人性为小说创作的宗旨，显示出深刻的道德意义与伦理价值；在文学内容与文学形式的关系上，郁达夫主张文学形式与文学内容的辩证关系，其笔下的疾病书写富有深刻的思想性。总而言之，郁达夫小说创作受谷崎润一郎的影响是一个不争的文学事实，但是郁达夫的接受并不是被动地接受，他在接受过程中对谷崎润一郎表现手法进行了创造性的变革，其接受存在明显的变异性，也正是这种变异使郁达夫成为了一位既具有独特性又具有民族性和世界性的中国现代作家。

第二节　谷崎润一郎与郭沫若

1926 年谷崎润一郎再次访华时在上海结识了郭沫若，建立了较为深厚的友谊，其文艺思想与文学创作不同程度地影响了郭沫若。就文艺思想而言，郭沫若大力提倡"为艺术而艺术"的唯美主义文学观念，将文学创作的非功利性当成是文艺之美的核心思想。将自我表现视为是文艺之美的重要表现。就文学创作而言，郭沫若表现出了较为明显的唯美主义色彩。首先，注重以幻觉与想象来呈现女性肉体的官能美。其次，侧重表现人物的病态行为。最后，捍卫美的纯粹性，排斥伦理与道德。当然，郭沫若在接受谷崎润一郎文学影响的同时也会表现出相应的自觉性与主动性，在其选取与借鉴过程中进行了扬弃与割舍，表现出有别于谷崎文学的文学创作。

一　唯美理念的审视与效仿

作为创造社的核心人物，郭沫若与谷崎润一郎不仅有私交，而且还潜移默化地受到了他的影响。其中，最典型的就是在文学艺术的目的与功利等问题上郭沫若表现出了较为鲜明的唯美主义倾向。汉学家高利克曾认为郭沫若的文艺批评观具有三个阶段性，其中之一就是以唯美主义批评家的身份出现。① 事实也确实如此。1920 年，郭沫若在比较诗人与哲学家的差异时就这样写道："只是诗人底利器只有纯粹的直观，哲学家底利器更多一种精密的推理。诗人是感情底宠儿，哲学家是理智底干家子。诗人是'美'的化身，哲学家是'真'底具体。"② 郭沫若认为文学创作不是凭借理性去进行，而是依靠审美直觉，通过感性世界的书写去呈现某种美。文学创作与意志无关，它不是去传递某种精神，也不是去传达某种思想，文学创作的目的仅仅在于真挚地表现出自我的情感，而且这种感情毫无目的性。1922 年，他在《论国内的评坛及我对于创作上的态度》中对国内文坛盛行功利主义的创作现象直言不讳地进行了批评，并对自己曾经类似的创作给予了深刻的反思。他说："假使创作家纯以功利主义为前提从事创作，上之想文艺为宣传的利器，下之想借文艺为糊口饭碗，我敢断定一句，都是文艺的堕落，隔离文艺精神太远了……功利主义的动机说，以前我也曾怀抱过来，有时在诗歌中借披件社会主义的毛皮，作驴鸣犬吠……但是我在此如实地告白：我是完全忏悔了。"③ 这段文字表明了郭沫若对当时文坛流行的功利主义文学创作进行了强烈的批判，认为文学创作不能带有功利主义，因为"诗人写出一篇诗，音乐家谱出一支曲子，画家绘成一幅画，都是他们感情的自然流露；如一阵春风吹过池面所生的微波，应该说没有所谓目的。""所以艺术的本身上是无所谓目的。"④ "我的意思是要用艺术的精神来美化我们的内在生活，就是说把艺术的精神来做我们的精神生活。我们要养成一个美的灵魂。"⑤ 在这里，郭沫若强调美的主观性和非功利性，提出文学艺术的价值不在于有益于人生，不在于传递思想或精神，而在于它能够给人一种纯粹的审美享受，强调文学艺术的独立性，反对把文学艺术作为载道的工具。

郭沫若高度重视文学艺术的无目的性与他崇尚文学创作是作家自我表现有着密切关系，这方面与谷崎润一郎有着相似之处。1920 年，谷崎润一郎在《改造》上连载了他的随笔《艺术一家谈》。文章鲜明地指出文学

---

① ［斯洛伐克］高利克：《中国现代文学批评发生史》，陈圣生等译，社会科学文献出版社 1997 年版，第 23 页。
② 郭沫若：《郭沫若全集》（文学卷第 15 卷），人民文学出版社 1990 年版，第 23 页。
③ 同上书，第 226—227 页。
④ 同上书，第 200 页。
⑤ 同上书，第 207 页。

创作离不开作家的自我表现，艺术家们只有把"他脑中所描绘的憧憬对象的美妙幻影表现创造出来时，才有了艺术家的真正生命。从诞生的这一刻起，他就能够一目了然地感受到美，才能够正确地审视和完全化为自己的东西。"① 在这里，谷崎润一郎强调了主观表现对于文学创作的重要性。在他看来，作家进行文学创作其目的是表现自我对美的感受与想象，并把这种美妙的幻想创造出来。因而，文学创作除了表现美之外别无其他目的。受谷崎润一郎这种文艺思想的影响，郭沫若也多次提出文学创作是作家的主观表现，文艺发生的源泉来自作家的内心世界。1923 年 8 月，郭沫若在《创造周报》第 16 号上发表了评论文章《自然与艺术——对于表现派的共感》。该文旗帜鲜明地指出文学艺术的实质就在于表现主观自我，而不是再现现实生活。"艺术家不应该做自然的肖子，也不应该做自然的儿子，是应该做自然的老子！"② 事实上，郭沫若从 1922 年 8 月 4 日在《时事新报·学灯》发表《论国内评坛及我对于创作上的态度》开始，先后发表了一系列有关表现主义文艺思想的评论文章。如《我们的文学新运动》（1923 年 5 月《创造周报》第 3 号）、《文艺的生产过程》（1923 年 9 月《创造周报》第 19 号）、《印象与表现》（1923 年 12 月《时事新报·艺术》第 33 期）、《文学的本质》（1925 年 8 月《学艺》第 7 卷第 1 号）、《革命与文学》（1926 年 5 月《创造月刊》第 1 卷第 3 期），等等。郭沫若提出："文学的本质是主观的，表现的，而不是没我的，摹仿的。"③ 在这里，郭沫若把"主观表现"视为是文学的本质与谷崎润一郎强调文学创作的主观表现原则有着异曲同工之处。那么，郭沫若接受谷崎润一郎文艺思想的原因是什么呢？我们认为这其中的原因虽然比较复杂，但是导致这种有趣的文学现象的主要原因在于以下几个方面。

首先，中日两国相似的历史语境是郭沫若接受谷崎润一郎文艺思想的前提。中日近代都是在内忧外患的状况下走上变革之路的。不同的是，日本经过明治维新走上了发达的资本主义道路，而中国经过洋务运动、戊戌变法等一系列变革运动之后并没有使国家走上复兴之路。可是中日两国在面对西方个性主义、自由思想的挑战与冲击时都纷纷采取了拿来主义，以

---

① ［日］谷崎潤一郎：《谷崎潤一郎全集》（第 9 卷），中央公論新社 2017 年版，第 369 页。
② 郭沫若：《郭沫若全集》（文学卷第 15 卷），人民文学出版社 1990 年版，第 215 页。
③ 同上书，第 350 页。

此作为思想的有力武器去对抗和批判传统的封建思想，进而形成了中日近代历史上引进和借鉴西方人文思想与自由精神的文化大运动。正是在这种相似的历史氛围与文化语境下日本作为中国近代吸取外来文化的重要桥梁，其作用越来越显著。一大批西方近代思想经日本传播到了中国，与此同时，日本国内最新的文化思潮随着一批留学日本的中国知识分子的译介也传到了中国，这些外来的思想文化对近代中国知识分子产生了深远的影响，以至于中国现代文学的发展轨迹与日本文学有着较大的相似性。对此，王向远认为至少到20世纪40年代中日现代文学的发展进程"具有高度的相关性和相似性"[①]。谷崎润一郎文艺思想作为日本现代文学思潮的一种，其"为艺术而艺术"与自我表现说也是深受西方表现主义、唯美主义等思潮影响的结果。譬如，英国作家王尔德、法国作家波德莱尔、美国作家爱·伦坡都对他产生了较为显著的影响。谷崎润一郎文学所表现的对传统与现实的怀疑与叛逆，对自我与个性的追求与张扬，因体现了时代发展的潮流，赢得了包括郭沫若在内的一批留日知识青年的青睐，使这些在个性上饱受苦闷与压抑的留学青年产生了精神的共鸣，激活了他们注重表现自我的欲望。

郭沫若接受谷崎润一郎文艺思想，提倡自我表现和唯美主义也是顺应中国当时现实社会发展的需要。20世纪上半叶的中国是一个改弦更张的变革年代，面对封建保守的旧势力，时代需要作家们任凭内心的要求和个性，以赤裸的宣泄方式来表现自我，反映个体生存的真实状态和心理情绪，以此达到反封建、反专制和反传统的目的。创造社作家们身为中国现代文学社团史上最张扬个性的作家群体，他们高举浪漫主义、唯美主义、表现主义等现代文艺思潮的旗帜，以满足自我表现为文学创作的根本需要，既彰显了浓郁的个体主义，又体现了时代发展需求和社会内涵。因而，包括郭沫若在内的创造社作家们以充沛的人文精神和强烈的个性解放去肯定人的尊严与存在的价值，这与五四新文化运动所提倡的人格独立的社会思潮是不谋而合的，既符合了时代发展的需要，也给中国现代文坛带来了新的文学气息，大大推动了中国现代文学的现代化进程。

其次，郭沫若接受谷崎润一郎的文艺思想与其个性气质有着密切的联系。俗话说，"言为心声，文如其人。"郭沫若就自己的个性气质与文学

[①] 王向远：《中日现代文学比较论》，湖南教育出版社1998年版，第5页。

创作的关系进行过深刻的自我剖析,可以说为读者提供了一幅生动形象的自画像。"我是一个偏于主观的人,我的朋友每肯向我如是说,我自己也很承认,我自己觉得我的想象力实在比我的观察力强。我自幼嗜好文学,所以我便借文学以鸣我的存在,在文学之中便借了诗歌的这只芦笛。我又是一个冲动性的人,我的朋友每肯向我如是说,我自己也很承认。我回顾我所走过了的半生行路,都是一任我自己的冲动在那里奔驰;我便作起诗来,也任我一己的冲动在那里跳跃。"① 在这里,郭沫若用诗性的语言对自我的个性气质与文学创作的关系展开了形象的描述。根据他所说的偏于主观、想象力比观察力强、惯于冲动等内容来看,郭沫若的自我描述充分说明他是一位属于主观自我表现型的作家。这种与生俱来的个性气质也容易形成郭沫若以大胆丰富的想象来表达个性与自我的抒情性文学风格。他的诗集《天狗》《凤凰涅槃》《女神》《星空》等无不体现了诗人强烈的主情主义。小说《骷髅》《残春》《叶落提之墓》《曼陀罗华》等也是以大胆夸张的想象偏重于灵性世界的追求。因而,郭沫若之所以会接受谷崎润一郎文艺思想的原因之一在于谷崎润一郎偏于主观自我表现的艺术思想既迎合了他的创作心理,也符合了他的个性气质。

再次,郭沫若接受谷崎润一郎文艺思想也有中国现代文学发展的自身需要。中国现代文学的发展离不开外来文学的滋养,面对蜂拥而至的各种外来文学思潮,中国现代文学没有故步自封、夜郎自大,而是积极采取海纳百川、兼收并蓄的方式去吸取和借鉴,外来文学思潮的新观念与表现手法推动了中国文学的现代性进程,成为中国现代文学发展历程中不可或缺的文学资源。与中国传统文学所推崇的"文以载道""温柔敦厚"的中庸之道不同,中国现代文学从其发轫之初就奉行"个性解放""自我表现"的人文精神与人本意识。提倡"为艺术而艺术"的唯美主义文学思潮以强调人的个体意识为根基,把对人性的本体观照作为文学创作的宗旨,反对世俗的道德评判,反对文学对客观现实的模仿与再现,认为文学创作是无目的和非功利的。因此,包括谷崎润一郎在内的唯美主义者认为文学创作应该诉求灵魂,是一种绝对主观的自我表现。他们以不同于现实主义与自然主义的方式出现,注重文学创作的标新立异,以官能欲望的书写进行

---

① 郭沫若:《郭沫若全集》(文学卷第 15 卷),人民文学出版社 1990 年版,第 225—226 页。

自我心灵的审美审视，以病态丑恶的景象揭示人性的真实。他们还强调形式主义，注重文学艺术技巧的独立性和形式美，将丑陋、畸形、病态等非常态的现象作为审美的对象，在丑恶中发掘和呈现美。谷崎润一郎的唯美主义文学思潮体现了浓郁的主体意识，具有强烈的反传统精神，总体上符合中国现代文学自身发展的需求。受其影响，包括郭沫若在内的一批现代作家纷纷效仿谷崎润一郎，不仅吸收其"为艺术而艺术"的文艺思想，强调文学创作的非功利，维护文学的独立的审美价值，而且借鉴其艺术表现手法，沉湎于赤裸的官能感受和病态丑恶的景象，开辟了现代文学新的审美对象与领域，推动了现代文学多元化发展道路的进程，有力促进了现代文学的繁荣与发展。

最后，与通过翻译佩特《文艺复兴》序论来获益西方唯美观念不同，郭沫若是通过直接阅读谷崎润一郎的《刺青》《麒麟》《金色之死》等文学作品来吸收其文艺思想。对此，蔡震曾有相关评述。他说："谷崎润一郎是日本文坛唯美派的一个代表作家，郭沫若说他还是在留学的时候，就在《改造》《中央公论》上读到过谷崎润一郎的作品。所以，郭沫若在创造社初期的文学活动中标榜'生活的艺术化'，追求以文学涵养'优美纯洁的个人'时，应该是受过谷崎润一郎的启发的。"① 事实上，郭沫若在日本留学期间曾大量地阅读了外国文学作品，这其中就包括谷崎润一郎的。1914年1月，郭沫若受官费资助留学日本，长达十年的留学生活使其有了直接接触日本文学的机会。郭沫若在日本的时间正是日本近代文学繁荣与兴盛的大正时期，当时的日本文坛形成了以谷崎润一郎等人为代表的唯美派、以岛崎藤村等人为代表的自然派和以有岛武郎等人为代表的白桦派三足鼎立的局面。虽然谷崎润一郎文学有别于自然主义文学与白桦派，但是有趣的是这三种文学思潮在耽于内部世界的自我表现上却存在一致的地方，它们都主张文学创作应该敢于赤裸地暴露自己，从中发现真实的自我。因此，这三种文学思潮虽然各有各的文学主张，但它们都立足于个性与自我的真实言说，只不过一个注重"耽于艺术的求真"，一个侧重"迫近自然的求真"，一个着重"立足人道的求真"。郭沫若身处于这种文学环境之中，其文艺思想也就难免不会受到谷崎润一郎等人所倡导的唯美主义文学的影响。

---

① 蔡震：《郭沫若在日本二十年》，文化艺术出版社2005年版，第267页。

此外，郭沫若之所以会选择阅读谷崎润一郎的短篇小说，还与他对日本大正时期短篇小说的深入理解有关。1934年，郭沫若在其编译的《日本短篇小说集·序言》中曾这样写道："日本人的现代文艺作品，特别是短篇小说，的确很有些巧妙的成果……日本的短篇小说有好些的确达到了欧美的，特别是帝制时代的俄国或法国的大作家的作品的水准。"① 引文中所提及的俄国或法国大作家是指契诃夫或莫泊桑。作为公认的短篇小说巨匠，这两位作家都是郭沫若喜爱的小说家。郭沫若在此将日本短篇小说的创作水平与他们的相提并论，从某种意义上说明郭沫若对日本短篇小说家的文学创作是相当了解和喜爱的。虽然在其编译的《日本短篇小说集》里并没有收录他的谷崎润一郎译作，但是谷崎润一郎是日本当时知名的短篇小说家，郭沫若在进行编译的过程中是比较难以绕过他的。因此，我们认为郭沫若提倡艺术的非功利性与自我表现的文学主张在一定程度上得益于谷崎润一郎文艺思想，这是一个不争的文学事实。

二 身边小说的借鉴与实践

受谷崎润一郎文艺思想的影响，郭沫若早期的文学创作，尤其是身边小说创作具有了较为明显的谷崎润一郎文学特征。受五四时期特殊历史语境的影响，身边小说成为这个时期中国现代文坛出现的一种重要的小说类型，最早提出这个概念的正是创造社的成仿吾。他在评论郭沫若小说的时候，称郭沫若小说主要有两大类型，其一是身边小说，其二为寄托小说。所谓身边小说就是郭沫若自己身边的随笔式的小说。② 相对于郭沫若的寄托小说，也就是借古喻今的历史小说而言，他的身边小说立足于表现自我，坚持艺术的立场，通过自我生存的呈现来张扬个性和解放自我，从而书写其生命的真实体验与感受。我们认为郭沫若的身边小说在一定程度上受到了谷崎润一郎文学的影响。首先，他的身边小说注重以幻觉与想象来呈现女性肉体的官能美。其次，他的身边小说侧重表现人物的病态行为。最后，他的身边小说排斥世俗的伦理与道德。

第一，谷崎文学借助呈现女性肉体的官能之美对郭沫若身边小说的创

---

① 郭沫若：《日本短篇小说集》，上海商务印书馆1935年版，第2页。
② 成仿吾：《中国新文学大系·小说三集·导言》，上海良友图书公司1935年版，第14页。

作产生了影响。作为一位主情主义的浪漫作家，郭沫若的身边小说善于借助幻想从女性身上寻求艺术创作的灵感，呈现女性肉体的官能之美。谷崎润一郎耽于幻想，善于从中表现女性的官能美，他的短篇小说《异端者的悲哀》就是如此。小说一开始就描写了主人公章三郎的梦幻世界。在这里，梦中的鸟儿变成了一位妖艳的女子。"不知何时清晰地映现出一个极其奇异的裸体美女""这女子一边如随风袅娜的轻烟般翩翩起舞，一边展示着各种各样的媚态"。① 梦境中女子以此裸露的姿态和翩翩起舞的媚态形象生动地表现了女性的官能之美，也正是这种肉体的官能之美深深地吸引着章三郎，使其甘愿沉湎在梦境之中。"我有随意编织美梦的能力，说不定可以在梦中与恋人相会。真是这样的话，我希望自己永远都这样睡着。"② 然而，章三郎的美梦无法实现，当他试图再次闭上眼睛，重温刚才美丽的幻影时，一切都已无法挽回。于是，章三郎发出一声感叹，"睡梦中景象是如此美丽，为何自己所处的这个人世却是如此的肮脏不堪！"③ 章三郎痴情于梦境中富有官能刺激的女子，心甘情愿地陶醉在幻想的世界之中不愿回到肮脏丑陋的现实社会，充分表现了人物真实的内心世界和自我意识，梦境中的女性官能之美也巧妙地传达了作者的女性崇拜思想。

受谷崎文学的影响，郭沫若的身边小说中就有不少是通过幻想的形式来展示女性肉体的官能之美，既增强了作品的幻美感，也形象地表达了作家的女性崇拜意识。《喀尔美萝姑娘》就是一部典型的充盈礼赞和女性崇拜的身边小说。小说主要讲述了一个工程专业大学生"我"，带着妻儿远渡重洋来到日本F市留学。一次偶然的机会，"我"结识一位卖喀尔美萝（日本的一种糖制食品）的姑娘，其晶莹而又富有诗意的眼睛给"我"留下了深刻的印象。"啊，你看，你看，她的眼睛！啊，你看，那是不能用言语来形容得出的，那是不能用文字来形容得出的！它是那么莹黑，那么灵敏，那么柔媚呀……啊，我恨我不是诗人！我假如是诗人……啊，我恨我不是一个画家！我假如是个画家……我要在她的眼上，在她的脸上，在她的一切一切的肤体上，接遍整千整万的狂吻……"④ 字里行间充溢着"我"对姑娘的热情礼赞，其情感程度近乎一种宗教般的狂热。她的眼睛

---

① ［日］谷崎潤一郎：《谷崎潤一郎全集》（第4卷），中央公論新社2015年版，第314页。
② 同上。
③ 同上。
④ 郭沫若：《郭沫若全集》（文学卷第9卷），人民文学出版社1985年版，第209页。

从此唤醒了"我"深埋于内心深处那种沉睡已久的欲望,"我"开始寝食难安,想入非非,一种强烈的叛逆意识萌生于脑海。为了摆脱这种内心的极度苦闷和压抑,"我"不顾世俗的约束,时常会耽于在幻想中迷恋她的身体。"我将用手指去摸她的眼睛,摸她的双颊,摸她的颈子,摸她的牙,摸她的乳房,摸她的腹部,摸她的……我这 Mephistopheles(靡非斯特)!"① 这是一幅赤裸裸的女性肉体的官能书写画面。在这里,女子的身体似抚慰"我"心灵的精灵,它散发着无穷的力量,让人迷恋与陶醉。然而,这种力量不是来自某种意志,也不是来自某种精神,而是源于女子肉体所散发出来的一种原始的生命力。这股强大的力量将"我"内心深处的欲望激活,使"我"充分感受到了肉体感官所带来的前所未有的愉悦。这幅画卷在展示女性之美的同时,也蕴藏了一种罪恶与死亡,因为"我"成为歌德笔下的靡非斯特,成为罪恶的化身,"我"也必将为自己的行为付出包括生命在内的代价。"好了,不再写了,坟墓已逼在我的面前。"② 小说结尾处的简单语言显然预示了"我"的结局。郭沫若在此将身体、女性与死亡巧妙地结合在梦幻的官能书写之中,借此礼赞和崇拜女性,孕育对美的无限向往与执着追求,流露出人物浓郁的自我意识和个性解放。为了能够沉浸在女性肉体的官能享受之中,他们不惜抛弃自己的灵魂与道德,甘愿成为罪恶的化身,以官能的享乐治疗灵魂的创伤,从而使小说充满了女性崇拜与享乐色彩。

第二,谷崎润一郎坚持以艺术的立场来描写人物的各种病态行为,并以此表现美,这种写作技巧对郭沫若的身边小说创作产生了影响。作为一位"恶魔主义"作家,谷崎润一郎时常会描写人物的偏执、丑恶、畸形、变态、乖张、诡异、怪诞、颓废等病态行为,以大胆赤裸的展现方式使这些非常态的行为变成美的事物。在他看来,凡是美的事物都是强者,凡是丑的事物都是弱者。女性凭借自身的身体优势往往是美的化身,是强者的代表,是礼赞的对象。男性则是弱者的体现,他们要想成为强者,要么通过各种畸形病态的行为从女性身上获得欲望的满足,要么甘心自愿被她们折磨和虐待,并将受虐时产生的快感视为是人生最大的愉悦与幸福。如《刺青》中刺青女前后形象的转变充分说明当美与女性肉体历经痛苦的洗

---

① 郭沫若:《郭沫若全集》(文学卷第 9 卷),人民文学出版社 1985 年版,第 227 页。
② 同上书,第 238 页。

礼之后，就可以让平凡的少女光彩照人，成为可以征服一切强者。清吉从她背上的刺青图案中感受到了一种从未有过的妖艳之美，一向自命清高的刺青师面对刺青女身上所散发的魅力，情愿为之倾倒折服，最终甘愿成为她的俘虏。《饶太郎》里塑造了一位以嗜虐为乐的饶太郎形象。当女方越发恋爱他时，他就越发希望女方使用更为残酷的方式来折磨他，因为这样可以让他从中获得无穷无尽的快感，进而把个体的生命从世俗的遮蔽状态中拯救出来。《恶魔》中佐伯用一种有悖于常理的病态行为去偷舔表妹感冒时擦鼻涕用过的手帕，从中寻求官能的刺激与快感，以此消除现实的烦恼与困惑。

　　《骷髅》这部身边小说可惜因为没有被《东方杂志》刊发而被烧毁。其缘由，郭沫若在自传体散文《创作十年》中有过说明。"我自己苦心惨淡地推敲了又推敲把它写在了纸上，草稿也更易过两三次。我自己不用说是很得意的……公然把那篇最初的创作投寄到东方杂志社去过，不消说是没有被采用。隔不了好久，那《骷髅》仍然寄还到了我自己的手里来，是我把它火葬了。"① 因此，关于小说的情节，我们只能根据相关记录进行概述。小说讲述了一位名叫斋藤寅吉的独身渔夫患有恋尸癖的故事。一次，他趁人不备偷盗了唐津城里的一位名门之女滨田爱子的尸体，并用冰块将之藏到舱板之下，寸步不离，直到尸体腐烂。与此同时，守候女尸的斋藤寅吉还曾凌辱过女尸。虽然小说对凌辱的细节没有展开描写，但是患有恋尸癖的斋藤寅吉，居然在监狱中自行在自己的胸前刺上了滨田爱子的裸体画像。当"我"试图割走这块刺有画像的皮肤，拿回寓所时，却听见斋藤寅吉诡异的声音。故事情节简单却流露出浓郁的官能色彩，描绘了斋藤寅吉的性变态和歇斯底里症，体现了浓郁的"颓废—恶魔"倾向，将人物变态的行径通过盗尸、藏尸、奸尸和画尸淋漓尽致地展现给读者，把丑恶、病态、神经质与一系列视觉效果有机地结合在一起。如此一来，变态的官能情节借助人物形象的视觉表象得到了有效的书写。与同时代作家不同的是，郭沫若并没有采取批判和否定的态度，而是采用欣赏的姿态来讲述人物的病态行为，通过视觉上的唯美化处理，满足了读者官能快感的需要，为小说情节的发展提供有效的书写方式，使得这种颓废—变态的行径在具体的展现过程中具有了奇异的官能色彩和迷人的艺术魅力。小说

---

① 郭沫若：《郭沫若全集》（文学卷第 12 卷），人民文学出版社 1992 年版，第 59 页。

将丑恶与性欲相结合，在强烈的声色刺激下将斋藤寅吉变态、扭曲的心理错位意识毫无隐晦地呈现在读者面前。

第三，谷崎润一郎对道德伦理的搁置与排斥对郭沫若身边小说创作产生了影响。谷崎润一郎为了确保文学艺术的审美价值，极力维护和捍卫文学艺术的纯粹性，强烈反对文学的功利性创作，排斥伦理道德对文学的审视与批判。其自传体小说《异端者的悲哀》就是典型之作。出身贫寒的章三郎无法相信满腹才华的自己要与家人蜗居在日本桥八丁町一间不通风且常年散发恶臭的陋室里。于是，他一边耽于幻想，一边以一种玩世不恭的方式待人接物。他自以为是地摆弄唱机，借铃木钱承诺归还却言而无信，四处躲债逃避。对自己行为虽也有过后悔，却从未真正悔改过。他自嘲自己是一位天生的道德麻木者，是一个十足的疯子。在他看来，"人与人之间构成的关系之中，对他唯一重要的是恋爱。因为这恋爱也是渴求某个美女的肉体，所以和穿美衣、吃美食一样，都同样不过是官能上的快乐而已，决没有把对方的人格、精神作为爱的目标。"① 作为一个背德者，章三郎的行为不仅冒犯了父母，也触怒了妹妹，还伤害了同学。可是，他很少会对自己的背德行为进行反思，更不会从中得出深刻的认识，甚至他还认为这是恶魔教会他种种寻欢作乐的事情，"将自己的肉体、自己的官能浸泡在那寻欢作乐的毒酒的海里，如同好饮者连同杯底的一滴酒也不剩下一下，此生哪怕多品尝一滴美酒也好。"② 章三郎将官能享乐和耽于幻想作为自己的人生追求，导致了他道德意识与伦理观念的缺失，作为兄长，他不去关心妹妹的疾病，而是时不时与之作对，故意触怒妹妹，加速其病情的恶化，致使她早逝。两个月后，章三郎以此经历发表了一篇不同于自然主义的短篇小说。"那就是将他头脑里发酵的怪异的恶梦为材料的，甜美芳香的艺术。"③ 章三郎为了表现自我，不顾世俗的伦理道德，一味地追求艺术美。在生活与艺术的关系上，他执着于艺术第一的观念，割舍伦理与道德的约束，将现实生活视为一块可以随意裁剪的面料，根据自己的需求任意将它编织成相应的艺术品。他欺骗出卖朋友，轻视憎恶家人，终日潦倒落魄，耽于幻想，最终却凭借自己的恶魔小说走上了文坛。

---

① ［日］谷崎潤一郎：《谷崎潤一郎全集》（第4卷），中央公論新社2015年版，第358—359页。
② 同上书，第369页。
③ 同上书，第372页。

所以说，这部自传体小说体现了谷崎润一郎文学的特质之一就是醉心于美与丑的颠倒，偏离道德之路，将美看成是高于现实的一种存在。

受谷崎文学的影响，郭沫若的身边小说也会因其强烈的情感流露和自我表现而不在乎传统伦理道德的禁锢。郭沫若认为文学的本质是主观的表现，小说、诗歌和戏剧虽然在体裁上存在差异，但是它们都是情绪素材的再现，在一定程度上可以与道德伦理无关。《叶罗提之墓》就是他依据自己生活体验而写成的一篇类似自传体性质的身边小说。小说主人公叶罗提可以说是青少年时期的郭沫若的自画像，叶罗提的堂嫂则是郭沫若以他的五嫂为原型塑造的一位女性形象。小说主要讲述叶罗提爱恋堂嫂之手的故事。七岁的时候，叶罗提还在家塾里读书。一次偶然的机会，他看见新婚的堂嫂背着手立在竹林底下。令其难以忘怀的是，堂嫂的玉手给他留下了深刻的印象。"嫂嫂的手就象象牙的雕刻，嫂嫂的手掌就象粉红的玫瑰。"[①] 他的内心为此产生了一种想去触摸堂嫂的手的欲望。"他的心机就好象被风吹着的竹尾一样，不断地在乳色的空中摇荡。"[②] 每年春秋全家扫墓的时候，当遇到上坡下坡或过溪过涧时，叶罗提就有了接触堂嫂的手的机会。"牵到她的手上的时候，他要加紧地握着她，加紧地。他小小的拇指埋在她右手的柔软的掌中。"[③] 十三岁后，叶罗提去了省城上中学。每次年暑假回家从堂嫂手中接抱她的儿子时，"他的手背总爱擦着她的手心。那一种刹那的如象电气一样的温柔的感触！"[④] 此后，叶罗提与堂嫂之间产生了爱恋之情。十年后的春天，同是在后园里的竹林下面，准备就读大学的叶罗提与身怀六甲的堂嫂进行了离别前的最后一次交往。当堂嫂问他离别之际还有什么话想对她说时，叶罗提终于将他深埋于心底的多年心愿向她诉说了。"'我想把你的右手给我……'——'给你做什么？'——'给我……亲吻。'"[⑤] 听到叶罗提的心声，堂嫂经过了一阵强烈的心理挣扎，最终还是答应了叶罗提的请求，将手伸向了他。小说对此情景进行了详细的描写。

"唉……我……我……我肯呢。嫂嫂说了，脸色在月光之下晕红起

---

① 郭沫若：《郭沫若全集》（文学卷第9卷），人民文学出版社1985年版，第198页。
② 同上。
③ 同上书，第199页。
④ 同上。
⑤ 同上书，第201—202页。

来，红到了耳畔了。她徐徐地把右手伸给叶罗提。叶罗提跪在地下捧着嫂嫂的右手深深地深深地吻吸起来。嫂嫂立着把左手紧掴着他的右肩，把头垂着半面。她的眼睛是紧闭着的，他也是紧闭着的。他们都在战栗，在感着热的交流，在暖蒸蒸地发些微汗，在发出无可奈何的喘息的声音。"①

不幸的是，叶罗提接到了堂兄从老家寄来的一封来信，信中告诉了他一件令其无法接受的事情，原来堂嫂在那年的夏天因难产而死了。临死前，堂嫂因思念过度竟然产生了叶罗提早已回家的幻觉。读完来信，万分痛苦的叶罗提索性去外面买了一瓶白兰地，边喝边泪眼涔涔地把玩堂嫂送给他的顶针。突然，就在那瓶白兰地要喝完的时候，他索性也把那枚顶针丢进了自己的嘴里。当护士伸手给他把脉时，意识昏迷的他说道："啊，多谢你呀，嫂嫂。"当护士伸手给他插体温计时，他又唤道："啊，多谢你呀，嫂嫂。"最后，叶罗提被"被嫂嫂的手把他牵引去了。医生的死亡证上写的是'急性肺炎'，但没有进行尸体解剖，谁也不曾知道他的真正的死因。"②

叶罗提与堂嫂的爱恋是一种典型的乱伦行为，违背了世俗的伦理道德。然而，为了真实地表现他们的内心情感，郭沫若并没有受限于伦理道德的约束，而是以大胆直接的方式给予了描写和呈现。七岁时，叶罗提因一次偶然的机会见到了堂嫂精美的双手，进而产生了百般的迷恋。为了能够亲近和触摸到这双令其痴迷的手，他懂得如何巧妙地去利用各种有利的时机。几次接触让他深陷到了无法自拔的地步，进而产生了对堂嫂的爱恋。如果说，童年时期的叶罗提对堂嫂之手的迷恋是出于童心未泯的好奇，而非有意为之的病态行为的话，那么，青年时期的他依然执念于堂嫂的手，这就是一种不道德的病态行径了。小说从头至尾描述了叶罗提对堂嫂之手的迷恋，即使在得知堂嫂去世之后，病中的他还误将护士之手看成是堂嫂的手，这种将对女性的痴恋转移至她的某个身体部位的行为可以说是一种典型的恋物癖。美国精神分析学家卡尔·门林格尔认为恋物癖患者可以通过对身体的某个孤立的部位而绝非生殖器产生性兴趣和性兴奋，并由此得到最后的满足。叶罗提对堂嫂的爱欲正是借助对她的手的迷恋来实现其内心欲望的满足。这种在性欲望与性兴奋驱使下的恋物表现也使得

---

① 郭沫若：《郭沫若全集》（文学卷第9卷），人民文学出版社1985年版，第202—203页。
② 同上书，第203—204页。

他对堂嫂产生了畸形的爱慕之情。顾忌于社会伦理道德的禁忌，他不敢直接向堂嫂袒露心声，当这种情感由单恋变成互恋的时候，叶罗提对堂嫂的暧昧之情随即也变得胆大起来。他不再顾忌伦理与道德的禁忌，在离别之际向堂嫂袒露心扉，提出了亲吻双手的请求。在这里，虽然郭沫若没有如谷崎润一郎那样赤裸裸地去描写这种乱伦之恋，但是为了追求女性之美不顾社会禁忌，敢于排斥道德的表现方式与他有着异曲同工的地方。得知堂嫂离世后，伤心欲绝的叶罗提在酒精的作用下毅然选择以吞噬堂嫂的顶针来结束自己的生命，这无疑是主人公为爱而死的一种自我选择行为。如果说《春琴抄》中的佐助刺瞎双眼是为了体现他对春琴之美的渴望与憧憬而采取的一种自我选择的话，那么叶罗提以自杀的方式结束生命也是为了钟情于堂嫂的美，为了捍卫自我的尊严而对抗世俗禁忌的一种自我表现。可以说，叶罗提的行为与佐助一样既是对女性之美的礼赞，也是对世俗伦理道德的排斥。

郭沫若的身边小说通过幻想表达对女性官能之美的礼赞，坚持艺术的立场描写人物的各种病态行为，为了捍卫美的纯粹性而排斥道德，真实书写了包括作者在内的当时多数青年人的生存状态。性的苦闷与生的困惑以非常态的行为呈现出来，加上赤裸的官能描写使其文学创作染有了较为浓郁的颓废色彩。因此，我们认为郭沫若的身边小说在一定程度上的确是受到了谷崎润一郎文学的影响，但是他的身边小说所呈现的官能色彩与谷崎润一郎文学有着较大的差别。简要来说，谷崎文学偏重于感官描写，郭沫若的身边小说更偏重于情感的表现。谷崎文学执着于艺术的本体去再现人物的病态行为，郭沫若的身边小说则是立足于现实社会，以人物的病态行为向读者展示那个时代青年知识分子的生存苦闷，以及对当时病态社会的严肃批判。

三　在流变中转化

郭沫若虽受到谷崎润一郎文学的影响，但这种影响是有限的，也是局部的。换句话说，他对谷崎润一郎文学的接受表现出了明显的文学流变现象，是一种有选择性的主动接受。一方面，他既借鉴了谷崎润一郎的文艺思想，强调文学艺术之美的合理成分，注重文学创作的非功利性，但同时又没有完全陷入"为艺术而艺术"的泥潭，否认文学艺术应有的社会功能；另一方面，他吸收谷崎润一郎文学重视幻想、强调表现、注重官能等文学表现手法，却运用这些技巧去书写五四时期的中国社会现实和表现青年知识分子的生存状态，隐含了作者积极的情感态度和现实主义创作立场。因而，受接受环境与接受主体的制约，郭沫若对谷崎润一郎文学的接受注定是流变中的接受，而不是对它的简单移植与嫁接。

首先，郭沫若对谷崎润一郎文艺思想进行了选择性的接受。谷崎润一郎强调文学创作的纯粹性，反对文学是对生活的模仿，提出"艺术第一，生活第二"。然而，郭沫若在接受其文艺思想的过程中既肯定了文学创作的无目的，又没有像他那样否认文学的社会功能。正如他自己所说："就创作方面主张时，当持唯美主义；就鉴赏方而言时，当持功利主义；此为最持平而合理的主张。"① 事实上，郭沫若所汲取的文学思想资源，远不只是谷崎润一郎的文艺思想，西方的浪漫主义、表现主义、象征主义、唯美主义等世纪末的各种文艺潮流也对其文学思想产生了影响，为他提供了丰富的文学养料，拓展了他的文学视野，构成了郭沫若文学观念的重要组成元素。

郭沫若的自传性作品为何不愿过多谈及日本文学呢？通过相关史料的梳理，我们发现郭沫若留学日本期间对欧美文学的印象远胜过日本文学。据其本人回忆："日本人教外语，无论英语、法语、德语，都喜欢用文学作品来做读本。因此，在高等学校期间，便不期然地与欧美文学发生了关系。我接近了泰戈尔、雪莱、莎士比亚、海涅、歌德、席勒，更间接地和北欧文学、法国文学、俄国文学，都得到接近的机会。这些便在我的文学基底上种下了根。"② 这种阅读的经历不仅成为他文学素养的根基，而且对他今后的文学创作产生了深远的影响，也正是这种对欧美文学的广泛阅读使他有机会结识西方的唯美主义文学。1923年，郭沫若不仅节译了英国作家佩特的《文艺复兴：艺术和诗歌的研究》的序论部分，而且还在11月4日的《创造周报》第26号上发表了评论文章《瓦特·裴德的批评论》。他认为佩特的文学批评在英国文学史上具有继往开来的作用。"在英国的现代批评史中，承阿诺德的鉴赏批评的滥觞，开王尔德辈唯美主义的先河的，要推19世纪的瓦特·裴德。"③ 受佩特文艺思想的影响，郭沫若撰写了一篇题为《批评—欣赏—检查》的评论文章，评价了周作人的

---

① 郭沫若：《郭沫若全集》（文学卷第15卷），人民文学出版社1990年版，第276页。
② 同上书，第17页。
③ 同上书，第252页。

《自己的园地》。该文是郭沫若运用唯美主义观念批评和解读中国现代作品的示范性评论之作。与此同时，他对王尔德的唯美主义文学观也进行了评论。1925年4月3日，郭沫若给上海美术专门学校的师生做了一场演讲，之后他将这次演讲的内容以《生活的艺术化：在上海美术专门学校讲》为标题发表在1925年5月12日的《时事新报·艺术》第98期上。文章认为王尔德是英国19世纪末期唯美主义运动的健将，他提倡的"生活的艺术化"偏向外部生活，并没有抓住它的精髓，应该是"要用艺术的精神来美化我们的内在生活"[①]。强调艺术对于人类精神的感化和美化作用。

郭沫若接受的谷崎润一郎文艺思想的影响只是众多域外文学的一种，在对美的追求与理念上与谷崎润一郎的主张有着相通之处，但在美与现实生活的关系上有着较为明显的。郭沫若对于文学的实用功能并没有给以否定，而且随着国内文坛从"文学革命"转向为"革命文学"后，更是强调了文学的社会功能，进而对其五四时期的文艺观点进行了彻底的反思和否定。因而，郭沫若对谷崎润一郎文艺思想的接受是根据当时特殊的社会环境和文化语境，以及结合自身需求所进行的主动性选择，体现了接受者的立场和眼光。这种在流变中的接受形式既给郭沫若的文学创作提供了可资借鉴的文学养料，也为形成其文学的独特价值提供了艺术参考。

其次，郭沫若对谷崎润一郎文学的表现手法进行了选择性的接受。周作人曾说过谷崎润一郎有如郭沫若，但事实上两者的文学存在着较为明显的差异。这种差异不仅表现为文艺思想上的不同，也表现在文学手法上的区别。不可否认，郭沫若的身边小说在一定程度上借鉴和吸收了谷崎润一郎文学的表现手法，但是并没有受限于它去片面地追求官能的刺激和享受，偏重于畸形病态的人物行为的表现，着力于怪诞离奇的幻想以及排斥道德的为"艺术而艺术"的批评准则。相反，郭沫若结合中国现代文坛发展的自身需求及其本人文学的喜好，选择性地接受谷崎润一郎文学的表现手法，使他的身边小说主动地迎合了时代的主旋律，将自我表现与社会发展的要求相结合，使其作品中所倾诉的个体苦闷蕴含了丰富的社会内涵。因此，郭沫若的身边小说并不完全是谷崎润一郎文学那种低婉哀伤的悲情与苦闷，而是具有了悲愤昂扬的激情与抗争。这种将个体的生存体验

---

① 郭沫若：《郭沫若全集》（文学卷第15卷），人民文学出版社1990年版，第207页。

与时代的发展精神相互融合的文学表现形式也让他的文学呈现出了直露式的抒情意味。其身边小说直露式的诗性抒情虽然具有较强的自传性色彩，但是并不是像谷崎润一郎那样倾注于个体的生存体验，而是要将个人的生存体验与现实社会相关联，表现出传统与现代、本土与异域、自我意识与伦理道德以及理想社会与现实社会之间的冲突与矛盾，呈现出作者浓郁的现实精神与人文情怀。《残春》借用了谷崎润一郎文学的梦境描写手法不仅再现了爱牟的情欲世界，也反映了人性解放与道德伦理之间的严重冲突，使作品既具有了浓郁的浪漫色彩，也表现出了强烈的现实精神。

这篇小说创作于1922年4月，主要讲述了主人公爱牟陪同白羊君去司门探望住院的贺君，其间有幸结识了S护士的故事。一天，白羊君向爱牟介绍了自己心仪的S护士的情况，爱牟当晚就做了一个荒诞离奇的梦。他梦见S因怀疑自己可能身患肺病想让学医的他替其检查身体。刚开始，爱牟以自己学医未精为由百般推辞。可是，当S当面向他袒露上半身的时候，爱牟被S美丽性感的肉体深深吸引住了。"她的肉体就好象大理石的雕像，她郸着的两肩，就好像一颗剥了壳的荔枝，胸上的两个乳房微微向上，就好象两朵未开苞的蔷薇花蕾。"① 爱牟设法抑制住澎湃不安的内心，并打算擦暖双手去触摸她的肺部替她就诊。然而，就在此时一件令人意想不到的事情发生了。白羊君匆忙跑来告诉爱牟，他的妻子刚刚亲手杀死了他们的两个儿子。听到噩耗的爱牟魂不附体地跑回了博多湾的住家。一进门，他就发现大儿子满胸流血已经气绝身亡。回头时，又见门前井边的小儿子也满胸流血奄奄一息。见此情形，爱牟一边抱着儿子们的尸体狂奔，一边嚎叫："我纵使有罪，你杀我就是了！为什么要杀我这两个无辜的儿子？"② 此时，披头散发的妻子手拿血淋淋的短刀出现在他的面前，诅咒他说："你这等于零的人！你这零小数点以下的人！你把我们母子丢了，你把我们的两个儿子杀了，你还在假惺惺地作出慈悲的样子吗？你想死，你就死罢！上天叫我来诛除你这无赖之徒！"③ 说完，她径直将手中的短刀刺向了爱牟。梦中惊醒的爱牟第二天就乘车返回了博多湾。

小说以梦境的方式向读者展示了爱牟的内心世界。他迷恋和憧憬S的

---

① 郭沫若：《郭沫若全集》（文学卷第9卷），人民文学出版社1990年版，第31页。
② 同上书，第32页。
③ 同上。

美,对她抱有了浓厚的性幻想。面对 S 的求诊,爱牟一开始还因敬畏道德伦理的禁忌而不断推诿,可是当 S 在他面前裸露上半身的时候,他却被她那富有官能色彩的肉体迷惑。在他看来,S 的肉体像大理石的雕像富有质感,两肩如剥了壳的荔枝富有观感,双乳似未开苞的蔷薇花蕾富有美感。于是,他内心的爱欲受眼前景象的刺激被激活了,他开始擦暖双手去触摸她的肺部替她就诊。如果说,这种将女性身体视觉化的艺术处理方式与谷崎润一郎文学有着相似之处的话,那么随后的描写就与之有了鲜明的不同。就在爱牟准备触摸 S 的时候,他的妻子却亲手杀死了他们的两个儿子。当急速回家的爱牟见到血淋淋的儿子尸体时,他痛心不已,万分悲痛。与此同时,他对自己的行为千般懊恼,万般悔恨,所以当妻子用短刀结果自己性命的时候,爱牟没有退缩避让,而是甘愿以死亡来严惩自己的越轨行为。我们认为,爱牟的自我悔恨行为与妻子杀人的报复行径实质是一样的,它们都是对主人公违背伦理禁忌行为的道德惩罚,也正是这种道德的惩罚使小说有别于谷崎润一郎文学为突显人物的自我意识和捍卫艺术的独立价值而排斥伦理道德。因此,《残春》通过赤裸的肉体描写和梦境艺术既显示了谷崎润一郎文学的某些特质,但又体现了作品的现实意义与警示作用。人物内心发出的道德谴责与严厉的道德惩罚相互交织在一起,不仅形成了小说直露式的抒情艺术,而且还展示了人性解放与伦理道德之间的激烈冲突,真实地反映了五四时期中国现代文学的发展需求,体现了时代的人文精神和社会气息。

　　郭沫若对谷崎润一郎文学的兴趣使他能够效仿和高举"为艺术而艺术"的旗帜,提倡文学创作的无目的性,捍卫文学的纯粹性,反对文学的道德批评。其身边小说也吸收和借鉴了谷崎润一郎文学的表现手法,运用幻想来呈现女性的肉体之美,利用人物病态的行为来表现自我意识与个性解放观念,使用梦境来排斥道德与伦理的禁锢,在一定程度上使其身边小说侵染了谷崎润一郎文学的倾向,强化了新文学的文学意识,促进了五四文学的多元化发展。然而,受五四时期社会环境和郭沫若自身条件的影响,他在接受过程中表现了鲜明的主动性,其接受也是一种在流变中的文学接受。他对谷崎润一郎文学的选择性接受让他的身边小说既倾吐了他青年时期漂泊异乡的羁旅之苦和凄凉之境,又折射出了当时社会的面影,使其文学具有了较强的社会意识。因此,其身边小说是在现实和梦幻、写实与虚构中向读者表达个性解放与反封建的思想,是个体情绪与时代精神的有机融合。总而言之，郭沫若通过对谷崎润一郎文学的扬弃，秉承了五四新文学的发展使命，以激情抒发自我，流露出特定道德背景下的人文情怀与审美意识，形成了郭沫若文学浪漫主义的抒情风格。

第三节 谷崎润一郎与张资平

作为创造社的四大骨干之一，张资平不仅积极参与了创造社成立的全过程，而且凭借其小说创作成为了创造社中的"真正会写小说者"，被誉为是当时"真正的小说家"。[1] 张资平作为创造社成立时期的干将，既有别于郭沫若和郁达夫，也不同于成仿吾。前者既强调理论的批评，又注重文学的创作，后者偏重于理论的建构，少有文学的创作。张资平则立足于文学的创作，少有文学理论的发表，凭借 24 部长篇和 5 部短篇小说集的创作数量成为了中国现代文学史上知名的小说家。然而，由于张资平复杂的人生经历以及其小说过于表现男女的性爱也使他成为中国现代文学史上毁大于誉的作家。如果说，鲁迅称张资平为"三角恋爱作家"[2] 是就他的小说特质而言的话，那么毛泽东称他为"汉奸文人"[3] 则是就其人品的根本否定。此后，张资平成为了一位被中国文坛遗忘的作家。这种文学现象直到 20 世纪 80 年代中后期才得到改观，既有出版界重新出版了他的文学作品，又有评论界展开了对他的文学评价。已有的研究成果无疑有利于读者了解张资平的文学创作，但对张资平与谷崎润一郎文学的关系研究还基本停留在空白阶段。事实上，张资平在日本留学的时间（1912—1922 年）正是谷崎润一郎文学处于兴盛阶段的大正文学时期。此时的张资平或多或少会受到谷崎润一郎文学的影响。因而，有学者认为，堪称中国青春文学鼻祖的张资平"由于留学日本，其文学又多受谷崎润一郎、厨川白村等日本唯美主义作家的影响，颓废而又哀艳。"[4] 针对这种有趣的文学现象，我们试图从平行研究的角度分析两者的文学关系，不仅有利于深入理解张资平的文学创作，而且也有利于探讨他与日本现代作家的关系，推进中日

---

[1] 饶鸿竞等主编：《创造社资料》（下），福建人民出版社 1985 年版，第 770 页。
[2] 刘增杰：《中国现代文学史料学》，中西书局 2007 年版，第 61 页。
[3] 同上书，第 63 页。
[4] 韩晗：《可叙述的现代性：期刊史料，大众传播与中国现代文学体制（1919—1949）》，秀威出版 2011 年版，第 37 页。

现代文学关系研究的进程。

一 女体的想象书写

作为一位唯美主义作家，谷崎润一郎擅于女体的想象书写，其文学散发着女性肉体的香艳气息，具有强烈的官能色彩。这种将女性美感借助想象书写的方式呈现既表达了作者的女性崇拜思想，也表现了他对美的别样追求，构建了其文学美轮美奂的艺术世界，女性之美在丰富的想象中获得了淋漓尽致的展现。谷崎润一郎首次访华后创作的短篇小说《西湖之月》就是如此。小说讲述了一位驻华日籍记者"我"在杭州时的所见所闻。某天晚上，"我"从旅馆后面的码头乘船夜游西湖，其优美的夜景让"我"应接不暇，美不胜收。游船来到石桥处时，发生了一件奇异的事情，距离船只五六尺的水中漂浮着一样白色的东西，等船只靠近才发现是一具女尸。"我"朦朦胧胧地看到了月色下女尸仰卧水面的情形。

"她那高高的鼻梁几乎要露出水面，我甚至感觉到她的呼吸仿佛到了我的衣襟上一样。像雕刻般过于生硬的脸部轮廓，也许是浸湿在水中的缘故吧，反而像是一个真人似的柔软而具有弹性，青灰色的甚至有些黛黑的脸色，如同洗去了污垢又恢复到了白净的模样。青瓷色的缎子上衣，在皎洁的月光下也隐去了青颜色，闪射出如鲈鱼鳞片般的银色的光辉。"①

在这里，作者详细书写了想象之下的香艳而又圣洁的女体形象。通常情况下，浮在水面的尸体是不美的，因为它会给人一种陌生感和恐怖感。可是谷崎润一郎却因忠实于自己的生存感受，将丑陋的现实景象纳入了艺术的表现对象。与波德莱尔极力去渲染和展示病态的人工之美不同，他没有过于去表现可怕的腐尸景象，而是借助想象的力量化腐朽为神奇，以优美的文字向读者尽情地展现出浮尸的美丽。在这里，既实写"我"眼前浮尸的真实景象，又虚写了"我"的幻觉感受，这种虚实相生的艺术手法生动形象地再现了浮尸女子与众不同的美。"高高的鼻梁""生硬的脸庞""黛黑的脸色"以及"青瓷色的上衣"构成了一道描写女子之形的实景。"呼吸仿佛到了我的衣襟""柔软而具有弹性""白净的模样"以及"银色的光辉"则构成了一道状写女子之质的虚像。精致的实景与巧妙的虚像在此有机融合，既形成了浮尸女体的写实状景，又表现了观者想象的

---

① ［日］谷崎潤一郎：《谷崎潤一郎全集》（第6卷），中央公論新社2015年版，第288页。

幻象书写，如此极力的渲染之笔呈现了"我"脑海中浮现出的浪漫景象，给人一种魔幻般的感受与体验，字里行间也流露出"我"对浮尸之美的礼赞之情与崇拜之意。

作为创造社缔造者之一，张资平对当时日本文坛盛行的谷崎润一郎文学并不陌生。学界一般将他的小说创作分为两个阶段，前期从1920年处女作《约檀河之水》的问世经1921年中国现代文学史上第一部长篇小说《冲积期的化石》的出版再到1930年《天孙子女》的完成。这十年的言情小说创作不仅奠定了张资平在中国现代小说历史上的地位，而且也让他成为当时海派作家群中最受读者青睐和追捧的畅销作家。事实上，这时期的张资平小说创作具有较为明显的谷崎润一郎式的女体想象书写的特质。

《约伯之泪》是其书写女体想象的代表性小说，主要讲述J君因单恋同窗女生琏珊而备受煎熬与折磨，陷入绝望的深渊，走向死亡边缘的故事。与《约檀河之水》不同的是，张资平在这里采用了倒叙与书信相结合的方式真实地描述了J君痛苦欲绝的内心世界。"自听见你和高教授定了婚约以来，直至写这封信的前一瞬间，我没有一天——不，没有一时一刻不恨你，也没有一时一刻不呼喊你的名字。有时咒诅你的名，有时喊着你的名流泪。"① 这是重病中的男主人J君在医院写给即将结婚的同班女生琏珊的告白信。那么，究竟是什么原因会让J君给琏珊写这样一封伤心欲绝的书信呢？作者以倒叙的叙述时序向读者讲述了J君与琏珊之间发生的故事始末。数年前，J君与琏珊都以各县成绩第一的身份报考了W大学。一次，两人在备考复习完后从公园处准备搭乘电车回家，电车上的琏珊对J君的微笑给他留下了难以忘怀的印象。接下来，叙述者讲述了考试当日的事情。原本成绩优异的J君因为琏珊坐在身旁而想入非非，无心应考，但幸运的是，两人成为了W大学生物学专业的同学。琏珊因其美貌出众很快成为了学校青年男性礼赞和追逐的对象，其中包括生理学兼解剖实习的高教授、音乐教师C、琏珊的同乡H、工科大学生M、医科大学生F、教育系的二年级学生N和J君一共七人。这七个追求者中除了高教授之外均因为迷恋貌美的琏珊遭到了不幸。他们有的患了神经衰弱症，有的得了失心疯，有的有了咯血症，有的失去了工作，有的成为了留级生。那么，琏珊究竟有多么美丽值得他们为此甘愿付出如此沉重的代价？张资平

---

① 张资平：《张资平小说精品》，中国文联出版社2000年版，第78页。

没有采取白描的方式去直接呈现她的美貌，而是借鉴和吸收了谷崎润一郎的表现手法在丰富的想象中进行状写。

你的有曲线美的红唇能润湿我们的枯燥的生活。我们在性的烦闷期内的生活也像在深夜中一样的幽暗，你的深黑的瞳子是一对明灯，照耀着我们。我们像夜间的飞蛾，都向着由你的瞳子发出来的火焰扑来，或被烧死，或受灼伤。但是火焰自身并不任咎，也没有罪！那对明灯并不知道它们的火焰下横陈着几个飞蛾的死尸，仍然继续着放射它们的美丽的光线。我们称你为 Innocent Queen！你真是个无邪的处女！你真是个不知罪恶为何物的处女！①

如果说，曲线美的红唇和深黑的瞳子是实写璪珊，以此表现其楚楚动人的娇美之貌的话，那么飞蛾扑火则是虚写璪珊，以此呈现其美貌的致命之力。作者从实处落笔，凭虚处传神，虚写璪珊之美的杀伤力是由实写其美貌所诱发和拓展的审美想象，生动地表现璪珊的双重性，她既是男人眼中的天使，又是其心中的魔鬼，被誉为"无邪的处女"，又是"不知罪恶为何物的处女"。这种在想象中描写女体之美的艺术表现方法体现了张资平言情小说的一个重要特性，这便是如此美貌的女性如同莎乐美那样，具有依靠其美貌来实现征服男性的强大力量。笔下的女性因美丽而成为了强者，具有生杀予夺的权力，可以让倾慕她们的男人们俯首称臣，甚至为了目睹其美貌不惜包括生命在内的一切代价，就如同 J 君所幻想的那样，夜间的飞蛾都甘于向着璪珊美瞳所发出来的火焰直扑向前，即使被烧死，被灼伤也毫无半点怨言。因此，我们认为张资平笔下的璪珊犹如谷崎润一郎笔下的刺青女一样，在娇美的容貌之下隐藏着浓厚的恶魔气息。她可以利用自身的肉体之美来掌控和把玩钟情于她的男人，既可以随意践踏他们的人格与尊严，又可以让他们心甘情愿地成为自己的附属品和奴隶。这种借助想象来状写女体之美的表现手段充分地展现了张资平心中的理想女性形象，表达他的女性崇拜思想和独特的审美意识。

二　女性的官能直描

谷崎润一郎文学钟情于在赤裸直观的女性肉体的描写中醉心于对女性官能美的崇拜。无论是其早期的《刺青》《麒麟》《秘密》《恶魔》还是

---

① 张资平：《张资平小说精品》，中国文联出版社 2000 年版，第 83 页。

中期的《春琴抄》《两个幼儿》《武州公秘话》《盲目物语》《痴人之爱》《各有所好》以及晚年的《疯癫老人日记》《钥匙》《梦之浮桥》都呈现了这个特点。因此，女体官能的直描成为贯穿谷崎润一郎文学的一根主线。这种表现手法具有标新立异的特性，通过背叛道德与颠覆伦理展现感官享乐和声色刺激充分体现了其文学强烈的自我意识和赤热的个性解放思想，有效地对抗了当时日本文坛盛行一时的实用主义与功利主义，强调了文学艺术的独立价值，维护了文学艺术应有的审美品位。当然这种离经叛道的艺术表现手法也曾让谷崎润一郎的文学创作一度走向了"恶魔主义"的歧途。

《麒麟》是一篇取材于中国历史典籍的短篇小说，作者利用中国的典籍故事有效地诠释了他对唯美世界的理解和认识。小说有三个主要人物，分别为南子夫人、孔子和卫灵公。其中，南子夫人是一位极具官能色彩的女性，孔子是儒家学说的代表，卫灵公是一国之君。两人围绕卫灵公是信奉唯美享乐治国，还是奉行仁义道德治国，展开了一场大的论争。推行仁义学说的孔子游说卫灵公应该克服私欲望，倾慕王者之德，主张享乐的南子夫人劝说卫灵公应该纵情享乐，爱慕官能之美。卫灵公在两者之间徘徊游走，时而无法忘怀南子夫人美丽的肉体，时而又钦佩孔子的道德说教。最后，卫灵公还是选择了南子夫人而舍弃了孔子，以至于孔子在离开卫国的最后感叹是"吾未见好德如好色者也"。那么，作为一国之君的卫灵公为何要放弃孔子的游说而最终选择象征官能之美的南子夫人？从小说直描南子夫人的官能之美的片段里或许可以找到答案。

"一阵销魂的香气戏弄着卫灵公的鼻子，那是南子夫人口中所含鸡舌香，与时常挂在衣服上的西域香料、玫瑰油的味道。"①

"头戴凤冠、发插金叉、玳瑁铛，身披鳞衣霓裳的南子，笑容有如阳光一般灿烂。"②

"夫人伸开两臂，长长的衣袖围裹住卫灵公。温柔的手臂在酒力的作用下，如同不能解开的绳索，紧紧地捆住了卫灵公的身体。"③

上面三段直描南子夫人官能之美的片段形象地展示了她的美丽和魅

---

① [日] 谷崎潤一郎:《谷崎潤一郎全集》（第1卷），中央公論新社2015年版，第26页。
② 同上书，第28页。
③ 同上书，第32页。

力，使其身上具有了一种强大的诱惑力。这种力量如同她款待孔子所用的香料、美酒与佳肉一样，具有令人无法抗拒的作用，她的官能之美如香料可以使人"一心一意地憧憬美丽的虚幻世界"，如美酒让人"鄙视正派事物，对美顿生爱慕之心"，如佳肉令人"无暇顾及任何善恶"，使人们在嗅过妙香、品过美酒和尝过佳肴之后，生成"凡人梦想不到的、强悍美丽的荒诞世界"。面对如此秀色可餐的南子夫人，卫灵公不愿听从孔子干瘪乏味的道德游说与伦理说教，而甘愿耽溺在"香料"点缀之下的"酒池肉林"的淫靡世界，既可以体验和满足自己的欲望，获得世俗的官能享乐，又可以使其个体存在的感性认知得到充足的彰显，有力地表现了自我意识与个性解放。卫灵公最后选择南子夫人而放弃孔子是作者女性崇拜与唯美至上观念的体现，它超越了世俗的伦理与道德，成为衡量一切事物的价值标准。这种以女体官能的直描展示卫灵公对南子夫人感官享乐的追逐成了谷崎文学的个性标签，表现了作者对美的独特理解与诠释。然而，这种以官能享乐为美，礼赞女性官能至上的做法也会让谷崎润一郎对美的追求推向极端的境地，他在排斥以孔子为代表的儒家学说与世俗常规的合理性的同时，也会因其价值颠倒的审美趣味，使小说不可避免地会呈现出一种颓废的色彩。

张资平的情爱小说也重视对女体官能的直接描写。"性欲支配人类生活的力量很强，忽略了这个问题，万难把人类生活的真相描写出来。"① 通过对女体官能的直描既是从性欲角度剖析和解读人类的途径，也是张资平情爱小说的一个重要表现手法。纵观其情爱小说，我们发现这类小说充盈了大量的性爱故事或描写，有的小说甚至还直接以"性"为标题，如《性的等分线》《性的屈服者》等，这些作品不仅直面女体的世界，而且以精雕细琢的文字对女体进行了大胆露骨的描写。与同时期的热衷于女体官能直描的作家不同，张资平的情爱小说之所以钟情于女体官能的直描并不是为了表现人物的精神世界，而是为了肉体之爱和人物欲望的满足。因而，从这一点来说，张资平对女性官能之美的追求与谷崎润一郎的文学有着相似之处，因为他们都认为思想之中难以存在美的事物，而最美的事物就是女性的肉体。譬如，他的短篇小说《性的屈服者》中对主人公馨儿的肉体之美的描写就是采用了这种直描的手法。

---

① 张资平：《欧洲文艺史纲》，上海联合书店1929年版，第91页。

小说主要讲述了吉轩与姨表妹馨儿之间的情感纠葛与爱情悲剧。在W市大学毕业的吉轩经过一阵内心的痛苦挣扎后,最终还是选择了回家任职。他之所以做出这个决定主要是因为他无法割舍与姨表妹馨儿的感情。原来,馨儿三岁时父母因病双亡,被吉轩的父亲接到了家中代养。吉轩的母亲很想把她作为吉轩的哥哥明轩的童养媳。当时,吉轩六岁,明轩十六岁。考虑近亲结婚的危害,吉轩的父亲极力反对这件事情。于是,次年就安排了明轩与其他女子完婚,也就是这年的秋天吉轩的妹妹鹃儿出生。四年后,吉轩的父亲病逝,家事的一切事务都由明轩接管打理。随着情节的发展,吉轩在城内上了中学四年级,馨儿也进了村中的高等小学读三年级。面对豆蔻年华的馨儿,吉轩每次帮助她解答数学难题时,都会乘机与之紧密接触。就这样,两人相恋了。然而,有一天吉轩被她的母亲告知要把刚分娩的馨儿嫁给哥哥明轩。原来明轩乘馨儿在T温泉沐浴的时候强暴了她。婚后的馨儿对吉轩既因失去处女之身羞愧不已,又因无法忘怀他们的恋情而难以抑制欲望的火焰。吉轩也因馨儿失去了处女之美而对她恼羞成怒、心生报复的念头,又因无法割舍彼此的旧情而深陷欲罢不能的性幻想的深潭不能自拔。如果说明轩的婚外情使他们两人走到了一起,那么吉轩的移情别恋最终让他从馨儿身上获得性的满足后又无情无义地抛弃了怀有身孕的她。那么,小说又是如何来再现馨儿的肉体之美?为了便于解读,我们在这里选择了几处具有代表性的描写片段。

"吉轩不理她,还是伸嘴前去要她再和他接吻。她坐在他的怀里了,他的双掌紧紧的按在她的初成熟的小馒头般的双乳上,把她抱着。"[①]

"她消瘦了许多。她的肌肉不像从前那样丰腴了。她的双颊也不像从前那样的红润了。她的胸部也不像从前那样的紧束了。她的头发也不像从前那样的柔润了。"[②]

"初夏的天气,气温比较的高,馨儿只穿一件淡红色的贴肉衬衣懒懒的躺在一张梳化椅上。她像才喂了乳,淡红色的乳嘴和凝脂般的乳房尚微微的露出来。衬衣太短了些,吉轩看得见她的裤头和裤带。"[③]

---

① 张资平:《爱之焦点》,中国华侨出版社1997年版,第46页。
② 同上书,第48页。
③ 同上书,第54页。

片段一描写的是十五岁时的馨儿。此时的馨儿不仅貌美年轻，而且富有一种含苞待放的生命气息与青春活力。作者使用"小馒头般"来形容她的双乳既形象生动，也富有官能的色彩，将馨儿的窈窕生姿展现得活灵活现。片段二描写的是婚后的馨儿。这时的她因遭到了明轩的强暴而失去了处女之身。于是，她的肉体也渐渐丧失了昔日的魅力，此时的馨儿肌肉不再丰腴、双颊不再红润、胸部不再紧束、头发也不再柔润。如此多的冷色调词语的使用同样形象地描绘已婚馨儿的体色。片段三描写的是哺乳时的馨儿。这段描写相比之前两个片段显然更加赤裸和大胆，是一种极富刺激性的感官直描。虽说此时的馨儿没有了少女时代的青涩之美，但确拥有了少妇时期的丰润之味。身着淡红色的贴肉衬衣馨儿慵懒地躺在梳化椅上，淡红色的乳嘴和凝脂般的乳房微露出来。在这里，作者用精炼、微妙的语言向读者赤裸裸地呈现了一幅香艳的女体视觉盛宴，充分反映了张资平对女性身体的审美想象与情感诉求。这三个片段从女体官能直描的角度再现了女主人公馨儿的三个人生阶段，在这些被官能化的女性体色的直描里彰显了馨儿强烈的个体意识与生命诉求，也隐藏了作者男性观念下的女性意识。这种女体官能的直描既是一种视觉上具象写照，又是一种观念上抽象审视。与同为创造社的郁达夫不同，张资平情爱小说中对女体官能的描写并没有过多地将之转化为民族与国家的表达，更多地是从人性的角度显示个人存在的价值与意义，这或许也是张资平情爱小说能够受到世人关注的重要原因。

张资平的情爱小说注重女体的官能直描无疑突破了传统伦理道德的规范，不仅可以使笔下的女体之美更为生动和立体，突出了女性身体的实感，将其肉体之美以官能直描的形式直接呈现出来，使笔下的女性肉体成为了审美对象，而且可以借助笔下女性光鲜靓丽的肉体去再现和还原人类的基本需求和情感欲望。因此，我们认为张资平的情爱小说通过女体的官能直描表现了五四时期知识女性突破了传统封建礼教根深蒂固的束缚，敢于主动追求性爱与感情，既彰显了五四时期的时代精神，又展现了新型女性形象的风采。正如有学者所说："性爱观和婚姻观是一个人基本生命价值的显现，它的不平等是最根本的不平等，而女性在性爱观和婚姻观上的解放不仅是一种社会解放的重要内容和途径，同时更是一种人类自然本能自然生命的解放。"① 张资平情爱小说以女体官能的直描体现新时期女性对性爱的大胆诉求成为实现其生命价值的重要途径，无疑具有了现代性和进步意义，在一定程度上也体现了谷崎润一郎的享乐主义与女性崇拜的观念，是借鉴其文学表现技巧后的产物。

三 心理的细腻描写

谷崎润一郎与同时代的日本自然主义作家不同，他反对文学的平面化写作，认为文学创作应该深入人物的心理世界，通过心理的细腻描写去真实再现人物的精神领域，表现他们的主观感受和内心活动，这样才有利于人物形象具有立体化的艺术效果。为此，他善于借助心理的细腻描写去呈现人物的内心活动，将人物最真实自然的意识活动展示在读者的面前，直接深入人物的内心世界，揭示人物的心路历程，从而有效表现人物复杂的思想感情。

《柳记澡堂事件》是谷崎润一郎的一篇推理短篇小说，主要讲述了一位青年人突访 S 博士律师事务所，向他诉说自己可能在柳记澡堂杀人的故事。青年人是一位美术爱好者，信奉艺术至上，却因绘画技能拙劣过着贫穷的日子。作为一位严重的神经衰弱症患者，他脑子里充斥的是各种离奇怪诞的幻想，自从结识了艺伎出身的琉璃子，就被其肉体倾倒，陷入了欢爱的泥潭之中不能自拔。可是，力不从心的年轻人因无法满足琉璃子的欲望而遭到其嘲笑，两人的矛盾也随之日益尖锐起来。于是，年轻人心生怨恨，经常使用各种手段去毒打和体罚琉璃子，其虐待程度越大，琉璃子越是嘲笑和讥讽他。有一次，年轻人把琉璃子折腾得半死，见她披头散发，瘫倒在地板上无法动弹，自己跑了出来。四处徘徊游荡之后，他来到了一家柳记澡堂泡澡，湿漉滑溜且水雾弥漫的澡堂很快让年轻人产生了脚踩女尸的幻觉。这种荒诞离奇的感受让他在耽于享受的同时也使其惴惴不安。

"我在心里问自己，我是不是在做梦啊？如果不是梦的话，不应该有这么不可思议的事情。不知道自己现在在何处？有可能正盖着被子睡觉呢。这样想着，我环顾了一下四周，四周依然被朦胧的水蒸气笼罩着，如

---

① 张福贵等：《人类思想主题的生命解读——张资平小说性爱主题论之二》，《社会科学战线》2005 年第 6 期。

同朦胧的幻影。"①

在这里，年轻人以第一人称的叙述视角向 S 博士直接陈述了他在浴池里脚踩异物时内心的真实感受。面对这种从未有过的澡堂体验，年轻人的思绪已经混乱不已，他甚至对自己身处何地也浑然不知。内心极度困惑的年轻人开始不断地询问自己是不是在做梦，这种是梦非梦的内心独白是人物心理活动的真实呈现，有效地向读者展示了年轻人此时此刻的心理变化过程，细腻真切地吐露了人物的心声。与此同时，这种自言自语形式也揭示了他极度害怕与恐惧的心理体验，各种真情实感交织叠合在一起使得年轻人的内心世界毫无掩饰地呈现了出来，从而使读者可以最大限度地观看其内心活动。作者在这里借助年轻人的内心独白既是人物细腻心理活动的重要表现形式，也有利于读者由此走进人物的内心世界，聆听其情感倾诉，体验其内心感受，给读者带来一种真实感和亲切感，大大拉近了读者与人物的距离，既有利于人物性格的表现，又有利于人物情感的传达，有效地增强了作品的艺术表现力。读者通过阅读年轻人的内心独白也可以清楚地寻找到人物诉说之中的内在逻辑，把握人物的性格特征。在这里，年轻人的困惑源于他的神经衰弱症，敏感多疑的性格使其对事物谨小慎微，一旦遇到一点不同寻常的事情就容易胡思乱想，想入非非，甚至庸人自扰。小说通过淡化情节，采取符合人物性格的心理描写手法充分体现了谷崎润一郎娴熟与高超的艺术技巧。

张资平也擅长运用心理的细腻描写来刻画人物的心理活动。身为地质学专业出身，张资平在其情爱小说的创作中不仅借鉴谷崎文学的心理描写艺术，注重细腻的心理描写，以此呈现人物的心路历程，而且也参照了自然科学的方法将艺术的解剖刀伸入人物的心理深处，从中捕捉人物的细微心理，真实地展示人物的内心世界，为读者走进人物的情感世界提供了有利条件。值得一提的是，张资平的情爱小说并没有像郭沫若的那样注重人物的心理分析，而是以通俗的语言、流畅的叙述来描写人物的真实心理活动。这种朴实易懂的心理描写方式既有利于表现人物的细腻心理，便于读者的阅读和接受，又可以形成其情爱小说心理描写的艺术特色。张资平喜欢使用男女恋爱的题材来进行情爱小说的创作。《晒禾滩畔的月夜》写的是任蕙兰与 R 君交往的情爱故事；《蔻拉梭》写的是胡静媛与刘文如的师

---

① ［日］谷崎潤一郎：《谷崎潤一郎全集》（第 6 卷），中央公論新社 2015 年版，第 95 頁。

生恋故事；《性的等分线》写的是少妇明端与生物老师的婚外恋故事；《不平衡的偶力》写中年艺术家高均衡与昔日恋人玉兰的情感故事；《约伯之泪》写的是J君钟情于璠珊的单恋故事。张资平借助这些情爱小说的心理描写真实地呈现了20世纪二三十年代中国知识青年男女的情感体验和心理心态。一方面，他们接受了五四时期"德先生"与"赛先生"的文化洗礼，具有强烈的个性意识，时常以离经叛道的言行举止去诉求个性和解放自我，反对封建礼教，希望获得恋爱的自由和婚姻的自主，追求和实现自我的幸福婚姻；另一方面，他们无法完全摆脱世俗伦理道德的约束，致使他们在追求幸福婚姻的过程中内心世界时常处于传统与现代的矛盾与纠葛之中。因而，张资平的情爱小说富有时代的气息，通过人物细腻的心理描写去书写知识青年发自内心的生命需求，呈现人物矛盾的心理世界，成为反映当时时代生活的先锋，并非所谓的情色小说。

《蔻拉梭》主要讲述了刘文如与其学生胡静媛的师生恋故事。胡静媛是一位体质文弱的女生，她的父亲胡博士是刘文如大学时的任课教师。刘文如大学毕业后，经胡博士的推荐到了师范女子学校任数学教师。胡静媛17岁那年，她的父亲因病去世，家里只留下了母亲陆氏与之相伴而居。陆氏因女儿身体不好想借此让胡静媛放弃升学的念头。生性就爱好读书的胡静媛据理力争，最终成为了女子师范的一名走读生。已有家室的刘文如也因此深得陆氏的信赖，对他们的交际未曾抱过一次的猜疑。胡静媛23岁那年以第一名的成绩毕业后想去高等师范学校继续学业。陆氏以女儿到了择婿的年龄为由严加反对，并试图将她许配给一位大米商的少爷。胡静媛以死抗婚，坚决不从。无计可施的陆氏急忙找来刘文如，想请他劝说胡静媛。听完师母陆氏的一番诉苦之后，刘文如随之产生了一种矛盾的心理。

"尽情的劝劝她看，照着她的母亲所希望的劝劝她看。自己对她不能说达到了恋爱的程度吧。还是劝她早点结婚的好，可以省却许多烦恼——日后终免不得在他和她之间发生出来的烦恼。但他由这种烦恼发生的预想就证明他对她有了一种爱惜——不忍坐看她给他人夺了去的爱惜。到后来他发现他目前已经沉浸在苦闷中了。

让她去吧。劝她早点嫁人的好。她嫁了后自己更可以和她自由的交际。在师生的关系之外，还可以把她做个忘年腻友呢。更深进一步，或者……他暗想到这一点，觉得双颊发热的，很担心陆夫人会注意及他的这种态度。只一瞬间文如在他的脑里萦环的细想了几回。"①

这段细腻的心理描写充分再现了刘文如的矛盾心理,其主要表现在三个方面。首先,表现为尊师重道与私情欲望之间的矛盾。陆氏是刘文如的师母,身为教师的他应该率先垂范,用自己的实际行动表达对师母的感激与尊敬。因此,出于这种心理刘文如理应听从陆氏的安排,主动去劝说胡静媛以便能够为师母分担忧愁。可是与胡静媛的多年交往让他心生了一份爱慕之情,出于自己的私情欲望不忍将心仪的对象主动地让渡给他人,因而也就无法对陆氏言听计从。其次,表现为师德与私欲之间的矛盾。刘文如是胡静媛的数学教师,出于对师风师德的敬畏,不应该对胡静媛产生非分之想。可是内心对胡静媛的喜爱之情却又使他无法割舍这份私欲,以至于当他想入非非的时候都会觉得双颊发热。最后,表现为家庭伦理与私欲的矛盾。刘文如已有家室,还有一位2岁的女儿,出于家庭伦理的禁忌,不应该对胡静媛痴心妄想。然而内心对妙龄少女的钟情又使他无法忘怀这份情感。刘文如正处于伦理道德与私人欲望的激烈博弈之中。截然相反的双方在他的内心世界中构成了一种强大的心理张力,表现在情感欲望和人伦道德的冲突所引起的心理活动,将刘文如内心的真实感受与生存状态具体化和形象化,把人物的矛盾心理刻画得入木三分,从而有效地向读者展示了刘文如复杂的思想情绪,这种细致入微的心理描写也使这部小说具有了现代心理小说的特征。

四 在变化中接受

虽然张资平留学日本期间正好是谷崎润一郎文学兴盛的时期,他本人也多多少少阅读了谷崎润一郎的文学作品,并对他的情爱小说创作产生了不同程度的影响,无论是女体的想象书写,还是女性的官能直描以及心理的细腻描写等方面都有接受谷崎润一郎文学的痕迹。然而,受特殊时代环境与接受者主体性的影响,张资平在接受谷崎文学的过程中表现出了明显的变化性。这种在变化中的接受使得张资平能够吸取和借鉴谷崎润一郎文学的有机养料,熟练地运用其文学的表现技巧来表达作品的思想情感,呈现出其情爱小说的独特之处。

首先,两位作家都热衷于女体的书写,但是张资平的情爱小说是通过

---

① 张资平:《爱之焦点》,中国华侨出版社1997年版,第171页。

女体书写来传达现实意义与时代精神，而谷崎润一郎文学更注重伸张个性和发展自我，缺乏文学应有的功利性。如《刺青》中的刺青女、《麒麟》中的南子夫人、《富美子的脚》中的富美子、《褴褛之光》中的乞丐女、《恶魔》中的照子、《痴人之爱》中的娜奥密、《疯癫老人日记》中的飒子等，谷崎润一郎对她们的女体书写充斥了视觉的艳丽之味，其表现之淋漓，审美之颓废，不禁让读者有一种"瞠目结舌"的阅读感受。这种为强调"为艺术而艺术"，以立足女性官能书写，从肉体的残酷中体验享乐的女体书写方式使谷崎润一郎文学在呈现艺术之美的同时，也让他的文学具有了浓厚的颓废—恶魔气息。张资平在借鉴对女体官能的书写技巧时，并没有像谷崎润一郎那样执迷于女体的官能赤裸和刺激，以表达对女体之美的礼赞与跪拜，而是借用女体的书写去表现新时期女性的觉醒意识。无论是《蔻拉梭》中的胡静媛，还是《性的屈服者》中的馨儿，无论是《约伯之泪》中的璇珊，还是《梅岭之春》中的保瑛，其笔下的女体书写少了些官能的感受，多了些现实的意义。换句话说，张资平笔下的女体书写更多的是借这种艺术技巧去表现新时期女性对个性的追求和婚姻自主的愿望，而非谷崎润一郎那样去表现女性的肉体之美和对女性的崇拜意识。所以说，张资平笔下的女体书写相比谷崎文学来说，更加侧重于借女体之美来彰显人物的个性解放和男女平等的观念，在一定程度上真实地写出了当时女性的生存状态，具有了鲜明的时代性。因而，有评论家认为早期的张资平如大多数现代作家一样，着眼于当时的中国社会问题，有意识地将自己的文学创作与社会时代的发展要求相互结合起来，使其文学创作呈现出鲜明的时代倾向。他"把主人公放在一个社会大环境中，企图写出中国的现实乃至中国历史的冤债血恨。"① 张资平情爱小说的女体书写与谷崎润一郎文学有着本质上的差异性。遗憾的是，张资平没有继续下去，而是陷入了性爱描写的泥潭，使其文学创作走上了死胡同，导致其对性的大量赤裸的描写而备受后人诟病。

其次，两位作家都钟情于爱情题材，但张资平的情爱小说多采用"多男一女"的叙事模式来讲述故事，而谷崎润一郎的则更多运用"一女一男"的叙事模式来叙说情节。如《刺青》中清吉对刺青女的独恋，《麒

---

① 靳明全：《张资平与日本自然主义文学》，《东北师大学报》（哲学社会科学版）1993年第5期。

麟》中卫灵公对南子夫人的独宠,《痴人之爱》中合河让治对娜奥密的独爱,《春琴抄》中佐助对春琴的独钟、《疯癫老人日记》中卯木对飒子的独情等均是采用了"一女一男"的叙事模式。男性因折服于女性的官能之美而不能自拔,为了能够获得所钟情的女性,往往耽于各种幻想,表现了浓厚的女性推崇之情,富有浓郁的浪漫色彩。除此之外,这种叙述模式还注重女性对男性的绝对权利的书写。面对富有官能之美的女性,男性们时常心甘情愿地充当她们的奴隶,接受她们的审判与虐待,并从中获得快感与享乐,实现其非常态的欲望,体现了"一切强者都是美的,一切弱者都是丑的"唯美思想。因此,谷崎润一郎通过"一女一男"的叙事模式成功地表现了他的"为艺术而艺术"的文学主张,呈现了文学的独特艺术,在一定程度上有助于成就他在日本现代文坛的地位。然而,张资平的情爱小说多采取"一女多男"的叙事模式。如《性的屈服者》中馨儿与明轩和吉轩的交往,《梅岭之春》中保瑛与吉叔和泰安的交流,《约伯之泪》中璇珊与J君和高教授的来往,《蔻拉梭》中胡静媛与刘文如和宗礼江的往来,等等。小说中的女性之所以会与多位男性交往其目的在于灵肉合一的爱情,即从生理和心理两个维度表现五四时期女性的爱情观念——追求符合人性的爱情。她们既不愿成为男性的发泄工具,也不愿意刻意压制自己的本能欲望,通过与多位男性的交往去寻求理想的爱情,这不仅是对中国传统伦理道德的叛逆,也是个体生存价值的追求,以及对女性恋爱权利的维护。因此,从这个角度来说,张资平情爱小说的"一女多男"叙事模式体现了鲜明的时代感,传达了五四时期人们的心声,书写了现代女性对灵肉一致爱情的执着追求。虽然两者都追求内心情感上的满足,但是谷崎润一郎多侧重欲望与本能的表现,张资平则更注重灵与肉的和谐一致。

因中日两国文化环境的不同,中国文学注重与现实的关系,日本文学注重脱离与现实的关系。日本文学的非功利性使得谷崎润一郎淡化了作家的社会责任感和历史使命感,耽于幻想,以此追寻美的存在。谷崎润一郎文学的异质性也促使了张资平在情爱小说的创作之路走上了一条与之不同的道路。简要来说,他对谷崎润一郎文学既有继承又有舍弃,其继承的多是文学技巧,舍弃的则是文艺思想。谷崎文学中女体的想象书写、女性的官能直描以及心理的细腻描写等表现技巧在一定程度上促成张资平文学创作技巧的娴熟。张资平利用这些文学技巧,结合中国现代文坛的发展需求，创作了一批反映社会时代精神的文学作品，具有了鲜明的时代性，体现了与谷崎润一郎文学的区别。令人遗憾的是，张资平终究背弃了谷崎润一郎文学对艺术技巧的执着精神，为迎合少数人的阅读需求，以赤裸的性爱描写取代了时代的精神，最终使其小说创作走向了低级的情色之路。因此，我们认为张资平的早期情爱小说因为接受了谷崎润一郎文学的表现技巧，表现了20世纪二三十年代年轻一代的生存苦闷与觉醒意识，表达了他们对理想爱情的大胆诉求，唱出了一代青年人的心声，是中国现代文坛上不可或缺的新文学之作。

小结

就现有的史料来看，创造社作家与日本唯美主义文学有着或多或少的关系。对此，方长安认为："从现有资料看，前期创造社作家都对日本唯美主义文学发生过兴趣，或直接接触过日本唯美主义作家，或阅读过他们的作品。"① 郁达夫、郭沫若、张资平等人也确实接受了谷崎润一郎文艺思想的影响，并在其文学创作中将女性、欲望与死亡结合在浓郁的官能书写之中，体现了唯美与颓废的创作倾向，追求强烈的刺激、嗜虐成性的快感以及非常态的官能书写，表现出较为鲜明的谷崎润一郎气息。这些体验个体生命、感叹自我人生的文学作品既表现出一种病态的美，也表现出一种怪异的美，是一种通过官能书写和女性礼赞而营造的艺术虚幻美，形成了前期创造社颓废感伤的总体格调。具体而言，郁达夫的小说如《迷羊》《茫茫夜》《银灰色的死》等表现对女性肉体之美的迷恋和变态的性心理。郭沫若的小说《喀尔美萝姑娘》《骷髅》《叶罗提之墓》流露了郭沫若以丑为美的恶魔色彩和强烈的官能刺激。张资平的小说《蔻拉梭》《性的屈服者》《约伯之泪》等描写了众多形形色色的性追逐、性猜疑、性苦闷和性变态。这些作品虽然都不成程度地受到了谷崎润一郎文学的影响，但是却具有鲜明的时代性和现实性。"我们在创造社诸人'五卅'前的文章里，不但看见'为艺术而艺术'和'唯美主义'的思想，也看见他们'为人生'和'为社会'的思想。"② 换而言之，郁达夫、郭沫若、张资平等人是借用谷崎润一郎文学的思想或技巧来抨击旧道德与旧礼教，揭露

---

① 方长安：《选择 接受 转化》，武汉大学出版社2003年版，第83页。
② 李何林：《近二十年中国文艺思潮论》，陕西人民出版社1981年版，第106页。

传统思想对女性的束缚和压抑，倡导个性解放，彰显自我意识，通过借用谷崎润一郎文学的技巧和表现方式去书写20世纪二三十年代青年一代的生命表现，用唯美的艺术方式去再现他们的生命历程，体现了鲜明的时代精神和作家们的人文情怀，应该仍属于"五四"文学的主题。

第 四 章

谷崎润一郎与狮吼社

狮吼社是中国现代文学社团历史上最具唯美主义倾向的文学团体之一，主要成员包括滕固（若渠）、章克标（恺熙）和邵洵美（云龙）等人。该社团成立于 1924 年 3 月，以 1927 年为界，其发展可以分为两个时期。前期时间为 1924 年 3 月至 1927 年 5 月，后期为 1928 年 7 月至 1930 年 9 月。之所以按此时间为分界点是因为狮吼社经历以下标志性的事件。1924 年 3 月，留学日本的滕固在上海与方光焘等人成立了狮吼社，并于同年 7 月 15 日发行了该社的社刊《狮吼》半月刊。1925 年留学日本的章克标和 1926 年留学欧美的邵洵美分别加入了狮吼社，给该社注入了新的活力。1927 年 5 月，邵洵美主编《狮吼》月刊，可仅两期就停刊了。1928 年邵洵美开办了金屋书店，同年 7 月他重新主持恢复了《狮吼》半月刊。1929 年邵洵美创办了《金屋月刊》，以此取代了《狮吼》半月刊。1930 年 9 月，《金屋月刊》停刊，狮吼社也随之解散。事实上，该社成员章克标、滕固和邵洵美与谷崎润一郎文学有着千丝万缕的关联。其中，章克标是中国现代文学史上译介谷崎文学的主力。更重要的是，他们都不同程度地接受了谷崎文学的影响，创作了一些具有唯美主义特色的文学作品。当然，受接受环境与接受主体的影响，狮吼社作家对谷崎润一郎文学的接受也是有限的，其唯美颓废的背后是对中国社会现实的关照与审视，是借谷崎文学的养料来丰富自身的文学创作，以此来拓展中国现代文学的表现领域。

第一节　谷崎润一郎与章克标

谷崎润一郎与章克标有着较为明显的文学关系，对章克标的文学创作也产生了较大的影响。1918 年章克标赴日本就读于东京师范高等学校数学科，1925年学成归国。七年的留日生涯使得他有机会直接去阅读大正文坛新秀谷崎润一郎创作的文学作品。章克标一度将谷崎润一郎的短篇小说《刺青》作为自己的枕边书每晚阅读。"我大略通读过他（谷崎润一郎）作品的大部分。"① 回国以后，他积极参与狮吼社的社团活动，并且大力向国内读者翻译和介绍谷崎润一郎的文学作品。1929年，开明书店出版了他的《谷崎润一郎集》，这部译作是中国现代文坛最早出版的谷崎润一郎短篇小说集，曾因此掀起了国内文坛译介谷崎润一郎文学的小高潮。作为谷崎润一郎的崇拜者，章克标的文艺思想和文学创作都不同程度地受到了他的影响，他强调文学艺术的本体论，注重在幻想中憧憬女性的肉体之美，侧重刻画人物的变态行为，这些都使其文学创作烙上了鲜明的谷崎文学的印迹。当前，国内有关两者关系的研究成果主要认为章克标是谷崎润一郎的崇拜者，其唯美主义颓废趣味带有浓厚的日本气息，混合了谷崎润一郎和新感觉派的双重影响。这些成果对剖析两者的文学关系无疑具有重要的启示作用，然未能结合当时的接受语境来阐释章克标在接受过程中如何表现出接受者的主体性。因此，为深入揭示两者的文学关系，我们有必要深入探讨，从中挖掘出文学流变的实质，为研究提供学理依据。

一　耽于在幻想中憧憬女性的肉体之美

幻想具有非现实的艺术效果，既可以使人物耽于幻想之中展现人物的内心活动，拉近读者与人物的心理距离，使读者走进人物的幻想之中去感知其内心的世界，又可以有效地表现作品的主题，有利于使读者通过体验人物的幻想去理解和把握作品的思想内涵。虽然说耽于人物的幻想以此来状写女性的肉体之美并不是谷崎润一郎的独创之举，但是在其文学创作中运用这种表现方式却是他状写人物和表达主题的一个重要手段，具有其相应的艺术功效，从中表现向往和追求女性的官能之美的审美价值在于打破现实与虚幻的界限，以想入非非的奇异幻境去中展示人物深层的情意世界，体现其文学对官能之美的执着追求和独特的艺术化抒写形式。当然，这种艺术技巧在表现作品唯美的同时，也使其陷入了官能描写的泥潭，无力提高作品的人文思想与道德意识。因而，谷崎润一郎钟情于幻想，喜欢在梦幻中憧憬女性的官能之美，可谓有利有弊，正如吉田精一所言："谷

---

① 章克标：《谷崎润一郎集·序》，开明书店1929年版，第5页。

崎润一郎的作风是以空想和幻想作为生命的，以为着不涉及现实为正道。概括地说，就是罗曼蒂克。这意味着他通过不应有的世界、恶魔般的艺术，发挥了使读者陶醉的魔力。他的空想与幻想比较缺乏变化，专门与肉体和感觉紧密结合，没能达到思想的高度。"① 然而，谷崎润一郎通过描写人物耽于幻想来表现女性的肉体之美已经构成了其文学富有特色的艺术形式，也充分体现了谷崎文学唯美的艺术特质。

《秘密》被誉为是谷崎润一郎侦探题材小说的滥觞之作，既体现了推理艺术，也展示了耽于幻想的艺术特色。小说主要讲述"我"如何追寻少年时代偶遇的一个令其不可思议却又难以忘怀的"另一个世界"的故事。"我"在十一二岁的时候，父亲带"我"去了深川的八幡宫。"我"被眼前迷人的景色深深吸引，并从中感受到了一个如梦般的秘密世界。由于这个如梦的秘密世界远离世俗，所以"我"也一心想离开喧嚣乏味的现实世界去试图重温这个令"我"痴迷的"另一个世界"。一番周折之后，"我"终于在位于浅草松叶町的真言宗寺院里租了一处僧人居住的地方，过起了隐居的生活。"我"之所以隐居此地除了这里有优雅静谧的环境之外，还有一个更重要的原因，"我"需要一些与众不同的奇怪之事来刺激"我"的神经，好让"我"耽于在幻想中憧憬女性的官能之美。"真希望可以栖居在远离现实的、野蛮而又荒唐的梦幻空气之中"。② 晚上九点左右，"我"会等僧人们都入睡之后，开始精心地将自己乔装打扮成为一位身着精美和服、头戴假发丝巾、从后脖颈到手腕都涂抹白粉的艳丽女子。一切就绪之后，"我"会以此装束毅然地走出住处，走向夜晚之中的街道。

"我"将男人的秘密隐藏在女性的装扮之下，尽情地向过往的人演绎女子的风情。"我"的言行不仅骗过了与"我"擦肩而过的女性，让她们毫不怀疑地认为"我"和她们同类，而且还会让其中的女性因为"我"的优雅姿态向"我"投来几缕羡慕的目光。此时的"我"为能够给自己平凡的现实生活披上梦一般的色彩而深感欢喜不已。从此之后，"我"耽于女性装扮所产生的官能之美，尽其所能让自己沉浸在幻想之中以此获取享乐。"我"有时会"对着镜子自照，会体会到一种颓废的快感，如陈年

---

① ［日］吉田精一：《耽美派作家論》，樱枫社1981年版，第165页。
② ［日］谷崎潤一郎：《谷崎潤一郎全集》（第1卷），中央公論新社2015年版，第92页。

的葡萄酒摄人魂魄",有时会"以地狱极乐图为背景,只着颜色艳丽的和服衬衣,像个妓女一般以软弱之姿仰卧在被子上",有时会"为了发酵头脑中的奇怪想象,我不时在腰间插着匕首、麻醉药之类的东西出门。这么做不是为了犯罪,而是想以此想象犯罪所能带来的美丽而又浪漫的芬芳。"① "我"是一个耽于在幻想之中憧憬女性肉体之美的人,通过各种奇装异服的装扮让自己沉浸在美妙的幻想之中去体验和感受女性之美。这种带有颓废和恶魔气息的女性之美,散发着令人痴迷神往的魔力,让人为之倾倒和迷狂。这种令人无法释怀的女性之美背后又蕴含着死亡的滋味,因为这种香迷心窍的幻象让人会心甘情愿地在感受官能快感的同时,忘却生命的存在,以及时行乐的处世之道在不知不觉之中消耗自身,最终成为女性官能之美的献祭品。就这样,谷崎润一郎将唯美、唯我和唯乐三者合而为一的艺术主张在"我"的秘密的实施之中得到了充分的体现。小说以"我"的秘密为线索,以"我"耽于女性之美的幻想为核心,向读者充分展示了官能化的唯美主义观念,也充斥着荒诞、死亡和神秘的色彩,将人物的潜意识和梦幻交织成一个瑰丽而又诡异的艺术世界。

热衷于谷崎文学译介的章克标欣然接受了谷崎润一郎的文学影响,使其在文学创作中耽于幻想。正如他在《蜃楼我观:给邵洵美的信》中就坦率地承认了这点:"我时常会做梦,而且喜欢做梦,更喜欢做白日梦,空闲的时刻,一个人孤身枯坐着,那便是寻梦的绝好时节了。"② 那么,章克标会耽于幻想的主要原因是什么?结合当时的中国社会现实与章克标的个体因素,我们认为其表现在两个方面。

其一,中国现实社会的黑暗与上海物质生活的繁荣使章克标易于沉湎在幻想之中。20世纪二三十年代的中国社会正处在多事之秋。军阀混战、大革命的兴起和失败、国共之间的内战以及中日民族矛盾的日益尖锐,这些都使得当时的中国深陷到了内忧外患的黑暗境地,社会经济的凋敝使得人们身处于水深火热的困境。面对民不聊生的黑暗社会,一大批仁人志士先后进行了各式各样的尝试都未能改变当时中国的社会性质和人们的悲惨命运。与此同时,上海凭借得天独厚的地理位置逐渐成为当时中国的商业中心和远东的金融中心。日益兴盛繁荣的物质生活促进了上海都市形象的

---

① [日]谷崎潤一郎:《谷崎潤一郎全集》(第1卷),中央公論新社2015年版,第96页。
② 章克标:《银蛇》,华东师范大学出版社1993年版,第235页。

形成，影剧院、舞厅、咖啡馆等一批新鲜事物如雨后的春笋出现在上海，成为当时上海都市文化的重要标志。这些新事物充斥着浓郁的现代生活气息，人们在灯、光、声、色之中获得了前所未有的感官刺激。可以说，上海的都市文化生活提高了当时人们生活品位，也让一批人沉醉于这种灯红酒绿、醉生梦死的官能享乐之中，上海也因此成为当时的欲望之都。1925年从日本留学归国的章克标，面对当时黑暗的社会现实，内心深感孤寂和苦闷，学成归国却又无处可施其才。基于对黑暗的现实社会的深深不满，来到上海的章克标开始体验和感受现代都市的生活，十里洋场的都市生活让其沉湎之中。黑暗的现实社会与繁华的都市景象让章克标耽于幻想，认为一切虚幻的事情会比现实更有价值和意义。于是，他在《蜃楼代序》中直接否定了秦始皇为追求蜃楼世界而付出的种种努力。"秦始皇所见的海上楼阁，就是蜃楼，否定神仙的存在的人，是这样主张的。"①章克标在此充分肯定了蜃楼的虚化实质，既然它是人们幻想之物，就应该遵循幻想的性质去认识它，虚无缥缈的蜃楼是可望而不可求的，只有深知其中的意旨才能够在幻想之中淡化自己在现实社会中的痛苦和烦恼，才能够在美的世界里找到灵魂的安逸之地。

　　其二，谷崎润一郎文艺思想的影响使章克标耽于幻想。谷崎润一郎强调艺术的独立性，主张文学艺术除了表现自身之外，不具备其他的功能，提倡文学创作的无目的性。因此，在他看来，艺术是第一，生活是第二，生活是对艺术的模仿。这种大力倡导艺术本体论的文艺思想对翻译谷崎润一郎作品的章克标来说产生了影响。受十里洋场上海生存环境的影响，章克标大力推行"颓加荡"的艺术耽迷与狂欢，认为"我们决不承认艺术是有时代性的，我们更不承认艺术可以被别的东西来利用。"②"艺术的独特的标的，是内在于文艺的本质里，决不是由外面可以去决定的。"③"我写小说虽则有成为一种职业的倾向，但我在写时，决不当它是骗饭吃的一种工作。"④ 这些言论说明了此时的章克标强调艺术的本体论，重视文学创作的非功利性。他的这种文艺思想正是借鉴和采纳谷崎润一郎文艺思想的结果。"他（谷崎润一郎）的世界是超越了现实和人生而存在的世界。

---

① 章克标：《银蛇》，华东师范大学出版社1993年版，第234页。
② 章克标：《色彩与旗帜》，《金屋月刊》1929年第1卷第1期。
③ 章克标：《上去站在第一峰》，《金屋月刊》1929年第1卷第4期。
④ 章克标：《银蛇》，华东师范大学出版社1993年版，第235页。

人间有切切实实在社会上做事的时间，却也有耽于空想和睡着了做梦的时刻，他的文学便是后者，不能应用人生来批判的。"① 章克标不仅熟悉谷崎润一郎的艺术本体论，而且还受其潜移默化的影响。1929 年 5 月，章克标在《做不成小说》中就写道："这两天，我的神经好像颇有些两样了。这两样，和早几天不同，有了一些变化，也可以说我受了什么感化什么影响之类。第一，我连续翻译了几个谷崎润一郎的作品，头脑中被他恶魔的色彩，唯美的情调充塞了。"② 他满脑子的谷崎润一郎恶魔色彩和唯美的情调使其重视幻想对于文学创作的重要性，认为在幻想的梦境中追寻女性官能之美的享乐有利于作家精心营造的艺术世界的实现，因为"一切梦是如同文艺的创作一般的东西。在梦中可以得到现实生活中所不能满足，不能实现的境地……梦境是如同蜃楼一般的东西，文艺也往往同蜃楼一样的。对于一切事物，倘使是在睡梦之中，便超越了利害关系，和我们平常的看法有一种不同的关心。"③ 虽然章克标并不曾大肆宣扬过谷崎润一郎的耽于幻想的文艺思想，但是这种文艺思想在他的文学创作中却表现得淋漓尽致，且看《来吧，让我们沉睡在愤火口上观梦》。"我们在梦里，我们的眼，鼻，舌，身，觉是如何使得我们达到美的极致呀！眼有美的色相，鼻有美的声音，身有美的馨香，舌有美的味，身有美的独，觉有那个美的凌空虚幻缥缈的天国。我们赞美，赞美使我们这样的梦。"④ 美的本体和本质在这里得到了集中体现，这种醉生梦死式的官能快感与谷崎润一郎所倡导的耽于在幻想中描绘女性的官能之美的文艺思想有着何其相似的地方。

耽于幻想中憧憬女性的肉体之美这种艺术表现手法在章克标的小说创作中表现得更为突出。短篇小说《蜃楼》就是代表之作。小说主要讲述了庄伯光夜游上海红绿舞场时的奇异经历。主人公庄伯光在友人叔琴的提议下，本打算从入住的神州旅社叫车一起去位于 AA 路 101 号的上海最豪华的一家大赌场。专车来到旅社门口后，一同上车的叔琴因要购买香烟下车了，独自留在车内的庄伯光被司机带到了一家名为红绿的舞场。在这里，他偶遇了一位貌似失联 5 年之久的情人萍姑的女人。为了凸显小说的梦幻色彩，章克标不仅以浓墨重彩的笔墨描绘了舞场的奢华和考究，还使

---

① 章克标：《谷崎润一郎集·序》，开明书店 1929 年版，第 12 页。
② 章克标：《做不成的小说》，《金屋月刊》1929 年第 1 卷第 5 期。
③ 章克标：《银蛇》，华东师范大学出版社 1993 年版，第 236 页。
④ 章克标：《来吧，让我们沉睡在愤火口上观梦》，《金屋月刊》1929 年第 1 卷第 2 期。

用了精雕细琢的语言去刻画萍姑及其侍女彩的肉体之美。

> 她的手指是十分紧张着,也十分好看,它嫩如同羊脂玉,白如同雪花团,光洁如同大理石,柔软如同天鹅绒,温暖如同春天的太阳,纤秀如同绿葱,红如同淡色蔷薇,香如同芝兰,好看胜过一切的手,总在我面前逼我喝下酒去。①

这是一段有关侍女彩的手指的描写文字,可谓极富官能之感。在这里,作者不仅使用了大量的比喻、夸张、排比等修辞手法来形容彩的手指之美,具有形象生动的艺术效果,而且凭借敏锐的感受力,细腻地捕捉了手指的触觉、视觉和嗅觉三种元素,通过运用通感将不同的感官相互交织起来,具体表现为触觉上的柔嫩、视觉上的艳丽和嗅觉上的香郁,三者互通照应向读者艺术性地呈现了一个在幻想之下的立体可感的美感世界,惟妙惟肖地展示了彩的手指具有无与伦比的官能之美。具体来说,先从触觉的角度描写了手指之质感,既像羊脂玉又如天鹅绒,既如大理石又如绿葱,突出表现了手指的柔软与细嫩。接着,从视觉的角度传达了手指的美感,白如雪花,红如蔷薇,突显了手指的娇美与艳丽。最后,从嗅觉的角度诠释了手指的味感,香如芝兰,凸显了手指的优雅与韵味。就这样,三种感觉在这里相互交融,有机结合,使侍女彩的手指之美获得了淋漓尽致、栩栩如生的展现,有效地实现了读者与人物之间的情感连接。因此,精致且恰到好处的触觉、精彩且恰如其分的视觉以及精练且适可而止的嗅觉为展示侍女的手指之美提供了艺术技巧的保障,三者相得益彰所产生的艺术效果也充分体现了章克标小说的艺术特色。正是这种独特的艺术效果让耽于幻想之中手指之美的主人公庄伯光为之陶醉和神往,这种独特的感受也使得本来不善于饮酒的他对侍女彩的敬酒往往是一饮而尽。于是,他在酒精的作用下对貌似萍姑的女主人产生了进一步的美妙幻想。

> 这时候要有非凡肉感的体躯,成熟了的女性特有的芳香,才有引力。她鲜红的,润泽的,像爱神背着弓一般的,适合于给人接吻的嘴唇;灵活的,深黑的,像水晶一般晶亮的勾魂摄魄的眼睛,芙蓉花

---

① 章克标:《银蛇》,华东师范大学出版社1993年版,第225页。

般艳丽,天鹅绒般软和,香喷喷的面孔,还有花笑般的眉,鸟歌般的鼻,配给人拥抱的胸腰,丰丽的肩膀,俊秀的手臂,都是发出她们的欢呼,散开她们的幽香,招我的灵魂,醉迷我的心神,我像看见了满山红桃的猴子,一时心神混乱,手足无措起来。①

在这里,作者详细描绘了庄伯光在酒精的刺激下对貌似萍姑的女人所展开的一段充满性意味的幻想,形象地展示出他对女性官能之美的强烈崇拜。为了凸显成熟女性的风姿与韵味,作者运用比喻、排比、夸张等多种修辞手法极富声色地展示了庄伯光幻想之下萍姑的肉体之美。在这里,女子香艳欲滴的嘴唇、勾魂摄魄的眼睛、芙蓉如面的脸蛋、如花笑般的眉毛、如鸟歌般的鼻子、丰盈圆润的胸部、婀娜多姿的蛮腰、丰丽滑润的香肩以及俊秀轻盈的手臂组成了一幅极富官能刺激的女体盛宴,这种扑面而来的肉感气息充分展示了感官享乐主义对于女性官能之美的沉迷,被物化的女性身体成为了男主人公赏心悦目的对象,通过幻想女子非凡肉感的体躯、成熟女性特有的芳香形象生动地表现出他对肉体美的极度迷恋,呈现出谷崎润一郎文学浓郁的官能色彩和享乐情调。因而,有学者认为:"他的(章克标)'唯美—颓废'趣味带有浓厚的日本气息,其中混合着日本唯美派作家谷崎润一郎和新感觉派作家的双重影响。"② 在这里,章克标将谷崎润一郎唯美的推崇与唯肉的沉湎相互结合,使得其笔下的女体之美呈现出视觉化、触觉化和幻觉化的特点,将其文学对美的憧憬与追求转变成为上海都市所特有的十里洋场文化。借助酒精的作用,庄伯光沉浸在对眼前貌似萍姑的女子的幻想之中,把对她的迷恋与憧憬转化为官能化的肉体之美,嘴唇、眼睛、脸蛋、眉毛、鼻子、胸部、细腰、香肩和手臂构成了一道女体的视觉盛宴,美艳多姿的肉感描写充分表现了男主人对女子肉体的赞赏和崇拜以及官能的享乐。

可是当庄伯光酒醒之后,他却发现自己已经躺在了酒店的客床上,刚才所发生的一切只不过是一个梦而已。原来,叔琴买完香烟返回车旁时,发现庄伯光已经不在车内,四处寻找依然无果。于是,他自己独自一人去

---

① 章克标:《银蛇》,华东师范大学出版社1993年版,第226页。
② 解志熙:《唯美偏至:中国现代唯美—颓废主义文学思潮研究》,上海文艺出版社1997年版,第232页。

了赌场，回到旅社一直等到凌晨三点，酩酊大醉的庄伯光才被人送回。事后，庄伯光委托朋友多方打听也没有找到他所去过的红绿舞场。因此，《蜃楼》通篇就是描写庄伯光的一个梦幻故事。章克标利用这个梦幻故事不仅表现了他的文艺思想——虚构的事情往往比真实更有价值，而且也在幻想的世界里表现了对女性肉体之美的憧憬与礼赞。庄伯光通过美妙的幻想世界品味到了女体之美，感受到了虚幻的灵妙，体验到了官能的畅快，女性身体成为了男性欲望的对象化。章克标正是通过耽于幻想的叙述策略让男性从中憧憬女性的官能之美，在微妙的幻影中流露一种唯美式的自我陶醉。当然这种唯美式的自我陶醉，除了在体现章克标独创之处的同时，也烙下了模仿谷崎润一郎文学的印迹。

二 在人物变态的行径中获取官能享乐

谷崎润一郎钟情于人物的变态行为的刻画，以此从肉体的残忍之中体味到痛切的官能享乐。为此，他在《成为父亲》中直言不讳地说道："或者至少在某种程度上，我极其秘密地实现了我的病态的官能生活。"① 因而，他偏执于描写人物非常态的变态行为，以此追寻和实现感官的刺激，以满足人物欲望的有效途径，把艺术之美视为一种官能享受。这种建立在悖于常理之上的艺术表现方式显然不是以理性与道德为根基，而是以其对艺术的独特理解所开辟的一条艺术之路。也就是说，谷崎润一郎津津乐道于从人物变态的行径中追寻的美实质上是一种以彰显个体生命欲望为根基的非常态的美，是"我的心思考艺术的时候，我憧憬恶魔的美"②。因此，谷崎润一郎笔下的美并非传统意义上的美，而是以官能的享乐取代了情感的审美判断的美，是赤裸裸的官能愉悦和感官诉求，直接表现了其文艺思想的独特之处。

谷崎润一郎之所以热衷于在人物变态的行为中获取官能享乐主要是受日本传统文化和西方现代文化的影响。简要来说，日本传统的艺术创作遵循自然之道。在邱紫华看来，这种自然之道包括两个方面。"其一，是指艺术创造起源于对自然生命感的感受；其二是说艺术创作不矫饰、不夸张做作，不违背自然事物的事理以及人的自然的天性和感情。"③ 也就是说，

---

① ［日］谷崎潤一郎：《谷崎潤一郎全集》（第9卷），中央公論新社2017年版，第455页。
② 同上。
③ 邱紫华等：《东方美学简史》，高等教育出版社2004年版，第314页。

日本传统艺术讲究自然天成，反对矫揉造作、无病呻吟之作。因而，日本传统文学注重的是对自然事物的原汁原味的模仿与体验，从中抒发和表现人的本真情感与欲望。文学艺术的功能不在于与现实政治世界的联系，而在于表现作家的真情实意，通过自然之物的姿态来借景抒情，融情入景，真挚地表现主体内心的情感世界。从万叶时代的和歌，到平安王朝的物语，再到镰仓—室町时期的五山文学，最后至江户时代的町人文学都体现了浓郁的主情特色，这就使得日本传统文学往往远离政治功利和道德说教。因而，作家们可以从各个领域对人性展开真实的描写，只要立足于表现自我的真情实感，与现实功利无关，这样的文学就是好的文学。于是，以爱与性为主题的好色文学逐渐成为日本传统文学的重要表现形式。从紫式部的《源氏物语》到井原西鹤的《好色一代男》《好色一代女》再到为永春水的《春色梅儿誉美》无不从性的层面肯定了人的自然天性，表现了对现世人生的享乐，对溺于肉体行为的宽容，形成了好色文学独有的艺术魅力。"他们（日本人）认为肉体的享乐是件好事，是值得培养的。他们追求享乐、尊重享乐"①，深受日本传统文化浸染又曾三次将《源氏物语》翻译成现代日文的谷崎润一郎，理应会继承这种文化。

　　1868年的明治维新使日本走向了"脱亚入欧"的发展道路，经济、政治、军事、思想、文化等各个领域都纷纷借鉴和效仿西方。作为文化领域之中的文学也不例外。其中，大正文坛兴盛的唯美派文学就具有鲜明的西方异域风情。永井荷风根据自身游历美国、法国的经验，相继创作了《美利坚物语》《法兰西物语》《冷笑》《欢乐》《新归国者记》等小说，对日本明治后期的丑陋与落后给予了嘲讽与批判，对欧美现代的文明给予了礼赞与向往，为日本近代文坛注入了一股唯美主义的新风。作为该派主将的谷崎润一郎也是如此。他曾一度想效仿永井荷风能够亲身前往欧美进行实地考察和体验，可家道中落的他无奈只好将此想法搁浅。即便如此，为了实现自己梦寐以求的出国心愿，他还是于1918年和1926年两次来到中国，以此游历来取代他的欧洲之行。1915年，谷崎润一郎在《独探》中这样写道："我发现在自己心中燃烧着的痛彻的艺术欲求，最终由于生活在日本而无法满足。这里没有西洋烂熟的文明。与西洋艺术比起来，一

---

　　① ［美］鲁思·本尼迪克特：《菊与刀：日本文化的类型》，吕万和等译，商务印书馆1990年版，第123页。

切都显得小家子气。我们必须深刻地、全面地了解比我们伟大的西洋,在那里寻求自己憧憬的美。我不能不像崇拜神明那样崇拜西洋。"① 1931年,他在《恋爱与色情》中说道:"西方文学对我们的影响无疑是广泛深远的,而其中最大的一点,我以为实在是'恋爱的解放',说得深刻明白一点,便是'性欲的解放'"②。正是出于这种对西方文化的强烈憧憬,谷崎润一郎接受了包括王尔德、爱伦坡、波德莱尔等西方唯美主义作家的文艺思想,大力推行"为艺术而艺术"的文学主张,在人物变态的行径中将艺术之美表现为官能的享乐与声色的刺激。

受日本传统文化与西方现代文学影响的谷崎润一郎巧妙地将两者结合起来,依据自己对美的独特理解,用优美流畅的语言诠释了自己的文学艺术。正如森安理文所言:"对于谷崎润一郎这个个性鲜明的作家而言,无论是西洋文学还是日本的古典文学,他都能从中找到适合自己个性、资质,利于表现自身的艺术的东西。"③ 当这两种文化成为谷崎润一郎文学创作的养料时,他通过描写人物的变态行为,渲染了变态的官能享乐与癖好,使作品呈现出恶魔般的颓废倾向,构成了其文学的一个重要的艺术特质。不仅如此,他把这种艺术特质贯穿于整个文学创作之中,形成了其文学一道靓丽的风景线。譬如,《富美子的脚》中塚越老人临死之前让富美子脚踩其脸时的幸福、《魔术师》中"我"不惜牺牲自尊来追寻官能之美的疯狂、《罗洞先生》中罗洞先生沉湎于女生受虐的享受、《恶魔》中佐伯偷舔照子小姐带有鼻涕手帕的快感、《春琴抄》中佐助为钟情于春琴之美而自残双眼时的喜悦、《痴情之爱》中合河让治甘愿被娜奥密虐待的欢愉、《疯癫老人的日记》中卯木老爷临死之前把飒子脚的形状做成雕塑的欣喜,等等。可以说,谷崎润一郎笔下的这些"痴人"形象不仅展示了他们在变态行径中所获得的感性刺激和官能享乐的生动景象,而且也表达了他对官能之美的独特理解,这种离经叛道的人物变态行径的描写无疑洋溢着作者对女性之美的至上崇拜和对美的独特认识。他对西方唯美主义的过于推崇和效仿也导致了其文学创作走向了沉湎于女体肉感和变态颓废的

---

① [日] 谷崎潤一郎:《谷崎潤一郎全集》(第3卷),中央公論新社2016年版,第237页。
② [日] 谷崎潤一郎:《谷崎潤一郎全集》(第16卷),中央公論新社2016年版,第189页。
③ [日] 森安理文:《谷崎潤一郎における西洋と日本》,《国文学解釈と鑑賞》1992年2月号,第37页。

误区，大大降低了其文学的品格。直到1923年东京大地震后，移居关西的谷崎润一郎转向于日本传统文化，才让自己的创作走出了泥潭。

受谷崎润一郎文学的影响，章克标也热衷于描写人物的变态行径，从中去表现人物官能享乐的思想。对此，吴福辉认为："章克标似乎特别中意于日本的谷崎润一郎，翻译他的《杀艳》之类的小说，他们间可能有贯注变态性欲的共同趣味。"① 赵鹏也认为："章克标的小说风格更多形而下的肉欲宣泄和官能刺激，这或许也来自于他对谷崎润一郎作品的钟爱。"② 那么，章克标是如何吸收和借鉴谷崎润一郎这种表现手法的呢？现结合他的长篇小说《银蛇》加以具体的阐述。

《银蛇》是1929年章克标效仿唯美主义文学而创作的一篇具有"唯美—颓废"色彩的猎艳小说。小说主要讲述了一群文艺爱好者觊觎年轻美貌的杭州女子师范学校毕业生伍昭雪的故事。1926年年末的一天，在北京读书的小说家张岂杰因接到上海工艺专门学校教师胜图的一封来信专程来到上海，拜访了复旦大学的卞元寿教授。在家中，新婚的卞太太向张岂杰述说了他们在沈培根夫妇孩子的满月酒席上偶遇伍昭雪的事情。原来伍昭雪是沈太太的同学，毕业后暂居在她家。席上，大伙儿一致认可天生丽质伍昭雪，随后就委托胜图给张岂杰写了一封快信，以商议某刊物下月出版发行的事情为由，邀请他来上海，实则借此机会想向未婚的他介绍美艳动人的伍小姐。得知了事情的原委，张岂杰遂邀请卞元寿一起去拜访胜图。闲谈中，张岂杰获知了有一位名为邵逸人的小说家对这位相貌出众的伍小姐蠢蠢欲动、垂涎不已。神魂颠倒的他丝毫不顾忌自己早已成婚有子的身份，仍然对伍小姐抱有幻想，想将她揽入自己的怀中。拜访结束时，胜图与他们一起去了沈培根的家，想一睹伍小姐的芳容。在沈培根的介绍下，张岂杰结识了之前传闻的伍昭雪。趁着大家寒暄之余，他对她稍加打量了一番。"黑发压着的面目皎洁，领口托住的双唇鲜红，灵动的眼睛，含笑的酒窝，着实增加了她的妩媚。"③ 伍小姐的体态之美给他留下了不错的印象。随后，由卞元寿教授做东宴请了大家。宴席上，张岂杰见到了邵逸人。席间，卞元寿对邵逸人的小说创作进行了有力的评判。在他

---

① 吴福辉：《都市旋流中的海派小说》，湖南教育出版社1995年版，第70页。
② 赵鹏等：《海上唯美风：上海唯美主义思潮研究》，上海文化出版社2013年版，第98页。
③ 章克标：《银蛇》，华东师范大学出版社1993年版，第81页。

看来，邵逸文小说的颓加荡虽有新奇之处，但也只不过是中国传统文化的沿袭和发展。散席后，张岂杰与邵逸人结伴去了大世界听戏。在返回的路上，邵逸人向张岂杰和盘托出了自己对伍昭雪的看法。虽然她不算太美，却有着令人痴迷的媚态。

"她眼睛里放出她全个妖艳的魂灵，她断不是安分的女子。某西人分女子为母性型和娼性型两种，她的确是属于后一类的，我对于娼性型的女子，感得兴味，我的溺惑全是由于她的魔力，而不是由于她的美，这可以断言的……若是我能够成功，我一定可以使她变成一个有理想的妖妇，把一切男子玩在股掌上的妖艳的女人。你想，这是多么有趣的事情！"①

在这里，作者借邵逸人之口赤裸裸地礼赞了妖妇之美。在邵逸人看来，妖艳妩媚的女人是美的象征，是强者的体现。他之所以会钟情于伍昭雪，并为之神魂颠倒，并非仅仅是因为她的美貌，更多的是因其妖娆与妩媚。妖艳之美让伍小姐成为一个拥有神秘感和妩媚风情的女人，具有勾魂摄魄的诱惑力，形成了自身强大的磁场魔力，深深吸引着小说中所有的男人为之神往痴迷。她就如同谷崎润一郎笔下的刺青女、富美子、南子夫人、娜奥密、飒子等女性一样，有着与生俱来的魅力，举手投足之间便可把妖妇独有的品性表现得淋漓尽致。因而，在他看来，即便相貌不算出众的伍小姐也能够以自身的性感妩媚来尽显女性的魅力，形成不可抗拒的个人引诱力，成功地博得了邵逸人的痴心，让其在不知不觉中深陷她的世界，使其产生一种欲罢不能的冲动。妖妇型女子之所以能够成为男人心仪的女人，关键在于她能够凭借自身特有的魅力点燃男人的激情和欲望，让他们摆脱身心的束缚，在人物变态的行径中尝试新的刺激与体验，进而为获取官能的享乐，心甘情愿地成为她奴役的对象。也许正是这种要不惜一切代价将伍小姐变成妖妇的想法改变了张岂杰想要追求她的想法，看到邵逸人如此另类的痴情，自动放弃了当初的想法。

伍昭雪见邵逸人如此荒诞离奇的情态，并不敢贸然与之相处，而是想方设法躲避起来。誓不罢休的他则是想尽了一切办法去四处打探她的去向。当听说伍小姐去了杭州，他就直扑杭州，只要有她的零星消息，他就会立即前往，既便扑空也在所不惜。伍昭雪的逃避让痴情于妖妇的邵逸人做出了一些颓荡的变态行为。他会对着女性刚刚使用过的浴盆想入非非，

---

① 章克标：《银蛇》，华东师范大学出版社1993年版，第95页。

觉得自己像狗一样伸出舌头去舔浴盆的盆底，如小孩子一样尽情地吮吸着。他会对着女人穿过的浴衣展开臆想，并发狂般让自己的头在浴衣上周游。他会对着寡妇陈素秋随心所欲，恨不得上前去剥光她的衣服，将她的全身看个仔细，接着用自己的舌头去舔她的肉身。可以说，他的所作所为充斥了鲜明的病态感和颓废气息，通过人物的变态行径去获取官能的享乐与其所憧憬的妖妇型女性思想有着密切的关联。他的恋物癖倾向与变态行为无疑表现了他对女性肉体之美的强烈崇拜，赋予了小说一种浓郁的官能气息，而且这种借助人物变态行为的描写所散发出来的浓郁的官能气息与谷崎润一郎文学有着相似之处。故而，有学者认为"在章克标那里，唯美即是唯乐，而唯乐又等于官能之乐"①。章克标这种以在人物变态行径中获取官能享乐为主题的猎艳小说带有了谷崎润一郎文学的影子。正如他自己称赞谷崎润一郎是"日本的王尔德，他同样归依于美神的 Decadant 艺术的巨将"② 一样，作者在小说《银蛇》里或多或少吸取了谷崎润一郎文学的表现手法，通过描写人物的变态行径与内心活动，使小说呈现了颓废的唯美色彩。

三 在都市商业的体验中接受谷崎润一郎文学

受接受主体以及接受语境的影响，章克标在接受谷崎润一郎文学影响的同时，对接收对象进行了主体化的处理。也就是说，章克标在吸收和采纳谷崎润一郎文学的过程中，根植于中国现代文学发展的时代语境，立足于上海都市商业文化，以尊重自身文学的个性需求为出发点，通过效仿和运用谷崎润一郎文学的某些表现手法来更好地表达思想情感，在抉择中借鉴和超越谷崎文学，从而形成自己的创作个性。陈平原在论述小说叙事模式时曾指出："不能说某一社会背景必然产生某种相应的小说叙事模式；可是某种小说叙事模式在此时此地的诞生，必然有其相适应的心理背景和文化背景。"③ 也就是说，任何一种小说叙事模式的生成都离不开相应的时代背景与文化语境。章克标的小说叙事在借鉴谷崎润一郎叙事手段过程中之所以会出现文学流变现象与所处的时代背景与社会文化语境有着千丝

---

① 解志熙：《唯美偏至：中国现代唯美—颓废主义文学思潮研究》，上海文艺出版社1997年版，第233页。
② 章克标：《谷崎润一郎集·序》，开明书店1929年版，第8页。
③ 陈平原：《中国小说叙事模式的转变》，上海人民出版社1988年版，第3页。

万缕的关联。

20 世纪二三十年代是中国现代文学发展的关键时期,大批留学青年陆续归国为之注入了鲜活的血液。这批回国青年有的留在北京,有的留在上海,逐渐形成了中国现代文学发展史上的两大文学阵营——京派与海派。上海凭借其独特的地理位置和优厚的商业基础已经成为当时中国的经济中心,被誉为远东的金融中心。其日益繁荣的经济不仅为它积累了雄厚资本与财富,也推动了上海现代化城市建设的进程。摩天的百货大楼、灯红酒绿的歌舞厅、新颖别致的咖啡馆、摩登时尚的电影院、人声鼎沸的跑马场……这些新生的事物构成了上海别样的都市景象,洋溢着十里洋场的都市氛围。浓郁的商业气息凸显了上海的繁华与喧嚣,十里洋场的欧美之风也尽显了上海的畸形与病态,上海也因此成为当时中国的现代化之都、商业之都和欲望之都,成为中国现代作家趋之若鹜的时尚之地。"中国作家当时并没有目睹极度工业文明的发展,而能够略窥其端倪的在全国只有一个地方——上海。30 年代上海的现代文明显然已达到国际水准(较同时代的东京尤甚),与广大的乡土中国俨然形成两个不同的世界,所以也只有在这个较现代化的大都市中才能产生某些具颓废色彩的作品。"① 在这里,李欧梵一针见血地指出了上海作为中国唯一能够体现现代文明的大都市对于中国现代作家的文学创作所产生的深远影响。这种商业化的现代都市生存空间也就为包括章克标在内的狮吼社作家们"唯美—颓废"倾向的叙事提供了时代环境与文化背景。

面对内忧外患的现实社会,受中国传统文化潜移默化滋润与影响的现代作家们往往会在自我觉醒的过程中不自觉地承担起唤醒国民的历史使命和责任意识。即便是趋向于"唯美—颓废"叙事的狮吼社成员也不例外。他们之所以积极效仿包括谷崎润一郎在内的域外唯美主义作家,目的并非要在中国现代文坛真正推行"为艺术而艺术",而是要借鉴这种文学思想去批判和反驳中国传统文学过于重视文学功利而轻视文学本体的"文以载道"观念,以采纳唯美主义文学的艺术手法去开辟中国现代文学的新领域,达到反封建、反礼教的文学创作初衷,从而有效地推进了中国现代文学的现代化进程。这个时期在中国现代文坛兴盛繁荣的爱情题材的小说更是鲜明地体现了这一点。正如茅盾在《中国新文学大

---

① 李欧梵:《现代性的追求》,人民文学出版社 2010 年版,第 45 页。

系·小说一集·导言》中所说,二三十年代"描写男女恋爱的小说占了全数百分之九十八"①。作家们借鉴外来文学的观念和技巧,利用男女恋爱的题材从事文学创作,既沿袭"五四"文学的主旨,有力批判了当时现实社会上依然存在的封建礼教观念,又在大胆赤裸的爱情书写中表现了个性解放的思想。此外,他们在处理恋爱题材的时候也侧重于描写人物的情感苦闷,由此去表现对灵肉一致的理想爱情的强烈诉求和憧憬。因而,在这样的文学大环境下,章克标热衷于恋爱题材的小说创作也就会呈现出这种现实性和时代性。

受上海都市商品文化的影响,章克标在刻画女性形象的过程中有意识地注入现代工业文明和商品文化的元素,使其笔下的人物缺乏了谷崎润一郎笔下女性的那种强烈的自我意识。谷崎润一郎笔下的女性大都具有主体性,懂得如何利用自身的官能之美去征服男人,使他们成为自己奴役的对象,从而有效地表现他所推崇的"一切美的事物就是强者"的耽美思想。《刺青》中的刺青女、《麒麟》中的南子夫人等都是这样的女性。然而,章克标笔下的女性形象更多的是沦落为被男性注视的对象,成为失去主体性的物化人物。《银蛇》中的伍小姐就是如此。虽然她拥有妩媚艳丽的官能之美,也深获男性的痴迷,但是她并不懂得像南子夫人那样,主动发挥自己的优势去征服迷恋她的邵逸人,而是畏惧他的追求一味地采取逃避的方式。因而,伍小姐的女性之美并非是自我主动展示的结果,而是被邵逸人发掘之后的产物。正如小说里描写伍小姐的外貌一样:"在她身后高的臀部,紧张了绮华绢裤子,分明显露出半个椭圆的曲面,和绿绸棉袄所堆起的肩头以下的圆柱体,恰好是一幅调和的立体几何的曲面体模形。"②在这里,伍小姐的外在形象完全是借助男性(他者)的视角来描述的。在他人看来,"半个椭圆的曲面""圆柱体"以及"立体几何的曲面体"就构成了伍小姐的外在形象。她的形象被物化为一个没有生命的立体几何图形,只有曲线感和立体感,缺失人物的主体意识。于是,男性(他者)眼中的伍小姐呈现出了这样的特性:"人不再是人,不仅没有灵魂、没有境界、没有内在精神,相反,它已经快乐地沦落为可消费、可使用、可交

---

① 茅盾:《中国新文学大系·小说一集·导言》,上海文艺出版社1981年版,第9页。
② 章克标:《银蛇》,华东师范大学出版社1993年版,第97页。

换的物体。"① 伍小姐其实是一位缺乏自我主体性的女性，她甘愿成为他人审视的对象，如商品般成为被他者物化的人物。章克标之所以会如此，与其深受上海都市商业文化的浸染分不开。如果说，谷崎润一郎笔下的女性形象是其唯美主义观念的产物的话，那么，章克标笔下的女体形象则是唯美主义与都市商业文化相互结合的产物，其"唯美—颓废"的叙事背后潜藏着一种商业的气息。因此，有评论家认为："章克标作品中对于人的物化的描写鲜明地表现出当唯美主义所倡导的艺术改造生活的理念与商业化的都市社会联系在一起时，带来的并非是艺术化的商业社会，而是商业化的艺术产品，艺术作为社会的产品深深地浸染上了商业时代的痕迹。"② 沉浸在上海都市商业化之中的章克标在塑造女性形象的过程中虽借鉴了谷崎润一郎文学的表现手法，却舍弃了它的耽美理念，从很大程度上形象地反映 20 世纪二三十年代以来上海都市商品文化对中国现代小说审美趣味的影响。

　　章克标在 1926 年《新纪元》创刊号上撰文写道："人生真个就是苦海呀！即使有时也种种欢悦，但是这种欢悦仿佛不过是使我们对于后来的悲痛，感得更加深切强烈的一种手段，要是你真个想对于人生的内容充实一点，那么你的理想愈高，你的苦恼愈大，因为你有留存在这世间的肉体，牵住你向上飞升的理想，同时你的肉体也受着理想的向上牵引的力，你便是这二种力的争衡的着力点，你一定要被他们拉得分裂，这便是无上的苦痛。"③ 从这段直白的引文中，我们不难看出章克标内心深处处于肉体与理想之间的深层矛盾之中。在他看来，理想越高，痛苦越大，这是因为理想受制于肉体的牵绊，人们试图借助欢悦来摆脱限制，却不知欢悦之后将会更加悲痛，肉体与理想会产生矢量反向的两种力量，它们共同作用于个体，会无情地将之分裂，构成内心深处的一种撕心裂肺的痛。因而，理想与肉体的深层矛盾与冲突正如 Sphinx（斯芬克斯）一样，象征着理想与现实的紧张关系。作为狮身人面的怪物，斯芬克斯因拥有人面而具有人的特质，同时又因狮身而具有兽的特征，它既是人性与兽性的混合体，又是理想与现实的矛盾体。人的特质让它不断憧憬和向往人的生活，兽的

---

① 周小仪：《唯美主义与消费文化》，北京大学出版社 2002 年版，第 204 页。
② 赵鹏等：《海上唯美风：上海唯美主义思潮研究》，上海文化出版社 2013 年版，第 100 页。
③ 章克标：《Sphinx 以后》，《新纪元》1926 年 1 月 1 日第一号。

特征又让他时常处在兽的层面。理想与现实的冲突，人性与兽性的纠葛，让它对自己的存在也产生了焦虑和困惑。斯芬克斯之谜的提出既是它内心真实的反映，也是人类自身的真实写照。在章克标看来，人类就如同斯芬克斯时常处于理想与现实的矛盾之中，为之困惑与苦恼，以至于他晚年在自我总结的时候还说道："我是……一个半新半旧的人……这样混乱颠倒的人生，何以竟会出现，真是想不通的，但事实又竟是如何。想来这也是一种无奈的规律，由于有了这个半新半旧的客观实际，自然会造成这种混乱综错的吧。"① 这种深刻的认识与揪心的体验使得章克标在恋爱题材的小说创作中难以像谷崎润一郎那样，因忽视精神性的理想爱情而一味地追求肉体的官能享受。相反，他会注重描写人物因灵与肉、理想与现实的矛盾而产生的内心苦闷，表达了对灵肉一致爱情的渴望。

《恋爱四象》是章克标早期的一篇恋爱题材的短篇小说，作品由三封书信和一则演说词构成，其中的"某人新婚的演说词"旨在传达一种灵肉一致的爱情观念。该篇一开始就向读者阐明了"我"的爱情观。"恋爱的当然是灵肉一致，已经是万众所公认，凡是了解一点现代思潮，或稍有教养的人，都知道的。"② 接下来，"我"将自己与妻子李月芝相识相知的过程向读者娓娓道来。五年前，"我"从 A 中学毕业后想报考 P 学校，因担心英文程度不够去了一位英国教士那里补习。有一次，"我"去教士家时因他去教堂做礼拜，只能独自留在客厅。中午时分，教士带着几位女学生一起回来，李月芝小姐就在其中，"我"并没有因她的年轻美貌而一见钟情，因为在"我"看来，"恋爱决不是一见面就有的东西"③。暑假期间，"我"曾去教堂见过她，但也没有与她有什么深入的交往。假期过后，"我"考上了 P 学校，与李小姐也失去了联系。入学后，一次反日学潮使两人再度重逢，作为学联会的主要成员，"我"和她在这一年的暑假都自愿留下来继续工作，两个月的相见让彼此日久生情，成为了无所不谈的好友。一天黄昏，"我"的胆大表白被她接受，此后成为了真正意义上的恋人。次年的秋天，"我"因伤寒住院，李小姐不顾旷课受处分的危险，在医院整整陪护了五周，她的细心呵护增进了彼此的感情。出院后，

---

① 章克标：《世纪挥手》，海天出版社 1999 年版，第 391—392 页。
② 章克标：《银蛇》，华东师范大学出版社 1993 年版，第 10 页。
③ 同上书，第 11 页。

"我"与她商议自由结婚。从P学校毕业的"我"打算回老家,由于她在S学校仍需继续学业,所以彼此需要分开一段时间。分离前的这天晚上,他们顺理成章地有了肉体的结合。"这是由于我们的自由意志,根据恋爱而发生的行为,所以虽则没有仪式,也是合理的,因为无仪式既是顶简单的仪式。已经有了恋爱,当然应得有肉体的关系,这样,在那时候,我们的灵肉一致的恋爱观,方才算是成功的。"① 这段内心的直白再次向读者说明了灵肉一致的恋爱观。很显然,这种恋爱观是一种符合时代发展需求的进步恋爱观,反映了新时期男女青年的心声,是对传统封建思想的大力反驳和有力批判。

虽然章克标在译介中接受了谷崎润一郎的文学影响,效仿其表现手法在幻想中憧憬女体的官能色彩,在变态的行径中感受官能的享乐,使其文学具有谷崎文学的特质,但是受中国现实社会和接受主体的影响,他对谷崎文学的效仿更多的是文学技巧方面。其情爱小说在借鉴与吸取中展示了上海都市的商业文化,以及在理想与现实的矛盾中寻求灵肉一致的恋爱观念,延续了五四文学反封建和反礼教的人文精神。相对谷崎文学唯美—颓废的官能世界来说,章克标的审美趣味在十里洋场的浸染中带有了寻芳猎艳的都市情调,是将谷崎润一郎的唯美主义与都市商品消费文化相互结合的产物。耽于幻想的官能憧憬与变态行径的官能享乐是中国知识分子效仿资产阶级生活的体现,这种声色犬马的生活也是上海都市文化的重要体现。简而言之,章克标用声和色以及火与肉的唯美—颓废的文学世界真实地再现了上海现代化的都市生活方式,以灵肉一致的恋爱观对抗封建礼教,将人们从传统的伦理道德的束缚中解放出来,有效地传达了时代的精神。与此同时,通过追求灵肉一致的爱情,去重新享受"美"所带来的身体的愉悦,既迎合了中国现代文学发展的时代需求,又推进了人文精神向市民生活的普及,反映了这一时期中国现代文学的审美趣味与价值取向。

第二节 谷崎润一郎与滕固

滕固是狮吼社的重要组织者,不仅积极倡导唯美主义的文学主张,而

---

① 章克标:《银蛇》,华东师范大学出版社1993年版,第14—15页。

且还专门从事唯美主义的文学研究,撰写出版了《唯美派的文学》(光华书局1927年版),这是中国现代文坛史上首部研究英国唯美主义文学的学术专著,对推动域外唯美主义文学在中国现代文学的发展起到了重要作用。滕固是一位学贯中西的学者型作家。1920年9月,他考入东京东洋大学专修哲学。1924年3月,获得文学学士学位后回国任教于上海美术专科学校,专门从事艺术理论教学和研究工作。在日本留学期间,滕固经常与田汉、郭沫若等创造社成员交往,与之共同探讨文学与艺术,同时也创作了《壁画》(1922)、《石像的复活》(1922)、《银杏之果》(1922)等一批带有唯美主义色彩的小说。从文学接受的角度来说,虽然滕固这些带有唯美色彩的小说更多地是受王尔德、佩特等英国唯美主义作家的影响,但是我们不能忽略一个影响滕固小说创作的重要因素——创作背景。滕固的这些小说创作完成于日本的大正时代,而兴盛于大正文坛的谷崎润一郎正是典型的唯美主义作家,他因创作了一批具有唯美主义文学作品而备受评论界的关注。因此,在这样一种共时性的文学创作背景之下,谷崎润一郎文学多少会对滕固的小说创作产生影响。遗憾的是,当前国内学界仅仅关注他与英国唯美主义作家的关系,而忽略了他与谷崎润一郎的文学关系。因而,针对这种文学现象,我们尝试运用平行研究的方法阐述两者的文学关系,既有利于深入理解滕固小说创作的域外关系,也可以由此探讨他与日本文学的关系,拓展中日现代文学关系研究的领域。

一 强调文学创作的纯粹

谷崎润一郎是西方唯美主义文学的推崇者,他的唯美主义主张接受了波德莱尔、王尔德、佩特等人的文艺思想。就读东京帝国大学时,谷崎润一郎就热衷于王尔德等人的文学作品,不仅利用自己英文专业的出身来直接阅读他们的作品,而且翻译了王尔德的戏剧《温德米尔夫人的扇子》。通过发表《英国的文艺复兴》《作为艺术家的批评家》《谎言的衰朽》《伪装的真理》等评论文章,王尔德大力主张文学艺术应该脱离现实生活,将联系生活与道德的文学看成是道德的谎言,强烈强调文学创作的非功利性。为了倡导"为艺术而艺术",他宣称"生活模仿艺术远甚于艺术模仿生活""艺术除了表现它自己以外,不表现任何别的东西"。[①] 谷崎润一郎

---

① 赵澧等主编:《唯美主义》,中国人民大学出版社1988年版,第132页。

从反拨日本自然主义文学的写作弊端出发，接受了王尔德文艺思想的影响，竭力反对文学创作的功利主义，认为艺术是第一位，生活是第二位的，生活是对艺术的模仿。在他看来，文学游离于现实生活之外，不是对现实生活的模仿，与现实功利无关。文学创作应该尽可能地排除政治、思想和精神，因为"艺术不是精神的东西，完全是实感的东西"①。谷崎润一郎主张割舍以官能的享乐作为评判美的唯一标准，宣扬在丑恶中寻求美，在颓废中发现美，以病态、怪诞的感官刺激来展示女性之美，追求价值颠倒的审美趣味。为了更好地宣扬"为艺术而艺术"，他认为需要不断地借鉴和吸纳王尔德等人的文学主张。他曾经说过："我发现在自己心中燃烧的痛切的艺术上的欲求最终由于生活在近代日本而无法满足……我们必须深刻的全面的了解比我们伟大的西洋，在那里寻求自己憧憬的'美'……我不能不象人崇拜神那样崇拜西洋。"② 在这里，谷崎润一郎所说的去深刻全面了解的西洋就是指以王尔德等人为代表的西方唯美主义。事实上，他不仅在文艺思想上受到了王尔德的影响，而且在文学创作上也表现了王尔德文学的痕迹。1910年，他在短篇小说《两只钟表的故事》里直接引用了王尔德文学作品《道连·格雷的画像》中的名句："心灵烦恼时，追求官能的快乐，官能烦恼时，追求心灵的快乐"③，以此表明自己的唯美主义主张。1919年，他在《受诅咒的剧本》中开篇引用了王尔德的名言"自然是模仿艺术"④。同年，他还翻译了王尔德的戏剧《温德米尔夫人的扇子》，并由新潮社出版。他效仿王尔德的《道连·格雷的画像》创作了中篇小说《痴人之爱》，以至于章克标将他称为"日本的王尔德""归依于美神的 Decadant 艺术的巨匠"。⑤ 据稻泽秀夫统计，谷崎润一郎全集28卷本中涉及王尔德的有26次，包括作家名12次，作品数14次。⑥ 由此可见，王尔德对谷崎润一郎的文学创作的确产生了影响。不过，他对西方唯美主义的接受停留于表层的认识，致使在接受的过程中出现了误读和偏差。中村光夫对他与西方唯美主义的关系进行过评价。他

---

① ［日］谷崎潤一郎：《谷崎潤一郎全集》（第3卷），中央公論新社2016年版，第198頁。
② ［日］野口武彦：《谷崎潤一郎論》，中央公論社1973年版，第296頁。
③ ［日］谷崎潤一郎：《谷崎潤一郎全集》（第1卷），中央公論新社2015年版，第389頁。
④ ［日］谷崎潤一郎：《谷崎潤一郎全集》（第6卷），中央公論新社2015年版，第183頁。
⑤ 章克标：《谷崎润一郎集·序》，开明书店1929年版，第8页。
⑥ ［日］稲澤秀夫：《谷崎潤一郎の世界》，思潮社1979年版，第38頁。

说:"之所以能很轻易的并彻底的吸取'西洋'到自己的生活中来这完全是基于这样的'西洋'是与他的内心世界毫无交流的表面化趣味,而且他对西洋的理解本身就是非常片面的,他的西洋陶醉就象封建时代的大名的洋癖,天真同时浅薄。"① 也就是说,谷崎润一郎所处的接受语境与19世纪后期西方唯美主义文学生成语境存在较大的差异,导致他难以走进和理解西方唯美主义文学,表层化的接受使其文学创作新颖奇特但又流于浅薄。这种偏于恶魔、颓废的唯美式创作之路使他对自己的文学创作进行了深刻的反思。"一想到像我这样近五十岁的人所写的东西竟只为年轻人阅读,便不能不感到有些寂寞。"② 于是,谷崎润一郎为了拓展自己的文学创作之路,从沉湎于女性肉感和变态性欲转为回归日本传统文化。1923年东京大地震后,移居大阪的他被关西悠久的文化征服,在传统文化的触动下开辟了一条新的文学创作道路。

留学日本东洋大学的滕固涉略广泛,既有康德、黑格尔等哲学家,也有波德莱尔、王尔德、梅特林克、叶芝等文学家。这一时期他先后撰写了《最近剧界的趋势》《梅特林克的〈青鸟〉及其他》《法国两个诗人的纪念祭—凡尔伦与鲍桃来尔》《艺术家的艺术论》《诗歌与绘画》《艺术学上所见的文化之起源》《爱尔兰诗人夏芝》等论文。与谷崎润一郎不同的是,他对唯美主义的接触和认识并不局限于某个代表性的人物,而是放眼于全局从整体上去认识和了解。作为一位专攻艺术哲学研究的学者型作家,滕固对文学艺术有着自己的理解。他认为文学与其他艺术形式一样与道德伦理和自然科学无关,文学创作是一种个性的创作,作家创作的目的就是为了美,是一种无目的的艺术创作。作家进行文学创作既不是为了伦理道德的说教,也不是为了认知世界,而是为了获取审美,因为"'美的'是超论理的","艺术品"是在"刹那间强烈的美感中产出的",是"论理或狭义的科学范围所包含不住的"。③ 他在《古代乐教阐微》中对孔子的"恶郑声之乱雅乐"的观点进行了批评,认为"我以为郑声不是没有文学意味,而是在孔子眼光里没有道德意味"④。在滕固看来,"文学的意味"与"道德的意味"无关,文学不是道德的传声筒,也不是功利

---

① [日]中村光夫:《谷崎潤一郎論》,河出书房1984年版,第146页。
② [日]谷崎潤一郎:《谷崎潤一郎全集》(第6卷),中央公論新社2015年版,第253页。
③ 滕固:《滕固艺术文集》,上海人民美术出版社2003年版,第21—22页。
④ 同上书,第362页。

的播种机，它与其他艺术形式一样与道德无涉。滕固强调文学创作的无目的性是对中国传统文学中"文以载道"思想的一种反拨，通过维护文学艺术的自身价值来批判当时中国文坛日益盛行的文学功利主义，否定文学的道德与认知等现实功用的目的，以超功利的无目的捍卫了文学的独立性和主体性，在一定程度上改善了中国现代文学发展的格局。基于这种艺术的非功利观念，滕固认为文学的基本功能是审美，文学艺术的宗旨就是展示文学本身，作家们进行文学创作是为了帮助人们获得对生活的审美享受与体验，"免去干燥无味的生活"和"安慰人生的不安与烦闷"，是以一种超脱世俗生活的方式去慰藉人们的精神世界的非功利性的艺术活动。因而，他在《诗歌与绘画》中多次强调了文学与绘画之间的相互关系。文学创作如同绘画一样不涉及功利，虽然两者使用的媒介手段不同。文学是一种语言的艺术，绘画是一种色彩的艺术，两者可以相辅相成。"作诗作得好，要'有声''有色'，也是这个意思。"[1] 他呼吁作家要了解一些绘画的知识，画家也应该知道一些文学的常识。

  作为中国现代文学史上第一位系统研究唯美主义文学的学者，滕固凭借对艺术的独特而又深刻的认知，敏锐地指出："唯美运动，远之是完成浪漫派的精神；近之是承应大陆象征派的呼想。"[2] 基于这种认识，他的学术著作《唯美派的文学》从"近代唯美运动的先锋""先拉飞尔派"和"世纪末的享乐主义者"三个部分，对勃莱克、基次（济慈）、王尔德、罗塞帝、丕德（佩特）、比亚词侣（比尔兹利）等英国唯美主义作家展开了批评，既溯本探源阐释了浪漫主义与唯美主义的密切联系，又切中肯綮地指出了拉斐尔与唯美主义的关联，还深入剖析了世纪末的享乐主义者与唯美主义的关系。这部著作充分体现了滕固对唯美主义的深刻理解和认识，也正是如此使滕固强调艺术的纯粹性和主体性，所以他将唯美主义运动称为"一种甜蜜而芬芳的寄兴"与"第二次的惊异之再生"。[3] 值得一提的是，滕固在书中对以王尔德、佩特为代表的享乐主义者展开了深入翔实的分析，构成了全书最为精彩的地方。滕固认为享乐是唯美主义的一大特征，王尔德他们作为世纪末的享乐主义者，身体力行地践行了"为

---

[1] 滕固：《滕固艺术文集》，上海人民美术出版社2003年版，第54页。
[2] 滕固：《唯美派的文学·自记》，光华书局1927年版，第3页。
[3] 滕固：《唯美派的文学·小引》，光华书局1927年版，第1页。

艺术而艺术"的文艺思想，"视艺术如宗教，视美如神圣，愿捧出全生命，在美的祭殿里身体力行"。① 他将王尔德称为佩特的忠实门徒，将佩特的刹那间美的感受贯彻到底，认为王尔德"使英国文学上发出异样灿烂异样阴郁的花朵，也是近世文学史上的一个希罕的业绩"②。随后，他对王尔德的《道连·格雷的画像》展开了评述，认为亨利公爵的行为是一种基于官感的享乐的高尚的唯美人生选择。总之，滕固对王尔德是持肯定和赞赏的态度。

虽然说王尔德是滕固和谷崎润一郎共同关注的一位西方唯美主义的代表人物，但留学日本的滕固在接受王尔德的文艺思想的过程中，自身所处的接受语境使其难以回避当时文坛兴盛的谷崎文学，两者相似的审美趣味也会使其产生一定的精神共鸣，尤其在处理文学与现实生活关系的问题上表现出了相似的倾向。在王尔德的影响下，他们一致认为文学应该游离于现实生活，强调生活是对艺术的模仿，美的人生就是艺术的执着追求。为了捍卫文学艺术的独立性，他们主张文学创作与现实功利无关，与伦理道德无关，文学除了表现自身之外并不表现其他的内容，大力提倡文学是一种非功利的艺术表现。他们将"为艺术而艺术"的唯美思想内化为彼此的文学观念，并渗透在他们的文学创作之中。谷崎润一郎以感性唯美的艺术表现，偏执于女性官能之美的状写，钟情于从丑恶的事物和人物病态的行径中去发掘美、追寻美和呈现美，使其创作具有颓废—唯美的倾向，向读者展示了一个荒诞离奇、虚幻缥缈的艺术世界。与他一样，滕固在文学创作的过程中也不满足于传统意义上的美，而是热衷于从非常态的事物中去发现美、探求美和表现美，其文学在追求纯粹之中也呈现出较为鲜明的颓废—唯美的色彩。

二 注重病态之美的呈现

被誉为"恶魔"作家的谷崎润一郎在其文学创作中营造出了一种非常态的艺术世界，其笔下的人物往往耽于在幻想中憧憬女体的官能之美，乐于在变态的行径中享受官能的刺激与快感，这种以感性至上的耽美表现诠释了谷崎润一郎对文学的独特理解。因而，他所钟情和追逐的艺术之美

---

① 滕固：《唯美派的文学·自记》，光华书局1927年版，第104页。
② 同上。

已不是传统意义上的理性与道德之美，而是一种以个体生命欲望为根基的病态之美，是其诠释文学和理解世界而开辟的一块全新的艺术领域。相对于表现五光十色的现实表象来说，谷崎润一郎认为文学更应该注重表现丑恶的现实社会，以大胆的想象化丑为美，在怪诞、丑恶、梦幻的刺激之下充分展示个体的生命欲望，以反拨日本自然主义文学的平面化描写，为日本唯美主义文学的兴起注入了活力。谷崎润一郎之所以津津乐道于从丑恶的事物和病态的行径中发掘美和再现美，与他憧憬恶魔之美的文艺思想有着密切的关联。他曾经在《为人父亲》中毫不忌讳地说道："我是一个自始至终娇惯自己一人而活着的人。我只想为自己的快乐而生存下去……对我而言，首先是艺术，其次才是生活……我的心思考艺术的时候，我憧憬恶魔的美。"① 因此，谷崎润一郎所表现的美已经不是常理意义上的理性之美，而是感性之美，它通过割裂与社会现实的联系，在幻想的艺术世界之中尽情表达对艺术宗教般的绝对信仰，用间接、曲折的象征形式来展示强大的人性之欲，表现内心生活的真实。

基于这种文艺思想，谷崎润一郎时常在他的文学创作中表现出浓郁的病态之美。《刺青》是谷崎润一郎的处女作，发表于明治四十三年十一月的《新思潮》。小说以奇特的想象和华丽的辞藻展示了谷崎润一郎文学"颓废—唯美"的艺术特质，给当时日本文坛盛行的自然主义文学以有力的反拨。他之所以创作这篇短篇小说，其目的就是要反对自然主义文学的平面化写作。他在《青春物语》中道出了当时创作《刺青》的初衷："我对当时流行的自然主义文学抱有反感，我有背叛它的野心。"② 当小说问世之后，随即激起了日本文坛的波澜，永井荷风、佐藤春夫等作家纷纷撰文给予了高度的评价。其中，永井荷风就称赞说："迄今为止，明治现代文坛无一人能着手或未曾想过要着手开拓艺术的一个领域，谷崎润一郎却完成了，并取得了成功。换而言之，他完全具备现代作家群中任何人都没有的特别的素质与技能。"③ 谷崎润一郎也正是由于这篇评论文章一跃成

---

① ［日］谷崎潤一郎：《谷崎潤一郎全集》（第9卷），中央公論新社2017年版，第454—455頁。

② ［日］谷崎潤一郎：《谷崎潤一郎全集》（第16卷），中央公論新社2016年版，第384頁。

③ ［日］永井荷風：《谷崎潤一郎氏の作品》，《群像　日本の作家8》，小学館1984年版，第92頁。

为文坛的新人,此后走上了一条与众不同的文学创作之路。

　　小说主要讲述了刺青师清吉为刺青女文身的故事。清吉是一位技艺高超的文身师,一心想将奇特图案与妖艳线条刺青在一位让其心仪的女性身上。这位理想的女性仅有漂亮的脸蛋和娇美的皮肤是不够的,更需要一种征服男性的魔力和魅力,使他们心甘情愿地成为滋养女性之美的肥料。为了实现自己的梦想,清吉始终都在寻求可以将自己思想和灵魂注入其身体之中的女性。第四年的一个夏天傍晚,他在一家餐馆门口无意间发现了一只从轿子的帘缝中露出的女人的脚,这只秀美的女性之脚给清吉留下了深刻的印象,并由此深信这个女人正是他梦寐以求可以为之付出灵魂的女人。次年的一个暮春清晨,清吉熟悉的一位名叫辰巳的艺伎派她的侍女来到刺青师家。言谈之中,清吉方才知道这位侍女正是他去年见到的美足之女。于是,清吉领她前往二楼的客厅,并拿出题为妲己画像和肥料的两幅卷轴打开给她看,充满着浓郁恶魔气息的图案让女子惴惴不安。就在女子提出离开的时候,清吉用麻醉药催眠了女子,让她昏睡了过去。经过一个昼夜的辛苦劳作,清吉终于实现了他的毕生心愿,在女人的背上文上了一只巨大的蜘蛛。经过美的洗礼,刺青女从此抛弃了以往的胆小与怯弱,成为了生活的强者,沐浴之后的她变得光彩夺目,清吉也随即成为她的第一份肥料。小说通过讲述清吉与刺青女的故事大力宣扬了"一切美的都是强者,丑的都是弱者"的唯美主义观念,通篇洋溢的都是对病态之美的力量的热情礼赞与歌颂。

　　这位年轻的刺青师心中深藏着一种不为人知的病态心理。每当银针刺入皮肤致使他人发出痛苦的呻吟的时候,他都会感到一种无比言喻的快感,并由此执着于一种价值颠倒的审美追求。在他看来,美是一切的强者,丑则是一切的弱者。为了能够在心仪的女子身上刺入自己的灵魂,他不惜耗费了五年的时光,清吉之所以如此大费周章,其最终目的就是要让文弱的刺青女因刺入了他的艺术灵魂而强大起来。为了给她纹上最美丽的图案,清吉花费了整个昼夜的时间,呕心沥血地将自己的灵魂注入了刺青之中。"年轻的文身师的灵魂溶入墨汁,混合着烧酒刺进的琉球红,一滴滴都是他生命中的一点点。他在那儿看见了自己的灵魂。"① 由于倾注了自己的灵魂,刺青结束的时候,他的心骤然也变得无限的空虚。可是,刺

---

① [日]谷崎潤一郎:《谷崎潤一郎全集》(第1卷),中央公論新社2015年版,第15页。

青师倾注毕生精力完成的纹身图案并不是一种常态的事物，而是一只"神奇而又带有妖气的动物，伸出八只腿，在女人的整个背上盘蜷着"①的蜘蛛。如此诡异、恐怖的刺青图案沐浴着清晨的阳光发出绚丽灿烂的光芒，清吉也由原来不可一世的强者变为一个唯唯诺诺的弱者，心甘情愿地跪倒在女子面前，自愿成为她的肥料。在这里，谷崎润一郎通过刺青师清吉的故事向读者呈现了一个纯粹的、病态美的艺术世界，其小说"写的是沉湎于肉感的变态性欲，但他本人却意外正常，抱着合乎常情的生活欲望，没有世纪末文学那种理智的苦恼。"② 也就是说，他的小说以一种不同于常态的病态美呈现出了作家对现实社会的看法，在肉体与感官的享乐中表达美是强者，丑是弱者的文学观念，通过对道德与理性的反拨自觉维护了艺术的独立性。

滕固在日本留学时既接受了王尔德、佩特等英国唯美主义作家的影响，同时也利用自身所处的接受语境，对当时文坛兴盛的谷崎润一郎进行了关注。受其文学的影响，滕固的小说往往带有一种浓郁的病态美感。1924年，滕固出版了短篇小说集《壁画》，里面收录了他在日本期间创作的八篇短篇小说。其中，《壁画》是其所创作的小说中广为人知的一篇，也是能体现其小说具有病态美的代表之作。小说主要讲述了一位在日本求学的美术专业毕业生崔太始因经历几次爱情的受挫而陷入癫狂作画的故事。崔太始是一位多愁善感的美术生，虽有着绘画方面的天资，却求学五年间尚未完成一幅完整的作品。有一次，他打算去拜访好友T君，途中经过小石川教堂，一群散发教会传单的女生唯独冷落他，对其不闻不问。这件事让生性善感的崔君内心顿生忧郁之情，闷闷不乐。来到T君家，他将此事向其和盘托出后，并央求T君为其赋诗一首。T君听后告诫已有家室的崔君不要因此胡思乱想。崔君随即向他讲述了自己的婚姻经历，原来封建包办的婚姻是造成他不幸的根源。随后，两人乏味的谈话让崔君很快离开了T君家。第二天，崔太始接到一封快信，原来他国内的美术教师殷老先生带着他的两位女儿来东京准备为大女儿殷南白举办一场个人绘画展。阅读完信件后，崔君随即匆匆赶往他们位于神田的长安旅馆。寒暄之际，相比T君和L君西装革履、衣冠楚楚来说，崔君蓬头垢面、不修

---

① [日]谷崎潤一郎：《谷崎潤一郎全集》（第1卷），中央公論新社2015年版，第15页。
② [日]西乡信纲：《日本文学史》，佩珊译，人民文学出版社1973年版，第117页。

边幅的样子给殷老先生留下了深刻的印象，认为他才是他最富艺术实力的学生。于是，得到赏识的崔君为这次画展尽心竭力。殷南白为此还给他赠送了三幅画。画展结束那天，崔君与殷南白谈话让他心生美意，觉得生性温柔的殷南白之所以会对他赞誉有加是因为她对他的爱意之心。为此，崔君在当晚的酬谢宴会上表现出了得意洋洋之情和春风满面之意。画展结束后第二天，崔君他们去车站送走了殷老先生一行。从车站回来的崔君随即去了早稻田找他学习法律的同乡陈君，向他咨询离婚的事情。结果法律明文规定离婚是一种夫妻双方自愿的行为，这让崔君郁郁不乐。一个月后，T 君在上野公园遇到了崔君，询问他是否已经完成了毕业作品。崔君简单回答没有，并问 T 君是否有收到殷南白的信件。原来 L 君已经收到了殷南白两三封来信，自己却连一张明信片都没有收到。见到备受打击的崔君失魂落魄的样子，T 君拉着他去了一家动物园。在公园中，崔君一度想成为笼中猴子，因为这样可以得到游客的投食而幸福欢乐。闲谈中，崔君还告诉 T 君，L 君和 S 君曾分别与他合租过女性模特。崔君对她们都心生爱意，可最终都被 L 君和 S 君横刀夺爱了。第二天，T 君在某银行的会客厅从崔君的亲戚那里接到了崔君留给他的一封信。原来崔太始与 T 君分别后，喝得酩酊大醉，呕血不止。这是他用所呕之血书写的信，信中恳请 T 君为他作诗一首。随后，崔太始的亲戚带着 T 君来到了崔君吐血的房间。在这里，T 君看到了这样一幕："只见沙发的白绒上有许多血迹，靠沙发的壁上画了些粗乱的画，约略可以认出一个人，僵卧在地上，一个女子站在他的腹上跳舞。上面有几个'崔太始卒业制作'的字样写着。"① 小说到此也就戛然而止了。

  虽然整篇小说的故事缺乏离奇的情节，但是结尾处的描写却不乏新奇之意。此处虽仅有寥寥几笔，缺乏对崔太始如何借酒狂魔，乱舞作画的姿态的具体详细的描绘，正是这寥寥几笔有效地引起了读者丰富的联想。这样病态的情景犹如谷崎润一郎笔下的飒子用脚踩在卯木老爷的脸上一样，是一种典型的病态之美。情感的屡屡受挫让崔太始沉湎于精神的痛苦之中，无法完成自己的毕业作品，以至于见到被游客投食的猴子都欣喜不已，甘愿自己能够成为它们的一员。小说所讲述的崔太始的故事其实是描述一个人从肉体到精神疯癫的变化过程。历经数次情感的打击，深埋于崔

---

① 滕固：《滕固小说全编》，学林出版社 1997 年版，第 55—56 页。

太始内心的欲望终于在酒精的作用下全面爆发了出来，他用近乎疯狂的自残行为在墙上用血作画，最终完成了他的毕业作品。凄厉的场面和墙上诡异的图画使小说蒙上了一层"颓废—唯美"的面纱。因此，滕固小说中的崔太始是一个典型的精神病态者，不仅耽于女性的肉体，而且对颓废和死亡有着近乎疯狂的痴迷。小说结尾处触目惊心的奇诡场景就是很好的说明。在这里，崔太始用极端艺术表现形式从残忍的肉体残害中体味痛切的快感，以及对艺术之美的顶礼膜拜。这种几乎疯癫的病态之举不仅将自己情感受挫的痛苦淋漓尽致地宣泄了出来，而且也将深藏于崔君的内心秘密揭示了出来。更重要的是，崔太始的行为如果从审美的角度来看充分体现了作者偏于病态的审美倾向，"疯癫在各个方面都使人们迷恋。它所产生的怪异图像不是那种转瞬即逝的事物的表面现象。那种从最奇特的谵妄状态所产生的东西，就像一个秘密，一个无法接近的真理，早已隐藏在地表下面。"① 崔君最后的疯癫行为既是内心苦闷的真情流露，也是钟情于艺术的执着追求，这种莎乐美式的审美体验呈现出了对死亡的深度迷恋。所以有学者认为："滕固小说中人物不但沉溺于异性的肉体，而且都对'死'有着疯狂的迷恋，他们生活的周围经常出现坟墓、骷髅等一些怪异阴森的景物，小说主人公的结局大多都是死亡或者疯癫，像莎乐美那样在死亡之吻中体验美，通过死亡来拯救灵魂。"② 由此可见，崔太始正是在对死亡迷狂的病态行为中获得了艺术审美的高峰体验，最终创作完成了一幅妖艳绝伦的壁画。

三　倾向重肉轻灵的表现

谷崎润一郎在其文学创作中表现出了一个显著的特点，这便是注重人物的肉体描写而轻视人物的精神刻画。之所以如此，与其文艺思想有关。正如他在《饶舌录》中探讨戏剧时所说："在所有的艺术里面，戏剧最具有娱乐性、官能性、性感和肉欲，这些成分比重之大要求诉诸感觉……就观众来说，得到洗炼的感觉与一度的品味，应该通过官能与肉体的美感从而获得超越其上的永恒的美和精神的美。"③ 基于对官能肉感的重视，谷

---

① ［法］米歇尔·福柯：《疯癫与文明》，刘北成等译，三联书店1997年版，第3页。
② 薛家宝：《唯美主义与中国现代文学》，中国社会科学出版社2015年版，第157页。
③ ［日］谷崎潤一郎：《谷崎潤一郎全集》（第12卷），中央公論新社2017年版，第362页。

崎润一郎在进行文学创作时也就容易倾向于重肉轻灵的表现。他对感性之美的绝对推崇使他往往选择以呈现人物的感性体验来获取官能的享受和愉悦。醉心于刺青感受的清吉、妖艳歹毒的南子夫人、恋脚成癖的塚越、性格矛盾的信一、耽于幻想的佐伯、我行我素的照子、乐于受虐的罗洞、水性杨花的娜奥密、充满情欲的郁子等，这些人物都无一例外表现出了浓厚的官能色彩。

《富美子的脚》是一部体现谷崎润一郎重肉轻灵文艺思想的代表性作品。小说以第一人称"我"野田宇之吉写给谷崎润一郎老师的书信形式，向读者讲述了"我"的一位世代居住在东京的远房亲戚塚越老人迷恋富美子的脚的故事。塚越是一位生性风流的老人，离过三次婚，有一位女儿。六十岁的时候，他为一位年仅十七岁的名叫富美子的艺伎赎身，并将她纳为小妾，此事让老人与家族断绝了联系。"我"是老人的一位远房亲戚，家住山形县的农村。"我"十九岁那年来东京就读一所美术学校，因父亲的介绍信受到了老人的照顾，每年会去他家两三次。去年正月，"我"去给老人拜年，在他家见到了富美子。在"我"眼中，富美子相貌虽不出众，却是一位风流、高傲的女人。她的嘴唇小巧可爱，给人柔和、丰润之感，她的鼻子高挺笔直，给人温和、讨喜之感，她的眼睛黑白分明，给人机灵、狡猾之感，她的睫毛浓密修长，给人妩媚、妖艳之感。吃完午餐，已有几分醉意的老人想让"我"给富美子画一幅肖像画。为了借此可以亲近富美子，"我"答应了他的请求。此后，"我"每周都会去老人家两次，以富美子为模特开始作画。刚开始，"我"打算给她画一幅半身像，却遭到了老人的反对。为此，他从书柜底部取出了柳亭种彦的话本《田舍源氏》，从中翻开了歌川国贞的一幅女性光脚的浮世绘插图，让"我"依照此图替富美子也作一幅光脚图。"我"以油画与插画有区别为理由试图劝说老人，老人却执意如此，并不断给"我"鞠躬行礼。"我"从老人的诡异言行举止中惊奇地发现他原来有着浓厚的恋足癖。高傲任性的富美子似乎看透了老人的心思，自觉地按照插画中的女人模仿了起来。令人惊异的是，她的模仿居然可以以假乱真，让"我"觉得"不是富美子模仿画中之女，而是画中之女在模仿她，甚至可以说是国贞就是以富美为模特儿画出了这幅画。"① 老人之所以执意地让富美子比照插画中的女

---

① ［日］谷崎潤一郎：《谷崎潤一郎全集》（第6卷），中央公論新社2015年版，第253頁。

子来进行模仿，一来可以让她妖艳风情的肉体之美得到充分的展示，二来可以满足他强烈的恋脚心理。与"我"的恋物心理不同的是，为了这种浓郁的官能之美，老人完全沉湎在了重肉轻灵的感官体验之中，以至于富美子外出离开时，卧病在床的老人就会如狮子般谩骂下人。可一旦听到她回来的脚步声，他就会立即变成温驯的羔羊假装睡觉。老人病重之际，一面让人将竹台搬到自己的枕边，恳求富美子坐在那里，一面则让"我"装扮成小狗。"他就目不转睛地望着那种情景，在这种场合，旁观的有老人想必感受到衰弱的体力难以承受的强烈刺激，沉浸在掏心似的快感之中。"① 虽然此时的老人已完全丧失了食欲，"但是当富美子把牛奶或者高汤之类的东西以棉花球蘸湿，夹在脚趾之间送到他的嘴边时，病人就会贪婪地一再舔食。"② 老人弥留之际还不断央求富美子用脚踩在自己的脸上，才能安详地离开人世，因为"死去的隐居老人，脸上放着富美子的美丽的脚，那样看起来想必就像来自天空降临来迎接自己灵魂的紫色祥云。"③

　　作者借"我"之口全面叙述了老人的恋脚心理与行为，将心中憧憬和追求的美转化为一种感性之美，充满了浓厚的重肉轻灵的色彩。老人之所以替富美子赎身，并将之纳为小妾，是因为富美子的美脚可以满足他耽于恋脚的心理。为了将这种病态的心理转化为一种现实的替代物，老人百般恳请"我"能够参照国贞插画中的女子，画一幅富美子的光脚图，希望借此可以将自己的灵魂陶醉在富美子充满肉感的美脚之中，陷入肉感刺激的老人也由此忘却了自己的灵魂。为了憧憬和体验富美子裸脚所带来的官能享乐，老人不惜抛弃自己的尊严和人格，死皮赖脸地祈求富美子能够满足他病态的心理需求，即使富美子对老人百般地呵斥和羞辱，他也心甘情愿成为她的俘虏。老人重肉轻灵的表现是对传统理性的反拨，也是审美现代性追求的重要表现。谷崎润一郎将老人恋脚的病态言行纳入审美的范畴之中，用审美的视角去审视和描述，颠覆了为精神与灵魂唯美的传统思想，将肉体之美提高到至上的地位，体现了他的女性崇拜观念。出于对艺术功利的反对，谷崎润一郎在文学创作中往往追求感官的享乐和肉体的快感。小说中的塚越老人就是在病态行为中追求官能享乐和肉体崇拜的典

---

① ［日］谷崎潤一郎：《谷崎潤一郎全集》（第6卷），中央公論新社2015年版，第264页。
② 同上书，第266页。
③ 同上书，第267页。

型。为了满足自己强烈的窥视之欲，他三番五次地央求富美子，甚至让"我"也装扮成小狗供他取乐。病重之际，丧失食欲的老人只要富美子用脚趾给他喂食，他都会食欲大增。弥留之际，失去意识的老人也不忘让富美子用脚踩在他的脸上才能安详地死去。可以说，老人对女性之脚的迷恋到了无以复加的地步，彻底表现出了对肉体的狂欢之态。官能的沉醉和享乐使老人完全耽于丰盈的女性肉体之中，忘却了灵魂，肉欲的过度放纵也让他倾付了生命和灵魂，充分表现了谷崎润一郎对官能享乐的推崇。"所谓艺术的快感，就是生理的官能的快感，因此艺术不是精神的东西，而完全是实感的东西。"① 所以说，塚越老人所迷恋的并不是富美子的灵魂而是她的肉体，为了目睹和欣赏她的美脚，他以极端病态的行为去要求对方，这种对肉体欲望的沉溺正是作者所倡导的唯美思想。

滕固小说也突出地表现了一种重肉轻灵的特点，这既是他文学创作中"颓废—唯美"色彩的显在表现，也是构成其文学特质的重要要素。纵观滕固的小说，我们会发现灵肉冲突是其小说的一个重要主题。从《银杏之果》中秦舟对女性丰腴肉体的遐想到《石像的复活》中宗老对美丽的女石像的幻想，从《新漆的偶像》中谭昧青对南国佳丽的想象到《水汪汪的眼》中何本对女性肉体的渴求，这些作品都生动再现了人物在灵肉的冲突中如何进行重肉轻灵的抉择。其中，《石像的复活》就是代表之作。

小说主人公宗老是一位立志于基督教研究的留学生。他实际上只有三十来岁，大家之所以会叫他宗老，是因为他来日本五六年间潜心于基督教，力行所奉行的禁欲主义。宗老的生活很有规律，每天阅读与神学有关的书籍。一次，他跟随朋友去参观了他平日最讨厌的美术展览会。回来后，他却偷偷购买了一张裸体雕塑的影片。朋友因此嘲笑他说是和尚开戒了，他却应答说是为了夏娃而购买的。要知道，宗老的家里除了挂了一幅基督像之外，再也没有其他图像了。自从他购买了这张裸体的女性雕塑影片之后，他每晚都会把它放在枕边尽情欣赏，甚至还一度产生了幻觉。"宗老站在一处裸体雕刻的前面，凝眸的注视，她的地位，高不可攀。忽而这座裸体的雕刻把一双紧靠在身上的手腕，微微的举了起来，对着宗老沉重地点了一点头；宗老浑身的筋络，都紧张起来，嘴巴里的液沫也流了

---

① ［日］谷崎潤一郎：《谷崎潤一郎全集》（第3卷），中央公論新社2016年版，第198頁。

出来;他忍不住歌颂她了。"① 第二天,宗老去学校聆听了教授讲授耶稣降临的故事,再也不像以前那样笃信膜拜,而是"总觉得将这些宝贵的光阴,消耗在虚空的、无谓的研究,未免怀疑了。别的功课,大多是这样的;他也有同样的怀疑。于是,每到学校里,便激动他一次厌恶的心情。"② 就这样,这张裸体雕塑的照片完全改变了宗老,使他从之前的一心向教转变为对基督教的质疑与厌恶。不仅如此,这张小小的照片还唤起了他对房东女儿中村苔子三年前的回忆。原来六月的一天晚上,宗老从外面回来,路过露台时见到了浴后的苔子正在乘凉。"她的头部,她的颈部,她的胸,她的乳,她的两腿,都闯入我的眼里了。"苔子富有青春气息的肉体让他无限陶醉和痴迷。他开始疯狂地诅咒自己所选择的人生道路。"N大学的研究室,教会的礼拜堂,是我的坟墓;书本里随体佶倔的蛆虫,把我青春的血都吸尽了。我在世界上,只剩下一个骷髅,等于零的骷髅了。"③ 幡然醒悟的他毅然放弃了拯救灵魂的基督教,改为追寻充满生机与活力的世俗官能生活。他将房间里所有的书籍全部撕毁,把基督像更换为那张女性裸体的照片,在房里独自朗诵《雅歌》,读到情动之时还会不时轻吻随手拿到的物品。此外,他还会购买一束美丽的信封,既以自己的名义给苔子写信,又以苔子的口吻给自己写信。为了等待苔子的出现,他会冒着严寒连续两个月去她曾经就读的学校。对苔子的无限思念甚至让宗老一度产生了幻听,数次将屋外的足音当成是苔子。最后,宗老竟然将某大型公司橱窗里展览的蜡人看成是苔子,用石头砸破玻璃,被警察逮捕送进了疯人院。

如果说《壁画》类似于《刺青》均以绘画的形式表现出对女性之美的痴迷的话,那么,《石像的复活》则类似于《麒麟》均以重肉轻灵的方式呈现出对官能之美的沉迷。宗老之所以会放弃重视精神救赎与灵魂宽慰的基督教,是因为一张小小的女性裸体照片,也正是这张照片唤醒了他的世俗欲望,使他回忆起了三年前与房东女儿的往事。苔子充满活力的肉体让笃信基督教的宗老内心不再平静,强烈的欲望如同波涛汹涌的海浪不断冲击着他,在灵与肉的斗争中最终抛弃了自己信奉多年的基督教,而义无

---

① 滕固:《滕固小说全编》,学林出版社1997年版,第72页。
② 同上书,第73页。
③ 同上书,第75页。

反顾地选择了世俗的欲望。他不仅对自己选择信奉宗教之事悔恨不已，而且对禁锢情欲的基督教也深恶痛绝。他诅咒基督教是导致自己走向坟墓的罪魁祸首，让自己变成了行尸走肉的骷髅。长期的禁欲主义让宗老陷入了被压抑的状态，而一张小小的女性裸体雕塑照片却唤醒他的世俗欲望，使他走向了精神错乱的境地，浓郁的思念与长久的等待也让宗老误认为公司橱窗展出的蜡人是心仪的苔子。滕固在这里借助一张小小的照片生动地展现了宗老前后的变化过程，不仅挖掘了人物内心世界的非理性活动，而且揭示了隐藏在人物肉身之中的种种欲望，凸显了重肉轻灵的思想。当然，滕固的小说不像谷崎润一郎那样让人物完全沉湎于肉体的狂欢中，而是在灵肉的冲突中虽然重肉轻灵却"没有滑入到色情的趣味之中，也不是纯粹的享乐主义，而是点出了画家颓废心境背后的社会因素，颇有惊心动魄的艺术感染力"①。因而，滕固笔下的宗老因一张小小的照片厌恶基督教，转向对世俗欲望的执着追寻，最后在寻找旧情人苔子的过程中走向了迷狂与疯癫，这既是宗老对女性肉体的狂热膜拜的表现，也是作者借此对封建礼教长期压抑人性之后病态言行的呈现，所有在滕固重肉轻灵的表现中蕴含着一种对当时中国现实社会的揭露与批判。此外，滕固的《十字街头的雕刻美》《新漆的偶像》《葬礼》《百足虫》《少年宣教师的秘密》等作品也传达了作者在唯美的艺术表现中对现实社会，尤其对吃人的封建礼教的强烈批判精神，指责其对人性的禁锢与戕害。他的小说因关注和审视现实社会而具有浓郁的现实主义的特色，以至于与之同时代的评论家也认为他的作品"表现他的反抗时代的精神"②。这种对封建礼教的批判精神也使得滕固的小说不是纯粹的唯美主义作品，而是向其他同时代中国作家那样更多的是借鉴域外作家的表现手法去表情达意，延续了五四时期的文学精神，富有现实精神与人文情怀。正如滕固感叹《狮吼》半月刊停刊时所说："这十二期产生在江浙战难之秋，东南文坛，一点没有旗鼓的声音，我们的孤弦独唱，也就不能持久，暂告结束了。"③ 中国当时黑暗、腐朽的现实社会使这群励志回国报效祖国的有志青年不仅大失所望，而且难有作为。面对多事之秋的中国现实社会，滕固也难以如谷崎润一郎那样

---

① 肖同庆：《世纪末思潮与中国现代文学》，安徽教育出版社2000年版，第156页。
② 顾麟生：《〈一条狗〉附记》，《晨报副刊》1925年9月17日。
③ 记者：《自己绍介》，载《新纪元·半月刊》1926年1月1日创刊号。

执着于唯美世界的探寻而不问世事，其小说在表现对美的憧憬与追求上往往是一种徒劳的过程，就如其短篇小说《十字街头的雕刻美》中的尹先生那样，耗费了毕生心血去追寻美，结果依旧是一无所获，最后他为此精神崩溃了。

　　滕固的小说创作接受了包括谷崎润一郎在内的多种域外唯美主义作家的精华，既提倡文学创作的非功利，也注重病态美的表现，还倾向重肉轻灵。虽然他不像田汉那样毫不忌讳地道出自己曾经深受谷崎润一郎文学的影响，也不如章克标那样大力译介过谷崎润一郎文学，但是留学日本的他对域外唯美主义文学也有着"夙昔的爱好"① 和系统的研究，使其在潜移默化中也多少受到了谷崎文学的影响。滕固小说中人物在癫狂状态中所呈现出来的病态之美无疑增强了作品的颓废感，这种以病态为美，通过书写人物迷狂与疯癫的行为在一定程度上与谷崎文学有着异曲同工之处。可是对从小就研习中国传统文学的滕固来说，受接受语境与接受主体的制约，他在接受过程中有意识地利用了其文学的某些技巧来描写长期受封建礼教约束的国人内心的扭曲与病态，其目的是以此抨击吃人的礼教，对广大民众进行思想的启蒙。因此，他的小说既缺乏谷崎润一郎对病态之美的过于偏执，也缺乏那种充斥着强烈官能刺激的赤裸描写，他的小说虽具有唯美—颓废的色彩，却不是谷崎文学那种偏至之美，而是在现实与艺术之间徘徊与游走，借谷崎文学的表现技巧来言说自我的情感体验和时代的社会风貌，体现了中国知识分子的历史使命感。所以说，滕固基于对域外唯美主义文学的喜爱与研究，不可避免地受到它的文学影响，但是这种文学影响是有限的，因为他不是对它的简单模仿，而是一种具有明显创造性的转化过程。他倡导"为艺术而艺术"，提倡文学创作的非功利，注重病态之美和重肉轻灵的表现，专注于艺术的探索，运用新的形式技巧和审美情感来征服读者，但其骨子里却是关注中国当时的社会现实问题，难以如谷崎润一郎那样摆脱现实社会与政治时局的干扰，以标新立异的姿态潜心于文学的创作。腾固如其他中国现代作家一样处在现实与艺术的十字街头，在畸形病态的现实生活中表现人物的疯癫行为，思考个体生命的存在意义，流露出较为浓郁的现实干预，隐含了作者的情感态度。相对于谷崎润一郎文学来说，滕固的小说少了些赤裸的官能描写，多了些现实的人文精神。

---

① 滕固：《唯美派的文学·自记》，光华书局1927年版，第2页。

第三节　谷崎润一郎与邵洵美

邵洵美是后期狮吼社的重要成员。1926 年从英国留学归国的他在途经新加坡时，偶然间在当地书店看到了滕固主编的狮吼社刊物，对杂志所刊登的唯美主义作品深感兴趣。回国后，定居上海的邵洵美随即拜访了滕固，两人也因相近的文学趣味而成为了志同道合者。1927 年，家产殷实的邵洵美接替了热衷于政治活动的滕固，成为狮吼社的主力，"标志着狮吼社从以滕固为中心的前期阶段开始逐渐过渡到以邵询美为中心的后期阶段"①。此时的邵洵美效仿滕固，热衷于大力宣扬狮吼社"为艺术而艺术"的宗旨，不仅复刊《狮吼》半月刊，还开设了金屋书店，创办了《金屋》月刊，先后出版了"狮吼社丛书"和"金屋丛书"，使狮吼社成为"在当日的中国文坛上，最忠实于自己的艺术的，在艺术外毫无其他作用的"②文学社团。谷崎润一郎与邵洵美虽然缺乏直接的文人交流，但是他的文学创作与文艺思想在一定程度上对邵洵美产生了影响。尤其是其文学中所表现的恶魔与颓废的唯美色彩给邵洵美以强烈的震撼，并为其效仿。邵洵美在接受谷崎文学的同时融入了接受主体与接受语境的因素，在以其文学中"颓废—唯美"的艺术技巧去再现当时中国的现实社会，以"恶魔—颓废"的姿态去抨击封建礼教的同时，传达了个体的生命意识与家国的社会意识。

一　纯粹艺术的唯美追求

简要来说，谷崎润一郎的唯美主义文艺思想主要包括以下几个方面。首先，主张艺术第一，生活第二，生活是对艺术的模仿，认为艺术不涉及功利，与道德无关。正如他在散文《回忆东京》中所强调的那样："我从来是不关心政治的，我只是关心衣食住行的模式、女性美的标准和娱乐场所的发达。"③ 在他看来，艺术家应该具有割舍世俗功利的勇气，执着于自己的一亩三分地，以此捍卫艺术的纯粹性。如果一位艺术家可以从复杂

---

① 张伟:《狮吼社刍论》，《中国现代文学研究丛刊》1999 年第 2 期。
② 《金屋邮箱·王海鸥来函》载《金屋月刊》1928 年 1 月第 1 卷第 4 期。
③ [日] 谷崎潤一郎:《谷崎潤一郎全集》（第 17 卷），中央公論新社 2015 年版，第 294 页。

多变的现实生活中超脱出来，安居于单纯的精神世界里，他的艺术将会更加的臻达，因为艺术家可以在宁静自由的艺术世界中寻找到精神的慰藉，沉浸在闲寂的艺术之境中获得精神的豁达，在淡泊名利的艺术天地里随心所欲地吟唱与感叹，就如同禅学、佛学、道学那样，不管生活在何等纷扰的乱世，都有自己的幽静与安闲的处所。他提倡艺术家"既然从业于艺，那就默默无言地埋首于自己的事业吧。"① 其次，提倡艺术形式主义。谷崎润一郎认为无论思想多么高尚都无法见到美，美只存在于形式之中，艺术的精髓在于形式技巧的表现，而不在于思想与精神的传达。他在散文《艺术一家谈》中对比尾崎红叶与幸田露伴的文学创作后强调："绝妙的艺术世界里，抛开思想深度等问题，总会以某种形式扣人心弦，具有一种震撼人心的伟大力量。这种力量比思想的力度以及理论的力度更加深切，也更为直接地刻骨铭心，传递神韵。这正是艺术的难能可贵的地方。"② 再次，注重女性肉体官能的描写。谷崎润一郎认为一切强者都是美的，一切弱者都是丑的，美只存在于肉体的官能之中，极力书写肉体世界的官能色彩，直观展现女性肉体的魅力并不是一种罪恶，而是真实人性的自然体现，也是作家艺术生命的基点。直接、大胆地描写官能世界的美和魅使其文学呈现出浓郁的甘美而又芳烈的恶魔气息，充斥着病态而又畸形的享乐情绪，艺术的真谛并不是某种思想或者精神的传达，仅是感性世界的真实呈现。最后，强调礼赞女性。谷崎润一郎认为女性是美的化身，不仅能唤醒人类内心深处沉睡已久的原始欲望，恢复生命的活力，还能成为人类的精神领袖，引领大家走向新生。在他看来，女性身上潜藏着一股巨大的力量，这股力量既有肉体的野性之力，也有崇高的精神之力，女性只有在恋爱中才能更好地呈现她的艳冶和崇高。正如他在随笔《女人的容貌》中所言："现实场合中，崇高的女性往往处于恋爱之中。纯洁的女性不用说，即便是淫妇也可以显得崇高。简要的说，处于恋爱之中的女性具有崇高之美。"③ 总而言之，谷崎文学所呈现的美是一种偏至之美，是通过对纯粹艺术的唯美追求，反对文学艺术的功利性，在官能享乐与颓废色彩中表现出来的一种有悖于常理的畸形之美。他以官能刺激代替情感判断，以激情书写代替

---

① ［日］谷﨑潤一郎：《谷﨑潤一郎全集》（第16卷），中央公論新社2016年版，第493—494頁。
② ［日］谷﨑潤一郎：《谷﨑潤一郎全集》（第9卷），中央公論新社2017年版，第366頁。
③ 同上书，第429頁。

理性审视，以女性礼赞代替现实批判，试图将社会道德与伦理规范尽可能地排除在精心营造的艺术世界之外，以实现对纯粹艺术的唯美追求的呢。

曾留学英国和法国长达十年之久的邵洵美对王尔德、波德莱尔、乔治·摩尔等西方唯美主义作家也是持欣赏的态度。与谷崎润一郎通过阅读作品来间接地接受西方唯美主义文学主张不同的是，邵洵美利用自己在英国留学的机会，曾经与乔治·摩尔、史文朋等唯美主义作家有着直接的联系。1926年，学成归国的邵洵美很快加入了力推唯美主义的狮吼社，并凭借雄厚的资金和浓厚的兴趣取代了正忙于政治事业的滕固，成为了该社后期的干将。1929年1月，邵洵美将复刊的《狮吼》半月刊停刊，创办了《金屋月刊》。该杂志继承和延续了《狮吼》半月刊的宗旨，立足于唯美主义文艺思想的宣扬，成为这一时期上海文坛最为纯粹的一本文学杂志。章克标对谷崎文学的大力译介在一定程度上影响了推崇唯美主义的邵洵美。他所创办的《金屋月刊》也不时会向国内读者介绍谷崎润一郎最新问世的文学作品。那么，被李欧梵誉为"中国唯美主义肖像"的邵洵美又是如何实现纯粹艺术的唯美追求？

第一，文学理念上大力宣扬"为艺术而艺术"。与谷崎润一郎一样，邵洵美极力反对艺术的功利性，反对用道德的标准来衡量文学作品的好坏，主张艺术与道德无关。在英国留学的时候，邵洵美就喜欢阅读斯温伯恩的文学作品，对他的诗歌《怨女》更是由衷地喜爱。邵洵美认为诗歌是一种纯美的艺术形式，并不涉及世俗的道德问题，那些试图想从诗歌中挖掘和提炼道德说教的行为都是徒劳和无意义的，因为诗中所谓的反道德描写是诗人真情实感和个性自我的表现，与诗人的品性高低无关。基于这种认识，邵洵美对斯温伯恩给予了很高的评价，称颂他与波德莱尔一样是革命家，是一切宗教、道德、习俗下的囚犯文学的解放者。[①] 为了主张文学艺术与道德功利无关，邵洵美还撰写了《文学与政治》《文如其人辨》《永久的建筑》等随笔散文。在《文学与政治》中，邵洵美认为文学与政治分属于不同的领域，两者很难兼得。在他看来，"明明想升官发财却又捧了书本自命清高者实可耻，明明只配咬文嚼字却想求得一官半爵更可耻……文学家想把文学来改良政治，也被人讥为不识天下。"[②] 在《文如

[①] 邵洵美：《洵美文存》，辽宁出版社2006年版，第47页。
[②] 邵洵美：《邵洵美作品系列·不能说谎的职业》，上海书店出版社2012年版，第70—71页。

其人辨》中，邵洵美认为文学创作是一个受主客观因素影响的复杂过程，不能以文章如何来判定作家的人格与品性，因为"当一个作者自以为在支配着思想的表现的时候，他自己正被一个看不见的力量支配着。"① 邵洵美由此认为文学创作是一种单纯的非功利的艺术活动，那些企图通过文学创作来收获利益，获取一官半职的行为是对文学的亵渎。在《永久的建筑》中，邵洵美认为诗歌是作家主观情感的呈现，而不是对外在事物的模仿。他将诗歌比喻为一座永久的建筑，"里面供养着永久的生命，那便是天造地设又加以人工制造的情，而衣服、装饰、器具、什物、思想、言论、风俗、习惯等之多只能当作神前的祭品。"② 邵洵美将主观情感视为诗歌的灵魂，是诗歌获得永久生命的象征，外在事物不过只是诗歌的祭品，这种礼赞主观之美高于自然之美的文艺思想显然体现了唯美主义的特质。他之所以高扬文学创作的非功利与其优厚的个人条件息息相关。邵洵美出生在一个家室显赫的家庭，殷实的生活和良好的教育让他能够潜心于文学活动之中。他利用自己优越的条件，完全不顾及书店和杂志的销售量，全心全意地执着于自己纯粹的艺术追求。以至于画家季小波对有人将邵洵美称为"纨绔子弟"提出了疑议，认为邵洵美虽然家境殷实，却是一个乐善好施的热衷于艺术事业的文人，他的万贯家财基本上也是为了实现理想的出版事业而耗费的。他是一个实足的"唯美主义者"③。邵洵美为了在当时的十里洋场推行唯美主义，可以说倾尽了一己之力。

二十世纪二十年代后期，内忧外患的混乱局面使中国现代文学进入了第二个十年（1928—1937）的发展阶段，中国现代文学也从"文学革命"转向了"革命文学"。这时期太阳社与创造社部分作家同鲁迅和茅盾就"革命文学"展开了一场声势浩大的论争。这场持续近两年之久的"革命文学"的论战最后在中国共产党的努力下直接形成了"中国作家左翼联盟"。面对倡导写实和革命的左翼文学的兴盛，邵洵美没有迎合文学发展的主流，而是以捍卫纯艺术的姿态，不仅创办了纯文学杂志《金屋月刊》，而且还发表了《关于〈花一般的罪恶〉的批评》《色彩与旗帜——〈金屋月刊〉发刊词》《〈诗二十五首〉自序》等一系列倡导唯美主义的

---

① 邵洵美：《邵洵美作品系列·不能说谎的职业》，上海书店出版社2012年版，第238页。
② 邵洵美：《洵美文存》，辽宁出版社2006年版，第122页。
③ 邵绡红：《天生的诗人：我的爸爸邵洵美》，上海书店出版社2015年版，第445页。

言论。1928年，针对诗集《花一般的罪恶》毁誉参半的评论，邵洵美以孙先生的评论为例进行了质疑和反驳。他认为："不过以道德礼仪来做文艺批评的工具，我却也要说几句话。我们要知道文艺的作品决不能都是作者的供状；是多方面的，是戏剧式的，它里面所说的话决不便是作者个人所要说的话，作者不过是以他自己的透视力去洞察个中人的心灵而发出的一种同情的呼声。"① 在邵洵美眼中，文学是作家洞察个体心灵之后一种带有强烈感情色彩的心声，具有浓郁的主体性和个性，评论家如果以道德礼仪这种外在的事物作为标准去评价它的优劣的话，将难以真正走进作家精心编织的文学世界里，也就难以理解作品的情感与思想，从而让他做出合情合理的评论，赢得读者和作家的认可。所以，针对孙先生从道德礼仪的角度评价《花一般的罪恶》，认为诗人所呈现的唯美表现，实则是走上了一条错误的道路。作家对此提出了疑议，并结合诗歌论述了文学与道德无关。1929年，邵洵美在《金屋月刊》创刊号上发表了《色彩与旗帜》一文，大力主张"为艺术而艺术"。一般来说，这篇文章既是《金屋月刊》创刊的宗旨，也是邵洵美唯美主义的宣言书。他说："我们决不承认艺术是有时代性的，我们更不承认艺术可以被别的东西来利用。"② 在当时复杂的时代语境下，邵洵美虽然创办的这本纯文学杂志有些不合时宜和有曲高和寡之嫌，但是高扬"为艺术而艺术"，旗帜鲜明地提出艺术不具有时代性，不可以被利用，不应该成为文以载道的工具，以纯艺术的姿态对抗当时十里洋场盛行的媚俗文学和强调写实、反映革命的左翼文学，也充分显示了他过人的胆识与对艺术的执着追求。1936年，邵洵美给自己的诗集《诗二十五首》写了一篇序言。他不仅强调诗歌与政治道德无关，而且还论述了形式对于诗歌的重要性。他在文中开宗明义地说到自己因留学欧美的缘故没有受到以胡适为代表的白话文诗歌的影响，但又毫不避讳地承认自己深受波德莱尔、史文朋等唯美作家的影响。他认为自己的诗歌"大都是精雕得最精致的东西：除了给人眼睛及耳朵的满足之外，便只有字面上所露示的意义。"③ 这是因为诗歌是形式的艺术，"形式的完美便是我的诗追求的目的。"④ 基于形式至上的认识，邵洵美在结论部分呼吁评

---

① 邵洵美：《洵美文存》，辽宁出版社2006年版，第361页。
② 同上书，第378页。
③ 同上书，第368页。
④ 同上书，第369页。

论家们不要对他人的诗歌断章取义,要懂得诗人的使命是点化,诗人以形式的优美呈现诗歌的艺术,其笔下的实物也决不是对实物的简要模仿,而是赋予了灵魂。因而,一个缺乏慧心的评论家是不称职的,不懂得这点评论家也将无法对他人的诗歌做出令人信服的评论。

第二,文学活动上大力实践"为艺术而艺术"。陈子善在评价邵洵美时说:"在二十世纪中国文学史上,邵洵美的名字绝不是可有可无的。他是一位具有独特风格的诗人、作家、评论家、翻译家、编辑家和出版家,也是一位对三十年代中外文学交流做出了可贵努力的文学活动家。"[①] 这番评述言简意赅地指出了邵洵美在中国现代文学上的身份与贡献,而这一切都是基于他在文学活动上大力实践"为艺术而艺术"。大致来说,邵洵美致力于"为艺术而艺术"的文学活动主要表现在文学创作和文学出版两个方面。就文学创作而言,邵洵美先后创作了《天堂与五月》《花一般的罪恶》《诗二十五首》等表现唯美主义观念的诗集,以及论文集《火与肉》和译诗集《一朵朵玫瑰》。就文学出版来说,邵洵美凭借雄厚的经济实力,不仅开办了金屋书店,还创办了纯文学的《金屋月刊》杂志,成为他唯美主义实践的园地。邵洵美以此为媒介平台,推出了"狮吼社丛书"和"金屋丛书",出版了一系列唯美主义的书籍,刊登了一批具有唯美主义倾向的文学作品和评论文章,大大推动了唯美主义文学在中国现代文坛的发展。1926年,留学回国的邵洵美在上海经张道藩的介绍认识了滕固。"滕固告诉他,他们的那头'狮子'已经停吼了。关门的原因只有一个,没有孔方兄。无钱买纸,付不出印刷费,所以只能打洋。"[②]《狮吼》半月刊停刊的关键原因在于缺乏资金的支持,这对于家境优越且立志于唯美主义文学的邵洵美来说,却是一件幸事。

前文说过,滕固、章克标等人发起成立的狮吼社立足于唯美主义的宣传,不仅译介包括谷崎润一郎在内的域外唯美主义作家的文学作品,而且也发表了一系列具有唯美主义色彩的文学作品,为中国现代文学的发展注入了一股新的血液。他们在文学实践上对唯美主义的吸纳与借鉴,在一定程度上也促进了唯美主义文学在中国现代文坛的传播与发展。可以说,狮吼社所推崇的艺术主张正好迎合了邵洵美的审美趣味,他与滕固趣味相

---

① 《邵洵美专辑·编者按》,《新文学史料》2006年第1期。
② 林淇:《海上才子:邵洵美传》,上海人民出版社2002年版,第55页。

投，一拍即合，成为继滕固之后狮吼社又一位核心的力量。1928年初，邵洵美在上海静安寺旁边开了一家名为金屋的书店。有趣的是，店名既非出于"书中自有黄金屋"的典故，也并非"金屋藏娇"之意义，而是取自法文，译为"金色的房子"。同年7月，金屋书店开始编辑出版《狮吼》半月刊复活号第一期，直至当年的12月16日停刊，一共出版十二期。1929年1月，邵洵美创办了《金屋月刊》，与章克标一起共同担任主编。杂志的创办不仅取代了《狮吼》半月刊，成为后期狮吼社的重要刊物，而且也标志着邵洵美编辑出版事业的兴盛，其文学创作也因此进入了黄金时期。值得注意的是，《金屋月刊》与同时期在上海的刘呐鸥主编的《无轨列车》和施蛰存主编的《新文艺月刊》不同，它呈现了邵洵美对唯美主义的执着追求。他不仅参照英国的唯美主义期刊《黄面志》（*The Yellow Book*），亲自设计《金屋月刊》的封面与封底，而且在创刊号上撰文直呼："我们要打倒浅薄，我们要打倒顽固，我们要打倒有时代观念的工具的文艺，我们要示人们以真正的艺术。"① 章克标也在第二期上撰写表达了《金屋月刊》的办刊宗旨："我们对于文艺并没有什么主张，因为我们以为'文艺便是文艺'决没有别的作用。"② 邵洵美创办《金屋月刊》的意图很明显，就是要立足纯粹的文学，大力弘扬"为艺术而艺术"，将杂志办成国内唯美主义文学的主导刊物。事实上，经过邵洵美和章克标等人的不懈努力，包括谷崎润一郎在内的一批域外唯美主义作家的文学作品得以刊登发表，引起了中国现代文人的关注，产生了一定的文学影响。

二　官能颓废的耽美展示

谷崎润一郎的唯美主义文艺思想深受西方唯美主义作家的影响，与他们也有着千丝万缕的关联。他不仅翻译过王尔德等人的文学作品，而且在随笔评论中也多次提到了其他的作家，并且给出高度的评价。在散文《艺术一家谈》中，他认为一部经典文学作品其艺术的价值是永恒的，而且随着时间会日久弥新，更加富有韵味和内涵。随后，他以波德莱尔的《恶之花》为例，认为这部作品在出版之初因为标新立异很难被读者认可

---

① 邵洵美：《洵美文存》，辽宁出版社2006年版，第378页。
② 章克标：《金屋谈话》，《金屋月刊》1929年第2期。

和接受,"肯定大多数人都十分迷茫,毁誉参半,褒贬同在"。然而,与之同时代的雨果却可以慧眼识金,发掘了这部诗集的独特艺术魅力,称赞波德莱尔是"生活在地狱中的诗人"。这句礼赞波德莱尔的评价不仅突显了《恶之花》的独特艺术价值,而且也表明了雨果是一位独具慧眼的评论家。在谷崎润一郎看来,波德莱尔的《恶之花》的艺术价值可以"堪比黄钟大吕。"① 在散文《谈艺》中,谷崎润一郎在谈及日本戏剧与西方戏剧的差异时认为日本的戏剧固然有梦幻性的要素,而在爱·伦坡以及霍夫曼的作品中常见的表现恐怖感的神秘剧更多。充满神秘恐怖的西方戏剧更有韵味和魅力,因为"西方的艺术色彩浓厚,复杂多变,刺激性强,接受方式也常常让人紧张。"效仿爱伦·坡等人主张在颓废病态中呈现事物的美成为谷崎润一郎文学的一个显著特点。与此同时,他也是爱尔兰作家乔治·摩尔的爱好者。他在散文《饶舌录》中专门提及了自己阅读摩尔文学的体验与感受。他说:"摩尔的作品中,无论如何还是自传性作品最为出色。《一个青年的自白》与 Memoies of My Dead Life (《我的死了的生活的回忆》),我特别喜欢后一部,某年的夏天在箱根的湖畔阅读它时,身心恍惚,废寝忘食。《一个青年的自白》也是在冬天寒冷的夜晚炭火熄灭之后还浑身颤抖着彻夜品读的。"② 乔治·摩尔是爱尔兰的一位唯美主义作家,他时常以唯美主义等多种艺术表现方式在自传性作品中表达自己的艺术体验与见解。其中,《一个青年的自白》与《我的死了的生活的回忆》分别回忆了自己在巴黎和爱尔兰度过的艺术生活,以及与几位女性带有颓废色彩的爱欲生活。两部作品充斥了耽美—颓废的色彩,有力地传达了作者作为一个艺术家的精神追求以及对美的追求与向往。可以说,偏执于官能颓废的耽美展示是谷崎润一郎接受西方唯美主义作家文学主张的结果。

谷崎润一郎认为美不是常态化的表现,而应该以审美体验的错位与价值观念的颠倒去挑战人们感官与心理的接受极限,用一种超出常态的艺术表现方式呈现出美的纯粹性。为了表现那种能够震撼人心的审美力量,他认为"健康的艺术不比病态的艺术在本质上常常优越一等"③,常态化的

---

① [日]谷崎潤一郎:《谷崎潤一郎全集》(第9卷),中央公論新社2017年版,第364页。
② [日]谷崎潤一郎:《谷崎潤一郎全集》(第12卷),中央公論新社2017年版,第297页。
③ 同上书,第315页。

描写只能给读者淡而无味的阅读体验，难以产生强烈的阅读效果，作家通过状写人物的病态言行，以充满荒诞、残酷的艺术世界去展示美的存在，既可以给读者造成强烈的阅读冲击，使其在美与丑的张力中获得不同寻常的阅读体验，又可以突破美与丑的界限，表达作家对美的独特理解。这样一来，谷崎润一郎对美的偏爱也由此转变成了一种对美的偏执，以表现人物在幻想之中沉溺于强烈的感官刺激所带来的官能享乐来建构一个价值颠倒的艺术世界，实现在官能颓废中耽于美的展示。因此，在其文学的世界中人物往往以背德者的形象来对抗常理常规，展示自我与个性。《刺青》中的清吉、《麒麟》中的卫灵公、《恶魔》中的佐伯、《人鱼的叹息》中的孟世焘、《天鹅绒之梦》中的温秀卿等，这些人物因为沉迷于病态官能的享乐之中不能自拔而表现出对美的执着追求。

　　谷崎润一郎笔下的众多人物不顾道德与理性的约束，放纵于自我的官能享乐，以颓废的感官刺激来救治灵魂的创痛。无论是崇拜女性之美的男性，还是代表美的女性，他们大都以离经叛道的言行最大限度地满足自己对美的欲求。或如清吉以残忍的文身表达自己对美的理解，或如卫灵公以沉湎南子夫人的美色感受美的绝妙，或如佐伯以偷舔照子擦拭鼻涕的手帕获取美的滋味，或如孟世焘以沉溺人鱼的蛊惑获得美的享受，或如温秀卿以月光下的女尸传达对美的礼赞。值得注意的是，这些人不是常态下的情感流露，而是极端情境中的高峰体验，是在如醉如痴的情感体验中实现对美的极致追求。疼痛的呻吟、触目的虐待、黏糊的鼻涕、漂浮的尸体等这些非常态的丑恶事物成为了人物实现高峰体验的重要媒介。这种从丑恶事物中发掘美的艺术形式相比从常态中呈现美来说，更容易引起人物的高峰体验，"这种体验可能是瞬间产生的、压倒一切的敬畏情绪，也可能是转眼即逝的极度强烈的幸福感，或甚至是欣喜若狂、如痴如醉、欢乐至极的感觉。"① 因而，佐伯偷舔擦拭照子鼻涕的手帕时，"他从中发现了一件非常刺激的、难以企及的趣事。在人类快乐世界的背后，竟然潜藏着如此隐秘和奇妙的乐园。"② 温秀卿目睹湖上月光下的女尸时，"如此美丽，如雪般真白的尸体肌肤或许因浸水而反射月光吧。我试图几次对比天空的明月和水中的尸体，究竟哪一方才是光的本体，哪一方才是反射于它，其中之

---

① ［美］马斯洛：《人的潜能和价值》，林方译，华夏出版社1987年版，第366页。
② ［日］谷崎潤一郎：《谷崎潤一郎全集》（第1卷），中央公論新社2015年版，第335页。

奥难以明白。此时，灿烂的女尸映入我的眼中，如果可以说，它如月全圆的形态，是人间姿影的女神的话，那么这个尸体就是从月亮中出来的。"①在这里，他们的高峰体验虽然是转瞬即逝的，但是对客体直觉的领悟让他们不仅实现了对美的憧憬和诉求，也体验到了自我存在的意义。

邵洵美也倾向于官能颓废的唯美展示。马太·克利内斯库曾认为，只有"颓废的唯美主义（Decadent Aestheticism）才是真正的唯美主义，而真正的颓废主义也必然会趋于唯美化。"②留学欧美多年的邵洵美不仅接受了王尔德、波德莱尔、史文朋等作家的唯美主义思想，而且还深受爱尔兰唯美作家乔治·摩尔的影响。1926年邵洵美学成归国，他利用雄厚的经济实力接替了滕固成为后期狮吼社的核心。他在上海先后创办了金屋书店和《金屋月刊》刊物，利用这两个媒介的平台，大力刊登域外唯美主义作家的中文译作和国内评论，不断发表国内作家创作的具有唯美色彩的文学作品。以邵洵美为首的后期狮吼社成为了当时国内文坛宣扬唯美主义文学的重镇。他自己也先后创作了《天堂与五月》《花一般的罪恶》等具有浓郁官能色彩的诗歌。

值得注意的是，邵洵美与谷崎润一郎一样都钟情于爱尔兰唯美诗人乔治·摩尔。1928年8月16日，他发表了《纯粹的诗》（《狮吼》半月刊复活号第4期），首次向国内介绍摩尔的纯诗理论。随后，他翻译了他的小说《信》（《狮吼》半月刊复活号第9期）、《和尚情史》（《金屋月刊》1930年第1卷第2期）以及传奇《达芙尼与克洛埃》（《金屋月刊》1930年第1卷第4期）（译作名为《童男与处女》）。1929年，他翻译了摩尔的长篇自传小说《我的死了的生活的回忆》，并交由金屋书店出版。1930年6月，他发表了《George Moore》（《金屋月刊》第1卷第9、10期合刊），再次向国内介绍乔治·摩尔。可以说，邵洵美对乔治·摩尔的大力宣传使他成为了当时国内乔治·摩尔译介的第一人。也正因为如此，他在《贼窟与圣庙之间的信徒》中毫不掩饰地表达了自己对乔治·摩尔的推崇之心与喜爱之意。"我羡慕他的学问渊博，我羡慕他的人生观，他也和王尔德O. Wilde一般张着唯美派的旗帜，过着唯美派的生活，不过王尔德带

---

① ［日］谷崎潤一郎：《谷崎潤一郎全集》（第7卷），中央公論新社2015年版，第440頁。
② ［美］马泰·卡林内斯库：《现代性的五副面孔》，顾爱彬等译，商务印书馆2002年版，第174页。

着些颓废派的色彩，而他却有一种享乐派的意味。我以为像他那一种生活，才是真的生活，才是我们所需要的生活。"① 基于对享乐的颓废的认知，邵洵美把外来词"颓废"翻译成了"颓加荡"，不仅一时成为当时文坛的时髦用语，而且昭示了他对颓废的独特阐释。为此，与之同时代的苏雪林称邵洵美是"中国唯一的颓废诗人"，并对"颓加荡"的翻译进行了解释："所谓'颓加荡'是个译音字，原文是 Deca-dent，这个字的名词是 Decadence，有堕落衰颓之义。中国颓废派诗人不名之为颓废而音译之为'颓加荡'倒也很有趣味。"② 这种以感官刺激与官能享乐为特色的颓废构成了邵洵美文艺思想的一个重要特色。他的诗歌多以女性肉体为描写的对象，采用华丽浓艳的辞藻，运用富有感官刺激的细节描写，使其诗歌散发出了浓厚的颓废气息。

《花一般的罪恶》是邵洵美官能颓废的耽美展示的代表作诗集，诗歌以女性肉体为描写的主体，通过"女性的'红唇'、'舌尖'、'乳壕'、'肚脐'、'蛇腰'甚至女性的'下体'所组成的'视觉之盛宴'"③ 来表现诗人在官能颓废中耽于享乐的唯美主张。邵洵美之所以热衷于颓废官能的享乐与其推崇波德莱尔有关。他认为波德莱尔的诗歌与史文朋的一样，"在臭中求香；在假中求真；在恶中求善；在丑中求美；在苦闷的人生中求兴趣；在忧愁的世界中求快活；简括一句说'便是在罪恶中求安慰'"④。诗集以赤裸的官能描写、浓郁的视觉礼赞流露出诗人崇尚享乐的唯美追求，肉的气息与色的味道构成了诗集"颓加荡"的两大元素，唯美的狂热与唯肉的沉湎使得诗集充斥了官能的刺激和醉生梦死的感官享乐。然而，颓废的肉感并没有让诗集失去艺术的美感，而沦落为淫秽的诗歌，妖艳官能的书写成就了诗人与众不同的诗歌特色。以诗集中的《颓加荡的爱》为例，诗人这样写道：

睡在天床上的白云，伴着他的并不是他的恋人；
许是快乐的怂恿吧，他们竟也拥抱了紧紧亲吻。
啊和这一朵交合了，又去和那一朵缠绵地厮混；

---

① 邵洵美：《火与肉》，金屋书店1928年版，第51—52页。
② 苏雪林：《论邵洵美的诗》，《文艺》1935年11月1日第2卷第2期。
③ 解志熙：《美的偏至：中国现代唯美—颓废主义文学思潮研究》，上海文艺出版社1997年版，第229页。
④ 邵洵美：《火与肉》，金屋书店1928年版，第20页。

在这音韵的色彩里，便如此消灭了他的灵魂。①

在这里，诗人直接以白云的交合象征着男女的云雨之欢。在诗人笔下，白云既没有高尚的情操，也缺乏高贵的志向，为了体验赤裸的交合之欢，既不在乎交欢的对象，更不在意交合的情感，而是不断地厮混在云层之中追逐纯粹的肉体交合所带来的官能享乐。诗人笔下的白云就是一个实足的浪荡公子形象，完全陶醉于女体的诱惑之中，享受于赤裸的官能享乐，颠覆了传统诗歌中白云的象征含义，以精神与灵魂为代价的交合也使得诗歌充满了颓废的色彩。当然诗人笔下的官能颂歌并不是色情的言说，而是个体生命的唯美演说。不顾一切追逐交合之欢的白云是唯美派享乐主义的实践者，它全身心地沉浸在缠绵厮混之中目的是那刹那间的唯美享受，它表面是一位轻浮浪荡的公子，实质上却是对个体生命的激情演绎，在现世人生的贪恋之中表现出对常理常规的叛逆。白云大胆放纵的行为彰显了青春的活力，展示了生命的激情，能够使读者强烈地感受到诗人对个体生命的炽热歌唱，是诗人礼赞个性解放，推崇人性自由的生命赞歌，所以它充满了青春的气息，在赤裸的肉体追逐中将对美的憧憬转化为了刹那间的享乐。因此，诗中的白云在浪漫主义的激情之下是一个唯美主义者对现世人生的享乐赞歌，执着于直接大胆的肉体交合既是对传统道德与礼教的反抗，也是对个体生命的真情演绎，而非"只有赤裸裸的感官欲望和生命本能的宣泄……甚至鼓励人们在颓废的人间苦中及时行乐"②。诗人笔下的白云所呈现的"颓加荡"是诗人以唯美享乐的情感书写对生命意义的认知与感悟。

三 十里洋场的主体接受

致力于唯美主义的邵洵美受到了包括谷崎润一郎在内的域外唯美作家的影响，表现出了对纯粹艺术的唯美追求和官能颓废的耽美展示，但是这种文学影响在给他的诗歌创作带来文学养料的同时，也发生了相应的文学流变现象。身处十里洋场的邵洵美受制于时代环境，也很难像谷崎润一郎那样彻底地推行唯美主义。因此，其笔下的诗歌创作并不是纯粹的唯美主义之作，而是对他人的模仿之作，只不过是借鉴域外唯美作家的文学理念

---

① 邵洵美：《花一般的罪恶》，上海书店出版社1992年版，第14页。
② 解志熙：《美的偏至：中国现代唯美—颓废主义文学思潮研究》，上海文艺出版社1997年版，第229页。

或表现手法来表情达意，书写自己特殊的人生体验与生活感悟。

20世纪二三十年代的中国正处在水深火热之中，"残酷的中国现代史血腥斗争和内忧外患——（军阀混战，五卅惨案，北伐战争……）很快打碎了年轻知识分子那种温情脉脉的人生探索和多愁善感。"[①] 面对严酷的社会现实，深受中国传统文化滋养的现代知识分子秉承着浓厚的家国意识，在接受外来文学影响过程中往往会把个人的情感体验与时代的发展需求相结合，难以如他们所接受的对象那样拘泥于个体情感的自我世界。作家们立足于中国现代社会的国情，通过借鉴和吸收外来文学的营养，在书写个人情感与人生感悟中流露出浓郁的社会意识与国家观念。丑恶与黑暗的社会现实让他们感到困惑与苦闷，更让他们意识到了救亡与启蒙的重要性。虽然作家们表现的方式多种多样，有的坚持直面现实与抨击社会的写实主义，客观再现社会的丑恶与黑暗，流露出浓郁的批判精神，有的则躲进象牙塔中精心营造自己的艺术世界，在五光十色的斑斓生活中宣泄自我的痛苦和惆怅。然而，大多数作家都会在文学创作中彰显个性解放与自我精神，反对封建传统道德对个体生命的遏制与戕害。作家们在接受域外文学的过程中会根据时代发展的需求和自我文学的需要进行选择性的吸收和借鉴，从而表现出鲜明的时代性与独特的个体性。不同社团的作家们通过吸纳唯美主义的文学主张和表现手法，既彰显了唯美情趣，又书写了人文精神，他们将唯美主义注入了现实主义，在认同现实与唯美相互结合的基础上呈现艺术的主体性，剔除了唯美主义完全不顾及社会现实的局限性，将个体情感与民族兴亡结合在一起，在艺术救国的前提下去发现美和表现美。

作为中国现代作家的一员，邵洵美绝对不是盲目照搬和模仿唯美主义，而是结合中国当时的国情与自身需求进行了不同程度的转化与改变，实现了外来唯美主义的"中国化"。一方面，邵洵美积极吸取唯美主义的养料，利用创办的媒介平台致力于唯美主义的宣扬与传播，潜心于富有官能性和诱惑性的唯美主义诗歌创作，在精心营造的诗歌艺术世界里抒情达意；另一方面，身处十里洋场的邵洵美也无法摆脱纸醉金迷的都市生活所带来的一系列困惑与苦恼，救亡与启蒙、现实与理想使他难以像谷崎润一郎等唯美主义作家那样完全将美作为一种个体生命的言说与独唱，彻底实现艺术超然于现实社会，而是如同时期的中国现代作家一样把美视为一剂

---

① 李泽厚：《中国现代思想史论》，天津社会科学院出版社2003年版，第224页。

启蒙救国的良药，在表达个体意志与情感的同时蕴含着心系国家与大众的胸襟和心怀。因而，十里洋场这种独有的接受语境使得邵洵美不是被动地接受域外唯美主义文学的影响，而是在选择中接受，在取舍中吸收，体现了中国现代作家在接受外来文学思潮过程中依然保持着相当的主动性，反映了他们在借鉴中创造的可贵精神。邵洵美诗歌中官能颓废的唯美叙述背后表达的是对现实社会的不满与抗争，渗透了不同程度的或浓或淡的家国意识和人文情怀，而非一味个体情感的宣泄。

当时的上海处在"华洋杂居"与"治外法权"的局面，这种独特的存在方式使得上海有机会吸取外来文化与文明。"西方列强在掠夺中国的同时，也把西方文明发展到19世纪全盛时期的资本主义的管理方法、组织制度、生产技术，包括对待各种价值准则的态度和规范移植到上海。"①这样一来，传统的自给自足的小农经济生产方式逐渐被西方资本主义商品经济排挤和挤压，上海也因此成为当时中国商品经济最为发达的城市。商品经济的发展也必然会导致都市文化的繁荣。据邵洵美的女儿邵绡红女士的回忆，"那是二十世纪二十年代初，上海已经变成了一个世界闻名的繁华城市，西装革履与长袍马褂相间；各地方言与欧美话语混杂，舞厅、酒吧、回力球、高尔夫、跑狗、赛马、影院、赌场……十里洋场上灯红酒绿，无奇不有"②。以邵洵美为首的狮吼社经常与绿社的朱维基、芳信、林徽因以及《真美善》的曾朴、曾虚白父子在一家名为新雅的茶室聚会，商谈文学艺术。这种类似于西方文艺沙龙性质的作家聚会无疑是上海商品经济与都市文化发展的产物。这些人不仅身着精美的服装，打扮时髦，而且谈吐文雅，举止优雅，一派绅士小姐的作风。他们以文学沙龙的形式向外界传达了他们所推崇的唯美主义。正所谓一石能够激起千层浪，上海也逐渐成为了当时中国文坛宣扬唯美主义文学的阵地，一批作家也从全国各地纷纷加入其中，为唯美主义文学摇旗呐喊。随着上海的沦陷，这批推崇唯美主义文学的作家也纷纷转向现实主义的左翼文学，唯美主义文学思潮也很快退出了中国现代文坛。上海这座当时中国的大都市确实存在着具有滋生唯美主义文学的土壤，并且在一定程度上也促进了唯美主义文学在中国现代文坛的发展。身处在十里洋场的邵洵美，其诗歌虽然表现了官能颓

---

① 李今：《海派小说与现代都市文化》，安徽教育出版社2000年版，第8页。
② 邵绡红：《天生的诗人：我的爸爸邵洵美》，上海书店出版社2015年版，第13页。

废的耽美色彩，但是也并不是没有思想内涵与精神追求地为赋新词强说愁，其笔下的唯美主义并非是一种纯粹的艺术主张，而是通过以唯美的形式呈现个体观念与家国意识。其《五月》就是如此。

> 啊欲情的五月又在燃烧，罪恶在处女的吻中生了；
> 甜蜜的泪汁总引诱着我，将颤抖的唇亲她的乳壕。
> 这里的生命像死般无穷，像是新婚晚快乐的惶恐；
> 要是她不是朵白的玫瑰，那么她将比红的血更红。
> 啊这火一般的肉一般的光明的黑暗嘻笑的哭泣，
> 是我恋爱的灵魂的灵魂；是我怨恨的仇敌的仇敌。
> 天堂正开好了两扇大门，上帝吓我不是进去的人。
> 我在地狱里已得到安慰，我在短夜中曾梦着过醒。①

虽然邵洵美因师承和模仿域外唯美主义文学在诗歌中大胆露骨地向读者呈现感官的体验与肉体的享乐使其诗歌散发着浓郁的颓废气息，充斥着浓厚的感官享乐，但是这种颓废的官能享乐并不仅仅是人类原始情欲的宣泄，而且还蕴含了对丑恶现实的揭示与反抗，从某种意义上说是生命的礼赞之歌。封建礼教与伦理道德对国人的长期压抑导致了他们的个体生命意识的畸形发展，直视自身本能欲望的则被说成是邪恶的人性。随着五四新文化运动的深化，作家们不断用自己的笔墨去描绘和表现人物的强烈生命意识。深受唯美主义影响的邵洵美也是如此。诗人以赤裸的笔触描写了五月的景象，向读者真实地再现了人类的原始情欲。他将唯美主义转化为醉生梦死的官能享乐，鼓吹及时行乐，以"色的诱惑，声的忿恚，动的罪恶"去表现一个香艳狂欢的景象。不可否认，这种赤裸的官能直描使诗歌呈现了颓废的情调，但是这种偏于肉体享乐的情欲描写也是对当时冰冷残酷的现实的嘲讽与揭露。我们认为诗人笔下"我"的情欲放纵并不仅仅是本能欲望的宣泄，也是对抗传统伦理道德与个体生命意识觉醒的重要表现。诗人以欣赏者的态度去描摹赤裸的情欲世界，把性与美糅合在一起，用精美、碎片化的文字把人类的原始欲望一层一层地剥离出来，赤裸裸地呈现在读者的面前，有效地批判了封建礼教对人性的摧残与扭曲，诗

---

① 邵洵美：《花一般的罪恶》，上海书店出版社1992年版，第22页。

人笔下感性化和官能化的美因为再现了现实社会的黑暗并没有滑入色情文学的境地。换句话说，传统的禁欲观念与残酷的现实社会让耽于唯美倾向的诗人采取了直白式的欲望描写，这种具有激烈的欢愉感和罪恶感的情欲描写也让"我"遭到了上帝的拒绝而无法升入天堂，只能独自躲在地狱里获得安慰。从某种意义上来说，诗人把天堂与地狱这对互为矛盾的事物引入诗歌引发读者对灵与肉的深入思考，使得诗歌在情欲描写的背后具有一定的哲理性。因此，诗人笔下的 5 月是一个激情似火的季节，涌动的生命与炽热的情感交织在一起，构成了一幅充满生机与活力的春景图。赤裸大胆的情欲展示不仅揭示了当时时代背景下存在的社会问题，而且有力冲击和动摇了传统的伦理观念。诗歌中浓郁的肉感也具有相应的现实意义与美学价值，官能感性的直接描写不仅向读者呈现了生命的色彩，展示了个性解放与自由精神，而且也构成了十里洋场文学的书写方式。在此，我们姑且不论邵洵美的诗歌具有怎样的文学成就，但是现代都市生活的体验让他着手于官能肉感的描写，以官能的颂歌构成他的诗歌基础，在一定程度上探索了中国现代诗歌的表现形式，也是诗人在十里洋场的生活体验中对唯美主义主体接受的重要体现。

深受唯美主义文学影响的邵洵美在十里洋场的上海找到了有效的文学实践途径。一方面，他利用雄厚的经济实力先后创办金屋书店和《金屋月刊》，大力宣传唯美主义思潮；另一方面，他通过吸收和借鉴包括谷崎润一郎在内的域外唯美主义作家的观念与技巧创作具有"唯美—颓废"色彩的诗歌。这些诗歌充满了对女人肉体的直白式描写，充斥了浓郁的官能享乐的气息，充分体现了诗人"颓加荡"的唯美主张，一举成为了二三十年代上海文坛一颗耀眼的新星。受接受主体与接受环境的影响，"任何一个真正深刻重大的影响是不可能由任何一个外国文学作品所造成"[①]。十里洋场的接受环境与邵洵美自身的接受需求也让他在接受域外唯美主义文学的过程中不可能是亦步亦趋的被动式效仿，而是作为接受者的邵洵美会根据自身的接受需求对它进行选择性的接受，自觉不自觉地吸取其精华的养料融合于自己的文学创作的实践之中，在通过倡导纯粹的艺术与赤裸的官能来流露个人心声与表情达意的同时，也使诗歌因对抗束缚个性的传

---

① 中国社会科学院外国文学研究所编：《卢卡契文学论文集》（二），中国社会科学出版社 1981 年版，第 450 页。

统道德与封建礼教而呈现出了浓郁的反叛精神。可以说,邵洵美对域外唯美主义的接受与转化实质上是对唯美主义的理想化与浪漫化的中国化的一种具体的表现方式。作为一位致力于唯美主义文学创作的诗人,为了追求精神的自由和艺术的独立,他将自身的接受视界和唯美主义的视界融合在一起,以一种全新的姿态出现在中国现代文坛。大胆炽热的官能描写给他带来非同寻常的赞誉,也遭到了评论家们强烈的诟病与批评,对唯美主义文学的大力推崇与实践也让他成为一位毁誉参半的作家。值得肯定的是,邵洵美对唯美主义的倡导与实践不是机械简单的被动模仿,而是迎合了时代发展的需求,融入了自我理解的创造性借鉴,不仅是外来文学中国化的具体表现,也构成了新文学历史上一道绚丽多彩的文学景象。

小结

谷崎润一郎与狮吼社存在着比较复杂的文学关系,既有章克标这样在译介谷崎文学中接受影响,也有滕固与邵洵美在审美借鉴中接受影响。共时性的文学氛围与唯美主义的相似倾向是两者发生文学联系的重要因素,这两种文学影响形式都说明谷崎润一郎与狮吼社有着不可否认的文学联系。章克标的《银蛇》《恋爱四象》《蜃楼》,滕固的《壁画》《石像的复活》《十字街头的雕刻美》,邵洵美的《花一般的罪恶》《天堂与五月》等通过对官能刺激的渲染和对诱惑效果的营造,使作品披上了唯美的衣装。他们从怪异的恋爱世界出发,追求美与恶的价值颠倒,从恶中寻觅美,从丑中体现美,从中寻求个体生命的价值和意义。可是这些作家从小就受到中国传统文化的熏陶和教导,他们的骨子里依旧流淌着中国传统文化的血液,他们不仅背负着几千年来的文化积淀,而且具有中国传统知识分子那种忧国忧民的忧患意识。实用理性仍是他们行动的向导和思想的指南针,他们身处于十里洋场的现代都市,其文学实践行为使他们深陷"为艺术而艺术"和"为人生而艺术"的历史尴尬之中。对他们来说,文学艺术仍是一种唤醒大众的有力手段,仍具有它的功利价值和担负社会启蒙的历史使命。他们接受谷崎润一郎的真正目的并不是为了艺术而艺术,而是将之融合在现代文学的视野之中,借艺术之名来反映中国知识分子的真实心态,以此来启蒙大众。他们的文学创作虽然显示出了唯美颓废的倾向,充满了具有谷崎润一郎式的醉生梦死的官能快乐主义色彩,但是其影响是有限的,其文学创作仍旧呈现出了鲜明的时代感与历史气息。

第 五 章

谷崎润一郎与南国社

南国社从 1924 年《南国》半月刊创刊到 1930 年被查封，历时六年，涉足文学、电影、音乐等多种艺术领域，是中国现代文学史上一个综合性的文学艺术社团。谷崎润一郎与该社的创办者田汉和主要成员之一的欧阳予倩不仅交往甚密，而且对两人的文学创作也产生了较大的影响。简要来说，他们借鉴和吸收了他的文学主张与表现手法，追求和礼赞美，创作出了既遵循艺术精神，又讲究艺术形式，具有较强唯美色彩的文学作品。这些戏剧作品不仅传达了他们强烈的个性精神与浓郁的主观情绪，契合了时代发展的需要，而且对艺术独立性的执着追求也让他们成为这个时期富有个性的作家。受接受语境与接受主体的影响，他们在接受谷崎润一郎文学的过程中进行了选取和过滤，在主张个性解放和独立人格的同时，强调国家与民族解放的社会意识与反抗精神。因而，他们高举唯美主义的旗帜，既倡导从自我出发抒写个体的心声，又密切关注现实社会，注重体现作家的历史使命感与责任意识，从而将内在的情感意志与外在的时代精神结合于一体，最终实现他们所肩负的启蒙与救亡的双重使命。

第一节 谷崎润一郎与田汉

1916 年 8 月，田汉在舅父易梅园的资助下东渡日本，开始了长达 6 年的留学生活。1921 年，田汉加入了创造社，并成为社团的重要成员。1922 年 9 月，学成归国的他渐渐与创造社的关系疏远，其原因根据田汉的儿子田申回忆，主要是因为田汉在《创造》季刊上发表的《蔷薇之路》受到了成仿吾的严厉批评，引起了田汉与他情感上产生了隔阂。再加上，1924 年 1 月，田汉与其妻子易漱瑜在上海创办了《南国》半月刊。因而，田汉与创造社的关系逐渐疏远，最终脱离。① 成立南国社后，作为社团的创办者，田汉积极吸纳域外唯美主义文学的养料，大力倡导"为艺术而艺术"，并在文学实践中创作了一批具有唯美倾向的戏剧作品。然而，田汉所处的时代环境和自身创作的需求使得他在接受谷崎润一郎文学影响的过程中自觉地进行了取舍和扬弃，将立足于外在的时代使命与内在的艺术追求统一起来，使其走上了一条兼收并蓄、勇于创新的文学创作之路。

一　在纯粹中诉求艺术价值

中国现代戏剧的发生与发展与域外文艺思想有着千丝万缕的关联，以余上沅、闻一多等为代表的北方戏剧流派主要以北京为中心，由一批留学欧美的作家发起，受欧美的文艺思潮影响比较突出，以田汉、欧阳予倩等为代表的南方戏剧流派主要以上海为中心，由一批留学日本的作家组成，受日本的文艺思潮影响比较明显。无论是北方的余上沅、闻一多，还是南方的田汉、欧阳予倩，他们在接受外来文艺思潮的过程中都表现出对唯美主义文艺思潮的青睐和肯定，一些唯美主义作品纷纷在国内文坛获得译介与上演，给中国现代戏剧家们带来了思想观念、表现手法和审美取向的变化，在一定程度上推进了中国现代戏剧的唯美化进程。作为中国现代戏剧的奠基人和南国社的创办者，田汉也不遗余力地倡导和践行唯美主义，不仅通过译介谷崎润一郎、王尔德等唯美作家的作品，向国内文坛介绍唯美主义，而且在文学实践中身体力行，创作了《古潭的声音》《咖啡店一夜》《湖上的悲剧》《名优之死》等一批具有唯美色彩的戏剧作品，成为了中国现代戏剧史上一位热衷于唯美主义的剧作家。基于对谷崎文学的浓郁兴趣，田汉大力译介了他的文学作品，对推动国内"谷崎润一郎热"起到了重要的作用，其文学观念、审美情趣和表现手法也都受到了谷崎润一郎文学潜移默化的影响。

明治后期与大正初期，初露文坛的谷崎润一郎凭借《刺青》《麒麟》《秘密》《恶魔》等一批反自然主义的标新立异的文学作品赢得了永井荷风、小宫丰隆等文坛名家的肯定，一跃成为日本文坛备受关注的新秀。初登文坛的他一开始就表现出了对美的大力礼赞与极力推崇，并将这种文学主张贯穿于他的整个文学创作之中，构成了其文学的基本思想。王尔德在

---

① 田申：《我的父亲田汉》，辽宁人民出版社2011年版，第185页。

谈及生活与艺术的关系时曾说过:"生活摹仿艺术远甚于艺术模仿生活",并称"生活是艺术的最好的学生、艺术的唯一的学生"。① 受其文艺思想的影响,谷崎润一郎也直言不讳地提出:"对我而言,首先是艺术,其次才是生活……当我感到自己的生活与艺术形成不可调和的鸿沟时,至少还试图为了艺术而有效消减自己的生活。我生活的大部分,我希望是为了完善我的艺术而做出的种种努力。我的结婚也可以解释为终究是为了更好更深刻地表现我的艺术的一种手段。也就是说,比起生活来,艺术更优先……为了修筑自己的艺术长廊,我可以不惜付出一切努力。"② 倡导艺术至上与强调生活模仿艺术是其唯美主义文学主张的基本信条。如果说艺术是一朵美丽的鲜花,那生活就是滋润它生长的土壤。土壤越肥沃就越有利于艺术之花的成长,使它有机会绽放出色彩斑斓的美丽之花。因此,在他看来,艺术家丰富的人生阅历与生活体验就是为艺术创作提供所需的艺术土壤,以此浇灌和滋养艺术之花。基于对生活模仿艺术的认知,谷崎润一郎在创作过程中极力反对文学艺术的功利性,认为作家之所以进行文学创作不是为了沽名钓誉,也不是为了附庸风雅,更不是为了飞黄腾达,而是忠实于自己的本分,安于自己的本心,精益求精地研习艺术。故而,他提出艺术家们应该在纯粹中诉求艺术的价值,应潜心于自己的艺术事业,在艺术之路上奋力前行,才会创作出更有艺术价值的作品。

对艺术的执着追求也让谷崎润一郎自愿选择将文学事业作为自己安身立命的职业。他认为小说家虽然不像其他行业那样拥有一目了然的从业执照,但是它却属于一项独立性强且自主性浓的自由职业。相比政治家、商人、官员、律师等职业,小说家可以自由自在地在潜心营造的艺术世界里翱翔,无须担心他人对自己职业的影响。他还认定个体只有在艺术的追求中才有可能真正实现人生的价值与意义,因为相比其他职业来说,小说家通过创作留给后人的作品可以在他百年之后等待知音精神上的慰藉。因而,"小说家这个职业相比其他任何职业而言更加健全,不愉快的事情也是最少见的,关键是根本不用担心这项职业会让人堕落和沉沦。"③ 基于对作家职业的高度认可和礼赞,他在散文《我的清贫故事》中明确表示:

---

① 赵澧等主编:《唯美主义》,中国人民大学出版社1998年版,第127页。
② [日]谷崎潤一郎:《谷崎潤一郎全集》(第9卷),中央公論新社2017年版,第455页。
③ [日]谷崎潤一郎:《谷崎潤一郎全集》(第18卷),中央公論新社2016年版,第507—508页。

"就算我再托生为人,也许我还会以小说家为己愿的。"① 由此可见,谷崎润一郎之所以选择作家作为自己毕生的职业与其在纯粹中诉求艺术的价值有着直接的联系。

20世纪20年代的中国现代戏剧仍处在初期发展的阶段。为了救亡图存,唤醒广大民众的社会意识,这时期戏剧创作具有强烈的功利性,一批剧作家纷纷创作具有浓郁现实主义的剧作,暴露和揭露社会现实的黑暗,谴责和批判当权者的反动本质,体现了知识分子的历史使命感与社会责任感,呈现了不同社会团体的政治需求。然而,这种注重说教色彩的戏剧创作却在很大程度上损害了它的艺术性,限制了中国现代戏剧的发展。为此,以田汉为代表的南国社则强烈反对这种带有浓厚功利色彩的戏剧创作,主张立足戏剧的艺术性,借用唯美主义的艺术思想来提升戏剧创作的审美特性,将以往空洞乏味的道德说教转化为丰富的艺术情感和审美意蕴,以提高戏剧的审美品质。为此,田汉大力倡导在纯粹中诉求艺术的价值,主张戏剧运动应该要"保持着多量的艺术至上主义"②。他认为戏剧与其他文学体裁一样,有着与众不同的艺术价值,这种艺术价值不是将戏剧沦落为文以载道的工具,而是非依附性的审美价值诉求,以呈现戏剧自身的艺术自律。田汉提倡生活的艺术化,认为艺术家"更当引人入于一种艺术的境界,使生活艺术化(Artification)。即把人生美化(Beautify)使人家忘现实生活的苦痛而入于一种陶醉法悦浑然一致之境,才算能尽其能事。"③ 在处理艺术与政治的关系上,田汉直截了当地认为艺术与政治分属于不同的领域,两者之间缺乏直接的联系,因为"艺术是艺术的飞跃,是偏于理想的;政治却主张维持现状。艺术家不能等待,性急,要与既成道德反抗"④。在对待艺术创作与艺术功效的问题上,田汉一针见血地指出,艺术创作讲究情感的真挚,而不需在意它的社会功效,因为"当然只能像时花好鸟一样开其所不能不开,鸣其所不得不鸣,初不必管某种艺术品成后,将来会发生什么社会的价值,并且即算要管也管不着。"⑤ 田汉反对将戏剧创作沦为政治宣传的工具,注重捍卫戏剧的艺术

---

① [日]谷崎潤一郎:《谷崎潤一郎全集》(第17卷),中央公論新社2015年版,第345頁。
② 田汉:《田汉全集》(第15卷),花山文艺出版社2000年版,第85页。
③ 田汉:《田汉全集》(第14卷),花山文艺出版社2000年版,第150页。
④ 田汉:《田汉全集》(第15卷),花山文艺出版社2000年版,第29页。
⑤ 田汉:《田汉全集》(第14卷),花山文艺出版社2000年版,第241页。

性与独立性，强调以唯美主义为核心提升戏剧的审美内涵和美学品位。与此同时，诉求戏剧的艺术价值也成就了他充满审美个性的戏剧创作风格。徐志摩曾认为："南国的情调是诗的情调，南国的音容是诗的音容。"① 田汉南国时期的戏剧创作也确实体现了这种诗意的情怀。田汉以浪漫主义的情怀，唯美主义的审视，将现实生活的苦闷与烦恼视为美之源泉，从悲凉凄美的现实生活中体验与提炼美的存在，并赋予其诗意的表达。他主张人生应当艺术化，艺术家们应该学会以高蹈的姿态去感受和描写现实生活的各种苦难，将人生的羁旅与漂泊看成是一次充溢着诗情画意的旅程，体现了他对艺术审美意蕴的主动追求，显示了他与众不同的美学品格。在上海艺术大学的最后一个晚上，田汉提出"艺术家不妨生得丑，但不可死得不美"的口号，召集与会者举办了一次盛大的舞会，把"凄凉萧瑟的一幕"艺术化，一时成为当时的美谈。② 由此，我们认为田汉不同于同时期的戏剧家，他主动吸收谷崎润一郎等人的艺术至上理论，将自我沉醉于唯美的艺术世界之中，以诗意的书写让自己进入审视的审美领域，从中发现和表现美，使其戏剧创作在诉求艺术价值的过程中获得审美意蕴和审美效果。

田汉的戏剧创作充分体现了他在纯粹中诉求艺术价值。如《环珴璘与蔷薇》《古潭的声音》《湖上悲剧》《名优之死》《苏州夜话》等戏剧都不同程度地体现了他对戏剧的艺术审视与审美关照。这些戏剧都讲述了艺人如何坚守和捍卫艺术的故事。《环珴璘与蔷薇》中的艺人柳翠与其琴师秦信芳为追求艺术而不惜牺牲彼此的青春；《古潭的声音》中的诗人为了追求美的极致境界不惜跳入古潭；《湖上悲剧》中的杨梦梅和白薇为寻求艺术的真谛而投湖自尽；《名优之死》中的刘振声为坚守艺术而吐血身亡；《苏州夜话》中的刘叔康虽历经磨难依然始终不渝地守护艺术。可以说，南国社时期的田汉戏剧创作具有一种鲜明的特性，这便是在艺术世界与现实人生的尖锐矛盾中塑造出一批为捍卫艺术的神圣性而甘愿献身的民间艺人。他们出于对艺术的执着和真挚，宁愿以生命为代价在纯粹中誓死维护艺术的尊严与价值，也不愿做出有损艺术纯洁与神圣的行径。他们的言行既捍卫了艺术的纯洁品格，也展示了他们对艺术之美的执着追求，还

---

① 徐志摩：《徐志摩全集补编散文集》，上海书店1994年版，第377页。
② 田汉：《田汉全集》（第15卷），花山文艺出版社2000年版，第122—123页。

表现了他们作为艺术家的诗意生存，蕴含着由强烈的个体意识和主体精神构成的审美内涵，从而使田汉戏剧有效避免了将文学视为宣传教育的工具而取代文学的审美价值。

二　在幻想中书写浪漫情怀

田汉留学期间正是日本的大正时期，当时的文坛出现了反对自然主义文学的三种文学流派，"一派是夏目漱石所倡导的'低徊趣味'，他对于人生取旁观的态度，文字幽默而带有讽刺。一派是铃木三重吉的憧憬文学，他离开了现实，去描写对于美丽世界的琪慕。一派是谷崎润一郎耽溺于病态的官能的悦乐"①。其中，对"发挥异香"的唯美作家谷崎润一郎被称赞是"一个把新要素献给日本文学的人"②。如果说自然主义是日本近代文学兴起的标志，那么大正时期三大流派的登场则是日本近代文学成熟的标志。在这种文学背景下，生性敏感，富有才情，且身处异国他乡的田汉自然会结合此时的人生体验对当时文坛兴盛的以谷崎润一郎为代表的唯美派作品产生浓郁的阅读兴趣。他本人对此也曾公开承认："我受过一些日本唯美派作家谷崎润一郎氏的影响。"③"在东京的某一阶段，我几乎走上唯美主义、颓废主义的歧途。"④ 这些言辞都充分说明田汉接受了谷崎润一郎的文学影响。

为了追求和实现唯美的艺术审美趣味，向读者展示与众不同的美，谷崎润一郎会在其文学创作中借助想象的力量，在幻想中书写浪漫情怀。正如同时期的佐藤春夫所言："他把梦幻般的空想，主观热情，夸张的色彩作为自己文学的旗帜。"⑤ 谷崎润一郎认为作家在文学创作中始终离不开想象，因为想象不仅可以将抽象的思想情感变成具体的艺术形象表现出来，还可以强化和深化审美情感，使之获得深厚的审美内涵，让作家由此获得艺术的生命。他进而指出："艺术家总是在他的头脑中描写其憧憬对象的美妙幻想，只有把它创造出来才有了艺术家的真正生命。从想象诞生

---

①　谢六逸：《谢六逸文集》，商务印书馆1995年版，第248页。
②　同上。
③　田汉：《田汉全集》（第18卷），花山文艺出版社2000年版，第162页。
④　田汉：《田汉全集》（第16卷），花山文艺出版社2000年版，第418页。
⑤　［日］佐藤春夫：《潤一郎、人及び芸術：谷崎润一郎潤一郎の悪魔主義》，《现代日本文学大系30》解说，筑摩书房，昭和53年，第546页。

的那一刻起，他才能明确地感受到美，才能正确地审视和完全化为自己的东西。因而，直至它问世之前，艺术家们是谈不上掌握了美的真正内涵。"① 基于想象对于文学创作的重要性认识，谷崎润一郎致力于运用丰富的想象来书写其唯美的艺术世界，其有关中国题材的文学作品更是表现了这点。自幼接受中国传统文化熏陶的他不仅有着较好的汉文素养，而且还怀揣着一颗对中国文化敬仰和憧憬之心。对他来说，中国是一个充满诗性的世界，带着对中国的向往之情和礼赞之意，他陆续创作了一批如《麒麟》《秘密》《魔术师》《人鱼的叹息》等以中国为背景的小说。

1922 年，他在《中央公论》1 月号（新年号）上发表了散文《所谓中国情趣》。文章针对当时欧洲近代文学在日本文坛盛行的局面，提出中国传统文化对于作家创作的重要性。"现在我们日本人汲取的几乎全部都是西方文化，表面看起来好像已经被他们同化了。但我们的血管深处流淌着的却是带有中国情趣的血液，它已超出想象地在我们身体内部牢牢地扎下了根。"② 显而易见，他所提出的"中国情趣"是强调中国传统文化并不像西方文化那样需要学习和借鉴，因为它早已融入了日本人的血液，成为日本文化的重要构成元素。这种对中国传统文化的高度礼赞使他"面对具有如此魅力的中国情趣，感受到一种如同景仰故乡山河时的强烈的憧憬"③。强烈的憧憬使其在文学创作中频繁使用"梦幻的""神奇的""童话般的""遥远的""似画的"等一系列富有想象性的词汇来描绘中国，以实现在幻想中书写其浪漫的情怀。1918 年，谷崎润一郎经朝鲜来到了令其神往已久的中国，实现了他的夙愿。"那个国家的由炫目的色彩和高亢的音乐组成的舞台场景，在我还没有目睹之前就已经激起了我的好奇心，在我想来如果去到那里，定能触及我所日日憧憬的如梦如幻的美与奇妙的异国情调交织的事物。"④ 这段对中国的激情之词无不表现出他对中国的浓情与向往。此次的中国之行不仅游历了中国的名胜雅所，还欣赏了中国的山水风光，切身的体验让他本人深感满意，甚至希望"下次等到春天的时候我还想去一次中国"⑤。回国后，他利用此次中国之行的体验

---

① ［日］谷崎潤一郎：《谷崎潤一郎全集》（第9卷），中央公論新社2017年版，第366頁。
② 同上书，第409頁。
③ 同上书，第410頁。
④ ［日］谷崎潤一郎：《谷崎潤一郎全集》（第6卷），中央公論新社2015年版，第419頁。
⑤ 同上书，第473頁。

与感受，陆续创作了一系列与中国有关的作品。其中，散文有《中国饮食》《何谓中国情趣》《苏州纪行》《中国旅行》《南京夫子庙》《看中国京剧有感》《庐山日记》等；小说有《西湖之月》《秦淮之夜》《美食俱乐部》《天鹅绒之梦》《一个漂泊者的身影》《鹤唳》《苏东坡》《鲛人》等。这些作品运用丰富的想象状写和描绘了诗情画意的中国，使其笔下的中国形象具有浓郁的虚构色彩。

那么，上述作品是如何在想象中书写浪漫情怀的呢？纵观之，我们认为谷崎润一郎主要是从美食、美人和美景三个方面来状写其笔下的中国形象。就美食而言，其笔下的中国是一个典型的美食之国，从北方的美味到南方的佳肴都各具特色，令人如痴如醉。如《秦淮之夜》中的"醋熘黄鱼""炒山鸡""炒虾仁""鸭舌锅"等菜名；《西湖之月》中的"东坡肉"；《中国料理》中的燕菜类、鱼翅类等28种菜系；《美食俱乐部》中的"双冬笋""玉兰片""烧烤全鸭"等菜肴。这些美食佳肴不仅让笔下的人物获得官能的刺激，而且从中获取了精神的享乐，以至于其笔下的中国美食具有浓郁的幻想性，让作者从中不禁联系到了中国人的生活情趣。"说到苏东坡，听起来好像是一个非常超凡脱俗的诗人，但是一想到他用肥美的东坡肉下酒，一边带着自己最喜欢的小妾朝云早晚在西湖泛舟的情景，我就觉得大体上明白了中国人的趣味。"① 在这里，东坡肉不再是一种客观的存在物，而是染有作者浓郁情思的想象之物，它不仅寄托了谷崎润一郎的思想情感，也传递了他的主观意志，由它联想到中国人的生活趣味，从而形象地书写了他的浪漫情怀。虽说这些美食也有不少是作者虚构杜撰的物品，但是正是这种凭借想象而杜撰的食物却能够艺术性地表现了他对中国的礼赞之情，并由此实现了一种耽美世界的官能享受。因此，有学者认为："谷崎润一郎之所以如此，是因为他将美食看成是异国神秘魅力的一个不可缺少的部分，因而谷崎润一郎所杜撰的并非食物，而是他心目中可以得到极致感官享乐的理想国的一部分。"② 换言之，谷崎润一郎钟情于中国美食的想象书写除了传达对中国的礼赞之外，也有利于表现他的唯美主义主张。就美景而言，谷崎润一郎首次中国之行游览了苏州、杭州、武汉、九江、上海等地，饱览了中国江南秀美的自然风光，对于崇尚

---

① ［日］谷崎潤一郎：《谷崎潤一郎全集》（第6卷），中央公論新社2015年版，第278页。
② 李雁南：《谷崎润一郎笔下的中国江南》，《解放军外国语学院学报》2009年第2期。

唯美的他来说江南的美景让其赞叹不已。然而，与同期曾来中国的芥川龙之介、内藤湖南、佐藤春夫等人不同，其笔下的中国美景带有浓郁的虚幻色彩和强烈的抒情意味。在苏州，迤逦柔润的江南水景让他如梦似幻，其笔下的苏州也因此具有浓郁的幻美色彩。"河水宛如潜隐在树林的枝叶下面，从这边远眺望去，真觉得树林那一带恍如清美秀丽的仙境一般。"①在杭州，温婉秀丽的西湖风光让他如痴如醉，其笔下的杭州也因而富有浓厚的幻想情趣。"我蓦然低下头来凝望着水面，也不知何故，原本清澈见底的湖水因湖面如玻璃似的闪着波光，而无法见到水底。再度凝视，虽然没有风但湖面却如同积水在地震中摇晃一般荡起了如绉绸似的一阵涟漪，细微的波浪神经质地在不安地颤动。"② 在九江，云蒸霞蔚的庐山也让他如梦似醉，其笔下的庐山也因而增添了浓密的诗情画意。"此时的御碑亭已被云雾所遮蔽，已不可见，前边的溪谷上白雾更浓，凝成团团云气在弥漫飘荡，真是仙人所居的岩洞。"③ 总之，其笔下的中国美景具有浓厚的想象性，如仙境般的山水描写使其笔下的自然景色美轮美奂，视觉、听觉与嗅觉在此交相辉映，共同营造了一个耽于美景享受的艺术世界。就美人而言，对于推崇官能之美的谷崎润一郎来说，其笔下的中国美人形象更是体现了理想美人的特质。在《秦淮之夜》中，主人公"我"在向导的引导下来到一家名为"姑苏桂兴堂"的妓院，在这里遇见了一位年仅十八岁且相貌出众的妓女巧云。"在昏暗的油灯光线中，她的脸圆圆的，非常丰满，皮肤白得耀眼。特别是薄薄的鼻翼微微透出淡红色，呈现出一种透明的鲜润。使她更美的是，比她所穿的黑绸衣服更加漆黑的、润滑的头发，还有那无限爱娇的、好似吃惊一样睁大着一双水汪汪的眼睛。"④ 身处在陋室夜色下的妓女美貌给主人公不仅留下了深刻的印象，而且让他情不自禁地沉溺于幻想之中。光泽的肌肤、盈盈的秋波、微香的秀发、婀娜的身姿无不展示了巧云的妩媚与迷人。面对这位秀色可餐的佳丽，作者不仅使用了白描的手法对其相貌进行精雕细琢，而且言辞之中不乏带有强烈的想象成分，这样既增强了女性的艺术感染力，也使主人公在美的欣赏过程中产生一种审美的愉悦。此外，他在《西湖之夜》《天鹅绒之梦》《鹤

---

① ［日］谷崎潤一郎：《谷崎潤一郎全集》（第6卷），中央公論新社2015年版，第165頁。
② 同上书，第286頁。
③ 同上书，第165頁。
④ 同上书，第148頁。

唉》等小说中也运用了这种艺术表现方法来描写和展示女性之美,借此抒发其浪漫情怀。总之,谷崎润一郎通过对中国美食、美景和美女的描述,将笔下的中国形象描绘成为一个令人向往的享乐世界。在这里,浪漫的想象赋予了作品浓郁的抒情色彩,对中国形象之美的理想化叙事也使小说充盈了强烈的浪漫情怀。因此,其笔下的中国形象既是其"中国情趣"的有效表达,也是其在想象中通过建构一个理想的艺术世界来言说对美的憧憬与礼赞。

1926年谷崎润一郎再访中国,与田汉一起观看了东亚同文学院的学生表演的《获虎之夜》。观看结束后,两人就戏剧创作等问题进行了探讨。与此同时,田汉在《难中自述》中写道:"南国社演的多是我写的或者我们翻译的戏……但有些却带着浓厚的唯美主义倾向如《南归》《古潭的声音》之类……还有日本恶魔派作家谷崎润一郎的影响。"[①] 受谷崎文学的影响,创作完成了独幕剧《古潭的声音》。1928年9月,戏剧刊登在《南国周刊》第1卷第1期,12月由南国社首演于上海。其实,这部戏剧早已在他心中酝酿了数年之久。"这剧本创作的动机来得极早。在《创造季刊》将出第四期时我就曾写信与K君告诉他我将创作这个剧本。"[②] 据田汉在《〈田汉戏曲集〉第五集自序》中所言,他之所以创作这部戏剧源于日本学者松浦一对松尾芭蕉的著名俳句"古潭蛙跃入,止水起清音"的唯美阐释。"'艺术而艺术'是着眼于艺术之神性而起的,在文学上的最有力思想是'月光出人事,游乐于天地之人'""这一声之中真具足了人生的真谛与美的福音……就是那一刹那,那一刹那就是悟入文艺与人生之真谛的最贵重的门。"[③] 获此启示,他遂即萌生出了创作的意愿。"于是《古潭的声音》这题目在我九年前的创作预定的脚本集中早有了位置了。"[④]

剧情大致如下:幽静的古潭边有一座小楼,屋内居住着一位诗人、他的母亲和一位年轻的女性美瑛。其中,美瑛是诗人从尘世诱惑中挽救的一位女子。诗人外出两个月后回到小楼,惊奇地发现令其朝思暮想的美瑛不在家中,其闺房内的摆设却依旧如故。焦虑不安的诗人急匆匆地找到母

---

① 田汉:《田汉全集》(第20卷),花山文艺出版社2000年版,第522页。
② 田汉:《田汉全集》(第16卷),花山文艺出版社2000年版,第303页。
③ 同上书,第303—304页。
④ 同上书,第305页。

亲，向她打听事情的原委，才得知美瑛在他回家前十天已投潭自尽了。获知真相的诗人不顾母亲的再三劝阻，毅然选择跃入古潭，去追随心仪的美瑛。诗人的母亲在听到"扑通"一声后不禁道了一声"也好"，全剧就此结束。美学家苏珊·朗格曾说过："戏剧是诗的艺术，原因在于它创造了诗的基本幻象——目的、手段、得失、实现、衰落与死亡——的形象。它是虚幻经验的构造，而这正乃诗的基本产物。但是戏剧不只是独特的文学形式，它是一种特殊的诗的形式。"① 对于钟情于艺术至上的田汉来说，他深知戏剧是一种特殊的诗歌形式。在这里，他用诗性的语言和大胆的想象表现了跃入古潭瞬间时的唯美境界，书写了对美的极力礼赞的浪漫情怀。与传统戏剧重视冲突的剧情化不同，这部戏剧巧妙地将戏剧冲突情感化，以诗人从兴奋到烦恼、从失落到绝望的情感变化作为冲突的重要表现，注重书写人物内心深处的情感冲突，使戏剧富有了浓郁的抒情色彩和浪漫气息，使人物富有了想象力。诗人痴迷于美瑛，外出两个月后回到家中的第一件事不是去探望母亲，而是去安慰令他昼思夜想的女人。为了表现诗人欣喜得意的情感，作者一开篇就运用了浓墨重彩的笔墨去刻画他进入美瑛闺房的情景。大段的内心独白更是形象生动地传递了人物的情感变化过程以及他的丰富想象力，他见到美瑛的高跟鞋竟然情不自禁地把玩了起来，还引起了无穷的幻想。

  （见高跟丝履，取一只来玩）你看她还穿着这双鞋！这要算她过去的快乐生活的唯一纪念了。（举起丝履陶醉地想象）啊，鞋，和踏在你上面的脚和腿是怎样一朵罪恶的花，啊！怎样把人引诱向美的地狱里去啊！记得我买这双鞋给她的时候是一个冬天的晚上，她伸着那只穿着薄薄的黑丝袜的腿让我给她系鞋带，——我一面系着带，一面心里觉得很奇怪，为什么一双人工做的小小的高跟鞋，一上了她的脚就会变成一对把人引诱向地狱里去的魔鬼！啊，我要不是这个楼的主人，我怕早做了你的奴隶了，可是现在……你不过是我的奴隶！（说着把它向地毯上一扔，又恐惊卧者，急拾置原处。帐子仍无动静。）②

---

① ［美］苏珊·朗格：《感受与形式》，高艳萍译，江苏人民出版社2013年版，第322页。
② 田汉：《田汉全集》（第1卷），花山文艺出版社2000年版，第386页。

这段心理描写是以鞋为触点,由此引发诗人丰富的想象,这样既展示了人物细腻的内心活动,又触鞋生情,形象地表达了人物的恶魔观念。诗人由鞋不禁回忆起了自己替她买鞋的往事,由鞋联想到了它给美瑛带来的袅娜妖娆的美感。这种富有艺术表现力的美感可以将人引诱到美的地狱里去。为此,诗人不禁幻想着美瑛穿上这双高跟鞋在地面上发出清脆的声音,伴着美妙的舞步,婀娜的身姿,浓郁的香气,向他迎面走来。在他眼里,这双小小的高跟鞋就如同童话故事里的水晶鞋一样具有神奇的魔力,让穿着它的女主人增添了无穷的魅力与力量。然而,这种力量不是赋予灰姑娘实现新生的魔力,而是赋予美瑛吸引异性走向地狱的魔力,让异性心甘情愿成为其奴隶的魔力。穿上这双赋予神秘魔力的高跟鞋,美瑛宛如谷崎润一郎笔下的富美子那样富有了浓郁的恶魔气息,凭借美足所散发出来的强大魔力,吸引着异性为之倾倒,为之跪拜。因此,诗人对美瑛的痴迷转向耽于其美足的幻想,使其沉湎于官能之美的享乐之中。这种由鞋引发的一系列想象不仅流露出诗人对美瑛之足的崇拜之情,而且呈现出他对病态之美的推崇之意,有效地书写了人物的浪漫情怀。这段带有浓郁感伤情调的心理描写诉说了诗人对女性之美的憧憬与迷恋,彰显了戏剧浓厚的诗性特色。所以,田本相认为戏剧的感伤是"是田汉剧作浓郁的抒情氛围与独特的诗意境界的重要组成部分"[1]。两个月的外出之行让诗人对美瑛更是牵肠挂肚,浓郁的相思之情让他回到家中,不是遵循传统的伦理道德先去问候他的母亲,而是迫不及待地走进她的房间,送去外出路上为她精心挑选的围巾、绸鞋、乐普、香水、荔枝、珠子等物品,并以此向她倾诉钟情。一言以蔽之,映入眼帘一双高跟鞋唤起了诗人丰富的想象力,在对诡诞之美的憧憬中袒露出对女性的绝对崇拜。

美瑛的不在场却让诗人失魂落魄,与母亲的一番交谈,也丝毫不顾及传统的伦理道德。一句"娘给了我的生命,可是我把我的生命给了她了"[2]再次赤裸裸地宣扬了美与伦理价值和道德规范无关。在得知美瑛已经投潭自尽后,爱慕之人的离世让他万念俱灰,顿失生存的信念。带着撕心裂肺的心痛,带着对古潭无比仇恨的诅咒,他不顾母亲的再三劝阻,不顾母子的人伦常纲,在高声叩问万恶的古潭声中,毅然选择追随美瑛,纵

---

[1] 田本相:《田汉评传》,重庆出版社 2000 年版,第 126 页。
[2] 田汉:《田汉全集》(第 1 卷),花山文艺出版社 2000 年版,第 390 页。

身一跃，投身于古潭之中。那么，诗人和美瑛为何要如此决绝地选择投潭自杀呢？我们认为这与作品要表达的灵肉冲突的唯美思想有关。唯美主义推崇以人性的本真审视与关照来取代伦理的裁判与道德的评说，认为作家创作应该忠实于表现真实的人性，书写真情实感。只有大胆地描写出人性的欲望与精神诉求才能展示和揭示人性深处的生存状态，文学创作才有自身存在的合理性与价值所在。田汉的这部戏剧生动地展现"灵与肉"冲突，揭示人性的真实以及对艺术之美的精神向往。剧中的美瑛曾是一位红尘女子，后被诗人从"尘世的诱惑"中搭救了出来，居住在清幽雅静的阁楼之中。她在这里听从诗人的安排，每日坚持读书习琴，过着闲适的艺术生活。诗人离家后，她的生活渐渐地发生了变化，不仅读书的时间越来越少，而且琴声也逐渐稀少。夜晚，她独坐于露台之上因陷入无限的沉思而无法入眠，原来怀抱"生命是短促的，艺术是不朽的"信念生活下去的她，此时此刻的内心深处正思绪涌动。"我本想信先生的话，把艺术做寄托灵魂的地方，可是我的灵魂告诉我连艺术的宫殿她也是住不惯的，她没有一刻子能安，她又要飞了……"① 现有的诗意生活已经无法满足美瑛的精神需求，躁动不安的灵魂试图要打破这种平静无味的生活，以新的精神诉求指引她走向新生。就这样，因"灵与肉"冲突而难以入睡的美瑛最终选择了投身于那座深不可测的古潭，飞身一跃在亲吻水面的那一瞬间实现了对美与艺术的终极追求。美瑛的这一跃化解了困扰她内心深处的灵肉冲突，她以肉体毁灭的途径换来了永恒的精神享乐，有如松尾芭蕉的《古池》一样，这古潭的清音乃"具足了人生之真谛与美的福音快感"，这既是美瑛对执着于艺术生活追求的最终选择，也是作品诗性浓郁的唯美表达。美瑛作为诗人实现自我价值与人生理想的代言人，她的死必然也对他产生重大的冲击。当他得知心仪的美瑛已葬身于古潭的时候，诗人一边极其愤怒地高喊着"万恶的古潭啊，我要对你复仇了。我要听我捶碎你的时候，你会发出种什么声音？"② 一边全然不顾及老母的百般劝阻和恳求，坚毅决绝地随即飞身跃入古潭，紧随美瑛而去。诗人投潭赴死的行为既表明他对美的执着追求，也再次说明美与伦理道德无关。随着诗人的纵身一跃，全剧也随之结束。幽静神秘的古潭以其无穷的魅力深深吸引了美

---

① 田汉：《田汉全集》（第1卷），花山文艺出版社2000年版，第392页。
② 同上书，第394页。

瑛和诗人，成为他们人生终极之地的选取对象，与潭水接触的那一刹那不仅化解了自身灵肉的激烈冲突，也淋漓尽致地体现了艺术至上主义，使整个戏剧洋溢着神秘而又感伤的唯美情调。

三 在现实中传达时代心声

接受者往往会结合自身的需要采取割舍和扬弃的接受方式，对接收对象进行主动性的选择，从而最大限度地降低接受对象对接受者的制约与影响。田汉对谷崎润一郎的接受也是如此。虽然两人有着较为密切的文学来往，田汉在译介过程中也确实接受了谷崎润一郎的文学影响，但是其影响是局部的、有限的。为了推动20世纪20年代中国现代戏剧的发展，作为南国社的创始人，田汉在1924年1月5日《南国半月刊》创刊时就发表了南国运动的宣言，提出要在"艺术之社会化"和"社会之艺术化"的旗帜下从事文学活动。这两个口号的提出充分体现了田汉对艺术与社会关系的深刻理解，社会艺术化强调了艺术的审美价值，而艺术社会化又肯定了艺术的社会价值，两个口号的提出成为了南国运动的指导方针。为了推行社会艺术化，田汉积极吸收和借鉴外来文学的精华，为了奉行艺术社会化，他又立足当时的社会现实，主动将包括谷崎润一郎在内的唯美主义进行本土化和中国化。田汉认为："应该说我们的银色的梦已经不是谷崎润一郎式的唯美的梦，而是中国人民的现实的梦了。"[①] 可以说，他对谷崎润一郎文学的自觉性接受，既捍卫了中国现代戏剧的艺术性，又确保了它的现实性；既维护了中国现代戏剧的审美性，又保证了它的社会性，使中国现代戏剧避免了再度沦落为文以载道的危险。因此，我们认为田汉是在唯美与现实的交织中力求通过对美的诉求与抒写来传达时代的心声，是在启蒙现代性与审美现代性中推进中国现代戏剧走向民族化与现代化的发展道路。

田汉的戏剧由于流露出浓郁的感伤情调与唯美色彩而常遭到他人的诟病，认为其戏剧创作脱离了当时的现实生活，缺乏深刻的社会意义，仅仅是作家个人情感的自我言说。但实际上，身处在多事之秋的田汉对当时中国的现实生活始终抱有一颗赤诚之心。面对严峻的社会问题和民族危机，秉承中国知识分子文化素养的田汉虽接受了唯美主义的滋养和熏陶，但其所处的接受语境和接受主体的自我需求很难让他如所接受的对象谷崎润一

---

① 田汉：《田汉全集》（第18卷），花山文艺出版社2000年版，第163页。

郎那样置身于世外，全身心沉浸在唯美的艺术象牙塔里一味地低吟与咏叹，而是创造性地选择在唯美感伤的强烈情感袒露中表达对现实社会的关照与审视，传达时代的心声。因此，在当时"个人的生活无一处不感到孤独的悲哀、苦痛"① 的时代环境下，田汉"从一九二一那种感伤时代一直开始更政治地注意各种社会现象"②，其戏剧也更是尽情地"表示青春期的感伤，小资产阶级青年的彷徨与留恋，和这时代青年所共有的对于腐败现状的渐趋明确的反抗"③。田汉的戏剧作品虽充满了浓郁的诗性意味和浓厚的个人情绪，但是这种唯美的感伤背后却体现了他对现实社会的严肃关注，包含了通过个体的遭遇与体验来展现社会现实的诸多丑恶与黑暗，显示了强烈的现实冲击力和社会感染力。南国社也在发起人田汉的大力革新之下，将唯美与现实相结合，既保证了戏剧的审美性，又体现了戏剧的现实性，不仅在戏剧理论与实践上取得了丰硕的成果，而且也大大推进了中国现代戏剧的发展，田汉本人因此也成为了中国现代戏剧发展历史上的里程碑式的人物。

《湖上的悲剧》是田汉 1928 年创作的一部独幕剧，发表于《南国半月刊》第 5 期。该剧主要讲述诗人杨梦梅与其弟为避雨夜宿在一座位于西湖畔的王姓公馆的传奇故事。寒儒诗人杨梦梅因遭遇家长反对不能与心仪之人终成眷属，带着他的弟弟四处漂泊。一夜，两人为避雨向一位老仆借宿，老仆出于同情将他们带到了一座位于西湖边的宅子。闲谈间，老仆欲言又止的言行引起了诗人的好奇，在其追问之下，老仆道出了事情的原委。三年前，宅子的年轻女主人王素苹在北平读书时与一位穷诗人相恋，两人情真意切却遭到了其父的强烈反对。为了阻止两人的交往，其父将女儿带回，将其困锁在这座宅子长达三个月之久。然而，监牢生活非但没有让素苹屈服半步，反而增强了她的相思之情。就在此时，其父将她许配给了他人。出嫁前几天，她留下了一封书信和一把扇子突然失踪不见了，家人也都以为她已投湖自尽了。之后，宅子里频频出现一些诡异的闹鬼事情。听完老仆的讲述，杨梦梅不仅不害怕，反而感到事情别有趣味。老仆离开后，诗人打算续写尚未完成的小说，却触景生情，浮想联翩，无法动

---

① 李大钊：《李大钊选集》，人民出版社 1959 年版，第 309 页。
② 田汉：《田汉全集》（第 16 卷），花山文艺出版社 2000 年版，第 335 页。
③ 田汉：《田汉全集》（第 15 卷），花山文艺出版社 2000 年版，第 86 页。

笔，只好掷笔沉思一番。适时，屋外隐隐传来一阵啜泣的声音，杨梦梅循声走出了屋子。此时早已入睡的弟弟正独处室中，因隐约听到一位女子的痛哭声，而惊醒坐起。原来这位神秘的女子刚才在翻阅杨梦梅留在书桌上的手稿时触动悲感，不禁发出了痛哭的声音。见他失魂落魄的样子，女子告诉他自己是人而不是鬼。交谈中，女子得知昔日的恋人杨梦梅在获知恋人白薇死讯之后，伤心绝望之余勉遵父母的意愿，娶妻生子组建了家庭。得知此事的女子随即改变了与其兄相见的意愿，恫吓梅弟后悲情离去。听到弟弟惊吓的叫声，杨梦梅快速从屋外返回房中，并询问弟弟缘由。听完其弟的讲述，杨梦梅认为弟弟所说纯属虚构，于是安慰他继续入睡，自己则打算续写其作，见手稿有圈点之处，还以为是其弟所为。见床前留有一方手帕，梦梅纳闷不已，遂询问刚刚入睡的弟弟，其弟醒来后告诉他这八成是那位素苹小姐留下的。百思不得其解的杨梦梅忽闻室内传来一声枪响，在蜡烛的微光下才发现开枪自杀的正是他念念不忘的白薇。弥留之际的白薇向他讲述了真情，原来三年前她因反抗包办婚姻而投江自杀，却被人救起，为了不被他人打扰，她选择隐居此地，只有她的女仆给她送来食物。奄奄一息的白薇临终时嘱托杨梦梅要继续完成那部关于他们的爱情小说，因为在她心里，"那是一部贵重的感情记录。一个女子能够给她所爱的人一种刺激，让他对人民有所贡献，她也不算白活在世上一趟了。同时能在生前看到你对死后的我所吐露的真情，我也够幸福了。"① 听完白薇的讲述，杨梦梅内心万般的痛苦，试图要在她面前撕毁这部作品。气息微弱的白薇急忙制止，并对他说："要是你真爱我的话，就好好完成它，把它当作我们痛苦的爱的纪念碑吧。你说这是你哭我的眼泪，就把你的眼泪变成一颗颗子弹，粉碎那使我们生离死别的原因吧。只要你能完成这个严肃的记录，我虽死无恨。"② 最后，悲情欲绝的杨梦梅答应了她，并在她离世的时候陷入了昏厥之中。全剧就此结束。

与谷崎润一郎文学注重在人物离经叛道的言行中表现艺术至上不同，田汉在这出戏剧里则侧重在人物合情合理的言行中体现艺术至上。相比白薇的第一次自杀是为了反对父亲的包办婚姻而言，她的第二次自杀则更多的是为了捍卫艺术至上。首先，就合情性而言，白薇是一位崇尚艺术的女

---

① 田汉：《田汉全集》（第 1 卷），花山文艺出版社 2000 年版，第 380 页。
② 同上。

性。北平读书时,她就因爱慕诗人杨梦梅的艺术才华而不顾他的贫寒,自愿与之相识相恋。为此,她遭到父亲的强烈反对,并被囚禁在西湖边的宅子之中长达三个月之久。虽仅凭一己之力无法抗拒父亲的婚姻安排,但个性强烈的白薇为了表达对恋人的坚贞和对艺术的真诚,毅然选择了投湖自尽,幸运的是,她被一位渔夫救起。接下来,她假戏真做,在深宅度过了长达三年的非人生活。三年来,出于对艺术的真情和对恋人的实意,她一直对杳无音讯的杨梦梅朝思暮想,念念不忘,这番浓情厚意让她整日以泪洗面,伤心不已。当她无意间见到杨梦梅留在桌上的尚未完成的小说时,对恋人的思慕之情与对艺术的崇拜之意更是让她触景生情,情思涌动。"时而微笑,时而蹙眉,时而落泪,其间遇有惬心之句,则加圈点,遇怫意处,则加批语,细读至哀切处触动悲感,不觉痛哭出声。"① 可是,令其意想不到的事发生了。在与其弟闲谈时,她方才得知难以忘怀的恋人已经娶妻生子,这对一心追求艺术的白薇来说是难以接受的,因为艺术是纯粹的,难以与世俗相关联。因而,她最终选择开枪自杀是其执着于艺术的情感表现。其次,就合理性而言,白薇又是一位推崇知识的女性。作为新时代的一位知识女性,白薇通过三次人生的选择展示了她的个性解放意识。第一次是她选择与杨梦梅的相恋,这是她大胆突破封建礼教和追求幸福自由的重要体现。第二次是她选择跳湖自杀,这是她誓死捍卫自我,强烈反抗以父亲为代表的封建制度与礼教的重要表现。第三次是她选择饮弹自尽,这是她对门第观念的愤恨与对旧式婚姻的控诉的重要呈现。因此,白薇的三次人生选择充分展示了新时代知识女性的形象特质,呈现了知识分子追求人格独立与个性自由的精神风貌,抒发了对封建礼教制度的强烈不满与敢于反抗的精神。由此,我们认为白薇是在合情合理的言行中表现对艺术至上的憧憬与追求,当然这种对艺术至上的执着背后则是作者根植于中国现实的时代精神的言说,是将"鲜艳的色彩和不灭的香,美化了一切孤独的灵魂!"② 在这里,田汉将唯美主义融入了现实生活,既强调社会的艺术化,又倡导实现艺术的社会化,使之承担起宣扬时代心声的重要艺术表现形式,成为当时知识青年宣扬个性解放与自我意识的艺术载体,从而恰如其分地诠释了他"力图通过文艺活动来达到'个性之完成'

---

① 田汉:《田汉全集》(第1卷),花山文艺出版社2000年版,第370页。
② 董健:《田汉评传》,南京大学出版社2012年版,第217页。

和'社会之改造'的目的,以建设理想的'少年中国'社会和'灵肉一致'的理想人生。这就使得他虽然'几乎走上'而又始终碍难走上'唯美—颓废'之路"。①

被作者自称为"艺术至上"且"在中心思想上实深深地引着唯美主义的系统"②的《名优之死》也深刻反映了田汉戏剧创作的特质,即在唯美与现实的纠缠中实现中国戏剧的现代化与民族化。③简要来说,刘振声是一位愿意为艺术而生死的京剧表演艺术家,他执着于京剧艺术,将京剧这种"玩意儿"视为自己的"性命"。当他遭受杨大爷对其艺术的侮辱与爱情的践踏时,为了保护和警示他的弟子刘凤仙,并寄托于艺术传承的希望,刘振声毅然选择了死亡。他的死不仅营造了强烈的戏剧效果,形成了作品强烈的艺术感染力和震撼力,而且作者通过他的死亡也深刻揭示和批判了当时病态的社会,激发了蕴藏在人们心中的奋起抗争的斗争精神,实现了戏剧在唯美的艺术世界中表达内在的现实价值。与此同时,作者通过描述刘振声这位普通艺术家的生存困境及坚守艺术的绝望抗争,也充分展现了人物崇高的悲剧精神。因而,唯美与现实的缠绕既让戏剧富有了浓郁的主观抒情性,又具有了深刻的社会现实性,唯美的感伤实现了戏剧的审美价值与现实价值的有机统一,有效增强了戏剧的艺术表现力。

与谷崎润一郎有着深厚交往的田汉,其戏剧创作留下了谷崎文学影响的烙印。对艺术的执着追求使田汉吸纳了他的唯美主张,注重于在纯粹中体现文学艺术的价值,倾向于在想象中抒写浪漫情感,其戏剧因而呈现出浓郁的感伤情调与唯美色彩。身处当时中国特殊的社会背景下的田汉,既追求为艺术而艺术的唯美主义,又寄托于以此传达时代的心声,这种矛盾复杂的接受心态使他在接受谷崎润一郎文学的过程中只能采取扬弃的拿来主义,更多地借鉴其表现手法,尽量将戏剧创作与现实社会相贴近,实现对中国的社会现实进行现代化的审美关照,在"艺术的社会化"和"社会的艺术化"的双向维度中推动中国现代戏剧的现代化进程。如此一来,田汉也就很难如谷崎润一郎那样潜心于艺术,在强调艺术美化人生同时,又倡导艺术的社会化,将唯美主义视为一种干预现实人生的有力途

---

① 解志熙:《美的偏至:中国现代唯美—颓废主义文学思潮研究》,上海文艺出版社1997年版,第72页。

② 田汉:《田汉全集》(第16卷),花山文艺出版社2000年版,第326页。

③ 滕金桐:《唯美与现实的纠缠:解读〈名优之死〉》,《文艺报》2017年10月25日。

径，在现实中传达时代的心声，以实现对现实的使命承当和对人生的人文情怀。作为戏剧家的田汉，他体现了对艺术纯粹性的执着与追求；作为知识分子的田汉，他又肩负着救亡图存的使命。这种双重的身份责任使得田汉在接受谷崎润一郎的过程中表现出了明显的游走与徘徊的接受心态，使其戏剧既具有浓厚的主观抒情性，又具有客观的现实意义。随着20世纪30年代中国内忧外患的加剧，以及无产阶级左翼文学的兴盛，田汉最终以理性的精神做出了自己的艰难而又痛苦的选择，果断地迎合了时代发展的浪潮，走上了左翼文学的戏剧创作道路。

第二节 谷崎润一郎与欧阳予倩

从1926年谷崎润一郎再度访华开始到1956年欧阳率团访日为止，两人的交往时间持续了三十年，其交往不仅是中日现代戏剧交流史的重要表现，也是中日现代文学关系史的重要组成部分。在与谷崎润一郎交往的过程中欧阳予倩的戏剧创作接受了他的文学影响，表现出了较为鲜明的唯美主义倾向，不仅将谷崎的戏剧《无名与爱染》改译成适合中国观众的二幕三场话剧《空与色》，而且创作了五幕话剧《潘金莲》，传递了唯美的心声和审美情趣。结合时代需求与自身需要，欧阳予倩进行了选择性接受和创造性叛逆，其最为突出的地方就在于吸纳谷崎润一郎文学的营养来传达反封建的时代精神和个性解放的时代主题。

一 在效仿中接受

1926年1月，谷崎润一郎再度来到中国，与1918年的首次来华不同，他这次没有游历中国的大江南北，而是仅滞留在上海一个余月与中国现代的文化人士进行交往，这其中就包括欧阳予倩。关于两人交往的详情前文已有论述，故在此不再赘述。其实，欧阳予倩早在留学日本的时候就曾间接地接触过谷崎润一郎的文学。1902年，14岁的欧阳予倩在家人的资助下来到东京，就读成城中学。三年后，清政府对留学生严加干预与控制激起了欧阳予倩等人的反对，他们纷纷选择回国。欧阳予倩回国后与自由恋爱的刘韵秋完婚，次年再次前往日本，先后在明治大学商科和早稻田大学文科就读。1910年，父亲欧阳自耘赴日就医不幸病逝，欧阳予倩为护送父亲的遗体再次回国。八年的留日生活不仅让他了解了当时日本文坛的发展情况，而且通过加入春柳社结识了一些日本剧作家。这其中虽然没有包括谷崎润一郎，但是却通过藤泽浅二郎获知了这位文坛新秀的相关信息。此时谷崎润一郎正以反自然主义文学的姿态，创作了《刺青》《麒麟》等一批标新立异的文学作品赢得了永井荷风等人的高度评价，一跃而成为文坛的新起之秀。这种未见其人却先闻其声的接触方式使欧阳予倩对他的唯美主义主张产生了较为浓厚的兴趣。1924年田汉发起了南国运动，宣扬"艺术社会化"与"社会艺术化"。两年后，欧阳予倩也加入了该社团，成为南国社的重要成员，被誉为"南国社的导师"①。巧合的是，这一年谷崎润一郎来访，两人在上海相识。

谷崎润一郎被誉为是"近代诸位作家中最具才能作家的一位"②。针对佐藤春夫认为谷崎润一郎文学缺乏思想的评论，伊藤整认为，为了反对自然主义，谷崎润一郎专注于美的事物描写，以美展示向死而生的勇气，这是谷崎润一郎文学的思想所在。③ 此评价可谓一语中的，揭示了谷崎润一郎文学唯美书写之下所蕴含的深刻思想。谷崎润一郎认为美无关于世俗的道德伦理，而在于女性之美的诉求。在他看来，女性的肉体是崇高的，由它带来的强烈的官能刺激可以让男性不由自主地产生一种女性崇拜心理。"这种心理不是小看女性，把她们看成在自己脚下宽慰爱抚，而是置于自己头上仰望其高，加以跪拜。"④ 其文学善于描写女性的肉体，表现出她们的美与魅，让男性在耽于官能享乐中心甘情愿地跪拜在她们的面前，去接受她们的虐待与惩罚，甚至不惜以生命为代价换取美的追求。《刺青》中，他提出一切美都是强者的体现，通过描述手法精妙的刺青师清吉为刺青女文身的故事，淋漓尽致地展示了艺术所赋予女性的非凡价值。不惜耗费四年时光去寻找令其憧憬女子的清吉，当其倾尽所能在女子背部完成文身之后，艺术的注入让原本柔软胆小的刺青女成为美的王者，拥有了至高无上的权威，她可以傲视群雄，令自命不凡的刺青师心甘情愿地跪倒在她的面前，成为滋养她的肥料。《麒麟》中，他通过虚构南子夫人的故事对《论语·子罕》中"吾未见好德如好色者也"进行了重新的

---

① 司马长风：《中国新文学史》（上卷），香港昭明出版社1975年版，第222页。
② [日]荒正人编著：《谷崎潤一郎研究》，八木書店1972年版，第519页。
③ 同上书，第534页。
④ [日]谷崎潤一郎：《谷崎潤一郎全集》（第16卷），中央公論新社2016年版，第186頁。

阐释。南子夫人举世无双的美貌不仅让周游列国的孔子无法推行他的学说，而且也让卫灵公甘愿为了她的美色而放弃治国理政的使命，成为俘虏而任其玩弄。《春琴抄》中，他通过讲述春琴与佐助的故事礼赞了美的永恒价值在于感官的体验与享受，当感官之美遭到破坏，感受这种美的生理器官也就失去了存在的价值。当春琴美貌遭到毁容时，佐助毫不犹豫地刺瞎了自己的双眼，因为只有这样才可以使春琴的美颜永远定格在了未遭毁容时的样子，瞬间的行为换取了永恒之美的享受，不仅呈现了作者的女性礼赞观念，也表现了他在永劫不变的寂中憧憬与追求美的永恒。《痴人之爱》中，他通过讲述河合让治与娜奥密不同寻常的恋爱故事表达了隐匿于官能愉悦中的女性跪拜思想。一心想将娜奥密培养成自己理想妻子的河合让治却最终成为了她的肉体崇拜者，为了这种官能之美的享乐，他不仅可以忍受她的数次出轨行为，过着放荡不羁的生活，而且还甘愿接受她的肉体惩罚与人格践踏，其中四次"骑马"的故事就是很好的证明。河合让治之所以会如此，也许其自白就是最好的解释。"为什么还迷恋着这个失去贞操的肮脏女人呢？这完全是因为她肉体的魅力。这既是娜奥密的堕落，也是我的堕落。因为我已经抛弃了作为男人的节操、洁癖和纯情，丢掉了过去的自尊心，拜倒在一个娼妇面前而不以为耻；因为我甚至有时竟把这个下贱的娼妇尊为女神来崇拜。"① 谷崎润一郎对美的诉求源于对女性之美的礼赞，因为它既是艺术的本体和存在前提，也是艺术的精髓与生命所在。因此，日本有学者认为贯穿谷崎润一郎文学意象的原型是官能女性的身体，白皙、官能美的女性占据着其美意识的核心是"肌""脸""背""足""目""手"等，其笔下白皙女体之所以如此重要是因为他追求妖妇和恶魔女性的结果。② 谷崎润一郎钟情于女性的描写既是其呈现美的重要方式，也是其表达女性礼赞观念的重要体现。值得注意的是，其笔下的女性之美更多源于作者的想象，作为男性性感觉的对象，赋予了女性永远的容姿，以至于武田寅雄将《刺青》《麒麟》等作品归纳为是谷崎润一郎"空想的产物"和"自由想象之翼延伸的作品群"③。桥本芳太郎也

---

① ［日］谷崎潤一郎：《谷崎潤一郎全集》（第 11 卷），中央公論新社 2015 年版，第 430 頁。
② ［日］吉美顯：《谷崎潤一郎における反転する女人の身体：時代別の椎移をめぐって》，《九州大学大学院比較社会文化研究科比較文化研究会紀要》2001 年第 3 期。
③ ［日］武田寅雄：《谷崎潤一郎小論：生活理想と文学理想の融合点に生れた谷崎潤一郎文学》，桜楓社 1985 年版，第 28 頁。

将谷崎润一郎笔下的女性描写与构想称为"着色了浪漫主义的空想与夸张"①。谷崎润一郎在想象中呈现女体之美,从中表达对女性的崇拜,不仅有利于表现他对美的独特理解与诉求,也构成了其文学一个重要的艺术特质。

回国后的欧阳予倩一面积极参与南国社的戏剧活动,一面从事戏剧创作。1928年他将谷崎润一郎的戏剧《无名和爱染》改译成话剧《空与色》,并在其影响下效仿创作了五幕剧《潘金莲》。该剧发表在1928年6月10日《新月》第1卷第4期上,10月由上海新东方书店以《潘金莲》为书名出版了上述两部作品。《潘金莲》是中国现代话剧发展史上最早的一部成熟的话剧,具有了重要的文学史意义。这部作品是作者根据时代的要求,改编了《水浒传》中的潘金莲形象,将其塑造成一位既具有鲜明时代特性又体现唯美色彩的女性形象。据欧阳予倩在1929年回忆录《自我演戏以来》中记载,他将自己从春柳社以来的戏剧创作之路看成是具有唯美主义倾向的实践之路。他说:"这许多年,我的生活独立问题总是和艺术的期望两下里裹着,我受了镜若的影响,颇以唯美主义自命,我所演的戏无论新旧,大部分是爱情戏,这一半是因为自己角色的关系,我从来没有在台上演说过,也没有编过什么志士剧。我心目中所想的就是戏剧——舞台上的戏剧。我不信艺术能在任何种目的之下存在,这一层在当时便有许多人反对我。"② 同年,他在《怎样完成我们的戏剧运动?》中指出:"中国素来对于戏剧视为贱业,完全听其自生自灭。我们认为戏剧是艺术,有无上的权能,所以才有这个革新运动。"③ 1957年,他在散文《回忆春柳》中说道:"春柳同仁有个最大的缺点,就是不自觉地走上了艺术至上主义的道路。我们对于艺术形式的完整想得较多,而战斗性不够强;还有就是我们对于当时的环境,当时的社会太没有研究,我们的戏和当时的社会问题结合得不紧密,因此就有曲高和寡之感。"④ 由此可知,欧阳予倩的戏剧创作从春柳社开始就已经强调戏剧的艺术价值,并呈现出一定的唯美主义倾向。

欧阳予倩在《潘金莲》中表现了对女性之美的讴歌之情与肯定之意。

---

① [日] 橋本芳太郎:《谷崎潤一郎の文学》,樱枫社1972年版,第239页。
② 欧阳予倩:《欧阳予倩全集》(第六卷),上海文艺出版社1990年版,第71页。
③ 欧阳予倩:《欧阳予倩全集》(第四卷),上海文艺出版社1990年版,第2页。
④ 欧阳予倩:《欧阳予倩全集》(第六卷),上海文艺出版社1990年版,第173页。

为了凸显潘金莲的性格特征，作者在塑造主要人物形象时采用了对比的手法。其中，西门庆是一个"自命不凡的土霸，好勇好色的青年"。张大户是一个"有钱有势又老又丑的劣绅"。武松是一个"个性很强，旧伦理观念很深的勇侠少年"。潘金莲是一位"个性很强而聪明伶俐的女子"[1]。很显然，作者笔下的三个男性角色基本都是负面形象，即使"打虎英雄"武松也不例外，从作者介绍登场人物时所使用的修饰词来看，几乎都是带有贬义色彩的词语。然而，相比这些男性形象而言，潘金莲不仅聪明伶俐，而且个性鲜明，其赞赏之意溢于言表。她不仅由传统的"淫妇"变成了现代的"女权"，而且还充分展示了作者的创作倾向与情感立场。为了表现潘金莲的美貌，欧阳予倩使用了侧面烘托的手法，通过众星捧月的方式使其形象刻画获得了事半功倍的艺术效果。简要来说，张大户、西门庆、高升等人物的言行举止均有从侧面表现潘金莲出众容貌的艺术效果。首先，张大户因纳妾不成对潘金莲心怀怨恨，为了彰显其封建家长的淫威，将其嫁给了"三寸丁"武大郎。当得知武大郎被杀后，他又大费周章地动用各种力量，派遣王婆、高升等人前去潘金莲家充当说客，对潘金莲软硬兼施，想乘机逼迫她就范，以实现其不可告人的私欲。在这里，作者将以往文本中属于次要人物的张大户推向了舞台的中心，以其封建劣绅的种种丑态揭露了封建制度的野蛮性和残酷性，从侧面表现了潘金莲出众的容颜。出于对其美色的垂涎与贪婪，他曾以讥讽的口吻对其姬妾说："得了，你们还卖什么俏，我可都领教过了！我总不明白为什么人家的女儿越来越好看，越长越年轻；瞧你们这些脑袋，越长越不是样儿！"[2] 此处借张大户贬其姬妾之语是为了烘托潘金莲的美丽，给人以无尽的想象空间，从而收到了强烈艺术效果。其次，西门庆和高升也因觊觎潘金莲的美貌而对其朝思暮想，戏剧第二幕中高升与西门庆的一段简要对白就是很好的证明。

　　西门庆：你来干什么来了！

　　高升：你来得我来不得？

　　西门庆：她是个寡妇，你是男人，你找她有什么事？

　　高升：你说她是寡妇，我是男人，不应当来，那么你是个女人吗？得

---

[1] 欧阳予倩：《欧阳予倩全集》（第一卷），上海文艺出版社1990年版，第57页。
[2] 同上书，第59页。

了得了，谁不知道吗？别他妈的装蒜了！①

　　他们之间的对白言辞简单，却醋意横生，充满了浓郁的火药味。一方面，他们以潘金莲是寡妇为由相互指责对方的行为；另一方面，他们又无法恪守旧制与礼法，不约而同地前往潘金莲那里。他们之所以以身犯险前往正在守丧的潘金莲家，表面上西门庆是因与之私通有染，高升是因受张大户的差遣前来充当说客，实质上归根结底在于他们都觊觎潘金莲的美貌，都想从中满足各自的私欲。因此，虽然作者没有采用浓墨重彩的笔墨去描绘他们的丑态，但是这种以轻描淡写的笔墨去表现所描写的对象，却可以使戏剧获得以少胜多的艺术效果，增强其艺术表现力。

　　此外，戏剧虽然也缺乏直接描写潘金莲妩媚的句子，但仍不乏有细微的神情描写，以此向读者呈现出她丰姿绰约的迷人魅力。譬如，戏剧第三幕为了生动再现潘金莲对武松浓浓的爱意，作者在两人的谈话间刻意穿插了她为武松斟茶时的细微动作。"慢慢的向楼梯走两步，又站住。眼睛微微向武松那边瞟一瞟，想一想，口气，再慢慢地走——很失望的样子。"②接着，"一面说着一面收拾茶碗，将茶泼在地下就走，走着回头柔媚地说。"③ 在这里，潘金莲用"走""瞟""想""泼""回头"等一系列细微的动作含蓄地传递了自己对他的倾慕之心。虽然此时的她还没有向武松敞开心扉，直言坦诚，但是她的一颦一眸与一怨一叹却足以表现她的万种风情，传达出人物的无限情思，从而使人物形象生动、丰满具有立体感。然而，戏剧结尾处当武松举刀欲杀潘金莲时，她在生死之间一改以往的含蓄和柔美，用一种竟似疯狂的举措，向众人袒胸露乳，跪近在武松身旁说道："啊，你要我的心，那是好极了！我的心早已给了你了，放在这里，你没有拿去！二郎你来看！（撕开自己衣服）雪白的胸膛，里头有一颗很红很热很真的心，你拿了去吧！"④ 这是多么炽热的表白与强烈的心声！潘金莲压抑多年的爱情瞬间演变成一曲荡气回肠的生命激情之歌。委婉、含蓄、柔美刹那间销声匿迹，此时的她如同火山在喷发之际那样释放了全部的激情，其力量之强，能量之大，如山崩地裂，如海啸风鸣，猛烈无穷，响彻云霄。这是美的豪言与壮语，这是爱的慷慨激昂。对潘金莲来

---

① 欧阳予倩：《欧阳予倩全集》（第一卷），上海文艺出版社1990年版，第70页。
② 同上书，第75页。
③ 同上书，第78页。
④ 同上书，第91页。

说，赤热之心倘能奉献给自己心仪的人，即使要付出自己的生命也在所不惜，因为这既是爱与美的宣言，也是人生的一大美事与幸事！因爱而生，为爱而死，这就是作者借此对女性之美的极力礼赞。

二 在流变中转化

受接受语境与接受主体的影响，任何文学接受都是接受者对接受对象的意向性活动，在文学接受的具体化过程中实现对接受对象的发现、吸收和转化，体现了接受者的主动性与自觉性。因此，接受对象的文学影响也只有在接受者的创造性接受中才能获得实现，它是接受者与接受对象共同参与的主客体相互作用的动态实现模式。欧阳予倩对于谷崎润一郎文学的接受也是如此。两人虽然有着较为密切的友谊，谷崎文学对欧阳戏剧创作也产生了一定的文学影响，但是这种文学影响是非常有限度的。欧阳予倩在接受其文学的过程中表现出相应的自觉性与主动性，是在流变中实现对谷崎文学的转化。欧阳予倩之所以会接受谷崎润一郎的影响，其初衷并不是要让自己成为一位纯粹的唯美主义者，而是在于借鉴其文学的艺术养料便于其戏剧创作更好地把握时代脉搏，肩负着启蒙的重任，形成其浓郁的现实主义戏剧理论。按照接受美学的理论，文学接受离不开接受者的期待视野，它是一个超主体性的期待结构。姚斯认为期待视野需要客观化，为此他提出了三条客观化的途径，其中就包括文学历史环境。换句话说，文学接受都离不开特定的文学接受语境，这种特定的接受环境是实现接受者接受过程中期待视野客观化的有效途径之一。

前文说过，谷崎润一郎文学在中国现代文坛的译介主要表现在由"文学革命"向"革命文学"转向时期，这个时期的中国正处在内忧外患的多事之秋。帝国主义入侵的加剧与军阀混战的激烈使得中国半殖民地半封建的程度日益严重，导致"五四时期启蒙与救亡并行不悖相得益彰的局面并没有延续多久，时代的危亡局势和剧烈的现实斗争，迫使政治救亡的主题又一次全面压倒了思想启蒙的主题"①。这种特定的接受环境会让接受者们在接受谷崎润一郎文学的过程中自觉不自觉地倾向于在思想启蒙中渗入政治救亡，以迎合时代发展的需要。朱寿桐在评论中国现代戏剧经典化进程时曾认为："欧阳予倩等现代戏剧倡导者与实践者的戏剧理念、

---

① 李泽厚：《中国现代思想史论》，天津社会科学院出版社2003年版，第32页。

演出和创作经验，跟他们直接参与文明戏运动密不可分……20世纪20年代，最为活跃的戏剧运动是以田汉为代表的南国戏剧运动，其优秀作品离戏剧经典相距甚远，即使如《名优之死》这样具有一定经典意义的作品，也未体现出超越时代的艺术魅力。"① 也就是说，以田汉和欧阳予倩为代表的南国戏剧运动虽然在中国戏剧现代化实践中取得了相应的艺术成就，但是其戏剧创作仍然呈现出了鲜明的时代色彩。欧阳予倩在《戏剧改革之理论与实际》中就开宗明义地指出："戏剧本是社会的反映，有什么社会，便有什么戏剧。——为艺术而艺术一类的歌舞升平的戏剧，是专制时代的产物。"② 基于这种戏剧观，欧阳予倩的戏剧创作时常注重体现时代的因素。创作于1928年的《潘金莲》就充分反映了他对谷崎润一郎文学的创造性接受，呈现出了鲜明的时代性，在礼赞女性之美的同时，更多是传达一种女性觉醒时的时代心声。

　　谷崎润一郎认为艺术不是精神性的东西，而是具有实感的事物，艺术的美不在于你拥有崇高的理想，而在于你拥有令其铭记于心的感知与体验。在他眼中，美不是虚无缥缈的灵魂崇拜，而是实实在在的官能享乐；不是扑朔迷离的精神言说，而是真情实感的生命展现。其笔下的南子、照子、娜奥密、富美子、飒子、春琴等，这些女性不仅美貌如花、体态丰盈，而且也都表现出施虐的倾向。南子夫人凭借自己的美貌和肉体，通过施展各种伎俩，终于让曾悔过自新的卫灵公再次回到她的身边，不仅舍弃了孔子的伦理教诲与道德说教，而且重新纵情于女色，过着一种爱江山更爱美人的糜烂生活。当"夫人伸开两臂，长长的衣袖围裹住卫灵公。温柔的手臂在酒力的作用下，如同不能开解的绳索，捆住了他的身体"时，卫灵公不禁发表感叹："我憎恨你。你是个可怕的女人，你是让我灭亡的恶魔。可是，我无论如何也离不开你。"③ 当体态丰腴、婀娜多姿的照子不断向佐伯施展淫威时，佐伯为此痛苦的哀嚎："照子，你这个淫妇，你杀了我吧，你让我疯狂……"并不时感叹"女人这东西正如世人所说，她会把男人腐蚀成碎片。"④ 可以说，谷崎润一郎正是借助女性的娇艳与

---

① 朱寿桐：《戏剧本质体认与中国现代戏剧的经典化运作》，《中国社会科学》2013年第1期。
② 欧阳予倩：《欧阳予倩全集》（第四卷），上海文艺出版社1990年版，第20页。
③ ［日］谷崎潤一郎：《谷崎潤一郎全集》（第1卷），中央公論新社2015年版，第32頁。
④ 同上书，第349頁。

偏至表达对美的大胆想象与执着追求。世俗的事物只有在女性的肉体中才有机会获得升华，成为美的象征与体现，实现一种永恒之美。这便是他唯美世界建构的基础，也是其艺术世界评判的标准，对女性之美的演绎和礼赞构成了谷崎文学世界的核心。以恶魔著称的谷崎润一郎并没有给欧阳予倩的戏剧创作带来深远的影响，他既没有如郁达夫那样在大量的肉体官能描写中表露出浓郁的颓废感伤的情绪和对虚幻之美的憧憬与向往，也没有像滕固那样一度沉迷于谷崎润一郎式的颓废与唯美之中将美转化为官能化与感性化的女体表现，充溢着浓厚的肉体气息与享乐色彩，欧阳予倩更多的是在流变中接受谷崎文学，以此来传达反封建的时代精神和个性解放的时代主题。

深受"五四"文化运动影响的欧阳予倩，积极顺应时代发展的需求，极力鼓吹个性解放与自我觉醒，大力弘扬妇女解放。作为20世纪第一位为潘金莲翻案的剧作家，他不仅亲手撕掉了粘贴在潘金莲身上已存有几百年的"荡妇"标签，而且以浓厚的人文情怀对其敢于追求爱情的行为进行了深情礼赞，对其身上所彰显的强烈自我意识给予了热情讴歌，其笔下的潘金莲俨然已是一位敢于反抗封建礼教与制度的新时期女性觉醒者的典型形象。欧阳予倩在《潘金莲·自序》中明确表明了他创作该剧的动机："男人家每每一步步地逼着女子犯罪，或者逼着女子堕落，到了临了，他们非但不负责任，并且从旁边冷嘲热骂，以为得意，何以世人毫不为意？还有许多男子惟恐女子不堕落，惟恐女子不无耻，不然哪里显得男子的庄严？更何从得许多玩物来供他们消遣？"[①] 作者塑造潘金莲形象目的之一是揭示封建礼教对人性的束缚与戕害，书写生存在这种制度之下的女性悲惨命运。

戏剧中的张大户、西门庆以及武松都是封建传统礼教的实践者与捍卫者，他们对女性虚情假意的言行充分展现了封建社会男尊女卑的两性关系以及不人道的婚姻制度，揭示了处于社会底层的女性悲惨命运和物化的生存状态。首先，作为劣绅，张大户的一言一行都淋漓尽致地体现了封建卫道士的丑态嘴脸。在他眼中，女人就如同男人饲养的金鱼，"金鱼要好看，看鱼的人要好看干什么？不过是好玩儿罢了！"因而，"男人家只要有钱有势，什么美女弄不着？女人要没有男人宠爱就完了！所以我养着你们，

---

① 欧阳予倩：《欧阳予倩全集》（第一卷），上海文艺出版社1990年版，第93页。

就好比是行善做好事。"① 可以说,其理直气壮的言辞赤裸裸地展现了以张大户为代表的封建统治者的种种丑恶行径。他们将女性视为被其把玩的金鱼,欣赏与宠爱是对女性施以了莫大的恩惠,是行善积德的举动。如此无耻之举竟然被张大户冠冕堂皇地表现出来,充分地说明了生存在封建礼教制度下的女性,其命运是何等的凄惨,她们不仅毫无自我生存的空间,而且处处被男性物化为供其消遣的玩偶,完全处于"第二性"的地位。其次,身为土霸,西门庆的言行举止也惟妙惟肖地展示了封建伪善者的卑劣行径。前文所说的他与高升争风吃醋的丑态就是很好的证明。当潘金莲对他说之所以选择与他私通并不是出于爱他而是觉得他可怜时,西门庆恼羞成怒地说道:"你……你对我说出这种话,你是有意气我!你可知道,我拳头底下就要你的命!"② 好一个"拳头底下要你的命"!这句话不仅说明了西门庆是因其遭到潘金莲的羞辱想对其进行报复,而且使其虚伪的本质原形毕露。如果说,劣绅张大户和土霸西门庆是造成潘金莲悲惨生活的外在因素的话,那么以正人君子出现的武松则是造成其悲剧命运的根本因素,因为前者是对潘金莲肉体的摧残,后者则是对其精神的桎梏。随着剧情的发展,一心想为其兄长武大郎复仇的武松终于决定要当着众人的面在武大郎的灵前严惩潘金莲。与中国传统文学《水浒传》《金瓶梅》等描写武松杀嫂的情节不同,欧阳予倩消解了传统文学所表现出来的道德观念,将武松杀嫂之举变成一种肆意残害女性的卑鄙行为。前文说过,潘金莲为武松斟茶的行为早已流露出她对武松的喜爱浓情,可以说对异性之美的强烈爱慕唤起了她对生活的憧憬与向往。可是,这位身世坎坷的美女子并没有因此获得心仪之人的钟情而如愿以偿,几次三番向武松真情的流露与暗示却遭致了他的断然拒绝,重燃生命之火的潘金莲就这样顷刻间再次回到了凄惨无望的人生之路。因此,武松的绝情在很大程度上让潘金莲彻底失去了生存的意义,给她造成了心灵深处的严重创伤。然而,任何事情都是各有利弊。这种精神的创伤并没有让潘金莲消极沉沦,而是让她在个性解放的道路上走得更远,也更为坚定。她从拒绝张大户的纳妾之意,到选择与西门庆私通,再到不惜冒死毒杀武大郎,这些行为既是潘金莲自我觉醒意识的赤裸呈现,也极力冲击了封建礼教对人性的禁锢与束缚,体现了作

---

① 欧阳予倩:《欧阳予倩全集》(第一卷),上海文艺出版社1990年版,第59—60页。
② 同上书,第72页。

者追求人格独立与个性自由的理想,以及对黑暗社会的强烈反抗与斗争。哀莫大于心死。武松的绝情最终让潘金莲面对武松残酷的复仇之举,非但没有丝毫的胆怯害怕,而且还义愤填膺地指出了武松的虚伪:"本来,一个男人要磨折一个女人,许多男人都帮忙,乖乖让男人磨折死的才都是贞节烈女,受磨折不死的就是荡妇,不愿意受男人磨折的女人就是罪人。"①在这里,潘金莲清醒地意识到封建礼教制度下的两性完全处于不平等的地位,男性拥有支配女性的绝对权力,女性只有心甘情愿地忠实于男性,即使稍微表现出一丝的反抗也会被视为荡妇和罪人。作者在此既有意消解了武松杀嫂的伦理说教成分,也淡化了对潘金莲杀夫的道德批判,通过其口有力揭示和抨击了封建礼教的虚伪性和残酷性,将其毒杀武大郎的行为看成是对封建制度的一种非理性抗议之举。

面对男权主义与封建礼教的双重压迫,潘金莲没有逆来顺受,甘心成为男性的玩偶而处于被他人支配的地位,而是选择积极抗争,在人情与人性中表现出强烈的个性解放意识和对黑暗社会的抗争精神,成为一个敢爱敢恨性格刚烈的女性。潘金莲虽然身份低微,但是拥有自己的人生追求,面对劣绅张大户的淫威,她敢于誓死不从。当心怀怨恨的张大户为了惩罚她,有意将她嫁给了相貌丑陋的武大郎,以封建家长的身份迫使她接受这段人性缺失的婚姻时,潘金莲为此毅然决定以死了之,可当见到英俊不凡的武松时,又重燃了新生的欲望,她疯狂地爱上了他,并大胆地去追求和实现属于自己的幸福生活。这位相貌堂堂的打虎英雄却是一个恪守封建伦理常纲的卫道士,他断然回绝了她,并离开家带着手下私自调查起了其兄被杀的案子。武松的无情拒绝让潘金莲痛苦万分,可她并没有因此放弃自己对爱与美的追寻,她选择与西门庆私通是因为其相貌与武松有几分相仿,为此还毒杀了亲夫武大郎。她之所以如此根源在于她爱武松,她对死亡的态度也多少渗透了莎乐美式的精神。"死是人人有的。与其寸寸节节被人折磨死,倒不如犯一个罪,闯一个祸,就死也死一个痛快!能够死在心爱的人手里,就死,也心甘情愿!"②欧阳予倩从时代的需求出发,赋予了潘金莲以新的时代精神,她身上所呈现出来的敢爱敢恨以及浓郁的个性解放意识使其成为中国现代戏剧史上一个敢于反抗封建礼教的女性,有

---

① 欧阳予倩:《欧阳予倩全集》(第一卷),上海文艺出版社1990年版,第77页。
② 同上书,第90页。

力地抨击和批判封建专制制度与吃人的封建礼教，增强了作品的深刻主题和艺术感染力。

与谷崎润一郎有着交往的欧阳予倩在戏剧创作实践中或多或少地接受了他的文学影响，对戏剧艺术价值的肯定，对女性之美的礼赞都流露出谷崎文学的某些印迹。然而，他在接受过程中将谷崎润一郎的唯美主义元素有机地融入当时现实社会之中，赋予了人物以鲜明的时代精神。在《潘金莲》中，作者彻底颠覆了传统文学作品中潘金莲的"淫妇"形象，把个性解放精神注入了她的身上，通过其近乎疯狂的爱情追求行为表达反抗封建礼教、追求女性解放的社会主题与时代心声。敢爱敢恨的潘金莲以畸形、病态的行为积极与封建礼教相抗争，加大了作品对现实社会的批判力度。因此，欧阳予倩在接受谷过程中舍弃了谷崎润一郎对官能美与享乐主义的大力礼赞，通过书写来自女性生命深处的感受与体验，以反抗封建礼教对人性的桎梏与残害，有力地揭露了现实社会的黑暗，使作品具有了浓郁的人文精神与现实色彩，在推动中国戏剧现代化进程中呈现出鲜明的时代性，实现用文学启蒙国民精神的历史使命。总之，欧阳予倩接受谷崎润一郎的文学影响并非要成为一位纯粹"为艺术而艺术"的鼓吹者和捍卫者，而是通过吸收其文学的精华更好地把握时代的脉搏，用唯美的艺术形式去传达时代的精神，让观众在对美的鉴赏中实现认识社会的目的，实现在美与力的传达中使观众不仅能从中认知现实人生，又能在精神上有获得美的享受，使欧阳予倩的戏剧创作既不偏废戏剧艺术本身的特性，又能恰如其分地反映现实社会和时代气息，有利于形成其在艺术中追求真实的戏剧美学思想。

小结

谷崎润一郎与南国社的田汉和欧阳予倩交往较为密切，其文学对他们的戏剧创作也产生了一定的影响，他们在接受过程中受接受环境与接受主体的限制表现出较为明显的自觉性与主体性。换句话说，他们是在自主选择中接受谷崎润一郎。在文学观方面，谷崎润一郎认为文学具有独立的艺术价值，审美是一种无目的感受性活动，主张文学家应该尽情地愉悦，文学创作不受任何道德的约束。受其影响，南国社的田汉与欧阳予倩主张文学作品具有独立的艺术价值。此外，谷崎润一郎沉湎于从女性官能之美的感性世界中发现和展示美，美与理性价值判断无关，强调享乐主义的艺术至上。作为南国社的主力,他们也认为戏剧创作应该注重戏剧的艺术性,立足真善美的融合,让观众能够从中欣赏到戏剧与众不同的艺术魅力。受接受语境与接受主体的约束,田汉和欧阳予倩在吸纳谷崎文学养料的过程中表现出了鲜明的自觉性。谷崎润一郎沉迷于美的自我言说,反对将美融入现实生活之中,用以传达文学的认知与教育功能,而他们倡导戏剧创作的艺术价值,并不是要人为地将艺术与社会割裂开来,而是用美去唤醒民众,启蒙民众。他们承认文学是社会现实生活的反映,承担着救亡图存的历史使命与圣神职责,所以他们倾向于在注重戏剧艺术价值的同时要肩负它的认知与教育功能。在文学实践方面,两人都将谷崎文学元素融入时代语境之中,将其注入了鲜活的现实生活养料,经过取舍与流变,舍弃了其文学颓废——恶魔的唯心成分,立足于真、善、美相交融的现实主义主张,突出和强化了唯美主义的积极色彩,在捍卫文学自身艺术价值的同时,表达艺术救国的时代心声以呈现其浓郁的人文情怀。田汉的《古谭的声音》《咖啡店一夜》《湖上的悲剧》《名优之死》等一系列带有唯美色彩的戏剧,虽然表现出了模仿谷崎润一郎文学的痕迹,但是作者却借其艺术精神为个性解放摇旗呐喊,将唯美主义作为反封建和反专制的有力武器,既以此揭露现实社会的丑恶与黑暗,又以此展示现代知识分子的生存困境,还以此礼赞自我意识的觉醒,展现了强烈的时代精神。欧阳予倩的话剧《潘金莲》虽表现了对女性之美的讴歌,却在唯美情调与彩色中塑造了一位个性觉醒的女性形象。为了抗击封建礼教对人性的束缚和泯灭,作者以潘金莲胆大炽热的爱情追求最大限度地表现了她的个性觉醒意识。这位相貌美丽,且富有生命活力的年轻女性之所以会走上毒杀亲夫的人生歧途,一步步走向死亡的人生之路,其根源在于造成其悲剧人生的封建专制制度。在封建礼教的桎梏下,男尊女卑的思想观念深入人心,女性毫无尊严与人格可言,她们就是男性的附属品,其婚姻之事完全是遵从父母之命,媒妁之言,倘若敢于私订终身者会被视为大逆不道,被冠以淫妇的恶名。剧中的潘金莲敢于追求自我的情感,不畏劣绅张大户的淫威,大胆向心仪之人武松袒露心扉,此举既是个性解放意识的彰显,也是对封建礼教的有力控诉;不仅使戏剧具有了鲜明的时代色彩,而且体现了作者的民主思想。

结　　语

　　作为日本唯美主义的代表作家，谷崎润一郎以反日本自然主义文学的姿态登上了日本现代文坛，凭借对文学艺术纯粹之美的执着追求和新颖独特的文学技巧在文坛脱颖而出，赢得了"大文豪""大谷崎润一郎"的美名。作为一位唯美主义文学的代表人物，谷崎润一郎的文学创作先后跨越了明治、大正和昭和三个时期，长达五十五年之久，经历从初期沉湎于女性官能的病态展示到中期寻求日本古典的回归再到晚年重返恶魔之道。他在漫长的文学创作中既坚守唯美的阵地，不遗余力地发现和礼赞美，又因深受西方唯美主义文学的深远影响，使其一生执拗于女性官能美的病态呈现，这让他在日本唯美派文学中表现出了与众不同的艺术效果，其文学不仅在日本现代文坛独树一帜，具有举足轻重的地位，而且对包括中国现代作家在内的文坛后辈产生了较为深远的文学影响。

　　20世纪二三十年代的中国现代文学正以开放的文化品格积极吸收和借鉴外来文学的洗礼与滋养，短短十余年诸多文学思潮蜂拥而至，中国现代文坛出现了"你方唱罢，我登场"的热闹局面，形形色色的文学流派和文学思潮令中国现代作家目不暇接，甚至眼花缭乱。外来文学大量涌入，无疑成为作家们争相吸纳和效仿的对象，他们或采纳其文艺思想，或借鉴其表现技巧，在丰富和充实自己文学创作的过程中促进了中国现代文学的发展。他们根植于中国的社会现实与时代需求，在对外来文学进行移植、摄取、借鉴与取舍中经过了各自的选择，显示出了强大的自主性和能动性。这种在与外来文学的冲击和碰触中所表现出来的自我选择与自我更新的能力大大促成了中国现代文学兼容并包的胸襟和海纳百川的气魄。因此，在这种文化语境下探讨谷崎润一郎与中国现代文学社团的关系既是中国现代文学文化品格的呈现，也是其发展的内在诉求。先后两次造访中国的谷崎润一郎不仅游历了中国的大江南北，而且与中国现代文学社团发生了直接的关联。一方面，他与创造社的郭沫若，南国社的田汉、欧阳予倩，语丝社的周作人，西泠印社的丰子恺有着或直接或间接的文学交往，建立了彼此较为深厚的文人情谊；另一方面，他的文学作品又被狮吼社的章克标、南国社的田汉等人大力译介于中国现代文坛，成为现代作家学习和效仿的对象。其中，创造社的郭沫若、郁达夫和张资平，狮吼社的章克标、滕固和邵洵美，南国社的田汉和欧阳予倩等作家都不同程度地接受了他的文学影响，他们或取法他的文艺思想，或效仿他的艺术技巧，在本土与外来、传统与现代的契合点上找到了各自文学创作的立足之处，将其文学的有益营养融入自己的血肉之中，转化为自己文学创作的素养，创作出一批具有唯美倾向和唯美气息的文学作品，形成了各自的创作个性与艺术风格。那么，崇尚艺术至上，在女性肉体与官能享乐中耽于幻想的谷崎润一郎文学对中国现代文学社团究竟产生了怎样的文学意义与启示作用？

就文学观念而言，谷崎润一郎大力倡导"为艺术而艺术"，追求文学艺术的主体价值，反对文学创作的功利性，用纯粹的文学来捍卫和维护文学艺术的独立地位与美学品位。兴盛于20世纪二三十年代中国现代文坛的谷崎润一郎因高举唯美的旗帜而赢得众多文学社团的青睐，创造社、狮吼社、南国社等纷纷吸取他的唯美主义文艺思想，强调文学艺术的审美品位，追求文学的纯粹性与独立性，以反传统的先锋作品对抗传统文学"文以载道"的工具论。创造社的郭沫若直接宣称："艺术家不应该做自然的肖子，也不应该做自然的儿子，是应该做自然的老子！"[①] 郁达夫则直接强调文学创作是为了追求美，"除美以外，系别无作用的。"[②] 南国社的田汉不仅对自己接受谷崎文学的事实直言不讳，而且主张在纯粹中诉求艺术的价值，强调戏剧创作应该尽可能地"保持着多量的艺术至上主义"[③]。狮吼社的章克标不仅大力译介谷崎润一郎的作品，而且宣扬文学创作时的无目的，认为"我写小说虽则有成为一种职业的倾向，但我在写时，决不当它是骗饭吃的一种工作。"[④] 滕固则认为，作家进行文学创

---

① 郭沫若：《郭沫若全集》（文学卷第15卷），人民文学出版社1990年版，第215页。
② 吴秀明主编：《郁达夫全集》（第10卷·文论·上），浙江大学出版社2007年版，第193页。
③ 田汉：《田汉全集》（第15卷），花山文艺出版社2000年版，第85页。
④ 章克标：《银蛇》，华东师范大学出版社1993年版，第235页。

作既不是为了伦理道德的说教,也不是为了认知世界,而是为了获取审美。因为"'美的'是超论理的","艺术品"是在"刹那间强烈的美感中产出的",是"论理或狭义的科学范围所包含不住的"①。谷崎润一郎"为艺术而艺术"的唯美主义文艺思想传到中国现代文坛之后深受社团作家们的追捧,虽然他们对其取舍和辨析的角度相异,但是在捍卫文学艺术的自律性上表现出了相近的艺术立场。随着五四新文化运动的深入,彰显个性和崇尚自由逐渐成为中国现代文学发展的时代主题,谷崎润一郎文学因在唯美的艺术世界里标榜个性解放和推崇自由精神迎合了发展的需求,成为文学社团效仿的对象。其中,创造社的"为艺术而艺术"宣言、狮吼社的"颓加荡"主张以及南国社的"人生应当艺术化"口号都不同程度地受到了谷崎润一郎的文学影响,它们以捍卫艺术的独立价值和审美品格来对抗"文以载道"的传统文学观,以病态与颓废的艺术书写来折射严峻的社会现实问题,以浓郁的个人情绪来体现强烈的个体生命意识与个性解放思想,表现出与"五四"启蒙精神的高度融合与契合,对传统文学产生较为明显的冲击。然而,20世纪二三十年代的中国现代文学正经历由"文学革命"向"革命文学"的转向,臻于此时繁荣的谷崎润一郎文学也面临着被分化和消解的危机。一些作家在时代精神的感召下肩负起了艺术救国的使命,毅然选择走出文学艺术的象牙塔,走向风雨不断的十字街头去直面悲惨的人生与黑暗的社会,用写实主义去反映和鞭挞严峻的社会现实。如创造社的郭沫若与郁达夫,南国社的田汉与欧阳予倩,将唯美的个人情趣转变为严肃的现实批判。与此同时,一些作家刻意回避现实,将文学创作或引向苦中作乐,以充满生活情趣的随笔散文书写个体内心的凄楚与无奈,或转为消遣娱乐,以充满商业气息的艳情小说表达十里洋场的媚俗与激情。前者如语丝社的周作人和西泠印社的丰子恺,后者如狮吼社的章克标、滕固以及邵洵美。他们或钟情于闲适的小品文,或热衷于官能的都市小说。然而,无论是转向现实批判,还是转为自我愉悦,在一定程度上均延续了谷崎润一郎唯美主义文学的艺术精神,因为当它与社团作家发生种种关系时并不仅仅是其外在因素的简单输入与移植,而是其艺术精神的复杂交流。也正是这种艺术精神的交流使得他们在文学创作和生活实践中或多或少地融合了谷崎润一郎文学的美学质素,在批判社会现

---

① 滕固:《滕固艺术文集》,上海人民美术出版社2003年版,第21—22页。

实或自我聊慰中彰显了文学的艺术性与个性精神，深化了现代文学思想启蒙的时代主题。

就文学形式而言，谷崎润一郎重于在细腻的心理描写中揭示自我，善于在女体官能的幻想中表达女性崇拜，精于在病态的人物言行中发掘丑恶之美，这些文学的表现技巧引起了社团作家们的关注与兴趣。首先，谷崎润一郎与日本自然主义作家不同，他反对文学的平面化写作，主张文学创作应走进人物的心理世界，借助细腻的心理描写去真实再现人物的精神世界，以其主观的感受和内心的活动使人物形象呈现出立体化的艺术效果。因此，谷崎润一郎重于在细腻的心理描写中揭示自我和心路历程，有效表现出人物复杂的思想感情。现代文学社团的作家们与他一样也认为文学的真实不仅在于外在现实的模仿，更在于内心真实的表现，相近的艺术追求使他们注重对心灵世界的审美关照，内心世界的书写也因而成为其文学创作的一种重要表现形式。创造社里郭沫若身边小说人物的内心独白、郁达夫零余小说人物的大胆表白以及张资平情爱小说人物的细腻心理无不呈现出人物的心路历程，展示出人物的内心世界，为读者走进人物的情感世界提供了有利条件。狮吼社作家们对于客观写实也持有异议，他们认为文学的本质不在于直接的现实反映，而在于借助心灵的呈现去折射现实世界。章克标、滕固和邵洵美等人的作品注重人物的内心宣泄与直露去表现强烈的自我意识，隐射现实的世界。南国社的田汉和欧阳予倩的戏剧也时常以人物赤裸的情感直白来表达浓厚的个性解放精神。其次，谷崎润一郎擅长女体的想象书写，以至于他的文学散发着浓郁的香艳气息，具有强烈的官能色彩，这种将女性的美感借助官能的幻想方式呈现出来，表现了他对美的别样追求。在他看来，美不是道德的说教，也不是伦理的评判，而是以官能的享受作为其标准，将女性之美幻想化不仅可以充分表现美的形态，而且还可以让人沉浸于官能与耽美的虚幻世界中体验和感受一种不可思议的快乐，在想象的乐园中以官能感觉取代世俗的伦理道德，在想象的乐土中寻求和展现美的奇妙所在。可以说，女体的想象书写既展现了谷崎润一郎文学的艺术效果，表达了他对女性的崇拜思想和对美的独特理解与诉求，构成了其文学一个重要的艺术特质，也成为了社团作家们纷纷借鉴和效仿的对象。郭沫若的小说以幻想表达对女性官能之美的礼赞，郁达夫的小说以想象呈现女性的美姿与媚态，张资平的小说以谷崎润一郎式的女体想象书写表现出浓厚的艳情倾向，章克标的小说以耽于幻想去憧憬女性的官能之美，以及田汉的戏剧在幻想中书写浪漫情怀，这些相仿的艺术表现方式在丰富作家们艺术表现手法的同时，也增强了作品的艺术表现力。最后，谷崎润一郎偏执于在丑恶中发现和展示它的美，时常将一些非常态的现象纳入自己的创作之中，成为其审美的对象。为此，他经常从怪异、病态的人物言行举动中提取和表现与众不同的审美情趣与价值取向，以直接而又大胆的赤裸描写去再现非常态世界的美和魅，使其文学呈现出浓郁的甘美而又芳烈的恶魔气息，充斥着变态的官能享乐。受其文学影响，社团作家们也曾钟情于这种艺术的表现手法，从丑恶病态的世界中表现和书写美。郭沫若小说中怪诞言行的描写、郁达夫小说中病态情感的呈现、章克标小说中变态行为的描述、滕固小说中疯癫行动的直描、邵洵美诗歌中赤裸肉感的展示、田汉戏剧中乖戾举止的书写以及欧阳予倩戏剧中畸形情欲的流露，他们视丑恶为美丽，在性的苦闷与生的困惑中以非常态的方式表达生存的孤独与烦恼以及艰辛与绝望，在颓废情绪的宣泄中表现灵魂的痛楚与伤感以及不安与焦虑，这种大胆赤裸的病态世界描写也使作品散发出浓郁的唯美——颓废气息，既开拓了文学创作的新领域，又使作品呈现出别样的审美情致，为中国现代文学的多元化发展和现代性转向开辟了一条道路。

　　谷崎润一郎及其文学在中国现代文坛的传播直接影响了社团作家的艺术实践，他们对其唯美主义文学的借鉴和吸纳、接受与流变在很大程度上又扩大了其文学的影响，推进了它在中国现代文学的广泛传播。谷崎润一郎文学登陆中国现代文坛之际，包括创造社、狮吼社、南国社、语丝社等一系列中国现代文学社团都不同程度地接受它的文学熏染，使社团成员的文学创作都表现出谷崎润一郎式的唯美色彩。虽然中国现代文坛并没有产生真正意义上的唯美主义流派，但是社团作家对谷崎润一郎文学的接受、摄取、移植、传播以及流变，却形成了中国现代文学发展史上一道亮丽的独特风景线。他们吸纳和借鉴谷崎文学，效仿其文学观念和艺术技巧，在文学实践中身体力行，践行唯美主义，鼓吹非功利的文学创作观念，倡导创作技巧的精致和精美，以一种新颖独特的艺术姿态在多事之秋的现代中国抒情达意。他们在与谷崎润一郎文学在文学观念、艺术立场、审美趣味等方面息息相通的同时，结合具体的接受语境，从时代发展的需求与文学发展的需要出发，在痛楚中抒写其生存的艰辛，在孤寂中表现生命的真实，在浅唱中坚守艺术的本真，最终实现在风雨激荡的时局中以一种不合时宜的声音唱出中国现代文学发展的艺术心声，如此既暗合了传统的审美，又契合了现代的精神，创作出符合中国国情的唯美主义文学。因此，谷崎润一郎与中国现代文学社团千丝万缕的关系不仅构成了中日现代文学交流的一个支流，而且也激活了作家们内在的创作潜能与潜质，他们根据中国现实的需要和自身文学创作的需求，对其文学进行了积极的选取和消化，使之转化为为我所用的文学养料，促进了中国文学由传统向现代的转向与发展，在一定程度上也推动了中国文学的现代化进程。中国现代文学的发生发展固然离不开文学内部发展的需求，但也与外来文学的引发有着密切的关联，这其中与包括谷崎润一郎文学在内的日本文学关系或许更为重要，因为从晚清时期的维新派文学改良运动到近代白话文运动，从政治小说到文学革命，这些文学现象的出现都直接与日本文学的引发有着或多或少的关联，作家们的"日本体验"和"日本接受"足以构成中国近现代作家的丰富而复杂的人生与艺术的体验成分，为我们的新的文学的出现创造了可能。① 因此，中国现代文学社团的作家们对谷崎润一郎文学的译介与接受既迎合了中国现代文学发展的时代潮流，也呈现出其文学对于中国现代文学发展的独特文学意义。

  外来文学的移植与借鉴从来不是一个简单的文学输入与接受的过程，接收者对接受对象的吸收也绝对不是文学观念与文学技巧的简单效仿，因为任何文学影响不仅是一种复杂的文学现象，而且因受接受主体与接受语境的影响会对接受对象进行选择性的取舍和创造性的转变，从而实现对接受对象的本土化。谷崎润一郎以"为艺术而艺术"作为其文学文学创作的鲜明旗帜，对文学艺术的独立价值捍卫以及标新立异的艺术表现赢得了中国现代文学社团作家们的青睐，对其文学所展示的个体生命意识和与众不同的审美情趣也都不同程度地表现出浓郁的兴趣，并在艺术实践之中进行借鉴和效仿，不仅突破了传统文学的规范与秩序，创作出富有现代性的唯美—颓废色彩的文学作品，而且充分表现了个体的精神状态与内心情感世界，实现了文学的现代诉求。可是，内忧外患的接受语境让接收者们在接受过程中难以沉浸在唯美的艺术世界里，因为当时的社会现实使中国现代文学从其发生伊始就呈现出浓厚的功利色彩，以至于文艺救国成为新文学一项重要的历史使命。那些一味仿效谷崎润一郎而脱离现实，将自我沉

---

① 李怡：《日本体验与中国现代文学的发生》，北京大学出版社2009年版，第5页。

浸于个体情感和生命体验的文学创作只能将文学变成抒写个体闲情与逸致的消遣工具，难以受到社会大众的认可而成为新文学的主流，他们虽以闲云野鹤的姿态躲进文学的象牙塔里，尽情书写唯美的生活情趣和颓废的生命情怀，在各自的艺术园地中表情达意，其高雅的艺术与独立的精神也表现了纯文学的品格，但终因脱离现实而曲高和寡。因此，社团作家们在接受谷崎润一郎文学的过程中更多的是利用其文艺思想和艺术技巧去实现文学对现实的干预。谷崎润一郎为了捍卫和维护文学艺术的纯粹性，过于强调文学创作的非功利，以实现其"为艺术而艺术"的唯美主义观念，不惜将美与伦理道德进行人为的割裂，以注重女性肉体的官能、人物变态的行为和耽于幻想的描写，在邪恶中表现美，在官能中展示美，在颓废中实施美。这种不顾文学思想性和现实性的偏执主张受到了社团作家们强烈的质疑和反对。创造社的郁达夫明确认为文学的真谛在于真实，而非谷崎润一郎为偏执于耽美文学人为地排斥真与善，消除文学的教育功能和认知功能。郭沫若对于文学的实用功能非但没有给以否定，而且对自己五四时期的文艺思想进行了反思，注重文学的现实干预。张资平的早期情爱小说也充分表现了这个时期年轻人的生存苦闷与觉醒意识，表达了他们对理想爱情的大胆诉求，唱出了一代青年人的心声。狮吼社的章克标热衷于恋爱题材的小说创作既展示了十里洋场的都市景象，有意识地注入现代工业文明和商品文化的元素，又呈现出反封建、反礼教的文学思想，具有浓厚的现实性和鲜明的时代性。滕固在畸形病态的现实生活中表现人物的疯癫的行为，思考个体生命的存在意义，流露出较为浓郁的现实干预，隐含了作者的情感态度。处在十里洋场的邵洵美也无法摆脱纸醉金迷的都市生活所带来的一系列困惑与苦恼，救亡与启蒙、现实与理想使他把美视为一剂启蒙救国的良药，在表达个体意志与情感的同时蕴含着心系国家与大众的胸襟和心怀。南国社的田汉既强调艺术美化人生，又倡导艺术的社会化，把唯美主义视为一种干预现实人生的有力途径，在现实中传达时代的心声，以实现对现实的使命承当和对人生的人文情怀。欧阳予倩则是以借鉴谷崎润一郎文学的艺术养料便于其戏剧创作更好地把握时代脉搏，肩负着救亡启蒙的重任，最终形成其现实主义的戏剧创作之路。由此可见，社团作家们在接受谷崎润一郎文学的影响中进行了自主性的选择与取舍，呈现出当时现实社会的高度关注与审视，尽管其文学创作多少显示出了与传统文学的迥异，但与谷崎润一郎的唯美主义文学有着明显的区别，因为其文学创作不是以非理性和反传统为基础，而是以中国传统文化与现实主义为根基，所以社团作家对谷崎润一郎文学的接受是本土化的接受，他们自觉不自觉地对其文学进行了创造性的接受，将其文学素养融入到自身文学创作与新文学发展之中，以唯美的艺术追求与精美的艺术技巧去再现和描述当时现实社会民众的生存状态与精神面貌，创作出形式新颖、色彩斑斓的文学艺术世界。

　　谷崎润一郎及其文学在中国现代文学的发展过程中留下了相应的烙印和痕迹，这不仅与中国现代文学开放的品格息息相关，而且符合了中国文学发展的自身需求。换而言之，中国现代文学社团在与谷崎润一郎及其文学的接触过程中所表现出来的主体性与能动性正是新文学发生与发展的重要保障，开放的文化品格与广博的文化视野使得社团作家们能够积极面对包括谷崎润一郎文学在内的众多外来文学，通过立足本土和结合现实需求，以创造性的接受方式去吸收和借鉴它们，使之转化为文学创作的有益养料，从而有效推动了中国现代文学的发展。因此，通过谷崎润一郎与中国现代文学社团的关系阐释，可知面对外来文学的蜂拥而至，现代作家们既表现出了海纳百川的气度和兼收并蓄的胸襟，更呈现出了为我所用的实用主义精神。他们创造性的接受让其能够充分吸收和消化外来文学，使之发生了相应的文学流变现象，正如受其文学影响的社团作家虽创作了一批具有唯美色彩的文学作品，但这些作品更多的是为时代而作，且富有浓郁的现实主义倾向，以至于在中国现代文坛上并没有出现真正意义上的唯美主义文学。可是，即便如此也应以科学合理的学术态度对其给予分析与评价。作为中国现代文学历史上不可否认的文学事实，谷崎润一郎及其文学与现代文学社团确实发生了较为复杂的关系，且构成了中日现代文学关系的一个重要组成部分，文学社团作家对其文学的选择与接受从内容到形式都给新文学带来了不容忽视的文学影响，对艺术主体性的捍卫、对作家个体精神的彰显、对主观心理的表现、对女体官能的展示、对病态之美的描述等这些不仅有力反驳了"文以载道"的功利传统思想，显示了对文学艺术的本体与个体精神自由的高度重视，而且拓展了现代文学的表现领域，提高了艺术的表现力，在一定程度上促进了现代文学的现代性发展。当然，也有一部分社团作家一味沉湎于幻想，醉生梦死在官能的刺激之中，致使其文学创作因富有浓厚的颓废情绪和恶魔气息而走上歧途，从而也消解了创造性接受的文学意义。

总而言之，谷崎润一郎与中国现代文学社团的关系不仅是中日两国现代文学交流的重要内容，也是中外文学交流的重要组成部分，合理梳理和辨析两者的关系既有利于还原中国现代文坛上这段被遗忘的文学历史，又有利于客观公正地对两者关系进行学理性的评价。社团作家们在传播与接受谷崎润一郎文学时持有鲜明的接受立场，他们立足于当时特定的接受语境，在借鉴过程中体现了接受者的能动性与主体性，对其进行了自觉性的取舍与扬弃。为了反对传统文学"文以载道"的文学观念，他们高举唯美主义旗帜，提倡社会艺术化，以维护文学的艺术性与自律性。与此同时，他们又立足社会现实对其进行本土化，倡导艺术社会化，以呈现文学的现实性与他律性，因而，他们既是在选择中吸纳与效仿谷崎润一郎文学，也是在抉择中更新和超越它，他们对其文学的创造性接受使中国现代文学呈现出了一种别样的文学景象，在一定程度上促进了中国现代文学的繁荣与发展。更重要的是，随着当今跨文化交流的日益兴盛以及一带一路文化战略的实施，中国当代文学的发展正面临外来与本土、现代与传统、东方与西方的对话与冲突，如何在交流与碰撞中接受外来文学的影响，对于推进当代文学的自身发展与世界性进程具有重要的意义。本书从交往与译介、传播与接受、流变与转化三个层面系统翔实地考察和阐释谷崎润一郎与中国现代文学社团的关系，并总结社团作家在传播与接受外来作家的经验与意义，对认知中国当代文学如何与外来文学进行交流、碰撞、影响与融合提供了相应的学理依据和借鉴意义。

参考文献

(一) 日文部分

谷崎潤一郎:《谷崎潤一郎全集》(全 26 卷),中央公論新社 2015 年版。

橘弘一郎編:《谷崎潤一郎先生著書总目录》,中央論论社 1964 年版。

高田瑞穂:《近代耽美派:心象と方法》,塙選書 1967 年版。

三枝康高:《谷崎潤一郎論考》,明治書院 1969 年版。

日本文学研究資料刊行会編:《日本文学研究資料叢書・谷崎潤一郎》,有精堂 1970 年版。

吉田精一編:《近代文学鑑賞講座 第九卷 谷崎潤一郎》,角川書店 1959 年版。

銭暁波編:《谷崎潤一郎:中国体験と物語の力》,勉誠出版 2016 年版。

佐藤淳一:《谷崎潤一郎型と表現》,青簡舎 2010 年版。

荒正人編:《谷崎潤一郎研究》,八木書店 1972 年版。

野村尚吾:《伝記谷崎潤一郎》,六興出版 1972 年版。

本間久雄:《谷崎潤一郎論》,有精堂 1975 年版。

宮城達郎:《耽美派研究論考:永井荷風を中心として》,桜楓社 1976 年版。

橋本芳太郎:《谷崎潤一郎の文学》,桜楓社 1972 年版。

紅野敏郎等編:《論考谷崎潤一郎》,桜楓社 1980 年版。

伊藤整:《日本現代文学全集 43》,講談社 1980 年版。

吉田精一:《耽美派作家論》,桜楓社 1981 年版。

永栄啓伸:《谷崎潤一郎:資料と動向》,教育出版センター 1984 年版。

武田寅雄:《谷崎潤一郎小論》,桜楓社 1985 年版。

遠藤祐:《谷崎潤一郎:小説の構造》,明治書院 1987 年版。

高田瑞穂編:《日本近代作家の美意識》,明治書院 1987 年版。

永栄啓伸:《谷崎潤一郎試論——母性への視点》,有精堂1988年版。
秦恒平:《谷崎潤一郎》,筑摩書房1989年版。
大野らふ等:《谷崎潤一郎文学の着物を見る:耽美・華麗・悪魔主義》,河出書房新社2016年版。
安田孝:《谷崎潤一郎の小説》,翰林書房1994年版。
伊吹和子:《われよりほかに　谷崎潤一郎最後の十二》,講談社1994年版。
永栄啓伸:《谷崎潤一郎評伝》,和泉書院1997年版。
加藤周一:《日本文学史序説》,筑摩書房1999年版。
小谷野敦:《谷崎潤一郎伝——堂々たる人生》,中央公論新社2006年版。
千葉俊二編:《谷崎潤一郎必携》,學燈社2001年版。
平野芳信:《谷崎潤一郎研究史》,学燈社2002年版。
長野甞一:《谷崎潤一郎と古典　大正続・昭和篇》,勉誠出版2004年版版。
長野甞一:《谷崎潤一郎と古典　明治・大正篇》,勉誠出版2004年版。
山口政信:《谷崎潤一郎:人と文学》,勉誠出版2004年版。
新潮文庫編:《文豪ナビ　谷崎潤一郎》,新潮社2005年版。
五味渕典嗣編集:《谷崎潤一郎読本》,翰林書房2016年版。
小谷野敦:《谷崎潤一郎伝:堂々たる人生》,中央公論新社2006年版。
千葉俊二:《谷崎潤一郎文学案内》,中央公論新社2006年版。
尾高修也:《壮年期:谷崎潤一郎論》,作品社2007年版。
千葉俊二編:《谷崎潤一郎:境界を超えて》,笠間書院2009年版。
安井寿枝:《谷崎潤一郎の表現——作品に見る関西方言》,和泉書院2010年版。
中村光夫:《谷崎潤一郎论》,講談社2015年版。
千葉俊二編:《父より娘へ　谷崎潤一郎書簡集——鮎子宛書簡二六二通を読む》,中央公論新社2018年版。
千葉俊二編:《谷崎潤一郎・上海交遊記》,みすず書房2004年版。
辰野隆:《忘れ得ぬ人々と谷崎潤一郎》,中央公論新社2015年版。
渡辺千萬子:《落花流水——谷崎潤一郎と祖父関雪の思い出》,岩波書店2007年版。
たつみ都志:《谷崎潤一郎・「関西」の衝撃》,和泉書院1992年版。

千葉俊二監修：《別冊太陽 236 谷崎潤一郎》，平凡社 2016 年版。
野崎歓：《谷崎潤一郎と異国の言語》，中央公論新社 2015 年版。
榎本俊二等：《谷崎潤一郎万華鏡——谷崎潤一郎マンガアンソロジー》，中央公論新社 2015 年版。
村松梢風：《魔都》，ゆまに書房 2002 年版。
西原大輔：《谷崎潤一郎とオリエンタリズム——大正日本の中国幻想》，中央公論新社 2003 年版。
朝日新聞社編：《「谷崎潤一郎・人と文学」展：生誕 100 年記念》，朝日新聞社 1985 年版。
稲沢秀夫：《谷崎潤一郎の世界》，思潮社 1979 年版。
谷崎潤一郎昭男：《群像　日本の作家 8》，小学館 1984 年版。
《朝日新聞》昭和 30 年 12 月 7 日。
土屋計左右：《上海における谷崎潤一郎君》，《谷崎潤一郎全集月報》第二十九号。
谷崎終平：《好文園から梅ケ谷へ》，《谷崎潤一郎全集月報》第十二号。
森安理文：《谷崎潤一郎における西洋と日本》，《国文学解釈と鑑賞》1992 年 2 月号。
《文芸》臨時増刊《谷崎潤一郎読本》1956 年 3 月。
吉美顯：《谷崎潤一郎における反転する女人の身体：時代別の椎移をめぐって》，《九州大学大学院比較社会文化研究科比較文化研究会紀要》2001 年第 3 期。

（二）中文部分

王向远：《中日现代文学比较论》，湖南教育出版社 1998 年版。
李怡：《日本体验与中国现代文学的发生》，北京大学出版社 2009 年版。
王晓平：《中外文学交流史：中国—日本卷》，山东教育出版社 2015 年版。
方长安：《选择　接受　转化》，武汉大学出版社 2003 年版。
杨乃乔：《比较文学概论》（4 版），北京大学出版社 2014 年版。
薛家宝：《唯美主义与中国现代文学》，中国社会科学出版社 2015 年版。
邱紫华等：《东方美学简史》，高等教育出版社 2004 年版。
李何林：《近二十年中国文艺思潮论》，陕西人民出版社 1981 年版。
陈平原：《中国小说叙事模式的转变》，上海人民出版社 1988 年版。
李欧梵：《现代性的追求》，人民文学出版社 2010 年版。

邵毅平：《中日文学关系论集》，中西书局 2018 年版。
李均洋等：《中日比较文学研究》，外语教学与研究出版社 2014 年版。
赵鹏等：《海上唯美风：上海唯美主义思潮研究》，上海文化出版社 2013 年版。
周小仪：《唯美主义与消费文化》，北京大学出版社 2002 年版。
刘久明：《郁达夫与外国文学》，华中科技大学出版社 2001 年版。
李泽厚：《中国现代思想史论》，天津社会科学院出版社 2003 年版。
刘增杰：《中国现代文学史料学》，中西书局 2007 年版。
肖同庆：《世纪末思潮与中国现代文学》，安徽教育出版社 2000 年版。
朱立元：《接受美学导论》，安徽教育出版社 2004 年版。
王琢：《中日比较文学研究资料汇编》，中国美术学院出版社 2002 年版。
吴福辉：《都市旋流中的海派小说》，湖南教育出版社 1995 年版。
李今：《海派小说与现代都市文化》，安徽教育出版社 2000 年版。
艾晓明：《中国左翼文学思潮探源》，湖南文艺出版社 1991 年版。
杨洪承：《现代中国文学社团和作家群体文化生态研究》，人民出版社 2014 年版。
贾植芳主编：《中国现代文学社团流派》（上下卷），江苏教育出版社 1989 年版。
司马长风：《中国新文学史》（上下卷），香港昭明出版社 1975 年版。
刘德有：《随郭沫若战后访日：回忆与纪实》，辽宁人民出版社 1988 年版。
蔡震：《文化越界的旅行——郭沫若在日本二十年》，文化艺术出版社 2005 年版。
赵京华：《周氏兄弟与日本》，人民文学出版社 2011 年版。
陈安湖主编：《中国现代文学社团流派史》，华中师范大学出版社 1997 年版。
咸立强：《寻找归宿的流浪者：创造社研究》，东方出版社 2006 年版。
张伟编：《花一般的罪恶：狮吼社作品、评论资料选》，华东师范大学出版社 2002 年版。
李歆：《田汉南国社话剧史料整理及研究》，学苑出版社 2018 年版。
李景彬：《周作人评析》，陕西人民出版社 1986 年版。
赵澧等：《唯美主义》，中国人民大学出版社 1988 年版。
韩晗：《可叙述的现代性：期刊史料、大众传播与中国现代文学体制

（1919—1949）》秀威出版 2011 年版。
邹啸编：《郁达夫论》，上海书店出版社 1987 年版。
田申：《我的父亲田汉》，辽宁人民出版社 2011 年版。
董健：《田汉评传》，南京大学出版社 2012 年版。
田本相：《田汉评传》，重庆出版社 2000 年版。
刘平、小谷一郎编，伊藤虎丸监修：《田汉在日本》，人民文学出版社 1997 年版。
张向华编：《田汉年谱》，中国戏剧出版社 1992 年版。
陈福康等：《章克标文集》，上海社会科学院出版社 2003 年版。
邵绡红：《天生的诗人：我的爸爸邵洵美》，上海书店出版社 2015 年版。
林淇：《海上才子：邵洵美传》，上海人民出版社 2002 年版。
李大钊：《李大钊选集》，人民出版社 1959 年版。
谢六逸：《谢六逸文集》，商务印书馆 1995 年版。
徐志摩：《徐志摩全集补编散文集》，上海书店 1994 年版。
杨骚：《痴人之爱》，北新书局 1928 年版。
茅盾：《中国新文学大系·小说一集》，上海良友图书印刷公司 1935 年版。
成仿吾：《中国新文学大系·小说三集·导言》，上海良友图书公司 1935 年版。
夏丏尊：《夏丏尊文集》（第 3 卷），浙江文艺出版社 1984 年版。
苏关鑫编：《中国文学史资料全编（现代卷）·欧阳予倩研究资料》，知识产权出版社 2009 年版。
饶鸿竞等编：《中国文学史资料全编（现代卷）·创造社资料》，知识产权出版社 2010 年版。
丰华瞻、殷琦编：《丰子恺研究资料》，宁夏人民出版社 1988 年版。
张菊香编：《周作人散文选集》，百花文艺出版社 1987 年版。
周作人著，鲍耀明编：《周作人与鲍耀明通信集 1960—1966》，河南大学出版社 2004 年版。
周作人：《泽泻集》，岳麓书社 1987 年版。
周作人：《雨天的书》，岳麓书社 1987 年版。
周作人：《知堂序跋》，岳麓书社 1987 年版。
周作人：《苦竹杂记》，岳麓出版社 1987 年版。
周作人：《自己的园地》，岳麓书社 1987 年版。

周作人:《艺术与生活》,河北教育出版社2002年版。

钟叔河编:《周作人文类编3 本色 文学·文章·文化》,湖南文艺出版社1998年版。

钟叔河编:《周作人文类编7 日本管窥 日本·日文·日人》,湖南文艺出版社1998年版。

钟叔河编:《周作人文类编8 希腊之余光 希腊·西洋·翻译》,湖南文艺出版社1998年版。

丰子恺:《率真集》,上海书店出版社1988年版。

丰子恺:《丰子恺作品集》,宁夏人民出版社2000年版。

张资平:《张资平小说精品》,中国文联出版社2000年版。

张资平:《爱之焦点》,中国华侨出版社1997年版。

吴秀明主编:《郁达夫全集》(第1卷·小说·上),浙江大学出版社2007年版。

吴秀明主编:《郁达夫全集》(第1卷·小说·下),浙江大学出版社2007年版。

吴秀明主编:《郁达夫全集》(第2卷·小说·下),浙江大学出版社2007年版。

吴秀明主编:《郁达夫全集》(第5卷·日记),浙江大学出版社2007年版。

吴秀明主编:《郁达夫全集》(第10卷·文论·上),浙江大学出版社2007年版。

吴秀明主编:《郁达夫全集》(第10卷·文论·下),浙江大学出版社2007年版。

吴秀明主编:《郁达夫全集》(第11卷·文论·下),浙江大学出版社2007年版。

滕固:《滕固艺术文集》,上海人民美术出版社2003年版。

滕固:《唯美派的文学》,光华书局1927年版。

滕固:《滕固小说全编》,学林出版社1997年版。

郭沫若:《日本短篇小说集》,上海商务印书馆1935年版。

郭沫若:《郭沫若文集》(第12卷),人民文学出版社1959年版。

郭沫若:《郭沫若全集》(第6卷),人民文学出版社1986年版。

郭沫若:《郭沫若全集》(第9卷),人民文学出版社1985年版。

郭沫若:《郭沫若全集》(第12卷),人民文学出版社1992年版。
郭沫若:《郭沫若全集》(第15卷),人民文学出版社1990年版。
郭沫若:《郭沫若全集》(第16卷),人民文学出版社1989年版。
田汉:《田汉论创作》,上海文艺出版社1983年版。
田汉:《田汉全集》(第1卷),花山文艺出版社2000年版。
田汉:《田汉全集》(第14卷),花山文艺出版社2000年版。
田汉:《田汉全集》(第15卷),花山文艺出版社2000年版。
田汉:《田汉全集》(第16卷),花山文艺出版社2000年版。
田汉:《田汉全集》(第18卷),花山文艺出版社2000年版。
田汉:《田汉全集》(第20卷),花山文艺出版社2000年版。
田汉:《神与人之间》,中华书局1934年版。
欧阳予倩:《欧阳予倩全集》(第一卷),上海文艺出版社1990年版。
欧阳予倩:《欧阳予倩全集》(第四卷),上海文艺出版社1990年版。
欧阳予倩:《欧阳予倩全集》(第六卷),上海文艺出版社1990年版。
邵洵美:《洵美文存》,辽宁出版社2006年版。
邵洵美:《邵洵美作品系列·不能说谎的职业》,上海书店出版社2012年版。
邵洵美:《花一般的罪恶》,上海书店出版社1992年版。
邵洵美:《火与肉》,金屋书店1928年版。
章克标:《谷崎润一郎集》,开明书店1929年版。
章克标:《九十自述》,中国文联出版社2000年版。
章克标:《世纪挥手》,海天出版社1999年版。
章克标:《银蛇》,华东师范大学出版社1993年版。
章克标:《色彩与旗帜》,《金屋月刊》1929年第1期。
章克标:《来吧,让我们沉睡在愤火口上观梦》,《金屋月刊》1929年第2期。
章克标:《上去站在第一峰》,《金屋月刊》1929年第4期。
章克标:《做不成的小说》,《金屋月刊》1929第5期。
章克标:《Sphinx以后》,《新纪元》1926年1月1日第一号。
朱自清:《语文零拾》,名山书局1948年版。
《申报》1926年1月24日。
《申报》1926年1月27日。

《申报》1926年1月28日。

《申报》1926年1月30日。

《新闻报》1926年2月1日。

王俊虎:《从"人的文学"到"人民文学":郭沫若文学观嬗变新论》,《海南大学学报》2007年第4期。

[日]岩佐昌暲:《作为文献史料的报纸文章:记郭沫若1955年访日的报道》,《郭沫若学刊》2011年第5期。

徐静波:《日本作家村松梢风与田汉、郭沫若交往考》,《新文学史料》2013年第1期。

倪金华:《周作人与日本随笔——周作人思想艺术探源》,《鲁迅研究月刊》2002年第7期。

刘新华:《齐白石篆刻印章艺术的美学思想》,《湖南科技大学学报》2013年第5期。

张铁铮:《周作人晚年遗事》,香港《大成》201期1990年8月。

雁冰:《杂感》,《时事新报·文学旬刊》1923年6月12日第76期。

穆丐儒:《译者序》,《盛京时报》1924年1月19日。

祝秀侠:《〈痴人之爱〉》,《文学周刊》1929年第8卷第24期。

郑伯奇:《忆创造社》,《文艺月报》1959年6月号。

孙德高:《论郁达夫与谷崎润一郎的小说创作》,《烟台大学学报》1995年第3期。

张福贵等:《人类思想主题的生命解读——张资平小说性爱主题论之二》,《社会科学战线》2005年第6期。

靳明全:《张资平与日本自然主义文学》,《东北师大学报》(哲学社会科学版)1993年第5期。

朱寿桐:《戏剧本质体认与中国现代戏剧的经典化运作》,《中国社会科学》2013年第1期。

李雁南:《谷崎润一郎笔下的中国江南》,《解放军外国语学院学报》2009年第2期。

张伟:《狮吼社邹论》,《中国现代文学研究丛刊》1999年第2期。

苏雪林:《论邵洵美的诗》,《文艺》1935年11月1日第2卷第2期。

滕金桐:《唯美与现实的纠缠:解读〈名优之死〉》,《文艺报》2017年10月25日。

于桂玲:《谷崎润一郎的中国观》,《日语学习与研究》2016 年第 6 期。

张能泉:《论谷崎润一郎文艺思想对前期创造社的影响》,《社会科学》2014 年第 11 期。

张能泉:《谷崎润一郎国内译介与研究评述》,《日语学习与研究》2014 年第 2 期。

[日] 谷崎润一郎:《谷崎润一郎精选集》,谭晶华等译,上海译文出版社 2017 年版。

[日] 加藤周一:《日本文学史序说》(上下),叶渭渠等译,外语教学与研究出版社 2011 年版。

[日] 西乡信纲:《日本文学史》,佩珊译,人民文学出版社 1973 年版。

[日] 伊藤虎丸:《鲁迅、创造社与日本文学》,孙猛等译,北京大学出版社 1995 年版。

[日] 西原大辅:《谷崎润一郎与东方主义》,赵怡译,中华书局 2005 年版。

[美] 马斯洛:《人的潜能和价值》,林方译,华夏出版社 1987 年版。

[美] 鲁思·本尼迪克特:《菊与刀:日本文化的类型》,吕万和等译,商务印书馆 1990 年版。

[美] 马泰·卡林内斯库:《现代性的五副面孔》,顾爱彬等译,商务印书馆 2002 年版。

[美] 苏珊·朗格:《感受与形式》,高艳萍译,江苏人民出版社 2013 年版。

[德] 顾彬:《二十世纪中国文学》,范劲等译,华东师范大学出版社 2008 年版。

[法] 米歇尔·福柯:《疯癫与文明》,刘北成等译,生活·读书·新知三联书店 1997 年版。

[斯洛伐克] 高利克:《中国现代文学批评发生史》,陈圣生等译,社会科学文献出版社 1997 年版。

后　　记

谷崎润一郎作为日本近代文学史上一位知名作家，不仅在日本文坛享有"大文豪"的美誉，而且与田汉、欧阳予倩、郭沫若、周作人等中国现代作家有着较为密切的文学联系，构成了中日现代文学交流的一道靓丽的风景线。本书紧密围绕他与中国现代文学社团的关系，从传播途径、影响形式和接受方式等层面主要探讨了谷崎润一郎与中国现代文人的交往、谷崎文学在中国现代文坛的译介、谷崎润一郎与创造社、谷崎润一郎与狮吼社以及谷崎润一郎与南国社等五个方面的内容。

就谷崎润一郎与中国现代文人的交往而言，这个部分主要依托文学史料，通过梳理和理清谷崎与郭沫若、田汉、欧阳予倩、周作人以及丰子恺等中国现代文人的交往情形，还原其交往的历史过程，以此钩沉中国现代文学史上文人间的交往故事，还原他们交往的历史，走进其不为人知的个人生活和精神世界，既蕴藏了文人间较为深厚的友情，也凝聚了重要的文学史意义，不仅为审视和关照中日现代文学交流史提供了一种新的视角，其交往史实的考证也为建构谷崎与中国现代文学社团的关系提供了基石。

就谷崎文学在中国现代文坛的译介而言，译介域外作家的文学作品是中国现代文学接受域外文学一种重要的途径，谷崎文学在中国现代文坛的传播与影响与其文学的译介息息相关。20 世纪 20 年代，随着田汉、章克标等人对谷崎文学作品的热衷翻译，现代文坛出现了译介谷崎文学的高潮。之所以如此，关键在于谷崎文学对艺术独立性的强调与个性解放的思想宣扬，迎合了中国现代文学发展的时代需求，赢得了一批有志于追求艺术之美的现代作家的青睐，并由此形成了谷崎与中国现代文学社团的密切关联。谷崎文学在中国现代文坛的译介主要表现为文学作品的翻译与文学评论两者形式，通过梳理谷崎文学在中国现代文坛的译介表现，分析其译介的原因与特点，以还原特定历史语境下谷崎文学的译介面貌。

就谷崎润一郎与创造社关系而言，创造社主要成员郭沫若、张资平、郁达夫等均受到了他的文学的影响，使其在文学创作中将身体、女性与死亡巧妙地结合在官能书写之中，文学创作上倾向颓废，追求强烈的刺激、自我虐待的快感和变态的官能享受，表现出较为浓厚的谷崎气息。他们的文学作品具有浓郁的个人意识，洋溢着忧郁、华美、怪诞、凄艳、虚幻的气息。这些体验个体生命、感叹自我人生的文学作品既表现出一种病态的美，也表现出一种怪异的美，是一种通过官能书写和女性礼赞而营造的艺术虚幻美，形成了创造社初期颓废感伤的总体艺术格调。当然，创造社作家在接受谷崎文学的过程中始终会根据接受环境与文学需求对其进行创造性的转化，通过注入鲜活的时代气息与现实因素，使其成为抒发个性解放、反抗封建礼教和启蒙国民的有力武器。因此，创造社的作家们经过谷崎文学的催化和转化，其文学创作时常可以听到时代的足音，并且在纠偏谷崎文学唯心成分中强化了文学的现实性，为日后走上艺术救国的文艺创作之路埋下了伏笔。

就谷崎润一郎与狮吼社关系而言，狮吼社的章克标、滕固和邵洵美与其有着紧密的文学关系。该社成员不仅译介了谷崎及其文学，而且在文学创作与生活实践中也受到了他的影响，他们将谷崎文学崇尚肉体与耽于官能享乐的颓废倾向融入都市文化与生活体验之中，使其文学表现出浓郁的"颓加荡"的唯美情趣，其感性化、官能化和商业化的文学创作使得该文学社团创作上充盈着浓厚的肉欲色彩与享乐倾向。然而，狮吼社的作家们在借鉴和吸取谷崎文学的过程中对其进行了修正和转化，把唯美的追求与思想启蒙相结合，将谷崎笔下的灵肉冲突转为理想与现实的矛盾，将文学艺术拉回现实生活之中，用声和色、火与肉唯美—颓废的文学世界再现上海现代化的都市生活，以现实的灵肉对抗封建礼教和彰显个性解放，从而有效地传达了时代的精神。

就谷崎润一郎与南国社关系而言，南国社的田汉和欧阳予倩与其也有着非同寻常的关系，彼此的密切交往和谷崎文学的积极译介使其建立了深厚的情谊。与创造社与狮吼社侧重于小说创作不同，谷崎文学对南国社的田汉与欧阳予倩的戏剧创作产生了较大的文学影响，在一定程度上促进了中国现代戏剧的发展。一方面，他们积极吸取和效仿谷崎文学，强调戏剧创作的艺术本体性，以捍卫戏剧的独立价值和审美品格，通过接受谷崎文学的文艺主张与表现手法，在戏剧创作中礼赞和表现美，创作出既遵循艺术精神，又讲究艺术形式，且具有较强唯美色彩的戏剧作品。另一方面，他们又注重戏剧创作的现实功能，通过对谷崎文学的取舍与过滤，在彰显审美意识的同时，强调个性解放与社会意识，将唯美与现实相结合，既倡导书写个体的心声，又密切关注现实社会，将个体的内在情感意志与外在的时代精神结合于一体，用富有唯美色彩的戏剧表达救亡图存的文学使命。

总而言之，谷崎润一郎与中国现代文学社团的关系具有复杂性和多样性，社团作家们纷纷吸收与效仿谷崎文学进行文学创作，显示了他们对于文学艺术本体和作家创作自由精神的高度重视，他们以唯美的审美情趣与精美的艺术形式在一定程度上推进了中国现代文学的现代性发展，使之获取了一种别样的审美形态，既拓展了现代文学的审美空间与表现领域，也丰富了现代文学的审美内涵。与此同时，他们立足于当时特定的接受语境，在借鉴和吸收谷崎文学的过程中体现了接受者的能动性与主体性，对其进行了自觉性地取舍与扬弃。为了反对传统文学"文以载道"的文学观念，他们高举唯美主义旗帜，提倡社会艺术化，以维护文学的艺术性与自律性。为了实现艺术救国的文学理念，他们又立足社会现实对其进行本土化，倡导艺术社会化，以呈现文学的现实性与他律性。因而，他们既在选择中吸纳与效仿谷崎文学，也在抉择中更新和超越谷崎文学，他们对谷崎文学的创造性接受使中国现代文学呈现出了一种别样的文学景象，在一定程度上也促进了中国现代文学的繁荣与发展。

本书从选题、立意、构思、撰写、修改到最后完成历时六年，部分阶段性研究成果已经在《当代外国文学》《社会科学》《湘潭大学学报》《湖南科技大学学报》《日语学习与研究》等杂志上发表，其中有两篇研究成果还被《人大复印报刊资料》全文转载，一篇成果被《新华文摘》观点摘要。

本书之所以能够顺利出版，得益于各方面的大力相助。

第一，我要感谢国家社科基金规划办。作为2013年立项的国家社科青年项目，本书严格按照当年申报书撰写的研究内容，立足于史料研究与文本细读，运用比较文学和接受美学的相关理论，以谷崎润一郎与中国现代文学社团的关系为研究对象,对其展开了较为全面、系统地研究,并将其放置在 20 世纪二三十年代中国特定的接受语境之下探究此种关系的形成、发展与具体表现形态,考察中国现代作家对谷崎文学的吸纳与取舍,既从中认清谷崎文学对中国现代文学社团所产生的具体影响,又从中辨析社团作家在文学接受过程中的选择性与主体性,为合理科学地认识两者的文学关系提供相应的学理依据。作为课题的最终成果,本书充分吸收了五位评审专家的结项意见,在此表示衷心的谢意。

第二,我要感谢李俄宪教授。作为我的博士生导师,李老师治学严谨的态度让我受益匪浅。从国家课题申请书的撰写到出国留学邀请函的获取,无不凝聚了他悉心的指导和热心的帮助。为了确保本书第一手资料的查阅和收集,李老师不辞辛苦帮我联系日本新泻大学的邀请函,最终使我有机会获得国家留学基金委的资助,赴日本访学一年。正是在导师大力支持与帮助下,我才能顺利完成课题的结项任务。

第三,我要感谢国家留学基金委。2017 年有幸获批国家留学基金访学项目,赴日本新泻大学访学。一年里,在联系导师堀龙一先生的指导下,我收集和整理了有关课题的大量日文资料,从而为书稿的撰写奠定了坚实的文献基石。

第四,我要感谢我的师友。感谢我的硕士生导师天津师范大学曾思艺教授提出的宝贵意见,感谢湖南科技学院科技处的领导和老师所提供的帮助,感谢我的同事潘利锋教授、潘雁飞教授、欧华恩教授、杨增和教授、杨金砖教授、杨再喜教授、贡贵训教授、谷显明教授、张剑教授、何丽萍教授、周玉华博士、沈德康博士、何建良博士、黄栋梁博士、熊加全博士、田王晋健博士和我的好友刘建房、李亮、刘川、郭建伟、薛晓铂、张杰等人的热心帮助。感谢中国社会科学出版社及本书的责任编辑宋燕鹏编审,没有他们的辛勤付出,就没有本书的问世。

第五,我要感谢我的家人。本书的顺利出版既离不开父母对我的鼓励,更离不开夫人郭莉芝女士的支持,正是他们用无私的亲情激励我在求学之路继续前行,他们是我事业的坚强后盾。

本书受到湖南科技学院中国语言文学省级应用特色学科、南岭走廊与潇湘文化研究省级基地、汉语言文学省级一流专业建设点、日语省级一流专业建设点和学校文艺学重点建设学科的资助,在此一并表示感谢。

虽已宵衣旰食，然由于本人水平有限，拙著不免会有错误与疏漏之处，敬请各位前辈、专家、同仁和读者不吝批评与指正。

张能泉

2021年3月18日